陈斐 主编

清诗

三百首

刘世南 选注

浙江教育出版社·杭州

图书在版编目（CIP）数据

清诗三百首 / 刘世南选注. -- 杭州 ：浙江教育出版社，2025. 1. --（中华好诗词 / 陈斐主编）.
ISBN 978-7-5722-8833-3

Ⅰ. I222.749

中国国家版本馆 CIP 数据核字第 2024C7M095 号

中华好诗词 清诗三百首
ZHONGHUA HAO SHICI QINGSHI SANBAISHOU
刘世南　选注

责任编辑	赵清刚
美术编辑	韩　波
责任校对	马立改
责任印务	时小娟
产品监制	王秀荣
特约编辑	温雅卿
装帧设计	郝欣欣
出版发行	浙江教育出版社
	地址：杭州市环城北路177号
	邮编：310005
	电话：0571-88900883
	邮箱：dywh@xdf.cn
印　　刷	天津盛辉印刷有限公司
开　　本	880mm×1230mm　1/32
成品尺寸	145mm×210mm
印　　张	14.5
字　　数	471 000
版　　次	2025年1月第1版
印　　次	2025年1月第1次印刷
标准书号	ISBN 978-7-5722-8833-3
定　　价	55.00元

今天，我们和诗词打交道的方式，大致可概括为"说诗"和"用诗"两种。对于这两种方式，王国维在《人间词话》中做过区分、说明。他用晏殊、欧阳修等人写爱情、相思的词句，比拟"古今之成大事业、大学问者，必经过"之"三种境界"，可视为"用诗"。他所下的转语"然遽以此意解释诸词，恐为晏、欧诸公所不许也"，则承认了"说诗"的存在。

春秋时期，我国即有了频繁、成熟地引用《诗经》来含蓄、典雅地抒情达意的"用诗"实践。"用诗"可以"断章取义"，将诗句从原先的语境剥离出来，另赋新意。"说诗"则应以探求作者原意为鹄的，尽管作者原意可能并不是唯一的、封闭的，尽管探求的过程也需要读者"以意逆志"、揣摩想象，但不能放弃这种探求。正如仇兆鳌在《杜诗详注》自序中所云："注杜者必反覆沉潜，求其归宿所在，又从而句栉字比之，庶几得作者苦心于千百年之上，恍然如身历其世，面接其人，而慨乎有余悲，悄乎有余思也。"

通常，我们对诗词的阅读和研究，属于"说诗"，应尽量探求作者原意；在作文或说话时引用诗词，则是"用诗"，最好能符合原意，但也不妨"断章"。接触诗词，首要的是"说诗"，弄清原意；

然后举一反三、触类旁通地"用诗",让诗点化生活、滋养生命。

我们"说诗",应怎样探求作者原意呢？愚以为，必须遵从诗词表意的"语法"，通过对文本"互文性"的充分发掘寻绎。《文心雕龙·知音》云："夫缀文者情动而辞发，观文者披文以入情。""作诗"是抒志摛文、将情志外化为文字的"编码"过程；"说诗"则是沿波讨源、通过文字探求情志的"解码"过程。作者"编码"达意，有一定的"语法"；读者"解码"寻意，也必须遵从这些"语法"。同时，作品是一个"意脉"贯通的有机整体，承载的是作者自洽的情意，反映在文本上，即是字、句、篇、题乃至诗词书写传统之间彼此勾连的"互文性"。这些不同层次的"互文性"，构成了人们通常所说的"语境"。"说诗"应充分考虑文本的"互文性"，理顺"意脉"，重视作者言说的"语境"。凡此种种，既限定了阐释的边界，也保证了阐释的效力，将专家、老师合理的"正解"和相声、小品、脱口秀演员搞笑的"戏说"区别开来。

散文语言"编码"达意，比较显豁、连贯，诗词语言则讲究含蓄、跳跃，故"言在此而意在彼""言有尽而意无穷""无理有情""笔断意连"之类的话语常见诸诗话、评点。用书法之字体比拟的话，散文似楷书，诗词则是行书或草书。由于"五四"新文化运动的猛烈抨击，传统文体的书写和说解传统，在当下已命若悬丝。从小学到大学，哪怕是专业的中文系，也没有系统教授传统文体写作的课程。即使是职业的研究者，也普遍缺乏传统文体的书写体验。这种"研究"与"创作"的断裂，直接导致了今日的新生代研究者对诗词的感悟力和解读力普遍不高。因为诗词表意往往含蓄、跳跃，如果没有深切的创作体验，就很难把握住全篇的"意脉"，解说难免支离破碎、顾此失彼。就像一个人如果没有拿过毛笔，面对楷书还大致可以辨识，但如果面对的是一幅行书或草书，他连怎么写出来的（笔顺、笔势）都很难弄明白，更不要说鉴赏妙处、品评高下了。

　　说到这里，也许有朋友会说，现在社会上喜欢写诗词的人可是越来越多了呀！的确，这对于中华优秀传统文化的传承来说，是好现象。不过，很多朋友是因为爱好而写作，就他们自学的诗词素养，写出一首符合"语法"且"意脉"贯通的诗词来说，还有不小的距离。记得数年前，当能够"写"诗词的计算机软件被开发出来时，有朋友问我怎么看待？如何区别计算机和人创作的诗词？我说：我能区别计算机和古人创作的诗词，但没法区别计算机和今人创作的诗词，甚至计算机创作的比我看到的绝大多数今人创作的还要好，起码平仄、押韵没有问题。因为古人所处的时代，古典文脉传承不成问题，诗文书写是读书人必备的技能，生活、交际常常要用，他们所受的教育中有系统、大量的创作训练，既物化为教材，也可能是师友父子间口耳相传的"法门"、技巧。因此，古人写诗词，就像今人说、写白话文一样，不论雅俗妙拙，起码是符合"语法"且"意脉"贯通的。而在传统文体被白话文体大规模取代的今天，我们已成了诗词传统的"局中门外汉"（张祖翼《伦敦竹枝词》初版自署），不论是写作还是说解，如果不经过刻意、系统的训练，要做到符合"语法"和"意脉"贯通，都非常困难。想必大家都有过学习外语的体验，之所以感觉困难、进展缓慢，是因为缺乏"习得"这种语言的文化氛围。计算机"写"诗词，不过是根据事先设定的平仄、押韵程序，提取相关主题的关键词排列、拼凑，绝大多数今人也差不多，都很难做到符合"语法"且"意脉"贯通。以上是我数年前的回答。ChatGPT（人工智能的语言模型）的诞生，使我的看法略有改变，但它要写出合格的诗词作品，尚待时日。

今人对诗词的感悟力和解读力普遍不高，除了缺乏创作体验，还由于时势变迁，所受专业化的教育训练，使他们的国学素养一般比较浅狭。而诗词又是作者整个生命和生活世界的映射，可能涉及作者生活时代的社会风俗、礼乐制度、思想观念、地理区划乃至自然科学方面的知识。如果对诗词生成的文化背景缺乏了解，自然难以充分发掘文本的意蕴及其"互文性"，无法还原作者言说的"语境"，解说难免隔靴搔痒、纰漏百出。

今天，我们对传统文体的看法已经和"五四"先贤有了很大不同。很多人意识到，传统文体未必没有价值，未必不能书写、表达当代人的生活、情感。尤其是诗词，与母语特性、民族审美、文化基因的关系更为密切。最近几年，《中国诗词大会》《经典咏流传》等与传统文化相关的娱乐节目的热播，更是彰显了中华优秀传统文化根于人心、超越时空的永恒魅力。

那么，我们应该如何提升诗词创作和说解的水平呢？窃以为，就学术、教育体制而言，应该恢复诗词创作教学，适当修复"研究"和"创作"之间良好互动的关系。在古代，文学创作教学的传统源远流长，不仅指授诗文作法、技巧的入门书层出不穷，而且那些以传世为期许的诗话、文评，比如《文心雕龙》《沧浪诗话》等，也以提升创作能力为鹄的，带有浓厚的教科书特征；文学活动的主体，通常兼具创作者、评论者和研究者"三位一体"的身份。"五四"新文化运动打倒了传统文体，并从西方引进了一套崭新的现代文学研究和教育机制。这套机制将"研究"和"创作"断为二事，从此，中文系不以培养作家为使命，而以传授用西方现代文论生产出来的"文学知识"为主要职责。一定程度上说，这些知识不仅忽视了中国古代文学的"中国性"及其生成的古典语境，未能很好地阐发中国古代文学的文化基因、民族审美和母语特性，而且完全不涉及传统文体的创作。诚然，伟大的作家不是仅靠学校培养就能造就的，但文学创作的能力却是可以培养、提升的，中文系的研究和教学不应该放弃对文学创作能力的培养。职是之故，我们有必要修复"研究"和"创作"之间良好互动的关系，特别是亟待从创作视角阐释我们的文学遗产，并以研究所得去丰富、深化传统文体的创作教学。这既可以填补研究空白，推动学科、学术、话语这"三大体系"的建设，也可以反哺当代传统文体创作，是赓续中华文脉的当务之急！

就个人而言，细读、揣摩国学功底广博深厚、"研究"和"创作"兼擅的前辈名家的"说诗"论著，必不可少，特别是钱仲联、羊春秋等现代诗词研究泰斗。他们前半生接受教育的时候，诗词还以"活态"传承着，在与晚清民国古典诗人的交往中，他们"习得"

了诗词创作与说解的能力。同时，他们后半生主要在高校执教，颇了解当代读者的学习障碍和阅读需求。因此，由他们操刀撰写的诗词读物，往往深入浅出，言简意赅，既能传达古典诗词的神韵，又契合当下读者的阅读需要。

作为中华学人，我们对诗词的研究，毕竟不能像有些汉学家那样，偏重理论"演练"。我们有着赓续文脉的重任，必须将研究奠基于对作品的准确解读之上。这势必要求我们尽快提升对诗词的感悟力和解读力。另外，作为"80后"父亲，自从儿子出生以后，我的"人梯"之感倍为强烈，想从专业领域为儿子乃至普天下孩子的成长奉献涓滴。基于这两个方面的考虑，在编纂"民国诗学论著丛刊""名家谈诗词"等丛书之后，我计划再编纂一套"中华好诗词"丛书，把自己读过而又脱销的现代学术泰斗撰写的诗词经典选本，以成体系的方式精校再版，和天下喜欢或欲了解诗词的朋友分享。这个设想，得到了诗友、洪泰基金王小岩先生的热情绍介，以及新东方集团俞敏洪、周成刚和窦中川三位先生的垂青、支持！编校过程中，大愚文化的王秀荣、郭城等老师，付出了很大辛劳。我们规范体例、核校引文、更新注释中的行政区划，纠正了不少讹误，并在每本书的书末附录了一篇书评、访谈录或学案。对于以上诸位师友的热情襄赞，作为主编，我心怀感恩，在此谨致谢忱！

这套丛书，是我们抱着"发潜德之幽光，启来哲以通途"的传承目的编的，乃 2024 年度教育部哲学社会科学研究重大专项项目"古典诗教文道传统的当代阐释及教育实践"（2024JZDZ049）的阶段性成果。每个选本，都是在对同类著作做全面、详尽调查的基础上精挑细选出来的。选注者不仅在相关研究领域有精深造诣，而且许多人本身就是著名诗人。他们选诗，更具行家只眼；注诗，更能融会贯通；解诗，更能切中肯綮。每册包括大约三百首名篇佳作及其注释、解析，直观呈现了某一朝代某一诗体的精彩样貌。诸册串联起来，则又基本展现了从先秦到近代中华诗词的辉煌成就。读者朋友们通过这套丛书，不仅可以在行家泰斗的陪伴、讲解下，欣赏到中华数千年来最为优美的古典诗词作品，而且能够揣摩到诗词创作和欣赏的基本"法门"。而诗歌又是文学王冠上最耀眼的明珠，是所有文体中最难懂、表现手法最丰富的。诗歌读懂了，其他文体理解起来不在话下。诗歌表情达意的技法，也能迁移、应用到其他文体的写作中。缘此，身边的朋友不论是向我咨询如何提升孩子的阅读水平，还是请教怎样提高学生的作文分数，我开出的药方都是"好好儿读诗，特别是诗词"。

孔子说，"不学诗，无以言"，往极端说，甚至"无以生"。诗人不仅能说出"人人心中有，口中无"的话，还是人类感觉和语言的探险家。读诗是让一个人的谈吐、情操变得高雅、优美、丰富起来的最为廉价、便捷的方式。你，读诗了吗？

陈斐
甲辰荷月定稿于艺研院

前言

　　拙著《清诗流派史》刚刚在台湾付印，江西百花洲文艺出版社王志斋副社长就来约我编注一部《清诗三百首详注》。从诗史到诗选，这是顺理成章的事，所以我欣然接受了任务。

　　我平生最尊敬鲁迅先生，但对他说的"一切好诗到唐已被作完"，则期期以为不可。

　　首先，诗是特定历史时期的社会现实在诗人心灵上引起的各种情感（喜、怒、哀、惧、爱、恶、欲）的形象反映，时代不断发展，现实不断变化，诗人的情感也就随之而日新月异，怎能说唐以后的人就作不出好诗呢？在这一点上，鲁迅还不如赵翼，后者还懂得："李杜诗篇万口传，至今已觉不新鲜。江山代有才人出，各领风骚数百年。"

　　其次，这里用得着进化论。前修未密，后出转精，牛顿之所以为牛顿，就因为有许多历史巨人的肩膀可以让他站上去，从而站得更高，望得更远。同样道理，前人在诗艺上的一切技巧，都可以让清代诗人在创作上参考、吸收、运用，真是"其取之也精，其用之也宏"。清代诗坛流派之多，主要正是由于这个缘故。那些鄙视清诗的人，其实都是刘勰说的"多贱同而思古"（《文心雕龙·知音》）。他们没有看到，清人得天独厚，既可从《诗》《骚》以迄唐、宋受到正面的教益，又可从元、明取得反面的教训（当然这是就创新与仿古而言，并非说元、明没有好诗），取其精华，弃其糟粕，这就能创作出无愧于其时代的诗篇来。

总之，清诗度越元、明而继承并发展了唐、宋诗的优良传统（着重的是艺术养料），表现出了自己的时代特色——学人之诗与诗人之诗的结合。

清诗的精华在清前期和清后期，它们都反映了昂扬的民族气节和深沉的爱国主义精神。但清中期的性灵等派以及不属任何流派的诗人们也写出了很多好诗。

在选诗时，我坚持历史的审美的原则，而且不拘限于流派。各流派的诗都选了，很多不属于任何流派的诗人的诗也选了。能反映时代风云和新生事物的固然入选，就是表现生活情趣而有新意的也在选录之列。入选的人较多，是为了广泛展示清诗的众多不同的特色。

在我这个选本以前，已有好几种选本，仅以新中国成立以来而论，就有《清诗选》《清诗三百首》《近代诗三百首》《近代诗选》等等，还有绝句选之类。由于清诗数量大，质量高的也多，因而我选诗时，尽量避免重复，只有极少数几首，是某些选本在注释时有未完善处，因而我也选了，再加注释。学术为天下公器，这样做，有利于读者，相信能获得谅解。

前人注诗，很多受李善注《文选》的影响，只注出某些句子中的典故或个别词语的出处，而对全诗未作整体说明，往往使读者只见树木，不见森林。在这点上，我很赞成仇兆鳌的注杜诗和靳荣藩的注吴伟业诗。所以，为了让读者不仅懂得一字一句的意义，也明白全诗的内容，我在说明部分尽量串讲。由于学力所限，我的理解一定不尽正确，加上篇幅有限，也不能讲得太细，一定仍有未说透处，更不能作艺术分析。

注释是一门艰苦的工作，而且最见学力，有不少问题是无法依靠工具书解决的。此书所选各家的诗，大多未经前人或时贤注释。因此，我在注释过程中，很多地方需要查检第一手资料。有时为了找出典故，翻阅了许多书，如俞清老挟书逐王安石驴后，我查了《宋史》、宋人的笔记多种，俱无所得，最后才在蔡上翔《王荆公年谱考略》中找到。又如"大桥"，一般地名词典所释，并不符合，细查《范伯子诗集》，乃得的解。

在注释时，我除了希望一般有中等文化水平的读者能读懂以外，还希望对研究清诗的读者做一点贡献。也就是说，这本书是通俗性兼学术性的。但这是我的愿望，说不定事与愿违，既不够通俗，又够不上应有的学术水平。这就只有恳求广大读者和专家不吝指教。

刘世南
1995 年 5 月 14 日记于江西师范大学

清诗三百首

目录

五言古诗

七言古诗   067

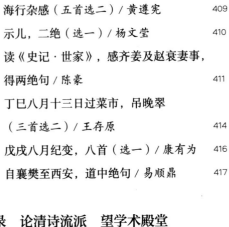

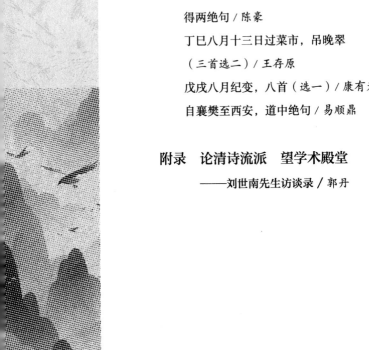

五言古诗

印度在禅河庵，与予寺舍相距五里，纪事（二首选一）

邢昉

古树三四围[1]，清阴刚覆屋。晴雨相代间，葱青压群木。[2]
我友与我邻[3]，幽然隔苍绿[4]。登陟颇无阻[5]，往还径当熟[6]。
杳杳数旬内[7]，至今虚一宿[8]。当密意反疏[9]，以此成幽躅[10]。
盼君笋出土，瀹之饱我腹[11]。斯时欲往情，较深于看竹[12]。

邢昉（生卒年不详）　字孟贞，一字石湖，江苏高淳人。明末为诸生（俗称"秀才"），主持复社有名。入清后，弃举子业，筑室石臼湖边，以卖酒维持生活。其诗清真古淡，风格类似韦应物、柳宗元。与施闰章友善。去世后，施氏为辑其诗以传世。王士禛见之，恨未及友其人。有《石臼前后集》。

◎ **注释**

[1] 围：计量圆周的单位，即两手的拇指和食指合拢起来的长度。

[2] "晴雨"二句：指由于阳光和雨水的不断滋育，这古树一片青葱，压倒一般的树木。以上四句是写景，但也暗含遗民品格高过普通人的意思。

[3] 邻：动词，结邻。

[4] 幽然：阴暗地，指树荫。苍绿：指树叶的青、绿两色。

[5] 登陟：陟（zhì），也是登。指上山。颇（pō）：略微。

[6] 径：小路。

[7] 杳杳：犹如"渺渺""茫茫"，形容时间长。旬：十天。

[8] 虚一宿：想到你庵里住一夜以便聚谈的愿望总没有实现。

[9] "当密"句：指我们两人本应来往密切，现在感情似乎反而疏远了。

[10] 以此：因此。幽躅（zhuó）：断绝的足迹，意谓没有来往。

[11] 瀹（yuè）：以汤煮物。

[12] 看竹：《晋书》卷八十《王徽之传》："时吴中一士大夫家有好竹，欲观之，便出坐舆造竹下，讽啸良久。"此用其意。

◎ 评析

　　清初的明代遗民，为了坚守民族气节，有很多出家做和尚的，本意不一定信佛。印度大概也是这种人，因而邢昉称为"我友"，希望和他时常相聚。最后四句包含两层意思：到印度庵里吃新笋，是表示物质生活上的淡泊自甘；看竹，则表示精神上的超越世俗。而说盼望吃笋之情较深于看竹，带有诙谐之意。

田园杂诗（选一）

钱澄之

春天不久晴，衣垢及时浣[1]。身上何所著，敝襦及骭短[2]。
家人念我寒，一杯为斟满。酒满不可多，农事不可缓。
奋身田野间，襟带忽以散[3]。乃知四体勤[4]，无衣亦自暖。
君看狐貉温[5]，转使腰肢懒。

钱澄之

(1612—1693)

本名秉镫，字幼光，更字饮光，安徽桐城人。生于明神宗万历四十年（1612），卒于清圣祖康熙三十二年（1693），年八十二。明诸生。弱冠时，以诋阉党闻名。崇祯时，以明经贡京师，屡上书言政，不报。游吴、越间，与陈子龙、夏允彝等友善，组云龙社。又尝学《易》于黄道周。唐王时，授漳州府推官。桂王时，授礼部仪制司主事，考授翰林院庶吉士，知制诰。桂林被清军攻占后东归。后避党祸，削发为僧。著有《藏山阁诗存》《田间诗集》。前在福王时，因避阮大铖之祸，东走吴江，崎岖闽、粤间，前所作诗，途经震泽时，遇兵，尽焚诗稿，跳身南遁。后归里，务农自给，自称田间老人。其诗长于白描，兼有陶潜、白居易和杜甫、陆游的特色。

◎ 注释

[1] 垢（gòu）：沾在衣物上的肮脏东西。浣（huàn）：洗濯。

[2] 敝襦：敝，破旧的；襦（rú），短袄。骬（gàn）：小腿。

[3] 襟带：襟，衣服的前幅；带，腰带。

[4] 四体勤：四体，两手两足；勤，出力。

[5] 狐貉温：狐、貉（hé）的毛皮制衣非常轻暖。

◎ 评析

此诗为钱澄之归田后所作，写躬耕生活比陶渊明更深刻。钱澄之真正参加了农业劳动，"奋身田野间，襟带忽以散。乃知四体勤，无衣亦自暖"。陶渊明也说过："四体虽云疲，庶无异患干。"不如这四句亲切有味。至于"君看狐貉温，转使腰肢懒"，则生动而具体地说明了"死于安乐"这个道理。

赴东 （六首　有序）

顾炎武

　　莱人姜元衡讦告其主黄培诗狱，株连二三十人[1]；又以吴郡陈济生《忠节录》二帙呈官，指为余所辑。书中有名者三百余人。[2] 余在燕京闻之，函驰投到，讼系半年。[3]

✿ 顾炎武
（1613—1682）

　　本名绛，字宁人，号亭林，自署蒋山佣，江苏昆山人。生于明神宗万历四十一年（1613），卒于清圣祖康熙二十一年（1682），年七十。年十四，为诸生，与同里归庄善，耿介绝俗，人称"归奇顾怪"。少年时即参加"复社"反宦官权贵斗争。见世变日亟，弃举业，讲求经世之学。清兵南下，嗣母王氏绝食卒，遗命勿事二姓。鲁王时，与归庄共起兵，官兵部职方郎中。其仆陆恩欲向清朝官署告发炎武与海上郑成功秘密交通事，为炎武沉之于水。仆婿复讼之，系奴家，危甚，赖友人路泽农救之得免。遂去乡而往山东，垦田长白山下。复北历关塞，垦田于雁门之北，五台之东，以备有事。后客淮安，往返河北，最后至华阴，因定居于此。康熙十七年（1678），诏举博学鸿词科；次年，修《明史》。大臣争荐之，并坚辞不赴，以布衣终。有《亭林诗文集》。

【小序注释】

[1]"莱人"二句：姜元衡，顺治六年（1649）中进士，官内翰林国史院庶吉士，八年

（1651）升弘文院编修。其祖黄宽，是明兵部尚书黄氏的世仆。元衡仕清后，以养亲回籍，揭发其主前明锦衣卫都指挥使黄培等十四人逆诗一案，于康熙五年（1666）六月奉旨发督抚亲审。

[2]"又以"三句：姜元衡于抚院审时，禀称有《忠节录》即《启祯集》一书，陈济生所作，系顾炎武到黄家搜辑发刻的（按：陈济生为顾炎武姐夫）。此书后称《启祯诗选》，诗被选者有三百余人，元衡欲尽陷黄培等十四人及顾炎武并此三百余人以献媚清廷。

[3]"余在"三句：康熙七年（1668）春，炎武在北京寓慈仁寺，闻莱州黄培诗案牵连，以为事关公义，不宜避匿，又恐久而滋蔓，贻祸同人，就赶赴济南，径自投案，即被囚禁。经过抚院审讯，作证的人既供从不认识顾氏，又审《忠节录》乃去年斩犯沈天甫所伪撰以陷害吴元莱者。于是原告姜元衡面禀抚院，求不深究，炎武乃得开释。

其　一

人生中古余[1]，谁能免尤悔[2]？况余庸驽姿[3]，侧身涉危殆[4]。
窫窳起东嵎[5]，长鲸翻渤澥[6]。斯人且鱼烂[7]，士类同禽骇[8]。
禀性特刚方，临难讵可改。[9]伟节不西行，大祸何由解？[10]

◎ 注释

[1] 中古余：中古别于上古而言，一般以魏晋至隋唐为中古。中古余，犹言中古后。我国传统以为上古人心善良，风俗淳美，中古以后则人心日益诡薄，风俗日益浇离。

[2] 尤悔：《论语·为政》："言寡尤，行寡悔。"尤，过失；悔，遗憾。

[3] 庸驽姿：驽（nú），能力低下的劣马；姿，姿质。此以庸驽比喻自己姿质平庸。

[4] 侧身：形容忧不自安。涉危殆：陷入险境。

[5] 窫（yà）窳："窳"字误，应为"窳（yǔ）"，古代传说中的吃人怪兽。此以喻清朝统治者。东嵎（yú）：东方偏僻的地方，指满人原在东北地区。

[6] "长鲸"句：长鲸，指清。渤澥，东海的一部分。鲸翻东海，比喻清人从东入侵中原。

[7] 斯人：指汉人。鱼烂：指严刑峻法使人民无法忍受，纷纷逃去。

[8] "士类"句：谓读书人像被射击的飞鸟一样惊慌恐惧。

[9] "禀性"二句：承受于天的性格原本是坚强正直的，面对危难难道可以更改天性？

[10] "伟节"二句：《后汉书·贾彪传》：彪字伟节。桓帝延熹元年（158），党事起，太尉陈蕃争之，不得，群臣莫敢复言。彪谓同志曰："吾不西行，大祸不解。"乃入洛阳，说城门校尉窦武、尚书霍谞等，使讼之，桓帝于是大赦党人。

◎ 评析

　　此言中古以后，小人日多，总爱迫害正人。特别是满洲贵族人主中原后，一些汉族败类为谋一己富贵，更喜陷害无辜。现在为了解救这冤案中的三百余人，自己临危不惧，毅然去济南投案。

其 二

行行过瀛莫[1]，前途憩广川[2]。所遇多亲知，摇手不敢言。
尔本江海人，去矣足自全。[3]无为料虎须[4]，危机竟不悛[5]。
下有清直水，上有苍浪天。[6]旦起策青骡[7]，夕来至华泉[8]。

◎ 注释

[1] 行行：不断向前走。瀛莫：河北两个地名。瀛州，北魏时置，辖境相当今河北保定博野以东，沧州肃宁、交河、盐山以北，大清河以南地区。莫州，唐睿宗时置，辖境相当今河北清苑、任丘、文安及徐水、唐县南部地区。

[2] 广川：古县名，汉置，治所在今河北景县西南广川。

[3] "尔本"二句：此亲友劝阻之语。尔，指顾炎武。江海人，避世之人。去矣，赶快逃走吧。

[4] 料虎须：《庄子·盗跖》："料虎头，编虎须，几不免虎口哉！"旧注：料，触。顾氏误记。

[5] "危机"句：谓甘蹈危机，终不改变初衷。悛（quān），悔改。

[6] "下有"二句：顾氏自注：《诗》："河水清且直漪。"《古乐府·东门行》："上用苍浪天故，下为黄口小儿。"按：顾氏用此两句表示本身清白，天日可表。

[7] 策：用鞭子赶。

[8] 华泉：在济南东北华不（huā fù）注山下。

◎ 评析

　　从北京前往济南，一路上遇到不少亲友，都劝他不要去自投罗网，而他自觉清白无辜，仍然前往山东。

其 三

苦雾凝平皋[1]，浮云拥原隰[2]。峰愁不注高，地畏明湖湿[3]。
客子从何来？彷徨市边立。未得诉中情，已就南冠絷[4]。
夜半鸺鹠鸣[5]，势挟风雨急。枯鱼问河鲂，嗟哉亦何及！[6]

◎ 注释

[1] 平皋：平坦宽阔的沼泽地。

[2] 原隰：原，广平的高地；隰（xí），低湿的地方。

[3] 明湖：济南城内的大明湖。

[4] 南冠絷：《左传·成公九年》："晋侯观于军府，见钟仪，问之曰：'南冠而絷者谁也？'有司对曰：'郑人所献楚囚也。'"旧注："南冠，楚冠。"后因以南冠为囚犯的代称。絷（zhí），拘囚。

[5] 鸺鹠（xiū liú）：猫头鹰，俗以为凶鸟，鸣则不祥。

[6] "枯鱼"二句：《古乐府》："枯鱼过河泣，何时悔复及。作书与鲂鲂，相教慎出入。"顾诗此二句表示后悔不该来济南投案，因为事先没想到抚院竟不让自己申诉就关押起来。

◎ 评析

　　此写刚到济南时的感受。"苦雾"四句，通过景物反映自己的苦闷心情。"夜半"二句，写在狱中的凄苦状况。"枯鱼"二句与上"未得"二句连读，写自己悔未听亲友劝阻，没想到抚院不听自己诉中情。

其 四

荏苒四五日[1]，乃至攀髻时[2]。夙兴正衣冠[3]，稽首向园墀[4]。
诗人岸狱中[5]，不忘恭敬辞。所秉独周礼[6]，颠沛犹在斯[7]。
北斗临轩台[8]，三辰照九疑[9]。可怜访重华，未得从湘累[10]。

（三月十九日）

[1] 荏苒：时间渐渐过去。

[2] 攀髯：传说黄帝铸鼎于荆山下，鼎成，有龙下迎，黄帝乘之升天，群臣后宫从上者七十多人。余小臣不得上龙身，乃持龙髯，而龙髯拔落，并堕黄帝之弓，百姓遂抱其弓与龙髯而哭号。见《史记·封禅书》。此以指崇祯帝之崩。

[3] 夙兴：夙（sù），早；兴，起。

[4] 稽（qǐ）首：古代一种跪拜礼，叩头到地很久才抬起来，是臣拜君的最恭敬的礼节。园墀（chí）：皇帝陵园的台阶。

[5] 岸狱：监狱。岸，通"犴"，犴，亦狱。

[6] 秉：持。周礼：此以比喻明朝的礼制。

[7] "颠沛"句：颠沛，困顿。此句是说即使在监狱中还坚守明朝礼制。

[8] "北斗"句：《史记·天官书》："北斗七星，所谓璇玑、玉衡以齐七政。"古人以天象对应人事，认为北斗七星对应人间七政（春、秋、冬、夏、天文、地理、人道），七政理则万事顺。轩台，《山海经》："西王母山有轩辕之台。"此以指崇祯帝的墓地。此句说崇祯帝时政治清明，上应天心，今虽换代，天心仍眷顾明朝，含有复兴之意。

[9] "三辰"句：三辰，日、月、星；九疑，虞舜所葬地。此亦以指崇祯帝的墓地。此句是说日、月、星照耀在崇祯墓地上，含义同上句。

[10] "可怜"二句：重华，虞舜名。《离骚》："就重华而陈词。"湘累，指投湘江而死的屈原。无罪而死曰累。这两句是说自己为了进行反清复明的活动，不能跟随屈原去殉国。

◎ 评析

  此写明崇祯帝自缢而死的忌辰，自己虽在狱中，仍然清早就起来穿好衣服，戴正帽子，向崇祯陵墓的方向行礼，表示悼念。悼念时还表白自己不能像屈原那样殉国的原因（在明遗民心目中，崇祯帝是"国君死社稷"的）。

其 五

羲仲殷东方，伶伦和律管。[1] 阴崖见白日[2]，黍谷回春暖[3]。
柔橹下流渐，轻车度危栈。[4] 草木皆欣欣，不觉韶光晚[5]。
大造虽无私，薰莸不同产。[6] 奈此物性何，鸠化犹鹰眼。[7]

◎ 注释

[1]"羲仲"二句：羲仲，人名，唐尧时掌管天文历法之官之一，分驻东方，观察星象，判定季节，以便耕作。殷，正定仲春（二月）的气节。伶伦，黄帝时的乐官，造成乐律，八音和谐。管，八音之一，即管乐器，如箫之类。这两句说自己三月四日投案，五月十九日院审后，狱事有解决希望，虽已入夏，却有如坐春风、喜闻乐音之感。

[2]"阴崖"句：谓就像背阳的山崖突然受到阳光的照射。

[3]"黍谷"句：燕有黍谷，美而寒，不生五谷，战国时人邹衍居此，吹律而温气生。见刘向《别录》。

[4]"柔橹"二句：柔橹，轻快地摇着船上的橹。流澌，解冻的冰。危栈，危险的栈道。两句都是比喻的话，表示自己摆脱了艰险的环境。

[5]韶光：美好的时光，常指春光。

[6]"大造"二句：大造：即造化，指天地。薰莸（yóu）：薰，香草；莸，臭草。这两句说自然界虽然没有私心，却不让香草和臭草长在一起。这是自比香草，而把黄培等人比为臭草。

[7]"奈此"二句：《世说新语·方正》："苏峻时，孔群在横塘为匡术所逼。王丞相保存术，因众坐令术劝群酒，以释横塘之憾。群答曰：'德非孔子，厄同匡人，虽阳和布气，鹰化为鸠，犹憎其眼。'"又："孔车骑（孔愉，官至尚书左仆射，赠车骑将军）与中丞（孔群，仕至御史中丞）共行，在御道逢匡术，宾从甚盛，因往与车骑共语。中丞初不视，直云：'鹰化为鸠，众鸟犹恶其眼。'术大怒，便欲刃之。车骑下车抱术曰：'族弟发狂，卿为我有之。'始得全首领。"这两句说，尽管黄培兄弟和自己陷同一冤案，而黄氏像鹰一样凶狠，即使表面善良，恶性仍然不变。

◎ 评析

    此诗极写狱事将解的喜悦心情，最后四句则责怪同案的黄培等兄弟在审讯时不照顾自己，后来还对"已投井"的自己多方"下石"，辜负了自己挺身而出企图解救冤狱诸人的初心。

其 六

天门诀荡荡[1]，日月相经过。下阅黄雀微，一旦决网罗。[2]
平生所识人，劳苦云无他[3]。骑虎不知危，闻之元彦和。
尚念田畯言，此举岂足多。永言矢一心，不变同山河！[4]

[1]"天门"句:《汉书·乐志》:"天门开,谍(dié)荡荡。"天官之门大开,天体开阔清朗。

[2]"下闵"二句:此用《野田黄雀行》的"拔剑捎罗网,黄雀得飞飞",指友人们的救援。据徐嘉《诗谱》,是年春,朱彝尊至山东,客巡抚刘芳躅幕下,大力解说,因而刘芳躅特为此案诸人开脱。同时李因笃奔走南北,为炎武鸣冤,也起了很大作用。

[3]劳苦:慰劳(lào)。云无他:他(tō),什么。此炎武回答所识人的慰劳。

[4]"骑虎"六句:皆炎武答辞。"骑虎"二句用《北史·彭城王勰传》:北魏元勰,字彦和。孝文帝元宏崩,咸阳王元禧谓勰曰:"汝非但辛勤,亦危险之至。"勰对曰:"兄识高年长,故知有夷险。"彦和握蛇骑虎,不觉艰难。"尚念"二句用《宋史·田昼传》:邹浩谏立刘后得罪,窜新州(古地名,故城在今广东新兴境内)。昼迎之于途,浩出涕。昼正色责曰:"……愿君毋以此举自满,士所当为者未止此也!"永言:永远。言,助词。矢:誓。

◉ 评析

　　此诗说冤案终于得白,因有朱彝尊、李因笃诸友人的大力营救。而出狱后,熟人来慰问,自己表示不算什么,患难中既不害怕,出狱后也不认为这样毅然投案有什么了不起。反正不管怎样,自己反清复明的思想是不会改变的。

临江悯旱

施闰章

瘠土嗟薄获[1],岁丰长忍饥[2]。戎马况迭迹[3],田园成路蹊[4]。
荷锄代牛力[5],播种良苦疲[6]。朱火肆燎原[7],禾稗同一萎。
民乱如恐后,况乃驱策为。[8]徒跣呼百神[9],呜咽致我辞:
政拙未敢苟,召灾今则谁?[10]云汉何皎洁,箕斗正参差。[11]
心知阊阖远,侧向高天啼。[12]明日急刍饷[13],吞声重涕洟[14]。

施闰章
(1618—1683)

字尚白，号愚山，安徽宣城人。生于明神宗万历四十六年（1618），卒于清圣祖康熙二十二年（1683），年六十六。顺治六年（1649）进士，授刑部主事，旋充山东学政，又迁江西参议，分守湖西道。康熙十八年（1679），召试博学鸿词，授翰林侍讲，纂修《明史》。充河南乡试正考官，转侍读，卒。论诗宗唐，工于五言，王士祯称为"温柔敦厚，辞清句丽"，为作摘句图。与莱阳宋琬齐名，时称"南施北宋"。乾隆时以施、宋与王士祯、朱彝尊、赵执信、查慎行为"清初六家"，有《国朝六家诗钞》。施氏著有《学余堂诗集》五十卷。

◎ 注释

[1] 瘠土：土质硗薄的田地。薄获：庄稼收获很少。

[2] "岁丰"句：谓即使年成好，一家人也常吃不饱。

[3] "戎马"句：谓何况军队的兵马多次在田地里奔跑。

[4] 蹊（xī）：本指山路，此泛指道路。

[5] 荷（hè）：扛，担。

[6] 良：很。

[7] 朱火：红色的火焰。肆：放纵地。燎原：猛烈的阳光像大火一样燃烧着原野。

[8] "民乱"二句：谓在这种严重旱灾的威胁下，老百姓为了求生，已经纷纷起来暴动，似乎生怕比别人晚了一步，何况官府还在横征暴敛，驱赶他们去做盗贼呢！为，句尾助词，表示感慨或诘问的语气。

[9] 徒跣（xiǎn）：赤脚步行。跣，赤脚。呼百神：向天上众神呼吁。

[10] "政拙"二句：谓我的政治才能很差，但从来不敢横征暴敛，压榨百姓，那么是谁触怒上天，招来这样大的旱灾呢？

[11] "云汉"二句：表面指银河皎洁，没有下雨的征兆，实际是用《诗·大雅·云汉》，因为那是周宣王遭旱呼吁之辞。箕斗，两种星名，即箕宿、斗宿。参差（cēn cī），高低不齐。这两句是说，天上群星灿烂，毫无雨意。

[12]"心知"二句：阊阖（chāng hé），传说中的天门。侧，侧身，倾侧身体，忧惧不安貌。

[13]刍饷：刍，此指军马的饲料；饷，军粮。

[14]吞声：不敢出声。重（chóng）：再一次。涕洟：流眼泪，擤鼻涕。

◎ 评析

　　此为施氏分守湖西道时所作。临江府，治所在清江（今县西临江）。辖境相当今江西的新余、清江、新干、峡江四地。这一带农村原本就地瘠民贫，又连年遭到战争的祸害，更加民生凋敝。现在又受到严重的旱灾，以致农民纷纷暴动，或吃大户，或上山为寇。作者面对这种现状，无计可施，只有哀求上天降雨。而前线所需的粮草正催缴得急如星火，作为地方官的作者没法交差，只有再一次呜咽流涕。

赠朱士稚

屈大均

神虬乐泥蟠，鸿鹄安紫荆。飞腾亦何难，所贵忘吾形。[1]
子房久破产，一身如浮萍。[2]英雄不失路，何以成功名？[3]
高歌送君酒，词采郁纵横[4]。神仙尔何愚，犹未齐死生。[5]
明月在沧海，光华虚复盈。[6]无怀千载忧，酣放聊沉冥[7]。
天地一尘垢[8]，吾心独太清[9]。

✦屈大均
（1630—1696）

初名绍隆，字翁山，又字介子，广东番禺（今属广州）人。生于明思宗崇祯三年（1630），卒于清圣祖康熙三十五年（1696），年六十七。明末诸生，清兵南下后，曾在浙江山阴祁班孙家与祁氏兄弟、魏璧（又名耕）、朱士稚等进行抗清活动。失败后，遍游南北，远至辽东、陕西，结交志士，以图恢复。明亡后曾削发为僧，改名今种，字一灵，后还俗，更今名。其诗善写山林边塞，豪宕有奇气，富于民族意识。与陈恭尹、梁佩兰合称为"岭南三大家"。有《道援堂集》。

◎ 注释

[1]"神虬"四句：虬（qiú），古代传说的一种无角的龙。泥蟠，蟠曲而伏于泥中。鸿鹄，鸟名，即鹄，飞得很高。紫荆，树名。神虬和鸿鹄本是飞腾高空的，而现在乐于泥蟠，安于紫荆，重要的在于隐蔽自己的真面目。

[2]"子房"二句：子房，张良之字。其家五世相韩。秦灭韩后，他图谋恢复，结交刺客，在博浪沙狙击秦始皇未中。秦搜捕刺客，风声很紧急，良更姓名匿下邳。

[3]"英雄"二句：谓张良急于复仇，终于失败，圯上老人故意磨炼他的耐心，然后授以《太公兵法》，使他能辅佐刘邦，亡秦兴汉，封为留侯。

[4]郁纵横：形容歌词文采斐然。这是一种隐晦的说法，实质如同为荆轲送行的《易水歌》。

[5]"神仙"二句：谓企求长生想做神仙的人多么傻啊，还不能像庄子那样"齐寿夭，一死生"，而不贪生怕死。

[6]"明月"二句：沧，通"苍"，青绿色。沧海，大海（大海水深，呈青绿色）。虚，指月亏。实，指月圆。"明月"句用唐人张九龄《望月怀远》的"海上生明月"和李商隐《锦瑟》的"沧海月明珠有泪"。

[7]酣放：纵酒狂放。聊：姑且。沉冥：隐晦，泯灭无迹。

[8]"天地"句：一，全部。此句谓天地之间的人全部生活在尘土和污垢中（意谓过着肮脏卑污的生活）。

[9]"吾心"句：太清，葛洪《抱朴子·杂应》："上升四十里，名为太清。太清之中，其气

甚刚，能胜人也。"此句谓我们（我和你）的心单独飞翔在太清之中。

◎ 评析

　　据朱彝尊《贞毅先生墓表》：朱士稚，字伯虎，浙江山阴（今属绍兴）人。父在明代为雷州知府，祖为文华殿大学士。士稚少好游侠，与挚友张宗观以王霸之略自许。明亡后，士稚散家财以结志士，共图恢复。为奸人所揭发，被捕下狱，判死罪。宗观号呼于所知，敛重赏贿狱吏，得不死，不久释放。从此流浪江湖间，仍寻求同志谋恢复，事终不成，以病膈卒，年才四十七。屈大均和朱士稚都是反清复明的志士，由于清政府的高压，诗里首先劝告士稚要善于隐蔽自己，莫让清政府发现自己的秘密活动。然后以张良比士稚，张良在韩亡于秦后，也曾流浪江湖，和士稚一样，最后却亡秦兴汉，成了大功，士稚将来一定也会这样。以下写以酒饯行，写诗赠别。"神仙"二句，是说不必像张良功成身退，从赤松子游，以求长生，而应该像庄子说的"齐生死"，这实际是鼓励士稚在反清复明事业中，不要考虑个人生命安全问题。"明月"四句，比喻朱明政权定能复兴，劝士稚开怀痛饮。末二句是说现在虽生活在黑暗的清政权统治下，我们仍然坚持崇高的民族气节。

刘逸民隐如

陈维崧

昔余丙申岁^[1]，读书长洲县^[2]。章华宋大夫^[3]（宋右之德宜），相与共笔砚。
夹河幽巷绕，入市清溪漩^[4]。风物本芳嘉，追随悉英彦。
刘悛宋家邻^[5]，尤与陈生善^[6]。流连说生平^[7]，跌宕多顾盼^[8]。
君也性温慎，十步必缱绻。^[9]及其感慨时^[10]，焱然闪岩电^[11]。

酷爱《湖海集》[12]，搜录日不倦。蚕尾与银钩[13]，错落铺黄绢[14]。
吴城七月秋[15]，别我赴京甸[16]。同门八九人[17]，联袂临流饯[18]。
君时醉起舞，长袖风中卷。赠以珊瑚鞭，饰以黄金钿[19]。
莫矜红颜好，宫中妒娇面。[20]莫言白璧完，连城轻自眩。[21]
运至慕荣华，愁来忆贫贱。[22]刘生方策名[23]，欻遘贤关变[24]。
是时盛苞苴[25]，富人工汲援[26]。铜山焘然开[27]，中有集贤院[28]。
乌倮作主司[29]，郑白联翩荐[30]。谁令黔娄生，误厕时流选。[31]
昆冈一旦焚，玉石何由见？[32]刘生恬淡人，竟受谗言煽。
白月照圜扉[33]，不是昭阳殿[34]。凄凄范蔚宗[35]，恻恻书团扇[36]。
戍君玄菟郡[37]，插君白羽箭[38]。君躯绝短小，何以能征战？
君身非金石，何以堪忧怨[39]？刘琨绕指柔，凤昔曾百炼。[40]
江东西风起，莼鲈可以膳。[41]待君君不来，泪下如流霰[42]。

陈维崧
（1625—1682）

字其年，号迦陵，江苏宜兴人。生于明熹宗天启五年（1625），卒于清圣祖康熙二十一年（1682），年五十八。明末诸生。吴伟业称其为"江左三凤凰"之一（另二人为吴兆骞、彭师度）。康熙十八年（1679），年过五十，荐应博学鸿词科，试列一等，授翰林院检讨，与修《明史》。诗尚词华，而豪放有奇气，词尤有名于世。有《湖海楼全集》。

◎ 注释

[1] 丙申岁：顺治十三年（1656），作者三十二岁。

[2] 长洲县：旧县名，治所在今江苏苏州，1912 年并入吴县。

[3] 章华：台名，楚灵王造。宋大夫：指宋玉，此以指代宋德宜。德宜，字右之，长洲人，顺治进士，累官吏部尚书、文华殿大学士。卒谥文恪。

[4] 漩（xuán）：流水回旋。

[5] 刘惔（tán）：东晋人，字真长，累迁丹阳尹，为政清静。此以指代刘隐如。

[6] 陈生：作者自指。

[7] 流连：依恋不忍离去。

[8] 跌宕：放纵不拘。顾盼：左顾右盼，形容得意忘形。

[9] "君也"二句：君，指刘隐如。温慎，温和谨慎。缱绻，情意深厚。

[10] 感慨：有所感触而愤慨。

[11] 焱然：此指目光闪亮。焱（yàn），火花。闪岩电：比喻目光有神。《世说新语·容止》："裴令公（楷）目王安丰（戎）眼烂烂如岩下电。"

[12] 《湖海集》：作者的诗文集。

[13] "虿尾"句：虿（chài）尾、银钩，都形容笔法的劲锐。唐张彦远《法书要录》一南齐王僧虔《论书》："索靖字幼安，敦煌人，散骑常侍张芝姊之孙也，传芝草而形异，甚矜其书，名其字势曰银钩虿尾。"此指刘隐如收集到陈维崧的诗篇，用劲锐的书法誊写下来。

[14] "错落"句：谓劲锐的字错杂地铺写在黄色的薄绢上。

[15] 吴城：吴指吴县。

[16] 京甸：指北京。甸，指郊区。

[17] 同门：旧指同学，谓同出一师门下。

[18] 联袂：携手。

[19] 钿：金花。按：钿作名词，读 tián；作动词，读 diàn。此句用为名词，则是平声，不能叶（xié）仄韵，作者偶误。

[20] "莫矜"二句：此以容貌为比喻。不要以为自己长得美丽而骄傲，要知道后宫三千粉黛，美貌少女是最被人嫉妒的。

[21] "莫言"二句：此以白璧为喻。别说自己的德才俱高，像白璧那样完美无缺，从而把自己这块价值连城的玉璧随便向人炫耀。

[22] "运至"二句，是承上启下的过渡句。

[23] 策名：出仕。古之仕者，对所臣事之主上，写下自己的姓名在简册上，表明隶属关系。见《左传·僖公二十三年》"策名委质"句下孔疏。

[24] 欻遘：欻（xū），形容迅速得如火光一现；遘（gòu），遭遇。贤关：科举仕进的途径。语出《汉书·董仲舒传》："太学者，贤士之所关也。"颜师古注："关，由也。"

[25] 苞苴（bāo jū）：本指馈赠的礼物，引申指贿赂。

[26] 汲援：汲引（推荐）、援（yuàn）助。

[27] "铜山"句：铜山，产铜之山。《汉书·邓通传》：文帝以蜀之严道铜山赐通，使得自铸

018

钱。砉（huā）然，本指皮骨相离声，此指铜山开采时的响声。全句是讽刺出身富家的应试士子，用大量金钱买通考官取录自己。

[28]"中有"句：集贤院，唐文学三馆之一，而打开铜山，里面居然有一个集贤院。这是讽刺那些富家子弟居然凭贿赂窃取了功名。

[29]乌倮（luǒ）：即乌氏（zhī）倮。乌氏，县名；倮，人名。其人以畜牧致富，秦始皇令比封君，以时与列臣朝请。主司：科举考试的主试官。

[30]郑白：郑，指程郑，以冶铸致巨富；白，指白圭，以经商致富。联翩：鸟飞貌，常用以形容连续不断。以上乌氏倮、程郑、白圭俱见《史记·货殖列传》。

[31]"谁令"二句：黔（qián）娄，战国时齐国隐士，家贫穷，死时衾不蔽体。厕，参加。

[32]"昆冈"二句：昆冈，古代传说的产玉之山。《书·胤征》："火炎昆冈，玉石俱焚。"此以比喻科场案一发生，行贿的考生和无辜的考生一起受到清政府的严惩。

[33]圜扉：狱户以圆木为扉，故称圜（yuán）扉。

[34]昭阳殿：古宫殿名，汉武帝时建。

[35]范蔚宗：范晔，南朝宋史学家，字蔚宗，著《后汉书》，因孔熙先谋逆事受牵累，下狱被诛。此以范晔比刘隐如之下狱。

[36]书团扇：《南史·范晔传》："晔在狱，'上（宋文帝）有白团扇甚佳，送晔令书出诗赋美句。晔受旨援笔而书曰：'去白日之炤炤，袭长夜之悠悠。'上循览凄然'"。

[37]玄菟郡：汉武帝元封三年（前108）置，治所在沃沮城（今朝鲜咸镜南道咸兴）。辖境相当今辽宁东部东至朝鲜咸镜道一带。

[38]白羽箭：以白色羽毛为材料制成的箭。

[39]堪：动词，能承受。

[40]"刘琨"二句：刘琨《重赠卢谌》诗："何意百炼刚，化为绕指柔。"比喻英雄失志，俯仰由人。此处以喻刘隐如流放塞外后，也只能逆来顺受。

[41]"江东"二句：《晋书·张翰传》："翰因见秋风起，乃思吴中菰菜、莼羹、鲈鱼脍，曰：'人生贵得适志，何能羁宦数千里，以要名爵乎？'遂命驾而归。"江东，古称芜湖以下的长江下游南岸地区为江东，主要指吴中（三国吴全部地区称江东）。

[42]"泪下"句：霰（xiàn），雪珠。此言泪流如散落的雪珠。

◎ 评析

　　刘隐如和吴兆骞等于顺治十四年（1657）同应北闱（顺天乡试）试，以科场事逮系，遣戍塞外。此诗前二十句，写两人从小交游，极为友善。从"吴城七月秋"至"愁来忆贫贱"共十四句，写刘赴北京应乡试，学友们饯行时，刘志得意满，作者劝他不要锋芒毕露。从

"刘生方策名"至"夙昔曾百炼"共二十六句，写北闱科场舞弊案发生，刘无辜受连累，先下狱，后遣戍。最后四句写自己望刘还乡而不可得，不胜哀痛。

大孤山

朱彝尊

两孤去百里[1]，宛在中流半[2]。匪独形胜殊[3]，气亦变昏旦[4]。
天梯鬼斧开[5]，庙火神鸦散[6]。昭昭云月辉，历历明星烂。
空水既澄鲜，浮光亦陵乱。飘飘御泠风[7]，恍惚度银汉[8]。
未有归与情[9]，空深逝者叹[10]。

朱彝尊
(1629—1709)

字锡鬯，号竹垞，浙江秀水（今属嘉兴）人。生于明思宗崇祯二年（1629），卒于清圣祖康熙四十八年（1709），年八十一。早年曾参加反清复明的秘密活动。康熙十八年（1679），应博学鸿词科试，官翰林院检讨，与修《明史》。后引疾乞归。诗与王士禛齐名，有"南朱北王"之称。有《曝书亭集》。

◎ 注释

[1] 去：相距。

[2] 宛：好像。

[3] 匪独：不但。形胜殊：山势优美，与众不同。

[4] 昏旦：傍晚和清晨。

[5] 天梯：登天之梯，比喻高险的山路。鬼斧：形容技艺精巧，非人工所能为。

[6]庙火：庙里的香火。神鸦：乌鸦，以栖息于神庙，故称神鸦。

[7]御泠风：《庄子·逍遥游》："夫列子御风而行，泠然善也。"泠，轻妙貌。

[8]银汉：银河。

[9]归与：《论语·公冶长》："子在陈，曰：'归与，归与！……'"与，同"欤"，助词。

[10]逝者叹：《论语·子罕》："子在川上曰：'逝者如斯夫！不舍昼夜。'"

◎ 评析

这是顺治十三年（1656）朱彝尊赴岭南途经江西鄱阳湖时所作。大孤山在鄱阳湖出口处，横扼湖口，孤峰独耸。小孤山在安徽宿松东南部，屹立长江之中，形势险要。此诗写自己夜登大孤山的感受：不但山势特殊，气候变化也大。登山的石阶非常险峻，庙里的香客也散了。仰望高空，明月皎洁，群星灿烂。水天一色，湖水反映的月光、星光、灯光、渔火，闪烁不定。自己置身高处，颇有列子御风而行之感，仿佛徜徉在银河上。现在正向岭南走，还不打算回家乡去，但是面对滔滔流水，已经深感时光流逝得太迅速了。

行十八滩中[1]

赵执信

滩行日百转，转转山四围。[2]寒流中屈曲，郁怒不自持。[3]
秋凛肃杀气，陆发龙蛇机[4]。回风地底来，霡雨皆倒飞[5]。
乱石势腾攫[6]，狞恶各异姿。似嗔舟船逼，列阵前相追。
篙师工避就[7]，色授颐指挥[8]。蓄力争毫发，险途生坦夷[9]。
游子阅奔峭[10]，惊定翻耽奇[11]。秋云摇水壁[12]，杉木森下窥[13]。
弄波情无极，棹月愿犹违。[14]夕阳驻西岭，为我延清辉。

✦ 赵执信
(1662—1744)

字伸符，号秋谷，晚号饴山老人。山东益都（今青州）人。生于清圣祖康熙元年（1662），卒于高宗乾隆九年（1744），年八十三。康熙十八年（1679）进士，授编修，历官至右春坊右赞善。以"国恤"（佟皇后丧）期间观演《长生殿》而革职。从此纵情诗酒，漫游南北，曾至苏州、广东等地。他是王士禛的甥婿，而论诗与王不合，反对王的"神韵说"。作诗以巉刻为主，颇能批判现实。有《饴山堂集》。

◎ 注释

[1] 十八滩：赣江中有十八个滩，赣县、万安各占九个。

[2] "滩行"二句：谓船在十八滩中行进，每天要转上百个弯，转来转去总在万山包围之中。

[3] "寒流"二句：谓秋天的江水不断被滩底的乱石阻遏着，无法奔流直下，只能曲折地流动，使自己恼怒得无法控制。

[4] "陆发"句：《阴符经》："天发杀机，龙蛇起陆。"此句意谓上天要使船翻人亡。

[5] 雹雨：形容雨点大如雹子。

[6] 势腾攫：样子像要跳起来抓人。

[7] 工避就：善于避开暗礁而走水深处。

[8] "色授"句：谓行船极为紧张，篙师来不及发号施令，只能让助手们看他的脸色行事，时或用下巴的动向示意。

[9] "蓄力"二句：谓全神贯注，到关键时刻，恰好从礁石空隙插过去，于是危险的水路变成了平坦的大道。

[10] 游子：作者自指。

[11] 耽奇：爱好周围的美丽景色。

[12] "秋云"句：此句自李白诗"晚从南峰归，萝月下水壁"化出。

[13] "杉木"句：指山上的杉树丛阴沉得像在偷看我们船上的人。

[14] "弄波"二句：谓玩赏江水的心情极为宽旷，可是想在月下泛舟却不可能。

◎ 评析

　　此写秋日舟行十八滩中的险恶经历，着重描写水路的曲折，寒流的郁怒，风雨的猛厉，滩底乱石的狰狞。在这样艰险的环境里，篙师凭着丰富的经验，高明的技术，终于化险途为平地。最后写自己惊定后欣赏周围景物，很想泛舟月下，但是船走得太快，而那西山的太阳似乎还在为我延长它的光辉，迟迟不肯落下去。

朗陵行（郾城以南数百里，庐舍萧条，田野不治。访之土人，盖数十年于兹矣。夜抵确山，感而赋此。）[1]

冯廷櫆

荆河惟豫州[2]，厥赋实第二[3]。汝南天之中，亦属中上地。
漆丝既繁兴，纤絮以时致。[4]洎乎井牧荒[5]，农民乃多事。
或为旱潦侵[6]，或因兵燹弃[7]。阡陌纷错陈[8]，沟洫久废置[9]。
朝廷重稼穑[10]，特设牧民吏[11]。厚以赐复恩[12]，重以荒田议[13]。
匪惟念民依[14]，亦将收地利。岂知群有司[15]，相视等儿戏。
荆榛翳邱陇[16]，瓦砾罗市肆[17]。我欲呼流民，裹粮千里至。
相彼高下田[18]，畀以耕耘器[19]。播谷居其始，种菽及其次[20]。
三时课晴雨[21]，岂曰非善智？惜非劝农官，怀此终何试？

❀ **冯廷櫆**
（1649—1700）

字大木，山东德州人。生于清世祖顺治六年（1649），卒于圣祖康熙三十九年（1700），年五十二。康熙二十一年（1682）进士，授内阁中书。康熙二十六年（1687），充湖广乡试副考官。性孤峭，不入贵人之门，生平唯与赵执信深相契。有《冯舍人遗诗》。

⦿ 注释

[1] 朗陵行：朗陵，旧县名，汉置，属汝南郡。南朝宋时县废。故址在今河南确山西南。行，古诗的一种体裁。郾城：县名，在河南中部沙河流域。确山：县名，在河南南部。汉置朗陵，宋改确山。

[2]"荆河"句：《书·禹贡》："荆、河惟豫州。"此用其语。荆，荆山。河，黄河。全句意为荆山和黄河之间是豫州（在今河南境内黄河以南及安徽西境）。

[3]"厥赋"句：《书·禹贡》规定豫州"厥赋错上中"。上中即第二等。厥，其。赋，田赋。

[4]"漆丝"二句：《书·禹贡》规定豫州"厥贡漆、枲、绤、纻，厥篚纤纩"。枲（xǐ），麻。绤（chī），细葛布。纻（zhù），苎麻。篚（fěi），筐类竹器。纤纩（kuàng），细丝绵。纤絮：粗丝绵。这两句谓汝南这一带，既生产许多漆和丝，也能按照一定时节得到粗丝绵。

[5] 洎（jì）：及，到。乎：助词。井牧：井，开田耕作；牧，畜牧。

[6] 潦（lào）：雨水过多，淹没庄稼。

[7] 燹（xiǎn）：火。多用为兵火。

[8] 阡陌（mò）：田间的小路。纷错陈：田土荒芜，人、兽在田里走出许多纵横交错的小路。

[9] 沟洫：用以防旱排涝的田间通水道。洫（xù），古井田制，成和成之间的水道。《考工记·匠人》："方十里为成，成间广八尺，深八尺，谓之洫。"

[10] 稼穑：泛指农业劳动。稼（jià），播种；穑（sè），收获。

[11] 牧民吏：统治人民的官吏。以牧人畜养牲口，比喻官吏统治人民。

[12] 赐复：皇帝以特恩免除赋役。

[13] 荒田议：《周礼·地官司徒第二·载师》："凡田不耕者，出屋粟。"屋粟，三家的税粟。周制以夫三为屋，故称屋粟。

[14]"匪惟"句：匪惟，不仅。民依，即小人之依，人民是依靠农业为生的。《书·无逸》："先知稼穑之艰难，乃逸，则知小人之依。"

[15] 有司：古代设官分职，各有专司，故称官吏为"有司"。

[16] 荆榛：荆、榛（zhēn），两种灌木，多丛生原野，阻塞道路。翳（yì）：遮蔽。邱陇：坟墓。

[17] 瓦砾（lì）：碎瓦。罗：排列。市肆：城里的商店。

[18] 相（xiàng）：观察。

[19] 畀（bì）：给予。

[20] 菽（shū）：豆类。

[21] 三时：春、夏、秋三个农忙时节。课：试验，考核。

　　确山一带田地本来肥沃，生产也很发达，后因天灾和战祸，以致土地荒芜，农民流散。朝廷注意到这种情形，下令地方官吏重视农业生产，而他们置若罔闻。作者很想招抚流民，亲自指导他们搞好农业生产，从此安居乐业。但自己不在其位，无法试行，只有浩叹而已。

古诗二十首（选一）

赵　翼

衰世尚名义[1]，作事多矫激[2]。郭巨贫养母，惧儿分母食。[3]
何妨委路旁[4]，而必活埋巫[5]？伯道避贼奔，弃子存兄息。[6]
何妨听其走，或死或逃匿。而乃缚之树，必使戕于贼[7]。
事太不近情，先绝秉彝德[8]。获金岂冥报[9]，乏嗣实阴殛[10]。
君子依乎中[11]，孝友有定则[12]。

❀ **赵　翼**
（1727—1814）
字云崧，又作耘松，号瓯北，江苏阳湖（今属常州）人。生于清世宗雍正五年（1727），卒于仁宗嘉庆十九年（1814），年八十八。乾隆二十六（1761）年进士，授翰林院编修，累擢贵西兵备道。以母老乞归。晚岁主讲安定书院，以著述自娱。与袁枚、蒋士铨齐名，称"江右三大家"。诗主性灵，与袁枚同。有《瓯北全集》。

◎ 注释

[1] 衰世：衰微的时代。尚：崇尚，尊重。名义：名誉和道义。
[2] 矫激：故意表现矫异和偏激。

[3]"郭巨"二句：郭巨，汉代隆虑（在今河南林县）人，家贫，事母孝，每供馔，母必分
予孙。巨谓妻曰："儿分母馔，贫不能供。子可再有，母不可再得。"欲埋其子。掘地三
尺，得黄金一釜（古代量器，一釜合今六斗四升），上有丹书曰："天赐郭巨，官不得
夺，人不得取。"

[4]委：丢弃。

[5]亟：急。

[6]"伯道"二句：邓攸，字伯道。西晋怀帝永嘉末，五胡乱华，羯人石勒率众过泗水，攸
担其儿及其侄逃走。多次遇贼，自度不能两全，念弟早亡，唯遗此侄，乃缚己儿于树，
独携其侄而去。后竟无子。息，子。

[7]戕（qiāng）：杀害。

[8]秉彝德：《诗·大雅·烝民》："民之秉彝，好是懿德。"秉，执守，实行；彝（yí），常；
德，道。

[9]冥报：迷信称死后报答为冥报，此则谓冥冥之中的上帝报答郭巨的孝行。

[10]乏嗣：绝后。阴殛（jí）：冥冥之中的诛戮。

[11]君子：有德者。依乎中：遵循于中庸之道。

[12]定则：确定不移的原则。

◎ 评析

汉、晋时期取士，皆由乡举里选，故士人多矫立名节；影响所及，
不免作伪日多。郭巨埋儿，邓攸缚子，以博取"孝""友"之名，其社
会背景在此。赵翼不但是性灵派诗人，也是杰出的史学家，所以他深刻
地指出，凡是丧失天性、不近人情的行为，都是虚伪的。

夜起步月，偕妇王采薇

孙星衍

残香掩空衾[1]，出户夜凄绝。云背度月来，花梢逗烟出。[2]
幽行过篱影，微步上庭樾。[3] 婢仆各已眠，虚扉尚开豁[4]。
园空息群动，露响下林末。[5] 众青多争肥，艾气自孤发。[6]
各怀幽栖愿，颇欲避白日。[7] 君疴遂侵肺[8]，我愁自沦骨[9]。

怪鵩藏深柯，长声竖惊发。[10] 回瞻虚帘下，灯冷小虫密。[11]
何时入名山，共子著书毕？[12]

✤ 孙星衍
（1753—1818）

字伯渊，号渊如，江苏阳湖（今属常州）人。生于清高宗乾隆十八年（1753），卒于仁宗嘉庆二十三年（1818），年六十六。乾隆五十二年（1787）进士，授翰林院编修。和珅慕其名，欲一见，卒不往，改刑部主事。历官山东督粮道，权布政使，引疾归。有《芳茂山人诗录》。

◎ 注释

[1] 衾（qīn）：双人盖的大被子。

[2] "云背"二句：月从云背钻出来，夜雾被花梢招惹浮起。这两句描写上句的"夜凄绝"。

[3] "幽行"二句：写夫妇两人漫步月下。樾（yuè），树荫。

[4] 扉（fēi）：门扇。

[5] "园空"二句：群动，白天人与物的一切活动。这两句谓现在人固安眠，虫鸟等亦已休息，园子显得特别寂静，以至树梢掉下露珠的响声都可听到。

[6] "众青"二句：这两句表层意思是园中所有草木都在抢吸肥料，不顾秽气难闻，只有艾草单独散发出它的香气。深层意思是世人都在争名夺利，只有自己不肯同流合污。

[7] "各怀"二句：幽栖，隐居。这两句写夫妇同愿隐居，避开世上白天纷扰的龌龊生活。

[8] 疴（kē）：病。

[9] "我愁"句：因为妻子的肺病，使自己刻骨地愁苦。

[10] "怪鵩"二句：鵩（fú），鸟名，古人以为不祥鸟，故称"怪鵩"。贾谊《鵩鸟赋》以为此鸟入室，主人寿不得长。这两句是说，一只怪鵩躲在树林深处，那长鸣声惊得人头发都竖起来。

[11] "回瞻"二句：灯冷虫密，亦写"夜凄绝"。而种种景物之凄凉，反映出作者心境的凄楚。

[12] "何时"二句：《汉书·司马迁传》："仆诚已著此书，藏之名山。"后因借指著作之事。子，你（指其妻）。王采薇（1753—1776），字玉瑛，一字薇玉，江苏武进人，孙星衍之妻。生于乾隆十八年（1753），卒于乾隆四十一年（1776），年二十四。能诗词，工

书，论古有识。年十九，赘星衍于家，生女阿灵。著有《长离阁集》。

◉ 评析

　　这是作者和妻子深夜散步月下之作。首二句写不眠出户；三、四句写月出；五至十二句写月下散步。十三、十四两句总结上文，点明深夜步月的缘故。最后八句写妻病已深，我愁欲绝，但愿其病能痊，共完名山事业。

自励（二首）

洪亮吉

其　一

宁作不才木[1]，不愿为桔槔[2]。桔槔亦何辜，俯仰随汝曹。[3]
权柄适当时，旋转如风涛。[4]高原多低枝，感汝汲引劳。[5]
一朝时雨行[6]，弃置眠蓬蒿。

✿ **洪亮吉**
（1746—1809）　　字稚存，号北江，江苏阳湖（今属常州）人。生于清高宗乾隆十一年（1746），卒于仁宗嘉庆十四年（1809），年六十四。乾隆五十五年（1790）进士，授编修，督学贵州。嘉庆初，以上书指斥时政，有"视朝稍晏，小人荧惑"语，帝大怒，遣戍伊犁。赦还后，自号更生居士。诗文有奇气，少与黄景仁、孙星衍齐名。有《洪北江全集》。

◉ 注释

[1] 不才木：《庄子·山木》："此木以不材得终其天年。"

[2]桔槔：一种原始的提水工具。

[3]"桔槔"二句：谓桔槔犯了什么罪，完全由你们支配，要它低头就低头，要它抬头就
抬头。

[4]"杈桠"二句：谓桔槔由树枝杈丫做成，恰好当着干旱时节，所以人们用它汲水，上下
吊动得很快，把水大量地汲上来。

[5]"高原"二句：谓高原上缺水，树长不高，全靠你汲水来浇灌。

[6]时雨：应时的雨。

其 二

宁作无知禽，不愿为反舌[1]。众鸟皆啁啾[2]，反舌声不出。
岂繄果无声[3]，无乃事容悦[4]？依依檐宇下[5]，饮啄安且吉。
何忍视蜀鹃，啼冤口流血。[6]

◎ 注释

[1]反舌：鸟名。《礼记·月令》："反舌无声。"

[2]啁啾（zhōu jiū）：鸟叫声。

[3]繄（yī）：是。

[4]无乃：只怕是。事：做。容悦：逢迎以取悦于上。

[5]依依：依恋貌。

[6]"何忍"二句：蜀鹃，即杜鹃鸟。传说古代蜀国一位国王名杜宇，周代末年，在蜀始
称帝，号曰望帝。后让位于其相开明，时适二月，子鹃鸟鸣，蜀人怀之，因呼鹃为杜
鹃。见《蜀王本纪》等书。又《本草纲目》引唐人陈藏器《本草拾遗》："人言此鸟啼至
血出乃止。"这两句质问"反舌"之流的庸臣：你们怎么忍心坐视忠臣死谏君上而不声
援呢？

◎ 评析

这是作者勉励自己的两首诗。第一首表示不愿随人俯仰，以桔槔作
比喻。第二首表示要直言不讳，不愿像反舌那样沉默。可贵的是，他不
但这样写了，而且这样实践了。

舟中望太湖诸山有作[1]（二首选一）

郭　麐

近山如佳邻，出门自然见。远山如美人，欲进羞自荐[2]。
若远若近中，无意出婉娈[3]。一山并湖壖，帆席挂一片[4]。
一山隔群山，相背不相面。白云来蓬蓬[5]，埋没露其半。
有时忽吹开，大略见片段。登顿并未能[6]，指点目犹眩。
最后忽一山，拱立欲相见[7]。

❀ **郭　麐**
（1767—1831）

字祥伯，号频迦，江苏吴江人。生于清高宗乾隆三十二年（1767），卒于宣宗道光十一年（1831），年六十五。嘉庆间贡生。负才不遇，愤郁之感，时形咏歌，而诗风轻妙俊逸，纯为诗人之诗。有《灵芬馆全集》。

◎ **注释**

[1] 太湖：在江苏南部，面积有2400多平方千米，湖中有几十个岛屿，湖光山色，风景秀丽。

[2] 自荐：自我推荐。

[3] 婉娈：年少美好貌，此以指美女。

[4] "一山"二句：并（bàng），通"傍"，挨着。湖壖（ruán），湖边的空地。帆席，船的帆。挂一片，指傍湖边的山把一片山色挂在船帆上。

[5] 蓬蓬：白云涌起貌。

[6] 登顿：上下山。

[7] 拱立：拱手站着。拱手，两手杳合以示敬意。

◎ **评析**

　　郭氏此诗，纯写心灵的感受，妙在以拟人手法，描绘出太湖数峰的风姿。江南山温水软，所以用美人来比拟七十二峰。"帆席挂一片"和"登顿并未能"是写题中的"舟中望太湖诸山"。全诗运笔轻灵，语言明快。

秋感二首（选一）

郭 麐

悲秋始骚人，其意亦近古。[1] 心随时序警，意与风霜苦。[2]
江湖采兰茝，蟋蟀促机杼。[3] 倘非具忧患，何以异儿女？[4]
飘然谪仙人，逸兴自霞举。[5] 晴空送落日[6]，爽气见眉宇[7]。
一为天姥吟[8]，梦寐走风雨。匡庐待头白，此事我无取。[9]
人生坐因循[10]，决计谁能沮[11]？但籯半月粮[12]，只费一双屦[13]。
似闻五老翁[14]，云中已伛偻[15]。

◎ 注释

[1] "悲秋"二句：骚人，诗人。屈原作《离骚》，故后世称《楚辞》作者为骚人，又扩大而泛指一般诗人。此处骚人指宋玉，他作《九辩》，开篇就说："悲哉秋之为气也。"《礼记·月令》于"仲秋之月"下说："杀气浸（渐）盛，阳气日衰。"所以说骚人悲秋，其意近古。

[2] "心随"二句：时序，季节的次序。人心由于时节已到秋天，因而警觉。秋风凄厉，白露为霜，行旅之人，倍感凄苦。

[3] "江湖"二句：兰茝，两种香草名。蟋蟀，又名促织。古谚："促织鸣，懒妇惊。"这两句是说游子漂泊江湖，意在追求美好的事物，而妻子在家则因听到蟋蟀叫而忙着为游子织布制衣服。

[4] "倘非"二句：谓游子如果不是为了施展抱负，不会产生岁月蹉跎之感，那么，他的悲秋，就仅仅是因为不能返回家园，获得家庭团聚之乐了。

[5] "飘然"二句：谪仙人，指李白。《李太白诗》二三《对酒忆贺监诗序》："太子宾客贺公（知章）于长安紫极宫一见余，呼余为谪仙人。"逸兴，清闲脱俗的兴致。霞举，比喻人的仪态轩昂不凡，如云霞之涌起。

[6] "晴空"句：《李太白诗》二一《秋登宣城谢朓北楼》："江城如画里，山晓望晴空。"

[7] 爽气：指李白豪迈的气概。见：同"现"，显露。眉宇：指容貌，因面之有眉，如屋之有宇。

[8] 天姥吟：指《李太白诗》十五《梦游天姥吟留别》。

[9] "匡庐"二句：杜甫怀李白的《不见》诗有"匡山读书处，头白好归来"，郭氏以此匡山为庐山，他不赞成头白才游庐山，所以说："此事我无取。"

[10] 坐因循：坐，由于；因循，拖沓，不当机立断。

[11] 沮（jǔ）：阻止。

[12] 籝（yíng）：用竹笼装。

[13] 屦（jù）：麻、葛等制成的单底鞋。

[14] 五老翁：庐山东南部有名峰叫五老峰，此处郭氏用拟人法戏称为五老翁。

[15] 伛偻（yǔ lǚ）：曲身，表示恭敬。

◎ 评析

　　此诗为作者四十岁游江西时所作。先说明古人悲秋，实因具有忧患意识：深恐功业无成而盛年不再。但既潦倒穷途，就应及时寻山水之趣，像李白那样遍游名山。因此，他决定到庐山去畅游一番。

澄海楼望海[1]

孙原湘

振衣百尺楼[2]，天风何浪浪[3]。天光与海色，一气同青苍。
是时日初升，赤霞烧扶桑[4]。照见诸岛屿，波上争低昂。
浮云从西来，万马奔洪涛[5]。气卷五岳走[6]，天地俱动摇。
人坐此楼中，势若随波旋。白日倒入海，青春走上天。
念当乘风去，玄览极八埏[7]。回头顾人世，一点如秋烟。[8]

❀孙原湘
(1760—1829)

字子潇，号心青，江苏昭文（今属常熟）人。生于清高宗乾隆二十五年（1760），卒于宣宗道光九年（1829），年七十。嘉庆十年（1805）进士，改翰林院庶吉士，充武英殿协修官，假归，以疾不复出，历主毓文等书院讲席。有《天真阁集》。

◎ 注释

[1] 澄海楼：建于澄海。澄海在广东东部，清代属潮州府。

[2] 振衣：抖擞衣服。

[3] 浪（láng）浪：形容风流动迅速。

[4] 扶桑：神话中树木名，日所出处。

[5] "万马"句：谓大波像万马奔腾。

[6] 五岳：中国五大名山的总称，即东岳泰山、南岳衡山、西岳华山、北岳恒山、中岳嵩山。

[7] 玄览：深察。极：穷尽。八埏（yán）：八方的边际。

[8] "回头"二句：李贺《歌诗编》一《梦天》："遥望齐州九点烟，一泓海水杯中泻。"这两句由李贺诗句化出。

◎ 评析

　　此为作者清晨登高楼以望南海之诗。楼高风大，海天一色，渺茫莫辨。日出，才能望见海上的高低岛屿。此时海浪翻滚，有如万马奔腾，使得坐在楼中的人，恍惚在跟着波浪急剧旋转，乘风上天，周游八极。他想象那时回顾人境（那时还没有"地球"这一概念），真像秋烟一点了。

寒月吟

（寒月吟者，龚子与其妇何岁暮共幽忧之所作也。相喻以所怀，相勖以所尚，郁而能畅者也。）[1]（五首选一）

龚自珍

我生受之天，哀乐恒过人。[2]我有平生交[3]，外氏之懿亲[4]。
自我慈母死，谁馈此翁贫[5]？江关邈消息[6]，生死知无因[7]。
八十罹饥寒[8]，虽生犹僇民[9]。昨梦来哑哑[10]，心肝何清真[11]。
翁自须发白，我如髫丱淳[12]。梦中既觞之[13]，而复留遮之[14]。
挽须搔爬之[15]，磨墨揄揶之[16]。呼灯而烛之[17]，论文而哗之。
阿母在旁坐[18]，连连呼叔爷。今朝无风雪，我泪浩如雪[19]。
莫怪泪如雪，人生思幼日。
（谓金坛段玉立，字清标，为外王父段若膺先生之弟）[20]

龚自珍
（1792—1841） 字璱人，更名巩祚，号定庵，又号羽琌山民，浙江仁和（今属杭州）人。生于清高宗乾隆五十七年（1792），卒于宣宗道光二十一年（1841），年五十。道光九年（1829）进士，授内阁中书，升礼部主事。主张通经致用。在政治上要求改革，对后来戊戌变法起了先导作用。其诗多表现对黑暗现实的不满，气势磅礴，不主故常，对以后的"诗界革命"派和南社诗人影响很大。

◎ 注释

[1]寒月吟：冬夜月下作的诗。龚子：龚先生。古人往往如此自称。其妇何：他的妻子何吉云。按：何氏，山阴（今属绍兴）人，为龚自珍继室。幽忧：深重的忧劳。"相喻"三句：谓互相把内心的一切告诉对方，彼此把自己所崇奉的理想说出来，互相勉励，内心原来郁结的思想就痛快地宣泄出来了，而写成《寒月吟》。勖（xù），勉励。

[2]"我生"二句：谓我的天性浑厚，因而悲哀或欢乐常常超过一般的人。

[3]平生交：素来要好的人。

[4]外氏：外祖父母家。懿（yì）亲：至亲。

[5]"谁馈"句：馈（kuì），赠送，引申为救济。此句是说，我这位"叔爷"生活困难，有谁救济？

[6]江关：本指瞿塘关，此泛指江河上的关口，因龚自珍此时在北京，段玉立在江苏金坛。

[7]"生死"句：由于音信不通，所以"叔爷"现在是生是死，完全无法了解。

[8]罹（lí）：遭受。

[9]僇（lù）民：受刑辱的人，罪人。

[10]哑（è）哑：笑声。

[11]清真：形容"叔爷"的情意十分单纯、真挚。

[12]髫丱（tiáo guàn）：幼儿。髫，儿童下垂之发；丱，儿童束发成两角的样子。淳（chún）：单纯。

[13]觞（shāng）：有酒的杯，此指以酒劝"叔爷"喝。

[14]留遮：拦阻挽留。

[15]挽须：拉住"叔爷"的白胡须。搔爬之：给"叔爷"抓痒。

[16]揄揶（yú yé）：戏弄。

[17]烛：照。

[18]阿母：阿有亲近义，故称母曰阿母。

[19]"我泪"句：谓我的泪滴大得像雪花。

[20]外王父：外祖父。段若膺：名玉裁，著名的文字学家，有《说文解字注》行世。

◎ 评析

　　这是作者对他的叔外祖父段玉立的怀念。由于"江关邈消息"，于是结想成梦。梦中的自己仍然是一个顽皮的幼儿，而"叔爷"则是他最后见到的那副老态。在梦中，他帮着母亲请老人喝酒，拉住他不让他走，轻轻拉住他的白须给他搔痒，磨好一砚台墨汁和他开玩笑，叫仆人端蜡烛来照，看墨汁弄脏了哪里。他谈论诗文时故意起哄。母亲坐在旁边，不断喊着："不许跟叔爷胡闹！"这段梦境写得酣畅淋漓，神态逼真，真是写生妙手。最后写醒来不禁大哭。这哭，是对亡母的哀思，是对叔外祖晚年穷苦的深切同情，也是对一去不还的童年的怀恋。

夷人退还定海后，纪诗四章，寄呈王明府师_{丕显}，兼寄咸_龄、鹿泽长两观察、舒司马_{恭受}、朱明府_{绪曾}、孙蓥尹_{廷璐}[1]（四首选一）

姚燮

在昔构乱初[2]，祸难讳所自[3]。上帝赫以临，焉忍歌内熭。[4]
缄口相饰瞞[5]，箕踞但私詈[6]。熔铁扬炭炉，鼓谁劲其鞴。[7]
朝令夕复更，此轩彼旋轾。[8]聚哄无确谋，寸心各怀魅。[9]
明罪既工避，荣名复工伺。[10]烂额池中鱼，冤遭城火累。[11]
委念忘民劳[12]，延首听天意。春花霆雨中，蝶蜂互猜忌。[13]
我愁危栋颓，终难寸壁庇。[14]静夕占流珠[15]，凄然横涕泗。

◈ **姚 燮**
（1805—1864）

字梅伯，号复庄，又号大某（梅）山民，浙江镇海（今属宁波）人。生于清仁宗嘉庆十年（1805），卒于穆宗同治三年（1864），年六十。道光十四年（1834）举人。诗笔雄健，能反映鸦片战争中的情状，痛斥帝国主义的侵略行为，谴责清朝官吏的昏庸误国，有杜甫诗的精神和风格。有《复庄诗问》。

◎ **注释**

[1] 夷人退还定海：第一次鸦片战争时期，1840年7月2日，英兵舰攻袭定海（舟山岛），5日，定海失陷，全城被洗劫一空。次年1月20日，中英《穿鼻草约》订立，内容包括英军退还定海；但直到3月底，英军因被浙江沿海人民阻断了食物的供应，才真正退出。4月，英国政府认为退出定海过早，30日开会决议不承认《穿鼻草约》。10月1日，英军第二次进攻定海，定海再度沦陷。《中英南京条约》订立后，英军仍占据舟山

群岛，道光二十七年（1847）始退出。作者此诗作于道光二十六年（1846），英军仍在定海，只是条约上规定统辖权归清政府。明府：汉代以称郡守（相当于清代的知府），清代多以称县令。观察：清代对道员的尊称。司马：清代以称府同知。鹾（cuó）尹：清代以称盐使。

[2]构乱：造成战乱。

[3]"祸难"句：谓英军侵略所造成的巨大灾难，有关的官吏都隐瞒它产生的原因。

[4]"上帝"二句：《诗·大雅·大明》有"上帝临女（汝）""赫赫在上"二句。临，监察；赫赫，天威显著的样子。内奰（bì），内部的怨怒。《诗·大雅·荡》："内奰于中国。"指纣王的暴行所造成的民愤。这两句是说，上帝正威严地监视着你们（指清朝的官僚）的行为，你们怎么忍心像《荡》诗的"内奰于中国，覃及鬼方"，让英军大举入侵呢？

[5]缄（jiān）口：闭口不言。

[6]箕踞：古人席地而坐，如果坐时两脚伸直岔开，形似簸箕，则为一种轻慢态度。但：只是。私詈（lì）：背地里骂。

[7]"熔铁"二句：鞴（bì），吹火使炽的皮袋。熔铁炉要提高煤火的温度，靠谁用力抽送鼓风的皮袋？比喻作战靠谁鼓舞士气。

[8]"朝令"二句：上句说政令多变，下级无所遵循。下句说同一人或事，有的上级加以表扬，有的却加以贬斥。

[9]"聚哄（hòng）"二句：谓聚合在一起互相争斗，提不出一个确定的计划，各人心里都怀鬼胎。

[10]"明罪"二句：明罪，明显的罪过。工，善于。荣名，荣誉。伺，侦察，等候，相机获得。

[11]"烂额"二句：烂额，火烧伤额。这两句用古谚"城门失火，殃及池鱼"。池鱼比喻受害的人民。据一个参加了首次攻袭定海战役的英国军官记载："军队登陆了，英国国旗竖起来了。从这一分钟起，可怕的掠夺在眼前展开了。横暴地闯入每幢房子，打开每一只箱箧，街道上堆满了书画、桌椅、日用器皿和粮食……这一切都被席卷而去，剩下来的只是被无情炮火击毙击伤的死尸和伤员……直到再没有什么东西可拿的时候，抢劫才停止。"（古柏尔等著：《殖民地保护国新历史》卷二，第261页，转引自林增平《中国近代史》，第38页）

[12]"委念"句：谓放弃对战事的考虑。民劳，人民的优劳。

[13]"春花"二句：霪（yín）雨，久雨。这两句以春花在霪雨中很快就要凋谢，而采花的蜜蜂和蝴蝶仍然在互相猜忌，比喻清朝在英帝侵略下快灭亡了，官僚们却仍在互相攻击，不能团结一致去对付外侮。

[14]"我愁"二句：以快要倒塌的房子比即将被灭亡的中国，以寸璧比珍贵的人和物。

[15]占：视兆以知吉凶。流珠：《汉武帝内传》，上元夫人以《三元流珠经》授三茅君。

此一组诗共四首，作于道光二十六年（1846），距离英军攻占定海已有六年。所选的这首诗揭露了清朝大小文武官员的丑态：他们掩饰真相，欺上瞒下；勾心斗角，互相攻击，以致面对强敌，束手待毙，害得老百姓家破人亡，妻离子散，国家也被推到灭亡的边缘。作者充满忧患感，写这首诗，是希望有官守者一定要痛定思痛，改弦易辙。但是看到"春花霾雨中，蝶蜂互猜忌"，他只有"凄然横涕泗"了。

杂述（选一）

郑献甫

敝衣自多虱[1]，荒池亦生鱼[2]。一气化万物[3]，可想鸿荒初[4]。开天必盘古[5]，虽见前代书。抟人必女娲，谁育古皇与？[6] 自从大始来[7]，后实皆先虚。问其所以然[8]，先生恐欺予[9]。

◈ 郑献甫
（1801—1872）

字小谷，广西象州人。生于清仁宗嘉庆六年（1801），卒于穆宗同治十一年（1872），年七十二。道光十五年（1835）进士，官刑部主事，以乞养归，丁父母忧，遂不复出。道光三十年（1850）末，太平军起，避居广州，未几归，主桂林书院讲席。以身遭乱离，诗多哀音。有诗集二十三卷。

◎ 注释

[1] 敝衣：破旧的衣服。

[2]"荒池"句：谓荒废了的池塘，一下雨，积存了水，自然会生出鱼来。

[3]"一气"句：王充《论衡·齐世》："一天一地，并生万物。万物之生，俱得一气。"一

气，指构成天地万物的基本元素。

[4] 鸿荒：太古，混沌初开之世。

[5] 盘古：我国神话中开天辟地首出创世的人。《太平御览》二引三国吴徐整《三五历记》，及旧题任昉《述异记》上皆有记载。

[6] "抟（tuán）人"二句：《太平御览》七八引《风俗通》："俗说天地开辟，未有人民，女娲抟黄土作人。"这两句是说用黄土捏成人要说是女娲氏，那么，盘古这位古皇又是谁生育的呢？与，同"欤（yú）"，疑问助词。

[7] 大始：大，同"太"。太始，原始。

[8] 所以然：为什么是这样，指原因。

[9] "先生"句：韩愈《进学解》："先生欺予哉！"此化用其语。

◎ 评析

　　作者博览群书，尤熟诸史，因而思想敏锐。此诗开顾颉刚等疑古学派的先河。他认为宇宙万物（指生物）乃元气所生，自然而成。中国古史上说盘古开天地，又说女娲抟土为人。这是矛盾的。盘古在女娲之前，他是谁抟出来的？所以他的结论是：人类的历史越往后越真实，越往前越虚妄。

黄焦石[1]

郑　珍

后园黄焦石，厥癞如虾蟆[2]。古柏覆其顶，苍苔布其窊[3]。
石脚何所有？纂纂楙木瓜[4]。石缝何所有？黄黄荙香花[5]。
初来治兹圃，地瘠不可铧[6]。辛勤我母力，十年拥粪渣[7]。
不知锄几锄[8]，硌确化为畬[9]。秋分摘番椒[10]，夏至区紫茄[12]。
小满拔葱蒜[13]，端阳斩头麻[14]。头上覆尺巾[15]，细意毫不差[16]。
时来憩石上[17]，汗泚慈色加[18]。指挥小儿女，亦学事作家[19]。
观之不如意，复起为补苴。[20]旧时值坐处，尘涴风与爬。[21]

尔来三四年，荒翳藏蛇蛙。[22] 独拨莽中觅，陨涕至日斜。[23]

❀ 郑　珍
(1806—1864)

字子尹，晚号柴翁，贵州遵义人。生于清仁宗嘉庆十一年（1806），卒于穆宗同治三年（1864），年五十九。道光十七年（1837）举人，以大挑二等选荔波训导。诗风兼有古奥与平易两种，是晚清宋诗派的代表。有《巢经巢集》。

◎ 注释

[1] 黄焦石：黄黑色的石头。

[2]"厥癞"句：厥，其，它的。此句谓这石头的表面凹凸不平，颜色丑恶，像癞蛤蟆的皮。

[3] 窊（wā）：低陷的地方。

[4]"纂纂"句：纂（zuǎn）纂，许多果实攒集在一起生长。懋（mào），通"茂"，茂盛。此句说石脚许多木瓜攒集在一起，长得很茂盛。

[5] 茠（huái）香：茠香即茴香，一种香草，可作药用。

[6] 地瘠（jí）：土质硗薄。铧（huā）：农具名，此作动词，意为犁动。

[7] 十年：长期。拥：同"壅"。粪渣：用作地肥。

[8] 铪（yù）：磨损。

[9] 硌确：石多土薄。硌（luò），大石貌；确（què），瘠薄。畬（shē）：熟土。

[11] 秋分：二十四节气之一，即每年夏至后太阳行至秋分点之日。阳历为九月二十三日或二十四日，昼夜长短平均。番椒：辣椒。

[12] 夏至：二十四节气之一，阳历为六月二十一日或二十二日。区：分别料理。紫茄：茄子。

[13] 小满：二十四节气之一，阳历为五月二十一日或二十二日。

[14] 斩头麻：割下第一次长出的大麻。

[15] 尺巾：一尺长的布巾，妇女在田园劳动时用以遮阴和揩汗。

[16]"细意"句：谓母亲栽种蔬菜时，十分仔细。

[17] 憩（qì）：休息。

[18] 汗泚（cǐ）：汗出。慈色加：母亲面容更加慈祥。

[19] 事作家：从事管理家务的工作。

[20]"观之"二句：看到孩子们做得不符合要求，母亲又从黄焦石边站起来，替孩子们做好。补苴（古读 zhā），弥补不足。

[21]"旧时"二句：从前母亲常坐的地方（指黄焦石边上），由于她是在劳动中休息一会儿，所以石上总被她身上的灰尘弄脏，同时风也常常吹过来，仿佛给她梳头似的。浼（wò），为泥土所沾污。

[22]"尔来"二句：自那时以来，三四年间，由于母亲去世，这里再也没人来劳动了，以致原有菜地完全荒废，长满野草和荆棘，蛇和青蛙躲在里面。翳（yì），草木遮蔽着。

[23]"独拨"二句：谓我（作者自指）一个人来到后园，拨开丛生的草木，从中寻找母亲坐过的那块黄焦石，望着它流泪，一直到太阳西斜。陨（yǔn），落。

◉ 评析

郑家较一般地主家庭更为清贫，因此，他母亲会带领幼小儿女在后园垦荒栽菜。此诗以质朴的语言通过一些细节描写，刻画出母亲的勤劳，以及自己对母亲（作此诗时，她已去世）的怀念。

重游盘山寺

魏　源

青壁障我前，丹崖枕我席，瀑雪响我左，松云瀚我腋。[1]
溪声以为楼，溪光以为宅。[2] 山重水复中，放出一泓碧[3]。
僧送出山泉，泉逆入山客[4]。同音有殊听，高下善相即。[5]
心闲水益空，谷静音如积。[6] 去年听盘泉，泉声尚凄激；
今年听盘泉，盘泉更清寂。[7]

魏源

魏 源
(1794—1857)

字默深，湖南邵阳人。生于清高宗乾隆五十九年（1794），卒于文宗咸丰七年（1857），年六十四。与龚自珍齐名，人称"龚魏"。道光二十四年（1844）进士，官至高邮知州。诗风格遒劲，有《古微堂集》。

◎ 注释

[1] "青壁"四句：谓青壁像屏风一样矗立在我面前，红崖像我卧席上的枕头，白雪一般的瀑布在我左边轰响着，松林的浓荫像云一般涌起在我的腋下。潝（wěng），涌起。

[2] "溪声"二句：《盘山纪游》第二首《下盘泉》自注中说，下盘的瀑布叫"千尺雪"，流到南峰下的溪水"潆洄荡漱，声光并绝，而泉观止矣"。这两句指以溪声为楼，以溪光为宅，是说自己全身心都沉浸在这溪水的声和光中。

[3] 一泓碧：一汪绿色的清泉。

[4] 迓（yà）：迎接。

[5] "同音"二句：谓同是泉水的声音，听来却有不同的感觉，这是因为我善于倾耳辨清高处的泉声和低处的泉声。

[6] "心闲"二句：谓游客心境越是闲适，就越能体察到这泉水的空明（"在山泉水清"）。而整个山谷里万籁俱寂，独有泉声，旅客便会觉察到这泉声越听越清晰。

[7] "去年"四句：凄激、清寂，完全是作者不同心情的反映。凄激，泉声凄凉而激越。清寂，则是清冷而寂寥。魏与龚是思想先进的士大夫，同时又崇信佛法，此诗所谓去年觉得泉声凄激，大概当时还未能忘怀世事；而今年的清寂感，则可能是暂时摆脱了尘务的纷扰。

◎ 评析

　　盘山位于天津蓟县（今天津蓟州区）西北，山势雄秀，分上、中、下三盘。古称上盘之胜以石，中盘以松，下盘以泉。魏源则谓"其实三胜盘盘有之"。他有《盘山纪游》四首，这里选的是《重游盘山寺》的第一首，写的是下盘泉。

登衡山南天门[1]

邓辅纶

出没苍烟根[2]，端倪太古脉[3]。枢维洞穴牖[4]，虚无削高壁[5]。
繁采垂五光[6]，远影带一碧[7]。芝菌蔚霞气[8]，土石为天色[9]。
玄雾共昏晓[10]，幽苔无今昔[11]。鸣螿响易秋[12]，绝巘气先夕[13]。
险通崩剥痕，冥会神鬼迹。[14]宁知下界雨，但睹上方黑。
盘涡绕一线[15]，颒洞塞四极[16]。寥虚冥我心[17]，元化培我翼[18]。
二气炎相缠[19]，万象陡然立[20]。倒觉鸿蒙合，俯愁象纬侧。[21]
骖驾九神君，龙虎来迎接。[22]

✤ 邓辅纶
（1828—1893）

字弥之，湖南武冈人。生于清宣宗道光八年（1828），卒于德宗光绪十九年（1893），年六十六。咸丰元年（1851）副贡生，官浙江候补道。与王闿运同为晚清汉魏诗派的代表人物。有《白香亭诗集》。

◉ 注释

[1] 衡山：五岳中的南岳，在湖南衡山西，花岗岩断块山体，俯瞰湘江，山势雄伟。有七十二峰，以祝融、天柱、芙蓉、紫盖、石廪五峰为著。

[2] "出没"句：谓我出没于山路的烟雾中。苍烟，指傍晚野树上的烟雾。

[3] 端倪：推测始末。太古脉：指衡山山脉形成于上古。

[4] 枢维：即天地。枢，天枢；维，地维。洞：穿通。穴牖（yǒu）：窗户。

[5] 虚无：天空。削：用刀斜刮。高壁：陡峭的山崖。

[6] "繁采"句：谓仰望衡山山色有多种光彩。

[7] "远影"句：谓远望山色却是一片绿色。

[8] 芝菌：芝为菌类植物的一种，古人以为瑞草。蔚：动词，云气弥漫。

[9] "土石"句：谓衡山为花岗岩石构成，所以土石和天气一样青。王闿运极欣赏此句，即

因它写出了衡山的特点。

[10] 玄雾：浓重的暗雾。

[11] 幽苔：青色的苔藓。

[12]"鸣壑"句：谓山谷里的泉水流得很响，在催促秋天很快来临。壑（hè），山谷。

[13] 绝巘（yǎn）：最高的山峰。气先夕：天气容易过早阴暗。

[14]"险通"二句：谓最危险的山径是通向有崩塌痕迹的地方。而在阴暗的天色下，看到山势的雄伟，你不由得惊叹为神工鬼斧的创作。

[15]"盘涡"句：盘涡，水流回旋成涡。此句说远望湘江，像一线旋涡。

[16]"颍洞"句：颍（hòng）洞，相连不断。四极，四方极远之地。此句说衡山广阔得塞满了四方极远之地。

[17]"寥虚"句：寥虚：指人的心态。寥，无形；虚，无实。此句说登上南天门，放眼四望，一种寥虚之感在内心产生。

[18]"元化"句：元化，造化，大自然。培，凭。此句说大自然托起我的双翅，让我任意遨游。

[19] 二气：阴阳二气。岌：高。缠：纠结，搏斗。

[20] 万象：自然界一切物象。

[21]"倒觉"二句：鸿蒙，宇宙形成前的混沌状态。象纬，日月五星。

[22]"骖驾"二句：骖，同驾一车的三匹马。神君，对神仙的敬称。龙虎，指神君们或以龙驾车，或以虎驾车。

◎ 评析

　　这是作者写自己秋天登上衡山南天门时的观感。从"出没苍烟根"到"冥会神鬼迹"，是描述登山的经过，有形势的宏观描写，有气候阴沉的感觉。从"宁知下界雨"到"颍洞塞四极"，是在南天门前的所见、所感。从"寥虚冥我心"到"龙虎来迎接"，纯粹是主观的抒情，极力夸张衡山的高峻与雄伟，希望能和神君们乘着龙、虎驾的车子遨游太空。汉魏诗派诗人喜欢写五言古体，用字造句都有意识地学习汉魏南朝诗人的作品。

泰山诗，孟冬朔日登山作

王闿运

崇高极富贵[1]，岩壑见朝廷[2]。盘道屯千乘[3]，列柏栖万灵[4]。
伊来圣皇游[5]，非余德敢升[6]。良月躔吉朔[7]，攀天叩明庭[8]。
时雨应泠风[9]，开烟出邱陵[10]。仙华润春丹[11]，交树盖秋青[12]。
肃肃洗神志[13]，坦坦跻玄扃[14]。既知中天峻，不待超八纮[15]。
翼如两嶂趋[16]，纬彼四岳亭[17]。将睹三光正，端居心载宁。[18]

◈ **王闿运**

（1833—1916）

字壬秋，一字壬父，号湘绮，湖南湘潭人。生于清宣宗道光十三年（1833），卒于1916年，年八十四。咸丰五年（1855）举人。曾参曾国藩幕，议论不合而去。主讲成都尊经书院，后辞归，历长沙之思贤讲舍、衡州之船山书院。光绪二十八年（1902），主办南昌高等学堂。旋辞归，授徒于湘绮楼中。1913年，任国史馆馆长。袁世凯欲复辟帝制，辞职归。诗为汉魏派领袖，有《湘绮楼全集》。

◎ **注释**

[1] 崇高：指泰山。极：达到最高限度。此句说泰山能使人间富贵已极的帝王来朝拜。

[2] "岩壑"句：谓在泰山上居然重现了朝廷的仪式。

[3] "盘道"句：谓盘曲的山路上驻守着千辆兵车。

[4] "列柏"句：《泰山记》："山南有庙悉种柏千株，大者十五六围，相传云汉武所种。"万灵，《史记·封禅书》："其后黄帝接万灵明廷。"又《太史公自序》："受命而王，封禅之符罕用，用则万灵罔不禋祀。"按：万灵，指全部天神地祇。

[5] 伊来：此后。圣皇：指历代封泰山禅梁父的帝王。

[6] 德：指五行之德，如周以火德王，秦以水德王之类。此句说自己一介匹夫，无五行之一德，岂敢登封泰山。

[7] 良月：指孟冬（农历十月）。《左传·庄公十六年》："公父定叔出奔卫，（郑伯）三年而复之……使以十月入，曰：'良月也，就盈数焉。'"蠲（juān）：选择。朔：农历初一。

[8] 明庭：王褒《灵坛铭》："明庭朝礼，仙官羽衣。"明庭即天庭，陆机《游泰山诗》："泰山一何高，迢迢造天庭。"

[9] 时雨：应时之雨。泠风：和风。

[10] "开烟"句：谓烟雾散开，露出丘陵。

[11] 仙华：《云笈七签》："金液还丹仙华流，高飞翱翔登天丘。"此句说虽在孟冬，而山间红花如春天的一般鲜润。

[12] "交树"句：谓枝叶交覆的树木，像凉伞一般，青翠悦目。

[13] 肃肃：恭敬。《诗·大雅·思齐》："肃肃在庙。"神志：心意。此句说很恭敬地清除邪念，正心诚意。

[14] 坦坦：宽平。跻（jī）：登，升。玄扃（jiōng）：深暗的门户。

[15] 八纮（hóng）：大地的极限，犹言八极。

[16] 两嶂：《泰山记》："山顶两岩为仙人石闾。"此句说泰山顶上两岩像鸟张开两翅飞来。

[17] 纬：东西横路。四岳：中岳嵩山，西岳华山，南岳衡山，北岳恒山。亭：平。此句说泰山居东与其他四岳相平。

[18] "将睹"二句：三光，日、月、星。端居，平居。载，则。这两句说将要看到日、月、星各得其所，互不干扰，我在日常生活中心就安宁了。这里作者的含义是，以日比光绪帝，以月比慈禧太后，以星比执政大臣。如果光绪帝不受制于太后与后党大臣，而能独行己志，则天下太平，大兴礼乐，也可以像古先的"圣皇"来登封了。

◉ 评析

　　此诗作于光绪十二年（1886）。作者为诗，极重切题。如此诗，题为登泰山，则不能写成游泰山或咏泰山。首四句是写古代帝王封禅才登泰山。五、六句过渡到自己的登泰山。以下写自己登山的全过程：时间、气候、景物，以及仰望山顶的心理活动。

秋感（二首选一）

江湜

枫叶本非花，质殊桃李杏。[1] 风霜为假合，渲染缀春景。[2]

随荣亦随落，策策堕荒梗。[3] 可怜几叶红，犹弄夕阳影。[4]
譬若老逢掖[5]，忽啖红绫饼[6]。晚景诚独佳，岁月亦垂尽。
何如松柏姿，苍翠自东岭[7]。

❖ 江 湜
（1818—1866）

字弢叔，江苏长洲（今属苏州）人。生于清仁宗嘉庆二十三年（1818），卒于穆宗同治五年（1866），年四十九。附生，道光间官浙江候补县丞。高才而沉沦下僚，故其诗多写穷苦情状，风格清刚而语言平易，有《伏敔堂诗录》。

◎ **注释**

[1]"枫叶"二句：谓枫树的叶子不是花朵，因此它的性质不同于桃花、李花和杏花。

[2]"风霜"二句：假合，《正易心法》："乾坤杂气，悉是假合，无有定实。"这两句是说风霜作用于枫叶，使之变红，居然把秋色点缀成春天的景色。此暗用杜牧"霜叶红于二月花"的意思。

[3]"随荣"二句：谓由于风霜而变为引人欣赏的红叶，也由于风霜而凋萎坠落，这些落叶从枯梗上簌簌地落下。策策，象声词，即叶落声。

[4]"可怜"二句：谓可怜还没凋落的几片红叶，还在夕阳映照下炫耀自己的风姿。

[5]逢掖：宽袖之衣，古代儒生所穿，后用为士人的代称。

[6]红绫饼：一种精美的食饼，外裹红绫，故称。多为帝王及贵戚大官家食。叶梦得《避暑录话》下："昭宗光化中，放进士榜，得裴格等二十八人，以为得人，会燕（宴）曲江，乃令大官（即太官，俗称御膳房）特作二十八饼餤赐之。"

[7]"苍翠"句：谓苍松翠柏长在山岭上，即使冬天风雪交加，它们也自保本色。

◎ **评析**

这是一首寓言诗，以枫叶与松柏对比，用讥讽口吻嘲笑"随荣亦随落"者。全诗主题在"晚景诚独佳，岁月亦垂尽"。作者讽刺的是"忽啖红绫饼"的"老逢掖"，诗却在形式上以枫叶为主，"老逢掖"为比，这样构思，比正面写入更有余味。

偶　书

龙文彬

古有李道士，相传八百岁。[1] 功业杳无闻，徒将甲子记[2]。
深山有木石，历久或不敝，毕竟块然存[3]，淡漠亦无味。
好学推颜子[4]，治安策贾谊[5]。其道不能死，生气满天地。[6]

龙文彬
（1821—1893）
字筠圃，江西永新人。生于清宣宗道光元年（1821），卒于德宗光绪十九年（1893），年七十三。同治四年（1865）进士，改吏部主事。光绪六年（1880），乞假归，主讲章山、秀水、联珠、莲洲诸书院。有《永怀堂诗钞》。

◎ 注释

[1]"古有"二句：李道士是道家传说的仙人，本名脱，蜀郡人。蜀人历代见之，约其往来八百余年，因号为李八百。见《抱朴子·道意》《晋书·周札传》、葛洪《神仙传》等书。

[2]"徒将"句：《左传·襄公三十年》："晋悼夫人食舆人之城杞者。绛县人或年长矣，无子而往，与于食。有与疑年，使之年。曰：'臣小人也，不知纪年。臣生之岁，正月甲子朔，四百有四十五甲子矣，其季于今，三之一也。'吏走问诸朝。师旷曰：'……七十三年矣。'"

[3]块然：孤独貌。

[4]好学：《论语·雍也》："哀公问：'弟子孰为好学？'孔子对曰：'有颜回者好学……不幸短命死矣。今也则无，未闻好学者也。'"

[5]"治安"句：汉文帝时，贾谊上疏陈述时弊及使国家长治久安的方略，因陈治安之策。见《汉书》四八《贾谊传》。此句"策"字是动词，是说治安策于贾谊，即贾谊提出了治安策。

[6]"其道"二句：谓颜渊的德行永为后人的楷模，贾谊的治安策也永远为后世政治家所参考。

这首诗说明一个人的生命有无价值，在于他对社会是否做出了贡献，而不在于他活得是否长久。像颜回、贾谊，即使短命，而其道德修养之高超，政治见解之卓越，是永垂不朽的。

屯海戍

刘光第

鸷鸟久不击，金睛倦神霄。[1] 龙马絷其足，空阔徒见招。[2]
矧兹屯海戍，本自异雄枭。[3] 胘削虽已多，室家且逍遥。[4]
军中有妇人，武事空萧条。[5] 火炮止虚烟，扬旗惮回飙。[6]
一旦飞羽檄[7]，驱之渡韩辽[8]。我友充海军，铁舰嬉且遨。
独我迫东行[9]，万惨聚府焦[10]。况忍诀妻子[11]，中道相牵号[12]。
哭声上干云[13]，下压大海潮。入舟屡回盼，不战心先逃。
运船猝被击[14]，溃亦无由跳。可怜罗练躯[15]，挂胃鲸齿高[16]。
空令髻妇来[17]，想魂祭波涛。大帅心有在[18]，我方悲汝曹[19]。
汝曹死自悲，无为怨圣朝。[20]

✿ **刘光第**
(1859—1898)　　字裴村，四川富顺人。生于清文宗咸丰九年（1859），卒于德宗光绪二十四年（1898），年四十。光绪九年（1883）进士，官刑部主事。光绪二十四年（戊戌，1898）因陈宝箴荐，授四品卿军机章京，参与新政，变法失败，被杀，为"六君子"之一。有《介白堂诗集》。

◎ 注释

[1]"鸷鸟"二句：鸷（zhì）鸟，猛禽，如鹰鹯之类。金睛，形容鸷禽视觉之锐。神霄：道教所说天之最高处。这两句是说，猛禽长久不去和敌物搏斗，那么，它盘旋在高空时，锐利的视力也会退化。

[2]"龙马"二句：龙马，骏马。絷（zhì），绑住。空阔，杜甫《房兵曹胡马》："所向无空阔。"徒见招，白白地呼唤它。这两句是说，千里马的四只脚被捆住了，它跑得再轻快也是枉然。

[3]"矧兹"二句：矧（shěn），何况。屯（tún）海戍，派海军驻守海防线。雄枭（xiāo），凶狠专横。这两句是说，何况这些朝廷派驻海防线的海军部队，本来是和凶狠专横、不听号令的匪帮完全不同的。

[4]"朘削"二句：朘（juān）削，缩，减。室家，居处。这两句是说，海军经费虽然逐年缩减，但是海防部队的军官们却生活得逍遥自在。

[5]"军中"二句：《汉书·李陵传》："陵曰：吾士气少衰而鼓不起者，何也？军中岂有女子乎？'"杜甫《新婚别》："妇人在军中，兵气恐不扬。"当时北洋舰军官皆携眷属，士兵则公开嫖妓。

[6]"火炮"二句：谓火炮开空炮，只见一阵黑烟。军舰挂起军旗行驶，却害怕海上狂飙而不敢前进。

[7]羽檄（xí）：军事文件，插鸟羽以示紧急。此句说一旦上级（海军衙门）下了作战命令。

[8]韩辽：朝鲜。此句指1894年7月23日（光绪二十年六月二十一日），日本侵略者攻入朝鲜王宫，劫持朝鲜国王后，立即进攻驻在牙山的中国军队。李鸿章派北洋兵船济远号等护送运载援兵的船只。

[9]迫东行：被迫去朝鲜。

[10]府：通"腑"，脏腑。此句说全部悲惨的感情集中在内心，把脏腑都烧焦了。

[11]诀：将远离而相告别。

[12]中道：道路的中央。牵号（háo）：牵衣号哭。

[13]干云：直冲云霄。按："况忍"至"哭声"三句，直用杜甫《兵车行》"爷娘妻子走相送……牵衣顿足拦道哭，哭声直上干云霄"。

[14]运船：运送援兵的船。当时李鸿章出重价雇英国商船高升号等运兵赴朝，7月25日，日舰迫令高升商船停驶，船上中国士卒不肯，日舰开炮轰击，将高升号击沉，士兵淹死七百余人。

[15]罗练躯：不详。

[16]"挂胃"句：胃（juàn），亦挂意。此句是说淹死的七百多名中国士兵，他们的身体被海里的鲸鱼吞食。

[17]鬠（zhuā）：妇人的丧髻，以麻与头发结合叫鬠。

[18]大帅：指丁汝昌，时为海军提督，统率北洋舰队。甲午海战中，势穷降日，服毒药自杀。在：考虑。

[19]我：大帅自称。汝曹：你们，指牺牲了的海军官兵和淹死了的七百多陆军士兵。

[20]"汝曹"二句：谓你们死了，只有怨自己命运不好，可别怨恨咱们大清王朝。按：这是作者的反语，假托大帅这样想。其实中日甲午战争中我国的惨败，完全由于政治黑暗。变法维新运动正是在这次国耻下兴起的。

◉ 评析

此诗写中日甲午战争中国惨败的情形。北洋海军官兵平时生活腐化，训练不严，战时自然兵无斗志，一败涂地（自然也有少数优秀人物如邓世昌及部分官兵）。诗中假托援朝步兵口吻说："我友充海军，铁舰嬉且遨"，正指出了这一点。而步兵们也"不战心先逃"。这种种现象，都应归因于慈禧为首的后党的贪污腐败，朝政不纲。作者正是由于感到这种亡国之危迫在眉睫，才奋身投入戊戌维新运动中的。

戊戌纪事八十韵

唐 烜

皇帝廿四年，戊戌秋八月，其旬有三日[1]，国乃有大罚[2]。
我时官西曹[3]，滥膺折狱职[4]。日抱城旦书[5]，上取司寇谳[6]。
是日天向午，旅进缀班列[7]。济济白云亭[8]，冠盖正窸窣[9]。
突来高车客，并肩趋上谒[10]。密语人不闻，掉头即揖别。
众僚先屏退[11]，行迟独居末。似传中旨至[12]，满堂气惨栗。
处分要异常，举动何仓卒。私心妄惴惴，口语互藉藉[13]。
或言事虑囚[14]，或言行伏阙[15]。事在三日前，圣主下天绋[16]。
归政东朝廷[17]，新进官悉夺[18]。东海大鳗鱼，早惊金钩脱[19]。
深宫含盛怒[20]，钩党穷诛灭[21]。罪浮八司马[22]，一一付缧绁[23]。

众论方快心[24]，有识甘卷舌[25]。外间喧噪声，禁旅杂街卒[26]。
传呼丞相来[27]，肩舆两飘忽[28]。入门坐堂皇[29]，须张面凛铁[30]。
趣召主者至[31]，速缚六人出[32]。敕旨星火催[33]，决不待时毕[34]。
狱吏走且僵[35]，伍伯整巾袜[36]。须臾各就缚，衣冠尚缔绤[37]。
峨峨四新参[38]，入朝三旬岁[39]。辄思大厦扶，竟触天柱折[40]。
其一职监察，抗疏气郁勃。同官侧目久，飞语相诋讦[41]。
更有粤布衣，未膺簪与绂。壮志不一伸，连坐太突兀[42]。
我时迫近前，木立若朽质[43]。故人乃面之，颜怛心忉怛[44]。
（六人中，予与林、谭、康皆不相识，杨叔乔锐则乙酉同年[45]，
杨殷存深秀则己丑同年兼同门[46]，刘培村光第则刑部同官也。）
传诏官人来，天宪口为述[47]："尔等悉逆党，左右皆曰杀[48]。
跪听宣读毕，臣当伏斧锧。[49]"林君最年少，含笑口微哟[50]。
谭子气未降[51]，余怒冲冠发。二杨默无言，俯仰但蹙额[52]。
刘子木讷人，忽发大声诘："何时定爰书？何人为告密？
朝无来俊臣，安得反是实？"[53]抗辩语未终[54]，群隶竞牵捽[55]。
但闻官人言："汝去不得活！"相将赴西市[56]，生死此诀绝。
扬扬如平常[57]，目送肠内热[58]。步骑夹道拥[59]，阛阓车填咽[60]。
丞相亲莅刑[61]，事与往昔别[62]。并有覆巢惧[63]，妻孥不敢诀[64]。
引领就白刃[65]，夏侯色可匹[66]。携手入黄泉，夕阳照碧血[67]。
今日身横尸，前朝语造膝[68]。幸赖乔公贤[69]，为收无家骨。
吏人讫事返，流涕向我说。役卒呈数纸，云是狱中笔
（杨、谭入狱后均有诗）。
我时但悯默[70]，反覆难终阅。人生遽到此[71]，顷刻化异物[72]。
仰见天上月，照人倍萧瑟。徒步归寓庐，入门忘饥渴。

家人怪我状，疑是感疹疾[73]。约撮告之知，相对亦气噎。
夜半魂梦惊，不觉自嗟叱。国事方艰虞[74]，时政有愆失[75]。
徒闻縻好爵[76]，谁肯念王室[77]？养士二百年，辛苦才数杰。
贡自九州来[78]，帝曰予惟弼[79]。求治或太急，论事或过烈。
庶几鼓朝气，一洗宇宙瞳[80]。贾生昔痛哭，绛灌颇不悦，
出为长沙傅，谪宦犹称屈。[81]况我祖宗朝，钦哉惟刑恤[82]。
未闻禁近臣[83]，中道遭黥刖[84]。不待奏当成[85]，一朝饱屠割。
举朝孰营救，到处肆媒蘖[86]。罪状在疑似[87]，性命快谗嫉[88]。
逝者倘有知，叫阍天听彻[89]。人世无是非，恨难万古雪。
我作纪事言，俛缕话畴昔[90]。匪以悼其私[91]，实为愤所切[92]。

唐炬
（1855—1933）

字照青，一字仲旭，晚号芸叟，河北盐山人。光绪十五年（1889）进士，授刑部主事，历官大理院五品推事，有《虞渊集》。《晚晴簃诗话》称其"绩学能诗，不自表襮。浮沈郎署，晚遭世变。编集时尽删少作，所存多苍凉激楚之音。其戊戌纪事一首，得自亲见，故摹写逼真"。

◎ 注释

[1]"皇帝"三句：指光绪二十四年（1898）。"旬有三日"的"有"同"又"。这样开头是模仿杜甫《北征》。

[2]国：首都。大罚：《尚书·多方》："乃有不用我降尔命，我乃其大罚殛之。"

[3]西曹：即刑部。

[4]滥膺：作者自谦之辞。滥，失实；膺，受。折狱：判决诉讼案件，使曲直分明。

[5]城旦书：法律书，此指《大清律例》。

[6]司寇谳：司寇，刑部尚书；谳（yàn，此读yē），对案件判决书的最后批准，即定案。

[7] 旅进：与同事们同进。缀：联结。班列：位次。

[8] 济（jǐ）济：众多貌。白云亭：刑部正厅。传说黄帝时，以云命官，秋官为白云。刑部属秋官，故称。又，亭可解平，处理。《史记·张汤传》："补廷尉史，亭疑法。"《索隐》："亭，平也，使之平疑事也。"

[9] 冠：礼帽。盖：车盖。官吏的服饰与车乘，借指官吏，此处犹言冠服。窸窣（xīsū）：象声词，一种细碎的声音。

[10] 趋：疾走。

[11] "众僚"句：谓同事们全被屏（bǐng）退（让大家回避）。

[12] 中旨：清制，不经军机处而直接由宫廷发出的皇帝诏谕，叫中旨。

[13] 藉（jí）藉：言语杂乱貌。

[14] 事虑（lù）囚：事，从事；虑，同录；虑囚，讯察记录囚犯的罪状。

[15] 行伏阙：行，将；伏阙，臣子拜伏在宫殿下，向皇帝有所陈请。

[16] 天绂：圣旨。绂（fú），帝王诏书。

[17] "归政"句：9月21日，慈禧以光绪帝名义发布上谕，说光绪自己已不能胜任国事，再请太后垂帘听政。东朝廷：汉长乐宫，太后所居，在未央宫之东，故称。《史记·灌夫传》："东朝廷辩之。"惟此"廷"字不与"东朝"联属，而唐烜如此用，别有微意。

[18] 新进：指军机四卿谭嗣同、林旭、刘光第、杨锐。

[19] "东海"二句：《明史·袁凯传》：凯于洪武三年为御史，帝恶之，佯狂免。朱彝尊《静志居诗话》：太祖言："东海走却大鳗鱼，何处寻得？"即谓袁凯。此借指康有为政变前一日已奉光绪密诏离京赴沪，后党虽电令沿途及上海官吏捕拿，由于英国保护，终于脱险。

[20] 深宫：指慈禧。

[21] 钩党：相牵引为党，此指参加变法的官吏如黄遵宪、李端棻、徐致靖、徐仁铸、张元济、陈宝箴、陈三立、江标、熊希龄等。

[22] 浮：超过。八司马：唐顺宗即位，擢用王叔文、王伾等，谋夺中官（专权的太监）兵权，进行政治改革，史称"永贞（顺宗年号）革新"。朝中旧派官僚与中官合谋发动政变，王叔文、王伾被杀害，韦执谊被贬为崖州司马，韩泰为虔州司马，陈谏为台州司马，柳宗元为永州司马，刘禹锡为朗州司马，韩晔为饶州司马，凌准为连州司马，程异为郴州司马，时称"八司马"。

[23] 缧绁（léi xiè）：拘系犯人的绳索，引申为牢狱。

[24] 众论：指后党及一切保守派的人。

[25] 卷舌：舌卷曲。指闭口不言。

[26] 禁旅：皇帝的亲兵。街卒：清扫街道的役夫。

[27] 丞相：指刚毅，他为军机大臣、吏部尚书、协办大学士，是后党中顽固分子之尤。

［28］肩舆：人力抬的轿子。

［29］堂皇：官吏办事的大厅。

［30］"须张"句：谓胡须气得翘起来，板着脸像块铁面，使人望见发抖。这是描写刚毅的丑态。

［31］趣：同"促"。主者：主管牢狱的官。

［32］六人：即谭嗣同等六君子。

［33］敕旨：即皇帝的诏命。星火：流星的光，比喻急迫。

［34］决：斩首。不待时毕：普通行刑有一定时间，对这六人却是敕旨一到，立即斩决。

［35］走且僵：跑得过急，几乎要跌倒。此用苏轼《潮州韩文公庙碑》："汗流籍湜走且僵。"

［36］伍伯：行刑的役卒。

［37］綷縩（cuì cài）：衣服摩擦之声。

［38］"峨峨"句：谓仪容端庄严肃，气度从容，给人一种崇高的感觉。四新参，即军机四卿。

［39］三旬劣：仅仅三十天。劣，才，刚，仅。

［40］"轭思"二句：《文中子・事君》："大厦将颠，非一木所支也。"大厦，以比濒于灭亡的清王朝。触天柱折，《淮南子・天文训》："昔者共工与颛顼争为帝，怒而触不周之山，天柱折，地维绝。"此以天柱比六君子。

［41］"其一"四句：其一，指杨深秀，光绪十五年（1889）进士，累官监察御史，屡疏言事，多切时务。抗疏，上书直言。气郁勃，气盛貌。同官，同事。侧目，嫉视，形容怒恨。飞语，恶意的诽谤。诋讦（dǐ jié），诬蔑。

［42］"更有"四句：指康广仁，他是康有为最幼弟，一直在新闻、出版部门工作。簪（zān）与绂（fú）：簪，冠簪；绂，丝制的缨带。皆古礼服之制，以喻显贵。连坐：康广仁之死，完全因为他是康有为的弟弟。突兀（wù）：猝然。

［43］"我时"二句：迫近前，官职所迫，只好走到六人面前。木立，像木鸡一样站着不动（木鸡见《庄子・达生》）。朽质，腐烂了的物体。

［44］"故人"二句：故人，老朋友，指六人中二杨一刘。乃面之，竟以法官对待犯人的身份面对这三位老朋友。颜忸（niǔ），面有愧色。伪《尚书・五子之歌》："颜厚有忸怩。"忉怛（dāo dá），悲痛。

［45］乙酉同年：乙酉为光绪十一年（1885），唐烜与杨锐皆是年中顺天乡试。

［46］己丑同年兼同门：己丑为光绪十五年（1889），唐烜与杨深秀同以是年成进士，同出一房师之荐。

［47］天宪：朝廷的法令。

［48］"左右"句：《孟子・梁惠王下》第七章："左右皆曰可杀，勿听；诸大夫皆曰可杀，勿听；国人皆曰可杀，然后察之；见可杀焉，然后杀之。故曰国人杀之也。"唐烜此句正见

六人无罪，只是后党要杀害他们。

[49]"跪听"二句：谓照礼法，犯官被皇帝下诏处死，应该谢恩，表示臣罪当诛。斧锧，铁鑕，古刑具，置人于鑕上以斧砍之。

[50]"林君"二句：林旭死时只有二十四岁。微哽（xuè），小声。

[51]谭子：谭嗣同。气未降（xiáng）：豪气未消。

[52]"二杨"二句：指杨深秀与杨锐。蹙额，眉头紧皱，忧愁貌[《孟子·梁惠王下》作"蹙頞（鼻梁）"，意同]。

[53]"刘子"六句：刘子，刘光第。木讷，为人质朴，不善言辞。爰书，纪录囚犯口供的文书。"朝无"二句，新、旧《唐书》来俊臣传："又作大枷，各为号：……七、反是实。……"来俊臣，唐武则天时酷吏。

[54]抗辩：大声辩论。

[55]捽（zuó）：揪住。

[56]西市：北京菜市口。

[57]扬扬：得意貌。按：六君子视死如归之状，唐烜得自目睹，应为可信。

[58]"目送"句：谓唐烜望着六人被押上囚车带走，内心十分痛苦。"肠内热"用杜甫《自京赴奉先县，咏怀，五百字》的"叹息肠内热"。

[59]步骑（jì）：步卒与骑兵。

[60]阛阇（yīn dū）：城门。填咽（yè）：堵塞。

[61]莅刑：（以丞相之尊而）亲自到刑场监斩。

[62]"事与"句：用杜甫《北征》之"事与古先别"。

[63]覆巢：鸟巢倾覆，其卵皆破。比喻灭门之祸，无一幸免。《世说新语·言语》："孔融被收，……谓使者曰：'冀罪止于身，二儿可得全不？'儿徐进曰：'大人岂见覆巢之下复有完卵乎？'"

[64]妻孥（nú）：妻子儿女。诀：与死者告别。

[65]引领：伸颈。

[66]"夏侯"句：《南史·范晔传》："（晔）在狱为诗曰：'……虽无稽生琴，庶同夏侯色……'……至市（刑场）……妹及妓妾来别，晔乃悲泣流涟，（其甥谢）综曰：'舅殊不及夏侯色。'"夏侯玄，三国魏人，为曹爽姑子。爽诛，司马懿权重，李丰、张辑谋欲诛懿，以玄辅政。事泄，夷三族。玄格局度，负一时重望。临斩东市，颜色不变，举动自若。

[67]碧血：《庄子·外物》："故伍员流于江，苌弘死于蜀，藏其血，三年化而为碧。"后以指忠臣志士为正义死而流的血。

[68]"前朝"句：谓政变前，军机四卿经常觐见光绪筹划新政。造膝，促膝对谈，谓亲近。

［69］乔公：乔茂萱，四川华阳人，时任学部左丞。（见《新编文史笔记丛书》中《史迹文踪》的《乔大壮遗事》）

［70］悯默：忧郁不言。

［71］"人生"句：用江淹《恨赋》悲悼"伏恨而死"者的"人生至此，天道宁论"！

［72］异物：指死亡的人。

［73］感夙疾：旧病发作。

［74］艰虞：艰难忧患。

［75］愆（qiān）失：过失。

［76］縻（mí）好爵：《易·中孚》："我有好爵，吾与尔縻之。"《释文》："本又作靡。"好爵，高官厚禄。靡（縻），分散。

［77］王室：朝廷，亦泛指国家。

［78］九州：中国。

［79］"帝曰"句：此仿《尚书》语，意为皇帝说，你们要以义辅正我。即光绪帝把军机四卿作为腹心。

［80］曀（yì）：天色阴沉多风，泛指世界黑暗。

［81］"贾生"四句：《史记》《汉书》贾谊传：贾谊文帝时陈政事疏："臣窃惟事势，可为痛哭者一，可为流涕者二，可为长太息者六，若其它背理而伤道者，难遍以疏举。"绛侯周勃、颍阴侯灌婴等大臣忌之，出为长沙王太傅，迁梁怀王太傅而卒，年三十三。唐人刘长卿《长沙过贾谊宅》："三年谪宦此栖迟，万古惟留楚客悲。"

［82］"钦哉"句：《书·舜典》："钦哉钦哉，惟刑之恤哉！"谓审判公正，用刑不滥。

［83］禁近臣：唐代翰林院在禁中，与皇帝所居相近，故翰林称禁近臣。此以指军机四卿。

［84］中道：半路。黥刖（qíng yuè）：古代肉刑。黥，以刀刺人面额后用墨涅之；刖，砍掉罪人的脚。

［85］奏当：审案完毕向皇帝奏闻处罪意见。当，断。

［86］媒蘖：酝酿之意。比喻构陷诬害，酿成其罪。媒，酒母；蘖，酿酒用的曲。

［87］"罪状"句：疑似，是非难辨。当时宣布杀这六人的罪状是"结党营私，莠言乱政"。

［88］快谗嫉：为谗嫉者所快意。

［89］"叫阍"句：古代吏民有冤向朝廷申诉称为叫阍。此句则是希望六人的鬼魂向上帝去诉冤。天听彻，上帝的听觉敏锐，一定能听到。

［90］觌缕："觌"为"覶"的俗字。覶（luó）缕，委曲陈述。畴（chóu）昔：往日。

［91］匪：非。悼其私：悼念自己的友人。

［92］愤所切：切心痛愤。用杜甫《北征》的"臣甫愤所切"。

　　这是描写戊戌变法失败后"六君子"壮烈牺牲的一首史诗。关于这方面的材料，有梁启超等人所写的，有些地方未免溢美；有些是保守派的人写的，又往往溢恶。唐烜这首较接近实录。他有《二哀诗》，其一悼兰维均，诗中写兰认为："丈夫宏建树，岂在钻故纸。陈编醨糟粕，随人效诺唯。以此取世资，咄嗟尔奴婢。东西日侵略，当引为国耻。衮衮诸公卿，了不知彼己。隐忧伏萧墙，闰位乱蛙紫。矕恤岂徒然，兴亡有责耳。"这是兰氏的认识，显然唐烜是完全赞成的。

感　旧

陈　沣

先师程侍郎[1]，雄文兼硕儒[2]。昔于侍坐间[3]，问我读何书。
我以《汉书》对[4]，又问读何如。我言性善忘，读过几如无。
师言不在记，记诵学乃粗[5]。岂欲摘隽语，以资词赋欤？[6]
汉室之兴衰，班史之规模，读之能识此，乃为握其枢。[7]
廿年记师说，书以置座隅[8]。

◈ **陈　沣**
(1810—1882)

字兰甫，广东番禺（今属广州）人。生于清仁宗嘉庆十五年（1810），卒于德宗光绪八年（1882），年七十三。道光十二年（1832）举人，官河源县（在广东东北部）训导。学者称东塾先生。有《东塾集》。

◎ 注释

[1] 先师：已去世的老师。程侍郎：程恩泽，安徽歙县人，字云芬，号春海，嘉庆进士，道

光时累官户部右侍郎。其学于六艺九流，无所不通。诗文雄深博雅。有《程侍郎遗集》。

[2] "雄文"句：我国古代正史中，善诗文者入《文苑传》，研经史者入《儒林传》。此句言程恩泽是学者而兼诗人。

[3] 侍坐：陪坐于师长侧。《论语·先进》："子路、曾晳、冉有、公西华侍坐。"

[4] 《汉书》：东汉班固撰，为我国第一部纪传体断代史。

[5] "记诵"句：记诵，默记背诵。此句说单靠记诵而不能明体达用（即王安石《上仁宗皇帝言事书》所谓"通先王之意，而可以施于天下国家之用"），这种治学是粗浅的。

[6] "岂欲"二句：宋代林越（钺）撰《汉隽》，专取《汉书》中古雅字，分类排纂为五十篇。每篇即以篇首二字为名，间附《汉书》原注。往往割裂字句，供选字摘词之用。明代凌迪知又扩充为《两汉隽言》十六卷。程恩泽所指即此二书。

[7] "汉室"四句：谓读《汉书》，主要在了解高祖何以能兴，平、哀何以亡汉。另外，要了解《汉书》体例虽与《史记》大略相同，但改书为志，废世家入列传，并创《刑法》《五行》《地理》《艺文》四志，成为后世纪传体史书的准绳。《百官公卿表》叙述秦汉官制沿革，并排比汉代公卿大臣的升降迁免，简明扼要。枢：书的重要部分或中心部分。

[8] "书以"句：谓记下先师的话，把它放在自己座位的旁边，时时警醒自己。

◎ 评析

　　陈沣是学者兼词人，诗为学人之诗，此诗就反映其古拙的风格。这首诗说明了一个问题，就是读书要"握其枢"，不要一味记诵，"摘隽语以资词赋"。这是因为中国古代士大夫读书的目的是治国平天下，把作文章看成小道。

登巴黎铁塔（塔高法国三百迈突，当中国千尺，人力所造，五部洲最高处也）[1]

黄遵宪

拔地崛然起[2]，峥嵘矗百丈[3]。自非假羽翼[4]，孰能蹑屦上[5]？
高标悬金针[6]，四维挂铁网[7]。下竖五丈旗，可容千人帐[8]。
石础森开张[9]，露阙屹相向[10]。游人企足看[11]，已惊眼界创[12]。
悬车倏上腾，乍闻辘轳响。（登塔者皆坐飞车旋引而上）

人已不翼飞，迥出空虚上[13]。并世无二尊，独立绝依傍。即居最下层（登眺之处，分为三层。其最下层高五十迈突，当中国十六丈四尺），高已莫能抗。

苍苍覆大圜[14]，森芒列万象[15]。呼吸通帝座[16]，疑可通胖螽[17]。自天下至地，俯察不复仰。但恨目力穷，更无外物障。离离画方罫[18]，万顷开沃壤[19]。微茫一线遥，千里走河广[20]。宫阙与城垒，一气作苍莽[21]。不辨牛马人，沙虫纷扰攘[22]。我从下界来，大小顿变相。未知天眼窥[23]，幺麼作何状[24]。北风冰海来[25]，秋气何飒爽[26]。海西数点烟[27]，英伦郁相望[28]。缅昔百年役（西历一千三百余年，法国绝嗣，英王以法王四世非立外孙，欲兼王法国。法人不允，遂开战争，凡九十余年，世谓之百年之役）[29]，裂地争霸王。驱民入锋镝，倾国竭府帑[30]。其后拿破仑[31]，盖世气无两。胜尊天单于[32]，败作降王长[33]。欧洲古战场，好胜不相让。即今正六帝[34]，各负天下壮。等是蛮触争[35]，纷纷校得丧[36]。嗟我稊米身[37]，尩弱不自量[38]。一览小天下，五洲如在掌。既登绝顶高，更作凌风想。何时御气游，乘球恣来往[39]。扶摇九万里[40]，一笑吾其傥[41]。

黄遵宪
(1848—1905)

字公度，广东嘉应州（今梅州）人。生于清宣宗道光二十八年（1848），卒于德宗光绪三十一年（1905），年五十八。光绪二年（1876）举人。历任驻日、英使馆参赞，驻英、美总领事。归国后积极参加康有为、梁启超为首的维新变法运动。后任湖南按察使，积极协助巡抚陈宝箴推行新政。戊戌政变后，被革职，放归故里，郁郁而亡。他是晚清诗界革命派的代表，能以新理想融入旧风格。有《人境庐诗草》。

◉ 注释

［1］五部洲：《明史·外国传》：万历时，意大利人利玛窦来北京，作《万国全图》，说地球分为五大洲。

［2］崛（jué）然：突出貌。

［3］峻嶒：高峻重叠貌。矗（chù）：耸立貌。

［4］假：借。

［5］蹑履：穿着鞋子。

［6］高标：树杪为标，故高耸的峰、塔都称为高标。金针：避雷针。

［7］四维：四隅（角）。东西南北叫四方，四方之隅叫四维。挂铁网：防人自塔顶失足掉落。

［8］"下竖"二句：谓铁塔最下层非常高大宽广。"五丈旗"用《史记·秦始皇本纪》"作阿房宫……下可以建五丈旗"，言最下层极高。"千人帐"用《北史·宇文贵传》炀帝"令恺为大帐，其下坐数千人"，言最下层极广。

［9］森开张：塔柱下的石础森严，显得体积雄伟。

［10］"露阙"句：铁塔的两扇大门高耸地相对着。

［11］企足：踮起足跟。

［12］眼界创：视力范围第一次这样开阔。

［13］"迥出"句：此用高适《同诸公登慈恩寺浮图》成句。迥（jiǒng），远。

［14］"苍苍"句：苍苍、大圜，都是指天，苍苍指天色，大圜指天体。

［15］"森芒"句：谓从高空俯瞰下界，只见各种物象纷然罗列。

[16]"呼吸"句：冯贽《云仙杂记》："李白登华山落雁峰曰：'此山最高，呼吸之气，想通天帝座矣！'"

[17]胚夐：胚（xī）声响振起；夐（xiǎng），虫名。胚夐，指声响或气体的传播，后用以比喻神灵感应或灵感通微。

[18]离离：历历分明。方罫（guǎi）：棋盘上的方格。

[19]沃壤：肥沃的土地。

[20]"微茫"二句：谓塞纳河自巴黎的东南角入城，绕行城内二十里，自西南隅出城，船舶往来不绝。

[21]"一气"句："一气"用杜甫《同诸公登慈恩寺塔》："俯视但一气，焉能辨皇州？"苍莽即莽苍，用《庄子·逍遥游》："适莽苍者。"莽苍，郊野之色，遥望之不甚分明。

[22]"沙虫"句：沙虫即虫沙，用《艺文类聚》九十《抱朴子》："周穆王南征，一朝尽化，君子为猿为鹤，小人为虫为沙。"本以指战死的将士和因战乱而死的人民，此则借指从铁塔上所遥望的模糊不清的人与物。扰攘，纷乱。

[23]天眼窥：天眼，佛经所说五眼之一，即天趣之眼，能透视六道、远近、上下、前后、内外及未来等；窥，从内往外看。

[24]幺（yāo）麽：微小之物。

[25]冰海：北冰洋。

[26]飒（sà）爽：劲捷。

[27]数点烟：李贺《梦天》："遥望齐州九点烟。"齐州，指中国九州，言立于最高处，九州不过如九点烟，一览尽收眼底。

[28]英伦：伦敦，英国首都。郁：繁盛貌。

[29]"缅昔"句：缅，思索。百年役，史称"百年战争"。1337年，英王爱德华三世称法兰西王。1338年，法王腓力六世宣称把英王在法国的领地全部没收，并派兵进攻基恩。英、法间的"百年战争"由此爆发。1340年，法国舰队在斯路伊斯大败，从此英国控制海峡。1453年，卡斯提隆战役后，法军收复基恩，查理七世亲入波兰多，百年战争从此结束。

[30]"裂地"三句：百年战争实因争夺富饶的佛兰德斯和英在法境内的封建领地而引起。初期英屡胜，克勒西与普瓦提埃两次战役中，法军损失严重。法国人民陷于极端困苦，从而导致巴黎市民和北部农民的起义（1358）。14世纪70年代，法国进行改革，一度转败为胜，失地大部收复。但封建主内讧又起，阶级矛盾亦趋尖锐。凡此种种，都由此三句高度概括出来了。锋镝（dí）：锋，兵刃；镝，箭镞。泛指兵器。府帑（tǎng）：府库中的财物。

[31]拿破仑：即拿破仑·波拿巴（1769—1821），法国资产阶级政治家和军事家，法兰西第一帝国和百日王朝皇帝。后因连年侵略别国，国内阶级矛盾加剧，被奴役国家反法的民族解放战争纷起。1814年，欧洲反法联军攻陷巴黎，他被放逐于厄尔巴岛。1815

年再返巴黎，建立百日王朝。滑铁卢战役失败后，被流放于圣赫勒拿岛，1821年病死于该岛。

[32]"胜尊"句：天单于，汉时匈奴称其君长为单（chán）于。《史记·匈奴传》，《集解》引《汉书音义》："单于者，广大之貌，言其象天单于然。"此句说拿破仑不断胜利时，被奴役国都十分敬畏，尊为最高领袖。

[33]降王长：《宋史·南汉世家》：南汉国主刘铱降宋后，对宋太宗说："臣率先来朝，愿得执梃为诸国降王长。"

[34]六帝：谓英、法、俄、德、意、奥六国。除法为民主国，其他皆为君主国。

[35]蛮触争：《庄子·则阳》："有国于蜗之左角者，曰触氏，有国于蜗之右角者，曰蛮氏。时相与争地而战，伏尸数万。"

[36]校得丧（sàng）：计较得失。

[37]稊（tí）米：草名，结实如小米。《庄子·秋水》："计中国之在海内，不似稊米之在太仓乎?"

[38]尪（wāng）弱：瘦小虚弱。不自量：其中"量"字应读平声，此借作仄声。

[39]"何时"二句：指乘氢气球。

[40]"扶摇"句：《庄子·逍遥游》："（鹏）抟扶摇而上者九万里。"

[41]"一笑"句：其倘，推测为或许可能之意。此句说想到自己有那么一天也许会像大鹏那样抟扶摇而飞上九万里高的天空，不禁笑起来了。

◎ 评析

　　这是首记游诗，也是向当时十分闭塞的国人介绍国外新事物的诗。从首句到"已惊眼界创"是平地仰望。从"悬车倏上腾"到"幺麼作何状"是俯瞰并远望。从"北风冰海来"到"纷纷校得丧"是对欧洲中世纪以来战争历史的回顾与前瞻。最后十句借自己写中国，暗寓力求富强之意。

北游诗五章（选一）

袁　昶

金山东西林（国语：山曰阿林。兴安岭，我之东金山，阿尔泰山则西金山也）[1]，铁山三千区[2]。

繄中国之利^[3]，毒天下有余^[4]。盐铁古有论^[5]，冶官职常输^[6]。昨来析津口^[7]，官船败沙淤^[8]。估胡造大舶^[9]，璀若黄金涂^[10]。彼挟有利器，岂我武库无^[11]？动訾管商者^[12]，拘瞀何其愚^[13]！

◆ **袁　昶**
（1846—1900）

字爽秋，又字重黎，浙江桐庐人。生于清宣宗道光二十六年（1846），卒于德宗光绪二十六年（1900），年五十五。光绪二年（1876）进士，官至太常寺卿。二十六年义和团事起，袁昶力言其不可恃，且反对围外国使馆，遂被杀。宣统元年（1909），追谥忠节。有《渐西村人集》。

◎ **注释**

[1] 国语：满族语言。

[2] 铁山：产铁的山。区：地域。

[3] 繄：是。

[4] 毒：役使，治理。《易·师》："刚中而应，行险而顺，以此毒天下，而民从之。"《释文》释"毒"为"役"，又引马融语，释为"治"。

[5] "盐铁"句：汉始元六年（前81），昭帝征集郡国贤良文学之士，询以治乱，皆求罢盐铁、榷酤、均输，独御史大夫桑弘羊以为不可废，因止罢榷酤而盐铁卒不变。至宣帝时，桓宽推论当时双方论难之语，集成一书，名《盐铁论》。

[6] "冶官"句：谓主管冶铸的官员负责正常输送产品的工作。

[7] 析津：今北京大兴。口：港口。

[8] "官船"句：谓官员乘坐的大船由于航道泥沙淤积而无法航行。

[9] 估胡：外国的商人。大舶：大海船。

[10] 璀（cuǐ）：华丽。黄金涂：用黄金涂饰。

[11] 武库：储藏武器的仓库。

[12] "动訾"句：指动辄诋毁管仲和商鞅的人（指当时的封建顽固派，他们高谈孔、孟的王道，反对管、商的富国强兵之术）。

[13] 拘瞀（mào）：拘泥固执，愚昧无知。

◎ 评析

此诗主张充分利用我国固有的矿产资源，学习西洋列强那样使用新的科学技术，做到船坚炮利，富国强兵，从而斥责封建顽固派的愚昧。

七言古诗

春雪歌

申涵光

北风昨夜吹林莽[1]，雪片朝飞大如掌。

南园老梅冻不开，饥乌啄落青苔上。

破屋寒多午未餐，拥衾对雪空长叹[2]。

去岁雨频禾烂死，冰消委巷生波澜[3]。

吴楚井干江底坼[4]，北方翻作蛟龙宅[5]。

豪客椎牛昼杀人[6]，弯弓笑入长安陌[7]。

长安画阁压氍毹[8]，猎罢高悬金仆姑[9]。

歌声入夜华灯暖，不信人间有饿夫。

◈ **申涵光**
（1619—1677）
字和孟（一作孚孟），一字凫盟，河北永年人。生于明神宗万历四十七年（1619），卒于清圣祖康熙十六年（1677），年五十九。因父殉国难，义不仕清，杜门奉母，足不入城。为河朔诗派的代表，有《聪山集》。

◉ 注释

[1] 林莽：草木深邃平远的境域。

[2] 长叹：叹（tán），协韵读平声。此字在旧体诗中平仄两用。

[3] 委巷：僻陋曲折的小巷，泛指民间。

[4] 吴楚：今江苏、湖北一带。

[5] 蛟龙宅：大海，此以比喻北方遭大水灾，一片汪洋。

[6] 豪客：匪首。椎牛：杀牛，用以大宴党徒。昼杀人：白昼公然杀人，毫无顾忌。

[7] "弯弓"句：弯弓，拉开弓准备射箭。就以这种姿态，面带笑容到北京大街上。长安，唐朝首都，此以借指清朝首都北京。

[8]画阁：装饰华丽的楼阁。压氍毹（qú yú）：铺着厚厚的地毯。

[9]金仆姑：矢名。

◉ 评析

　　此诗是杜甫"朱门酒肉臭，路有冻死骨"的具体化、形象化，然而又是真正从现实生活中汲取素材。它反映了清初的贫富对立状态。作者用雪片如掌、老梅不开、饥乌自堕，极写严寒。而寒气只聚积破屋中，画阁则"压氍毹""华灯暖"，哪里会知道南旱北涝，饿夫遍地呢！

我昔（三首选一）

吴嘉纪

我昔携家亟逃难[1]，海云霾霾昼昏宴[2]。
野空蹄响贼马近[3]，我船欲速行转慢[4]。
须臾燔烧闾里红[5]，风漂船入芦港中。
芦叶菰叶蔽男妇[6]，引衣掩塞啼儿口[7]。

✤ 吴嘉纪

（1618—1685）

　　字宾贤，一字野人（或云号野人），江苏泰州人。生于明神宗万历四十六年（1618），卒于清圣祖康熙二十四年（1685），年六十七。家住安丰盐场，自名所居为"陋轩"。家贫，丰年亦常乏食，而吟咏自娱，不交当世。后因王士禛赏识，始与四方名流唱和。其诗善于反映民生疾苦与民族感情。有《陋轩集》。

◎ 注释

[1] 亟（jí）：急，迫切。

[2] 霮霴（dàn duì）：云厚重貌。昏宴：宴，同"晏"，昏暗。

[3] "野空"句：谓正因为四野皆空，悄无声息，更觉马蹄声特别响。

[4] "我船"句：谓撑船的人听到匪徒的马蹄声越来越近，吓得连忙把船开进芦苇深处隐蔽起来，谁知心里越想越快，手足越不听使唤，船反而走得更慢了。

[5] 须臾（yú）：一会儿。燔（fán）：即"烧"。闾（lú）里：乡里。

[6] 菰（gū）：俗称茭白，多生于江南水乡。

[7] 引衣：拉长衣袖。

◎ 评析

　　此诗写乱世避难情形，非亲历者不能道。诗以海云昼昏之景衬托伤乱之情，以船欲速而行转慢写船上人慌乱之状，以掩塞啼儿口写唯恐贼知踪迹之心理，皆惟妙惟肖。

王不庵作卧龙松歌为余寿，诗以酬之 [1]

屈大均

黄山山上多怪松 [2]，半生石笋半芙蓉 [3]。

芙蓉石笋亦松变 [4]，有一不变为卧龙 [5]。

龙本无形以神化 [6]，真形往往与松同 [7]。

龙之隐者但高卧 [8]，人不见龙见髯翁。

髯翁鳞甲多怒决 [9]，柯如苍铜枝屈铁 [10]。

引根十丈始作干 [11]，干虽千年如萌蘖 [12]。

霹雳横将偃盖倾 [13]，蛟螭争向轮囷结 [14]。

夜光有火出空心 [15]，日炙多膏流断节 [16]。

一枝一干一尺蠖，求信且复依岩穴。 [17]

山僧写图贻我看，王子作歌含凄咽。

尺寸得空自盘攫，纵横穿土苦羁绁[18]。

峨峨千尺乃无势，幸因奇丑免摧折[19]。

五鬣短短少波涛，声似风雷畜未泄[20]。

苦心爱此一树怪，自少摩挲至大耋[21]。

蹒跚尚有尊足存，支离乃是鬼神设[22]。

臃肿何须规矩中，斧柯且喜薪蒸绝[23]。

虽然久蛰非泥蟠[24]，撑出丹崖作遗孑[25]。

石破天惊自小时，后凋凭尔存孤孽[26]。

本是轩皇昔所种，手术至今乍明灭[27]。

当年且战且学仙，霜根留得玄黄血[28]。

灌溉颇用朱砂泉[29]，滋润微凝太古雪。

浮邱无力治拘挛[30]，容成有意引寥泬[31]。

黄山诸松此最古，儿孙万万丹台列[32]。

卧者天渊自高深，立者栋梁久颠蹶[33]。

君指此松为予寿，意在不材能蟞蟨[34]。

蝼蚁频容蚀茯苓[35]，藤萝一任为瓜瓞[36]。

松黄落地成古苔[37]，松子满天低可缀。

君在黄山亦一松[38]，莫教化石成楉柚[39]。

一松孤作老人峰，秦汉来封久不屑[40]。

卧龙复有扰龙好[41]，缭绕数峰出巉巀[42]。

一松飞作天生桥，一松倒生更奇谲。

烦君添作四松图，置我松间长用拙[43]。

⊙ 注释

[1] 王不庵：王艮，本名炜，字无闷，号不庵，安徽歙县人。明遗民，与顾炎武、屈大均等游，为文甚有法度。有《易赘》《鸿逸堂集》。

[2] 黄山：在安徽黄山市境，传说黄帝曾与容成子、浮邱公合丹于此。风景秀丽，有莲花峰、天都峰等三十六峰，桃花溪等二十四溪，洞十二，岩八，山间云气弥漫，有黄山云海之称。此山以奇松（黄山松）、怪石、云海、温泉著名。

[3] 石笋：挺直的大石，其状如笋，故名。

[4] 芙蓉：荷花。此指黄山石之似莲花者。

[5] 卧龙：指卧龙松。

[6] "龙本"句：谓古人以龙为神物，无定形，变化无穷。《管子·水地》："龙生于水，被五色而游，故神。欲小则化如蚕蠋，欲大则藏于天下，欲上则凌于云气，欲下则入于深泉。变化无日，上下无时，谓之神。"

[7] "真形"句：谓龙既为物，自有真形。在作者想象中，龙之真形即与黄山奇松相同。

[8] "龙之"句：此用诸葛亮事。徐庶称孔明为卧龙，见《三国志·蜀·诸葛亮传》。

[9] 髯（rán）翁：指卧龙松。怒决：指卧龙松的树皮多断裂成块状。决，裂；怒，形容其断裂的力度大。

[10] 柯：粗的树枝。苍铜：指卧龙松的枝色如青铜。枝：树干旁出的枝条。屈铁：弯曲的铁条。

[11] "引根"句：谓松根深入地下十丈，才长出树干来。

[12] 萌蘗（niè）：旁出的芽。蘗，老枝旁出的新芽。

[13] "霹雳"句：偃盖，一把仰倒的伞，指松树。《玉策记》："千载松树，枝叶四边披起，上杪不长，望而视之，有如偃盖。"此句说一次霹雳把这古松击倒地地，成为卧龙状。

[14] "蛟螭"句：蛟螭（chī），蛟龙和无角的螭龙。轮囷（qūn），高大而屈曲貌，此指卧龙松。此句说卧龙松其状高大而屈曲，好像好几条蛟、螭凝化在它身上。

[15] "夜光"句：夜光，即明月。此句与下句"日炙"相对，故知"夜光"指月，但应解为月照。

[16] "日炙"句：谓日光长期晒着，因而从此松断节处流出许多松脂。

[17] "一枝"二句：尺蠖（huò），尺蠖蛾的幼虫。《易·系辞下》："尺蠖之屈，以求信（伸）也。"岩穴，山洞。这两句是说卧龙松每一枝干都像尺蠖那样屈曲，其实屈曲是为伸张，只是时机尚未成熟，所以暂且隐藏在山洞里。

[18] "尺寸"二句：盘攫（jué），盘曲作攫拿状。羁绁（yì），络系犬马的用具，此作动词，解为"束缚"。这两句是说，只要将来能得到一点空间，此松自会伸张开来。而现在它的根或直或横地穿土而出，实在是受压所致。

[19] "峨峨"二句：谓此松长有千尺，竟不曾成为栋梁之材，是因为幸亏它形状特别丑恶，

才避免了被木匠裁锯的命运。

[20]"五鬣"二句：鬣（liè），松针。段成式《酉阳杂俎》前集十八《广动植》："松，凡言两粒、五粒，粒当言鬣。成式修竹里私第，大堂前有五鬣松两株，大财（才）如碗。"这两句是说，因为松针很短，所以发不出声如波涛的松风，但这种微细的松风响声，就像风雷一样暂时积蓄着没有发泄出去。（将来可是会声若雷霆的）

[21]"苦心"二句：大耋（dié），高年。这两句是说，自己对这幅画中卧龙松的奇形怪状特别喜爱，从年轻时玩赏它一直到老年时期。

[22]"蹒跚"二句：蹒跚（pán shān），跛行貌。尊足存，《庄子·德充符》：兀者叔山无趾谓孔子曰："今吾来也，犹有尊足者存。"尊足者存，比脚更贵重的东西存在（指道德）。支离，形体残缺不全。出《庄子·人间世》。这两句是说，无趾蹒跚而犹自贵其德，支离疏虽外貌极丑，乃自然生成，适足以养其身终其天年，则此卧龙松虽奇丑又有何不好？

[23]"臃肿"二句：《庄子·人间世》言商之丘有大木，蹉曲不可为栋梁，而因以保其天年，与此两句同意。"规矩中"之"中"读 zhòng。斧柯，斧柄。薪蒸，柴木。薪为粗木，蒸为柴草。此句谓且喜斧柯不以卧龙松为柴木而砍伐之。

[24]久蛰：昆虫长期伏藏。《易·系辞下》："龙蛇之蛰，以存身也。"泥蟠：蟠屈于泥涂中。张衡《应间》："夫苍龙……涉冬则淈泥而潜蟠，避害也。"

[25]丹崖：红色的山崖。遗子：即子（jié）遗，残存，剩余。

[26]"石破"二句：石破天惊，字面用李贺《李凭箜篌引》句，但意不同，此谓卧龙松生长怪石边，已使石破天惊。及至严风雪交加时，百卉凋残，草木枯萎，松独青翠依然。后凋，《论语·子罕》："岁寒，然后知松柏之后凋也。"孤孽，即孤臣孽子，失势的远臣与失宠的庶子，见《孟子·尽心上》。

[27]"本是"二句：轩皇，轩辕黄帝。黄山得名即因黄帝，故云此松为黄帝所种。手术，亲手栽培的卧龙松的技术。乍明灭，想象黄帝手术遗迹似有似无。

[28]"当年"二句：《易·坤》："龙战于野，其血玄黄。"学仙，《史记·封禅书》：黄帝铸鼎于荆山下，鼎成，有龙下迎，黄帝乘之升天。霜根，松树根。

[29]朱砂泉：黄山第四峰下的水泉。泉如汤沸，相传曾涌出朱砂，故名。道家传说黄帝曾与容成子、浮邱公合丹于此。

[30]"浮邱"句：浮邱公，传说黄帝时仙人。拘挛，痉挛，肌肉神经性抽搐。此句说浮邱公无法治好卧龙松的痉挛形状。

[31]容成：道家传说的仙人，为黄帝之师，见《列仙传》。寥泬（xuè）：空虚冷静。

[32]丹台：道家称神仙居住的地方。

[33]"卧者"二句：谓卧龙松因不中绳墨，故其寿如天之高，如渊之深。而其儿孙后辈因皆可作栋梁，久已被砍伐了。

[34]不材能鳖躄：鳖躄（biē sà），跛行，尽力挣扎前行貌。庄子的道家思想主张不材（不

074

为世用）以保天年，例如跋行者可以不服各种劳役，反而得到救济。

[35]"蝼蚁"句：《淮南子·说山训》："千年之松，下有茯苓。"此句谓卧龙松容许蝼蛄和蚂蚁来啮它的茯苓。

[36] 藤萝：藤，植物名，有紫藤、白藤等多种；萝，植物名，地衣类草。瓜瓞（dié）：瓜一代接一代生长，比喻子孙繁盛。

[37] 松黄：松花粉。

[38] 君：指王不庵。

[39] 棁柮（duò）：块柴，树疙瘩。

[40] 秦汉来封：《汉官仪》："秦始皇封泰山，逢疾风暴雨，赖得松树，因覆其下，封为五大夫。"汉武帝亦曾上泰山封禅。

[41] 扰龙：扰，驯养。夏代刘累学扰龙于豢龙氏，以事孔甲。见《左传·昭公二十九年》。

[42] 巇嶪（jié niè）：高峻貌。

[43] 用拙：《晋书·王澄传·赞》："平子（澄字）陵侮，多于用拙。"王澄以陵侮王敦，致为所杀。《左传》郑庄公亦言："君子不欲多上人。"故道家如老、庄皆反对智巧。作者此句以卧龙松之不为世用自比，故曰长用拙。

◎ 评析

　　这是屈大均的一首自述诗，写卧龙松，全是自画像。通过卧龙与卧龙松写出他抗清复明的忠贞本质，时机未遇的韬晦远祸，重点在遵养时晦、全生乱世，可见是晚年之作。此诗全用比体，写龙写松写人，三者融为一体，写得迷离惝恍，而民族节士的光辉形象跃然纸上。龚自珍说："奇士不可杀，杀之成天神。奇文不可读，读之伤天民。"（《夜读番禺集，书其尾》第二首）正可用以评价这首诗。

陆宣公墓道行[1]

钱谦益

延英重门昼不开[2]，白麻黄阁飞尘埃[3]。
中条山人叫阍哭[4]，金吾老将声如雷[5]。
苏州宰相忠州死[6]，天道宁论乃如此[7]！

千年遗榇归不归[8]，两地孤坟竟谁是？

人言藁葬在忠州[9]，又云征还返故丘[10]。

图经聚讼故老哄[11]，争此朽骨如天球[12]。

齐女门前六里路[13]，荞麦茫茫少封树[14]。

下马犹寻董相坟[15]，飞凫孰辨孙王墓[16]。

青草黄茅万死乡，蝇头细字写巾箱。[17]

起草尚传哀痛诏[18]，闭门自验活人方[19]。

永贞求旧空黄土[20]，元祐青编照千古[21]。

人生忠佞看到头，至今延龄在何许？[22]

君不见华山山下草如熏[23]，石阙丰碑野火焚[24]，

樵夫踞坐行人唾[25]，传是崖州丁相坟[26]。

钱谦益
(1582—1664)

字受之，号牧斋，又号蒙叟，江苏常熟人。生于明神宗万历十年（1582），卒于清圣祖康熙三年（1664），年八十三。明万历三十八年（1610）进士，崇祯初官礼部右侍郎，为温体仁所陷，削籍归。弘光时，召授礼部尚书。降清后，授礼部右侍郎，任职六月即告病归里。从事抗清复明的秘密活动，先后与瞿式耜、郑成功等联系。为虞山诗派领袖。著《初学集》《有学集》《投笔集》等。

◎ 注释

[1] 陆宣公：陆贽（754—805），字敬舆，唐代苏州嘉兴人。代宗大历六年（771）进士，德宗召为翰林学士。朱泚之乱，从帝至奉天，诏书多其所拟，武夫悍卒，读之无不感泣。时号"内相"。官至中书侍郎、门下同平章事。后为裴延龄所谮，贬忠州别驾，卒，谥宣。有《陆宣公翰苑集》。墓道：墓前甬道（两侧筑墙的通道）。

[2] 延英:《唐六典》:"大明宫宣政殿之左曰东上阁,右曰西上阁。次西曰延英门,其内之左曰延英殿,右曰含象殿。"《旧唐书·陆贽传》:"户部侍郎、判度支裴延龄,奸宄用事,天下嫉之如仇,以得幸于天子,无敢言者,贽独以身当之,屡于延英面陈其不可,累上疏极言其弊。"重(chóng)门:前后几重门。

[3] "白麻"句:唐代诏书,自高宗起,皆用麻纸。凡立皇后或太子、施赦、讨伐、除免三公将相,皆用白麻书,封付阁门,由阁门集朝士拆封宣读施行。黄阁,也作"黄阖"。唐代以称门下省(掌受天下之成事,审查诏令,驳正违失,受发通进奏状,进请宝印等。其长官称左相),因开元间称门下省为黄门省,故称黄阁。以上两句写唐德宗信裴延龄之谗,不但于贞元十年(794)十二月免除陆贽的中书侍郎、门下同平章事,而且于次年春,又贬他为忠州别驾。

[4] "中条"句:新、旧《唐书·阳城传》载:阳城及进士第,乃去隐中条山。及征至京,人皆曰:阳城山人为谏官,必能以死奉职。裴延龄以奸佞进用,诬潜时宰,陆贽等咸遭枉黜,无敢救者。城乃伏延英门上疏极论延龄罪,申直贽等,累日不止。闻者寒惧,城愈励。德宗大怒,召宰相抵城罪。顺宗时为皇太子,力救得免。帝欲遂相延龄。城显语曰:"延龄为相,吾当取白麻坏之,哭于廷。"帝不相延龄,城力也。叫阍,吏民有冤向朝廷申诉。

[5] "金吾"句:《旧唐书·阳城传》:金吾将军张万福闻阳城等伏延英阁谏,趋往,至延英门,大言贺:"朝廷有直臣,天下必太平矣!"乃造城等曰:"诸谏议能如此言事,天下安得不太平!"已而连呼"太平,太平。"万福武人,年八十余,自此名重天下。

[6] "苏州"句:陆贽,苏州人,既贬忠州,十年而卒,年五十二。

[7] "天道"句:《文选》江淹《恨赋》:"人生至此,天道宁论!"

[8] 遗榇(chèn):陆贽遗留下来的棺材。

[9] 藁葬:草草埋葬。

[10] 故丘:故乡。

[11] 图经:地理志一类的书,文字外附有地图,此指苏州府志和忠州县志中的有关陆贽墓地的记载。聚讼:双方争论不休,都说陆贽的棺材埋在自己这里。故老哄:阅历丰富的老人们七口八舌地辩论。

[12] 天球:玉名,雍州所贡,其色如天。见《书·顾命》。

[13] 齐女门:即齐门,是苏州城的北门。陆广微《吴地记》:齐景公以爱女嫁吴太子,齐女日夜思慕故国,因常登吴之北门楼上以望齐,吴人遂称北门为齐女门,亦曰齐门。

[14] 封树:聚土为坟叫封,植树作标记叫树,是士以上的葬礼。

[15] "下马"句:李肇《国史补》下:虾蟆陵,在长安城东南,与曲江近,相传为汉董仲舒墓,门人过此皆下马,故称下马陵,后人音误为虾蟆陵。

[16] "飞凫"句:何逊《行经孙氏陵诗》:"苔石疑文字,荆坟失是非。……银海终无浪,金凫会不飞。"

[17]"青草"二句：前句指忠州。后句，《旧唐书·陆贽传》："家居瘴乡，人多疠疫，乃抄撮书方，为《陆氏集验方》五十卷行于世。"《新唐书·陆贽传》："又避谤不著书，地苦瘴疠，只为《今古集验方》五十篇示乡人云。"蝇头细字写巾箱：《南史·衡阳元王道度传》附萧钧："钧常手自细书写五经，部为一卷，置于巾箱中，以备遗忘。"

[18]"起草"句：新、旧《唐书·陆贽传》：建中四年，朱泚谋逆，（贽）从贺幸奉天，尝为德宗言："今盗遍天下，（陛下）宜痛自咎悔，以感人心。"帝之之。故奉天所下制书，虽武人悍卒无不感动流涕。贞元初，李泌真入朝，从容奏曰："陛下幸奉天、山南时，敕书至山东，士卒闻者皆感泣思奋，臣是时知贼不足平也。"议者谓兴元勘难功，虽爪牙宣力，盖贽有助焉。

[19]闭门：《新唐书》本传："贽在忠州十年，常闭关静处，人不识其面。"

[20]"永贞"句：《新唐书》本传："顺宗立，召还，诏未至，卒，年五十二。赠兵部尚书，谥曰宣。"

[21]"元祐"句：苏轼在宋哲宗元祐二年（1087）任翰林侍读学士时，和吕希哲、范祖禹共上《乞校正陆贽奏议进御札子》。

[22]"人生"二句：忠者获罪，佞者显荣，但历史的结论是无情的，至今苏州、忠州的人都还在争他的遗骨，其奏议集更流传千古，而裴延龄究竟在哪里呢？

[23]华山：《苏州府志》卷四九《冢墓》：丁谓墓在华山习嘉原。

[25]石阙：石筑的阙（墓门立双柱者）。丰碑：树大石碑于墓前，为文称述死者言行功德。

[25]踞坐：蹲或坐。

[26]"传是"句：丁谓，宋代长洲人，累官同中书门下平章事，昭文馆大学士，封晋国公。真宗朝营造宫观及奏报祥异之事，多丁谓与王钦若发之。寇准为相，尤恶谓，谓遂媒蘖其过，罢寇准相。仁宗立，知谓前后欺罔，累贬崖州司户参军。按：丁谓与陆贽无关，此处对举，因两人皆苏州人。

◎ 评析

　　首四句写陆贽被贬所引起的激烈反响；次四句点出苏州、忠州皆有陆墓；又次四句写两州之人力争陆墓在本地；以下写自己凭吊苏州陆墓：先以四句写旧迹难寻，再以四句悼念陆在忠州情形，又以四句作结论，指出忠佞的流芳遗臭，千秋凛然。末尾四句以同是苏州人的丁谓墓和陆贽墓对比，同是遭贬，而身后荣辱不同。

永和宫词[1]

吴伟业

扬州明月杜陵花[2]，夹道香尘迎丽华[3]，

旧宅江都飞燕井[4]，新侯关内武安家[5]。

雅步纤腰初召入[6]，钿合金钗定情日[7]，

丰容盛鬋固无双[8]，蹴鞠弹棋复第一[9]。

上林花鸟写生绡[10]，禁本钟王点素毫[11]，

杨柳风微春试马[12]，梧桐露冷暮吹箫[13]。

君王宵旰无欢思[14]，宫门夜半传封事[15]，

玉几金床少晏眠[16]，陈娥卫艳谁频侍[17]？

贵妃明慧独承恩[18]，宜笑宜愁慰至尊[19]，

皓齿不呈微索问[20]，蛾眉欲蹙又温存[21]。

本朝家法修清谦[22]，房帷久绝珍奇荐[23]，

敕使惟追阳羡茶[24]，内人数减昭阳膳[25]。

维扬服制擅江南[26]，小阁炉烟沉水含[27]，

私买琼花新样锦[28]，自修水递进黄柑[29]。

中宫谓得君王意[30]，银环不妒温成贵[31]，

早日艰难护大家[32]，比来欢笑同良娣[33]。

奉使龙楼贾佩兰，往还偶失两宫欢[34]，

虽云樊嬺能辞令，欲得昭仪喜怒难[35]。

绿绨小字书成印[36]，琼函自署充华进[37]，

请罪长教圣主怜，含辞欲得君王愠[38]。

君王内顾惜倾城，故剑还存敌体恩，

手诏玉人蒙诘问，自来阶下拭啼痕[39]。

外家官拜金吾尉，平生游侠多轻利[40]，
缚客因催博进钱，当筵便杀弹筝伎[41]。
班姬才调左姬贤[42]，霍氏骄奢窦氏专[43]，
涕泣微闻椒殿诏[44]，笑谈豪夺灞陵田[45]。
有司奏削将军俸[46]，贵人冷落宫车梦[47]，
永巷传闻去玩花[48]，景和宫里谁陪从？
天颜不怿侍人愁，后促黄门诏共游，
初劝官家伴不应，玉车早到殿西头。[49]
两王最小牵衣戏[50]，长者读书少者弟[51]，
闻道群臣誉定陶[52]，独将多病怜如意[53]。
岂有神君语帐中，漫云王母降离宫，
巫阳莫救仓舒恨，金锁凋残玉箸红。[54]
从此君王惨不乐[55]，丛台置酒风萧索[56]，
已报河南失数州[57]，况经少子伤零落[58]。
贵妃瘦损坐匡床[59]，慵髻啼眉掩洞房[60]，
豆蔻汤温冰簟冷[61]，荔支浆热玉鱼凉[62]。
病不经秋泪沾臆，徘徊自绝君王膝[64]，
苔没长门有梦归，花飞寒食应相忆。
玉匣珠襦启便房[65]，薤歌无异葬同昌[66]，
君王欲制哀蝉赋[67]，诔笔词臣有谢庄[68]。
头白宫娥暗颦蹙[69]，庸知朝露非为福[70]？
宫草明年战血腥[71]，当时莫向西陵哭[72]。
穷泉相见痛仓黄[73]，还向官家问永王[74]，
幸免玉环逢丧乱[75]，不须铜雀怨兴亡[76]。

自古豪华如转毂[77]，武安若在忧家族[78]，
爱子虽添北渚愁[79]，外家已葬骊山足[80]。
夜雨椒房阴火青[81]，杜鹃啼血濯龙门[82]，
汉家伏后知同恨[83]，止少当年一贵人[84]。
碧殿凄凉新木拱[85]，行人尚识昭仪冢[86]，
麦饭冬青问茂陵[87]斜阳蔓草埋残垅[88]。
昭丘松槚北风哀[89]，南内春深拥夜来[90]，
莫奏霓裳天宝曲[91]，景阳宫井落秋槐[92]。

◈吴伟业

（1609—1671）

字骏公，号梅村，江苏太仓人。生于明神宗万历三十七年（1609），卒于清圣祖康熙十年（1671），年六十三。崇祯四年（1631）进士，授翰林院编修，历迁东宫侍读，南京国子监司业。弘光朝任少詹事。南都亡，乡居十余年，后为清廷所迫，出为秘书院侍讲，迁国子祭酒。旋丁母忧归，不复出。工诗，少作才华艳发，后遭乱离，转为激楚苍凉。尤长于七言歌行，纪事之作，学"长庆"而有变化，人称"梅村体"。著《梅村集》。

◉ 注释

[1] 永和宫：东二长街之东曰永和宫，崇祯帝之田贵妃所居。词：歌行体裁之一。

[2] "扬州"句：田妃，本西安人，杜陵在长安东南，故以杜陵花称之。又因田家世代经商，迁居扬州，故又比为扬州明月。

[3] 夹道：两边有高墙以防外人窥见之复道。丽华：《南史·陈·后妃传》："张贵妃，名丽华。"此以比田妃。

[4] "旧宅"句：江都，即扬州。飞燕，赵飞燕，汉成帝之后，据《飞燕外传》，其父冯万金，事江都中尉赵曼，与曼妻通，生飞燕，遂冒姓赵。井，乡里。此以比田妃如赵飞燕

皆扬州人。

[5]"新侯"句:《汉书·百官公卿表》:"爵十九关内侯。"师古注:"言有侯号而居京师,无
国邑。"武安,《史记·田蚡传》:蚡,孝景后同弟也,封武安侯。

[6]雅步:行步闲雅从容。初召入:王誉昌《崇祯宫词注》(下简称《宫词注》):"田妃选
于朱阳馆,周后亲下聘,礼迎入,居承乾宫,在东。"

[7]"钿合"句:陈鸿《长恨歌传》:"定情之夕,授金钗钿合以固之。"钿(diàn)合,金饰
之盒。定情,男女互赠信物,以示相爱尽不渝。

[8]丰容盛鬋(jiǎn):丰腴的面容,浓密的鬓发。

[9]"蹴鞠"句:蹴鞠(cù jū),类似今之足球赛。弹棋,汉、魏时博戏,宋已失传,此指
下围棋。《宫词注》:"宫眷喜蹴鞠之戏,田妃风度安雅,众莫能及。"又,"田妃每与上
弈,辄负二三子,未尝尽其技也"。

[10]"上林"句:上林,本秦旧苑,汉武帝扩建之。此指明宫廷之别苑。生绡(xiāo),没有
漂煮过的丝织品。古以生绡作画。《宫词注》:"田妃工写生,尝作群芳图进上,上留之
御几,时展玩焉。"

[11]"禁本"句:禁本,宫中收藏的书画字帖。钟王,三国魏的钟繇,东晋的王羲之,都是
大书法家,其小楷尤擅名。素毫,毛笔。《宫词注》:"(田)妃幼习钟、王楷法,继得
禁本临摹,遂臻绝品。凡书画卷轴,上每谕妃签题之。"

[12]"杨柳"句:《宫词注》:"上尝试马于射场,知田妃之善骑也,命之骑。妃姿容既妙,
回策如云,名骑无以过之。"

[13]"梧桐"句:《宫词注》:"田妃每当风日晴美,奏箫一曲。上极赏之,尝曰:'裂石穿
云,当非虚语。'"

[14]宵旰(gàn):即宵衣旰食,天未明就起来穿衣,傍晚才吃饭,专门用以形容帝王的勤
于政务。欢思(sì):愉快的心情。

[15]封事:密封的奏章。

[16]晏眠:安眠。

[17]陈娥卫艳:富嘉谟《丽色赋》:"燕姬赵女,卫艳陈娥。"燕、赵今河北,卫、陈今河
南,此泛指美女。

[18]"贵妃"句:陈其年《妇人集》:"明田贵妃明慧,沉默寡言笑,最得帝宠。"

[19]宜笑宜愁:无论是含笑还是含愁,那模样儿都使人觉得十分可爱。

[20]"皓齿"句:谓田妃只要含愁不语,崇祯帝就会委婉地问她什么缘故。

[21]"蛾眉"句:谓只要她有点愁闷的样子,皇帝又会怜惜抚慰她。

[22]本朝:称自己的朝代,此指明朝。家法:治家之法。《明史·后妃传》:"终明之代,
宫阃肃清。论者谓其家法之善,超轶汉唐。"修清谯:整治清雅的筵席。

[23]房帏:卧室帷帐。此指后宫。

[24] 敕使：皇帝的使者。阳羡茶：阳羡，即今江苏宜兴，自古以产茶名。《宫词注》："周皇亲每岁贡阳羡茶。"

[25] 内人：宫中的女伎艺人。数（shuò）：多次。减昭阳膳：毛奇龄《胜朝彤史拾遗记》及《明史·周后传》：帝以寇乱，茹素。后见帝体瘁，具馔将进，而瀛国夫人（周后之母）奏适至，曰："夜梦孝纯太后（崇祯帝之母）归，语帝瘁而泣，且曰：'为我语帝：食毋过苦。'"帝追念孝纯，且感后意，举匕箸，相向而泣。

[26] "维扬"句：《彤史拾遗记》："田妃善妆拢，每以新饰变宫中仪法：燕见却首服（首服，冠），别作副鬘藏复间；宫衣用纱縠，杂缀诸剪绣，而隐以他色，如罨画然。"《宫词注》："周后籍苏州，田贵妃籍扬州，皆习江南服，谓之'苏样'。"

[27] "小阁"句：《彤史拾遗记》："田妃尝厌宫闱过高迥，崇杠大軿，所居不适意，乃就廊房为低槛曲楯，蔽以厂槅，杂采扬州诸杂器床箪供设其中。"沉水，沉香。《南史·林邑国传》："沉水香，土人斫断，积以岁年，朽烂而心节独在，置水中则沉，故名沉水香。"

[28] "私买"句：《彤史拾遗记》："宫中凡令节，宫人以插带相饷。偶贵妃宫婢带新样花，他宫皆无有。中宫宫婢向上叩头乞赐，上使中官出采办，越数里不能得。上以问妃，妃曰：'此象生花，出嘉兴，有吴吏部家人携来京，而妾买之。'上不悦。"

[29] 水递：水道设站置运。《宫词注》："妃性喜甘果，亦以非时进上。"

[30] 中宫：皇后。

[31] "银环"句：古代后妃群妾，侍寝于君所者，则以银环著于左手，既侍寝则著于右手。见《诗·贻我彤管·传》。温成，宋仁宗所宠的张贵妃，死后，追册为皇后，谥温成。

[32] "早日"句：《野史》："上与周后旧在藩邸，艰难共历。正位后，一日，后忤上意，上怒，骂之。后愤甚，连呼'信王，信王'云。"大家，亲近侍从官称天子为大家。

[33] 比来：近来。良娣：太子之妾，此借指田妃。

[34] "奉使"二句：龙楼，宫门名，见《汉书·成帝纪》。贾佩兰，汉高祖戚夫人侍儿。两宫，指周后与田妃。《宫词注》："皇太子居兴龙宫，一日，后赐皇太子茶果，宫人道经承乾宫，戏推石狮子以为笑乐，惊贵妃昼寝，几构两宫之衅。"《本事诗》载顾景星《广陵遇田九》诗，自云贵妃异母季弟，言宫中微衅起于宫人。

[35] "虽云"二句：托名伶元撰的《飞燕外传》：赵飞燕为汉成帝后，其妹赵昭仪与之争宠，飞燕怒，其姑妹樊嬺（nì）给事赵昭仪，见之，脱簪叩头出血，扶昭仪拜后，泣曰："我姊妹忍相搏乎？"后亦泣。这两句是说虽有人调停，而田妃恃宠，负气不肯下周后。

[36] "绿绨"句：绿绨（tí），绿色的绨（质地粗厚，表面平滑而有光泽的丝织品），汉宫中用以制装信件的袋子，方底。此句说田妃亲自用小字写一封请罪奏折，盛在绿绨方盒中，外加封印，以防他人拆看。

[37] "琼函"句：琼函，指田妃所上密奏。充华，九嫔之末。此句说田妃本位为东宫皇贵妃，而在请罪疏中自贬名位。

[38]"请罪"二句:《明史·后妃传》:田贵妃有宠而骄,后每裁之以礼。岁元日寒甚,田妃
来朝,翟车至庑下,后故良久方进御坐受其拜,拜已,遽下,无他言。而袁贵妃(与
田妃同时入宫者)之朝也,相见甚欢,语移时。田妃闻而大恨,向帝泣。妃父田宏遇
教之上书,阳引愆,即用微词为构。

[39]"君王"四句:《明史·后妃传》:帝入田妃言,不懌于后。尝在交泰殿,与后语不合,
推后仆地。后愤不食。帝悔,使中使持貂裀赐后,且问起居,后乃勉进一餐。田妃寻
以过斥居启祥宫,三月不召。倾城,指田妃。故剑,指周后。敌体,天子与皇后地位
相等。玉人,指田妃。

[40]"外家"二句:外家,此指田妃母家。轻利,轻佻锐利,作威作福。《明史·后妃传》:
田妃父宏遇以女贵,官左都督,好侠游,为轻侠。金吾卫,《明史·职官志》:"金吾、
羽林等十九卫,掌守卫巡警。"

[41]"缚客"二句:指田宏遇为了逼赌债,把输者绑起来吊打。在酒席上,乐妓稍不如意,
立即杀死。博进,赌博得胜。

[42]"班姬"句:班姬,汉成帝班倢(jié)伃(yú),诵《诗》及《窈窕》《德象》《女师》之
篇,每进见上疏,依则古礼。后以赵飞燕谮,退居长信宫。见《汉书·外戚传》。左
姬,晋武帝左贵嫔,名芬,善属文,姿陋无宠,以才德见礼。见《晋书·后妃传》。此
句以班、左两贤女对比田妃,略示批评之意。

[43]"霍氏"句:霍氏,《汉书·霍光传》:"初,霍氏奢侈,茂陵徐生曰:'霍氏必亡。'"
又《外戚传》:"孝宣霍皇后,大司马大将军博陆侯光女也。"窦氏,《后汉书·窦皇后
纪》:和帝即位,尊窦后为皇太后,兄宪弟笃、景并显贵,擅威权。此句以霍、窦两外
戚家比田宏遇。

[44]"涕泣"句:《宫词注》:"妃父宏遇恃宠,横甚。上知之,责妃曰:'祖宗家法,汝岂
不知? 行将及汝矣!'妃惧,戒其所亲曰:'汝辈于外生事,已风闻大内矣! 若上再问,
我当自杀耳!'宏遇震慑,稍自辑。"

[45]"笑谈"句:此以田蚡强求窦婴城南田(《史记·魏其武安侯传》),窦宪以贱值请夺沁
水公主园田(《后汉书·窦宪传》)比田宏遇之暴。《明史·外戚传》:帝尝谕宏遇,宜
恪遵法度,为诸戚臣先,而仍不改。

[46]"有司"句:指田宏遇受谴。

[47]贵人:指田妃。田妃被责省愆,已见注[39]。宫车:指崇祯帝在宫中所乘车。

[48]永巷:汉宫中的长巷,是幽禁有罪的妃嫔、宫女之处。《彤史拾遗记》:"妃颇干预,
每见上,辄为外家乞恩泽。而宏遇以妃故,官左都督,朝士附势者争相造请,每以外
情输宫禁,上颇厌之。会妃以构后故,上怏怏,本欲斥妃以泄后愤;会上入,不食,
妃问之。上曰:'吾欲破格用朝臣,而朝臣中孰可用者?'妃曰:'闻霍维华好。'上
出,而荐维华者适至。上大怒,摘妃冠,斥居启祥宫省愆。"

[49]"景和"五句:《明史·周后传》:"一日,后侍帝于永(应为'景')和门看花,请召
妃,帝不应,后遽令以车迎之,乃相见如初。"景和门,蒋德璟《悫书》:"坤宁宫,皇

084

后所居，左曰景和门，右曰隆福门。"景和乃周后召田妃看花之门。陪从（zòng），陪伴随从。"天颜"句暗用《太真外传》所记杨妃谪归其家后，玄宗不怡，中官趋过者，或笞挞之。周后知帝实思田妃，故请召之。黄门，太监。官家，皇帝。帝佯不应，心实欲之，故召妃之车早出殿西往启祥宫矣。

[50] 两王：田妃所生永王慈炤及悼灵王慈焕。

[51] 少者弟：弟，同"悌"（tì），言慈焕虽未到读书年龄，已知事兄之道。

[52] "闻道"句：《汉书·外戚传》："孝元傅昭仪，哀帝祖母也，男为定陶恭王。恭王薨，子代为王，多以珍宝赂遗赵昭仪，及帝舅骠骑将军王根。皆见上无子，欲预自结为久长计，更称誉定陶王。"按：此句用典不切，因崇祯帝有太子，亦未闻有废立意。然梅村如此说，结合朝臣之趋附田宏遇，及田妃之干预政事，亦可能时人有议其欲夺嫡者。

[53] "独将"句：赵王如意，汉高祖戚夫人所生子，帝屡欲废太子而立如意，吕后用张良之计，太子得不改。

[54] "岂有"四句：《宫词注》："（崇祯）十三年，上以乏饷故，谕戚臣输助，首及神宗母慈宁太后之侄，命所司下狱严追。时皇五子慈焕病痫，一日，忽语云：'九莲菩萨来！'即慈宁也。盖慈宁亲奉观音大士，以此自号。上亲祝之，（慈焕）语不可止，且曰：'官家薄于戚党，天将降殃于儿女也。'上遽命停追，而皇五子竟殇。"《明史·外戚传》或云："其言皆中人、乳媪教皇五子言之也。"神君，《史记·封禅书》《汉书·郊祀志》皆言有神君（对神仙的敬称），人不得见，但闻其言，时去时来，居室帷中。王母，西王母，此借指慈宁太后。离宫，正式宫殿之外的宫廷建筑，如清代的颐和园。巫阳，古筮师，见《楚辞·招魂》。仓舒，曹操幼子曹冲之字。五六岁即智逾成人，年十三死，操哀甚。见《三国志·魏书·武文世王公传》。金锁凋残，谓慈焕死后，其所佩金琐历时既久，遂致凋残。玉箸红：《记事珠》："鲛人之泪，圆者成明珠，长者成玉箸。"此言田妃思念慈焕，泪尽继之以血。

[55] "从此"句：《宫词注》："皇五子薨，田贵妃遂茹素焚修，上亦为之减膳，于宫中大作斋醮，盖自是皇情少怿愉矣！"

[56] "丛台"句：丛台，战国赵筑，在邯郸城内。汉文帝所宠慎夫人，邯郸人。丛台置酒，言崇祯帝即使在田妃宫中宴饮，亦无欢欣之情，惟觉悲风萧索而已。

[57] "已报"句：《资治通鉴纲目三编》："崇祯十四年春正月，李自成陷河南，杀福王常洵。九月，陕西总督傅宗龙军溃于新蔡，死之。十一月，李自成陷南阳，杀唐王聿键。十五年春二月，陕西总督汪乔年军溃于襄城，死之。"

[58] 少子：指慈焕。

[59] 匡床：方正安适的床。

[60] 慵髻：谓因病而懒得梳头，随便挽一个髻。啼眉：愁蹙的眉毛。洞房：深邃的内室。

[61] 豆蔻汤温：《本草纲目》："豆蔻性温而调散冷气甚速。"此言田妃病中以豆蔻汤浴身。

[62] 荔支浆热：《荔支谱》："取荔支初熟者，味带微酸时，榨出白浆，将蜜匀煮，蜜熟为

度，置之磁瓶，若叶封口完固，经月浆蜜结成香膏。”《本草纲目》：“生荔支多食发热。”玉鱼凉：《天宝遗事》：杨妃至夏苦热，每日含一玉鱼，借其凉津沃肺渴。以上写田妃病既发烧又畏寒。

[64]“病不”二句：田妃死于秋季，崇祯帝临视其殁。膹，当胸之处。自绝君王膝，言田妃以头枕帝膝上而断气，此用《晋书·杨皇后传》“绝于帝膝”之典，不一定是当时事实。《宫词注》：“田贵妃还至承乾宫，病笃，上数自临视。十五年七月十六日，妃嘱外家兄弟（于上）而殁。”

[65]玉匣：葛洪《西京杂记》：“汉帝送葬皆珠襦玉匣。匣形如铠甲，连以金缕。”《后汉书·朱穆传》注：“玉匣长尺，广二寸半，衣死者自腰以下至足，连以金缕，天子之制也。”珠襦：用珠缀串而成的短衣，也用作殓服。便房：帝王和贵族坟墓中供吊祭者休息用的小室。

[66]“薤歌”句：薤（xiè）歌，挽歌，专送王公贵人者，名《薤露》，言人命如薤上露水容易消失。同昌公主，唐懿宗最爱女，及卒，帝哀痛甚，自制挽歌，使百官继和。见苏鹗《同昌公主传》。

[67]哀蝉赋：王嘉《拾遗记》：汉武帝思李夫人不可复得，时穿昆灵之池，泛翔禽之舟，帝自造歌曲，使女伶歌之，因赋《落叶哀蝉曲》。

[68]“诔笔”句：《文选》卷五七《宋孝武宣贵妃诔》注引沈约《宋书》曰：“孝武殷淑仪薨，追进为贵妃，班亚皇后，谥曰宣。谢庄为诔。”

[69]顣蹙：皱眉蹙额，表示忧苦。

[70]“庸知”句：怎么知道早死不是一种幸福呢？

[71]“宫草”句：《明史·周皇后传》：“崇祯十七年三月十八日暝，都城陷。帝令后自裁，后遂先帝崩。帝又命袁贵妃自缢，系绝，久之苏，帝拔剑砍其肩，又砍所御妃嫔数人。”《明史·庄烈帝纪》：“十七年三月丁未昧爽，内城陷，帝崩于万岁山。”

[72]“当时”句：谓要知道第二年李自成军队就攻陷了北京的紫禁城，逼得崇祯夫妇自杀，那么，在田贵妃薨逝时也就不需要向她的墓地痛哭了。西陵，本曹操坟墓，此借指田妃墓。

[73]“穷泉”句：田妃葬昌平天寿山，次年，崇祯帝自缢于煤山（即万岁山）后，北京遗民即将其遗体棺殓后，合葬于田妃墓中。穷泉，墓中，九泉之下。仓黄，同“仓皇”，匆忙，慌张。

[74]“还向”句：《明史·诸王传》谓李自成军攻陷北京，永王不知所终。

[75]“幸免”句：谓田妃早死，幸而避免了杨贵妃缢死的厄运。

[76]“不须”句：铜雀，台名，曹操所建。此句是说不必像曹操那样死了还遗命女伎向墓田奏乐（因明朝已灭亡，无人来祭扫田妃之墓）。

[77]转毂：毂（gǔ），车。转毂，车轮转动，比喻迅速。

[78]“武安”句：《史记·魏其武安侯列传》：蚡既死，后受淮南王金事发，汉武帝言：“使

武安侯在者，族矣!"此句是说田宏遇若死于田妃后，必受到崇祯帝极严厉的处分。族，整个家族被诛灭。

[79]"爱子"句：爱子，指永王。《楚辞·湘夫人》："帝子降兮北渚，目眇眇兮愁予。"此句是说田妃之魂因永王不见而哀愁。

[80]"外家"句：《通鉴纲目》：秦二世元年，囚公子将闾，将闾自杀。宗室震恐，公子高欲奔，不敢，乃上书请从死先帝，得葬骊山之足。二世可之，赐钱以葬。此句是说田宏遇已先田妃死。

[81]椒房：汉代皇后所居之宫。此指周后所居的坤宁宫。

[82]濯龙门：《唐六典》："兴庆宫北曰濯龙门。"《后汉书·明德马皇后纪》："前在濯龙门上，见外家问起居者，车如流水，马如游龙。"以上两句写周后奉崇祯帝命自尽后，其故宫阴森悲惨之状，引起下句。

[83]"汉家"句：《后汉书·伏皇后纪》：曹操逼献帝废后，使御史大夫郗虑、尚书令华歆勒兵入宫，收后下暴室幽死。此言周后为李自成军逼死，和伏后一样死有同恨。

[84]"止少"句：贵人，《后汉书·伏皇后纪》：董承女为贵人，承谋诛操，事泄，操承而求贵人杀之。献帝以董贵人方孕，屡为请，不能得。此句是说周后自尽时，田妃如在，亦必同为李自成军逼死，像董贵人被曹操逼死一样。

[85]新木拱：言田妃墓地新栽的树已长得很粗了。拱，两手合围。

[86]昭仪：汉元帝所置女官，位视丞相，爵比诸侯王。此以比田妃。

[87]"麦饭"句：麦饭，麦屑做的粗饭。冬青，《辍耕录》：元灭南宋后，元僧杨琏真珈发赵氏诸陵，宋义士唐珏收遗骸，瘗地（在地面做上位次标志）而藏，又掘宋常朝殿冬青植于上。茂陵，汉武帝陵。此句是说崇祯帝的棺材移到田妃墓地和她合葬后，昌平本地百姓以麦饭祭祀，不胜亡国之痛。

[88]埋残垅：崇祯帝与周后的棺木都埋在田妃墓中。

[89]昭丘：春秋楚昭王墓，在湖北当阳东南，此借指崇祯帝的思陵。松楸：古人墓前常植此两种树。

[90]"南内"句：南内，本指唐代的兴庆宫，此借指南明弘光帝。夜来，魏文帝（曹丕）改美人薛灵芸之名为夜来。此句是说弘光帝不接受明朝覆灭的教训（不想到思陵松楸被北风乱吹），仍然征色选歌，荒淫无道。

[91]霓裳天宝曲：天宝四年，唐玄宗纳杨玉环为妃，进见之日，奏《霓裳羽衣曲》。

[92]"景阳"句：陈沂《金陵世纪》：景阳井在台城内，陈后主与张、孔二贵妃投其中以避隋兵。以上两句感慨弘光帝如唐玄宗、陈后主之荒淫以致亡国。

◎ 评析

这是吴伟业的纪事诗之一。通过对田妃一生的描述，不仅写了她的聪明美丽以及企图干预政事，还写了崇祯帝的忧勤，周后的宽和及田家的恃势骄横。这种"娄东体"七言歌行虽继承元、白长庆体的传统，但参用了"初唐四杰"七言歌行的写法，即每四句一转韵，用韵平仄相间，此外，还句句用典，使得全篇富于音乐美，词藻华丽。

榆关老翁行[1]

吴兆骞

榆关酒楼临大衢[2]，征人日暮行驵车[3]，
鹿裘老翁鬓成雪[4]，夹毂相逢问里闾[5]。
乍闻吴语三太息[6]，坐我楼头话畴昔[7]。
自云家世本吴中[8]，住近张王旧宫侧[9]。
少年追逐冶游场[10]，破产征歌意无惜[11]。
沙家枪槊冠江南[12]，学得梨花推第一[13]。
技成好作关河游[14]，贩缯几度来边州[15]。
燕姬十五芙蓉色[16]，弹筝夜夜酣高楼。
一曲红绡醉中掷[17]，囊空典却千金裘[18]。
三载边庭履霜露，飘摇裋褐谁相顾[19]？
途穷不忍到乡关[20]，却向军中应征募。
金羁翠眊绣鍪弧[21]，名隶渡辽第三部。
关前上将霍将军[22]，遣向松山守烽住[23]。
孤城接斗无时休，铁甲中宵带冰卧[24]。
老边墙直长城隈[25]，梯冲百道如山来[26]。
宁前列屯昼城闭[27]，旌旗黯惨纷黄埃。
雄边健儿十三万[28]，鼓声欲死弓难开[29]。

碛西降丁最翘健[30]，日暮分营夜催战。

吁嗟万骑无人回[31]，射尽平州铁丝箭[32]。

曙光曈曈海生绿，战血无声注空谷。

严霜如刀箭如猬，欲上戎鞍泪交续。

坚城既堕将军降，几部残兵向南哭[33]。

相随散卒临渝城[34]，横刀更隶龙骧营[35]。

倏忽长安易朝市[36]，关门不用防秋兵[37]。

从此飘零脱军伍，种豆锄葵学农圃。

且将衰齿托鸡豚，幸免微躯饲豺虎。

昨年有客来燕京[38]，传道江南亦被兵[39]。

故国他乡尽荆棘[40]，穷黎何处还聊生[41]？

伊昔姑苏城畔住[42]，门前小店临江树。

半生羁戍塞垣秋[43]，梦断吴关旧行处。

今日逢君辽水北，被褐驱车欲安适[44]？

白头边语久侏僵[45]，重听乡音涕横臆。

凄惶岭外北风哀[46]，莽莽边沙路何极！

沽酒邀君君莫辞，天涯相见且相悲[47]。

莫嫌憔悴穷边叟[48]，犹是吴趋市上儿[49]。

❖ 吴兆骞
(1631—1684)

字汉槎，江苏吴江人。生于明思宗崇祯四年（1631），卒于清圣祖康熙二十三年（1684），年五十四。少与其兄主盟复社，与彭师度、陈维崧同被吴伟业称为"江左三凤凰"。顺治十四年（1657）举于乡，以科场案被逮，遣戍宁古塔。居塞外二十三年。旧友顾贞观言于纳兰性德，转求其父明珠援救，乃得赎还。其诗属娄东派，有《秋笳集》。

◎ 注释

[1] 榆关：即山海关，也作"渝关"，在今河北秦皇岛，是长城的起点，北依角山，南临渤海，形势险要。

[2] 衢（qú）：四通八达的道路。

[3] 征人：远行的人，此为作者自指，他因科场案遣戍宁古塔，路过山海关。

[4] 鹿裘：粗陋的裘衣。鬓（bìn）：靠近耳边的头发。

[5] 夹毂：来往两车相接。

[6] 吴语：苏州一带方言。

[7] 坐我楼头：老翁请我到酒楼上坐。畴昔：往日。

[8] 吴中：今江苏吴县，春秋时为吴国都，古亦称吴中。

[9] 张王：张士诚，泰州人，元末起兵，据有吴中，称吴王。

[10] 冶游场：妓院。

[11] 破产征歌：为了招歌女唱歌弄得倾家荡产。

[12] "沙家"句：谓明末流行南方的一种武艺派别。

[13] 梨花：即梨花枪，古代枪法的一种，俗传出于宋杨业，子孙传其术。

[14] 关河：山河。

[15] 缯：丝织物的总称。边州：边远地区。

[16] 燕姬：河北地带的美女。

[17] "一曲"句：谓每当燕姬唱完一支曲子，他就在醉醺醺的状态中很豪迈地把大把赏钱送给她。红绡（xiāo），红色薄绸。唐代规矩，歌舞伎演奏完，宾客就赠送红绡作她缠头之用。此处借指听歌的赏钱。

[18] 典：把衣物送到当铺去抵押。千金裘：珍贵的皮裘。

[19] 裋（shù）褐：粗陋衣服。

[20] 乡关：故乡。

[21] 金羁：黄铜制造的马笼头。翠眊：用作饰物的翠羽毛。蝥（máo）弧：春秋时诸侯建旗以为标志，蝥弧，郑伯之旗，此借指军旗。

[22] 霍将军：汉武帝时名将霍去病，此借指洪承畴。

[23] 松山：地名。在今辽宁锦州南，傍山筑城，地势险要，为锦州重要屏障。明崇祯十二年（1639），洪承畴总督蓟辽，驻师于此。

[24] 卧：此读（wù）。

[25] "老边"句：谓古老的山海关，它的城墙是直的，是弯曲的长城的起点。

[26] 梯冲：云梯与冲车，皆攻城之具。

[27] 宁前：地名。列屯：列营驻守。

[28] 雄边：雄伟的边关——山海关。健儿十三万：当时洪承畴率领了八总兵师，共十三万人。见《清史稿·洪承畴传》。

[29] 鼓声欲死：古代进军则击鼓，此言鼓吏虽击鼓，却没有力。

[30] 碛（qì）西：沙漠西部。降丁：投降明朝的兵丁。翘健：特别勇敢。

[31] 万骑（jì）：一万个骑兵。

[32] 平州：今辽宁辽阳。铁丝箭：箭名。杜甫《待王将军久不至》："忆尔腰下铁丝箭。"

[33] "坚城"二句：《清史稿·洪承畴传》：他所率领的八总兵部十三万人，除了"死五万有奇"，降的只有"残卒三千有奇"，其余的逃散，不肯从洪氏降清。

[34] 临渝：渝，又作"榆"，地名，城本榆关（山海关），明设山海卫。

[35] 龙骧营：晋有龙骧将军，此借指当时镇守山海关的总兵吴三桂的部队。

[36] 长安：唐朝首都，此借指北京。易朝市：朝市本指朝廷与市肆，此偏指朝廷，即清朝取代了明朝。

[37] 防秋：古代北方每至入秋，边塞经常发生战事，届时边军特别加强警卫，称为防秋，此借指明朝防备满清军队入侵。

[38] 燕（yān）京：即今北京。

[39] 被兵：遭到战祸。

[40] 故国：指苏州一带。他乡：指山海关一带。

[41] 黎：民众。聊生：赖以维持生活。

[42] 伊昔：从前。姑苏：吴县治所。

[43] 塞垣：边境地带。

[44] 被褐：穿粗布衣。欲安适：想到哪里去。

[45] 边语：边境上的方言。侏僵：形容异地语言难辨。

[46] "凄惶"句：自注："凄惶岭在关外二里，旁有姜女石。"

[47] 相悲：吴兆骞悲老叟之流落他乡，老叟悲吴之远谪宁古塔。

[48] 穷边：荒远的边境。

[49] 吴趋：《古今注》："吴趋行，吴人以歌其地。"陆机《吴趋行》："四坐并清听，听我歌吴趋。"

◎ 评析

　　此诗说作者谪戍宁古塔，途经山海关，遇一苏州同乡老人。通过老人的陈述，着重叙说了松山保卫战的惨烈，和八总兵部的"残兵向南哭"，不肯从降，从而斥责了洪承畴的叛明降清。老人就是不投降者，进山海关后，本想继续抗清，却因吴三桂的卖国，政权易手，老人不肯为清政权卖命，干脆解甲归田。诗人就这样表达自己的爱憎。

万泉叹[1]

胡天游

厚地无底不可穿，掘井设尺空到千[2]。

诸村百酂共一渴[3]，双涧但绕孤城边[4]。

县人已病耕土瘠，县名更似相欺得。[5]

夏资饮雨冬聚雪[6]，涫沐尚为糜釜惜[7]。

苦辛未蒙长官识，转苦回甘谁气力[8]？

安得抽刀刺疏勒[9]！

✠ 胡天游

（1696—1758）

一名骖，字稚威，号云持，浙江山阴（今属绍兴）人。生于清圣祖康熙三十五年（1696），卒于高宗乾隆二十三年（1758），年六十三。乾隆二年（1737）应博学鸿词，猛出鼻血，不能终卷而出。十六年（1751），举经明行修，复报罢。后客游山西，卒于蒲州。诗雄健有生气，著《石笥山房集》。

◎ 注释

[1] 万泉：县名，清属山西蒲州府，因县城东谷中有泉百余处，故名。

[2] "掘井"句：谓挖井的深度以尺计算到了一千尺，可是白挖了，仍然没找到水。

[3] "诸村"句：酇（zuǎn），周代地方组织单位名。《周礼·地官·遂人》："五家为邻，五邻为里，四里为酇。"一酇为一百家，此言百酇极言户数之多，并非实指。

[4] 涧：夹在两山间的流水。但：只。孤城：指万泉城。

[5] "县人"二句：谓万泉的老百姓已经为田土的硗薄而深感苦恼，"万泉"县名更像是作弄他们，和他们开玩笑。得，助词。

[6] 资：依靠。

[7] "涫沐"句：涫（guàn），通"盥"，浣洗。沐，米汁。糜釜，煮粥的锅。此句是说，一点洗刷粥锅的水都舍不得倒掉。

[8] "转苦"句：谓转变这种严重缺水的情形，回到从前处处甘泉的景况，究竟要靠谁的力量呢？这里作者提出了防止水土流失的问题，从而对"长官"的不兴修水利进行了讽刺。

[9] "安得"句：谓怎能抽刀刺穿疏勒河，让它的水流到万泉贫瘠的土地上来呢！疏勒河，河西走廊三大内陆河流之一，在甘肃西北部，源出青海祁连山脉西段疏勒南山和托来南山之间，西北流经玉门、安西等绿洲注入哈喇湖，尾闾为间歇性河道，消没于新疆东部边境盐沼中。长550千米，流域面积3.9万平方千米。

◎ 评析

此诗写山西万泉"长官"不注意兴修水利，以致水土严重流失，田地土质硗薄，百姓生产和生活都极端困难。开头四句用平声韵，以下七句不但突然转入仄声里的入声韵，而且逐句押韵，显得迫切异常。这种形式和内容的高度统一，更增强了诗歌的感人力量。

悍　吏[1]

郑　燮

县官编丁著图甲[2]，悍吏入村捉鹅鸭。
县官养老赐帛肉[3]，悍吏沿村括稻谷。
豺狼到处无虚过，不断人喉抉人目[4]。
长官好善民已愁[5]，况以不善司民牧[6]。
山田苦旱生草菅[7]，水田浪阔声潺潺。
圣主深仁发天庾[8]，悍吏贪勒为刁奸。
索逋汹汹虎而翼[9]，叫呼楚挞无宁刻[10]。
村中杀鸡忙作食，前村后村已屏息[11]。
呜呼长吏定不知，知而故纵非人为。[12]

郑　燮
（1693—1765）

字克柔，号板桥，江苏兴化人。生于清圣祖康熙三十二年（1693），卒于高宗乾隆三十年（1765），年七十三。乾隆元年（1736）进士，官山东范县知县，调潍县，值岁歉，活人无算，但以请赈忤大吏，罢官归，晚年躬耕自食。所为诗言情述事，恻恻动人；书画尤驰名，为"扬州八怪"之一。有《板桥全集》。

◎ 注释

[1] 悍吏：凶暴的差役。

[2] 编丁：把成年男女编入户籍。著：派遣。图甲：清代南方各省，县以下设乡，乡以下设图，图下分十庄，甲是最小组织单位，管十户。

[3] 养老赐帛肉：古礼，对老而贤者按时馈以酒食及衣服，称为养老。帛：丝织物。

[4]"不断"句：谓不是割断人的喉咙管，就是挖掉人的眼睛。

[5]"长官"句：长官喜欢做善事如养老之类，老百姓已经发愁，因为他手下的差役借机沿村收刮稻谷。

[6]"况以"句：谓何况用坏人来做县官呢？司，主管。民牧，管理老百姓的工作。

[7]菅（jiān）：茅草。

[8]天庾（yǔ）：皇帝积谷的仓。

[9]逋（bū）：拖欠的赋税。汹（xiōng）汹：水腾涌貌。虎而翼：像老虎长了翅膀，比喻权势大。

[10]楚挞：拷打。

[11]屏（bǐng）息：抑制呼吸不敢出声，形容恭谨畏惧的神态。

[12]"呜呼"二句：唉！县官一定不了解手下差役鱼肉乡民的暴行，如果知道而故意放纵他们这样干，那县官就不是人做的。

◎ 评析

　　无论朝廷的"圣主"以及地方"长官"施行什么"仁政"，都只给如狼似虎的差役以鱼肉百姓的大好机会。"长官好善民已愁"的警句发人深省，至于"知而故纵非人为"，则使人们犹闻板桥切齿之声。

凿冰行

沈德潜

月寒霜清水生骨[1]，夜半胶黏厚盈尺[2]。

鸣金四野鸠壮丁[3]，侵晓打冰双足赤[4]。

白桴乱下河腹开[5]，一片玻璃细分坼[6]。

大声苍崖崩巨石，小声戈矛互舂击。[7]

水深没髁衣露肘[8]，手足皴裂无人色。

千筐万筥来河干[9]，纳于凌去阴成高山[10]。

琐碎琤琤响寒玉[11]，白龙鳞甲池中蟠[12]。

腊月上弦逢甲子[13]，明年海物填街市[14]。

共指冰山十丈余，金钱堆积应相似。

晚天飒飒号霜风[15]，朝来冻合冯夷宫[16]。

沈德潜
(1673—1769)

字确士，号归愚，江苏长洲（今属苏州）人。生于清圣祖康熙十二年（1673），卒于高宗乾隆三十四年（1769），年九十七。乾隆四年（1739）进士，历官至礼部侍郎。论诗主格调说。有《归愚诗文集》。

◎ 注释

[1] 水生骨：水结冰。

[2] 胶黏：形容冰结得很牢固，像用胶黏住了一样。

[3] 鸣金：敲锣。鸠：召集。

[4] 侵晓：拂晓。

[5] 白棓（bàng）：白色棒杖。

[6] 一片玻璃：指河面结的冰。

[7] "大声"二句：壮丁们用白木棒猛击河冰，声音大得像从山崖上滚落一块大石头，声音小的像两个交战的士兵使用的戈和矛相撞击。

[8] 髁（kuà）：胯骨。

[9] 筥（jǔ）：圆形竹筐。河干：河边。

[10] 凌阴：藏冰之处，冰窖。凌，通读 líng，作者自注去声，则应读 lìng。

[11] "琐碎"句：此句以象声词"琐碎""琼琤"形容冰块堆积的响声。

[12] "白龙"句：此句从视觉上写冰窖中的冰块像白龙的鳞甲堆得满满的。

[13] 腊月：农历十二月。上弦：约当农历初七或初八。甲子：甲为天干首位，子为地支首位，故甲子日为吉日。

[14] 海物：海产。

[15] 号霜风：霜风号（háo）。

[16] 冯夷：河神。

◎ 评析

　　此诗初看似乎纯粹作一种客观描写，其实作者爱憎之情已包含其中。如一、二句写冰厚，则打冰之难不言而喻。以下详写打冰：侵晓而双足赤，已经冷了，还要站在河上打冰，则其冷还禁得住吗？白榿乱下，河冰才"细分坼"，回应次句"厚盈尺"。"水深没髁"，读之尚觉难忍，何况"衣露肘"？"手足"句总结打冰壮丁的悲惨景况。然而这样艰苦无比的劳动，只是为那班海商堆成十丈余的金银山。末二句更冷峻：被凿开的河面，晚风一吹，又冻合了，给海商们又创造了取之不尽的财富，但同时也给壮丁们带来了无法估量的痛苦。

后凿冰行

沈德潜

海氛既息海鲜盛[1]，洋客贩鲜轻性命。

舳舻载冰入沧海[2]，冰价如金未能平去[3]。

吴中窖户惯射利[4]，岁岁藏冰互相庆。

每当腊月河流坚，水面削平似明镜。

五更号令鸠穷民，赤脚层冰立难定。

冲寒掊击裂十指[5]，入水支撑割双胫[6]。

大声惊破天吴宫[7]，百丈鳞鳞河腹进[8]。

岸旁观者谁氏子，锦服狐裘气豪横[9]。

欢呼拍手诧奇绝，水战水嬉无此胜[10]。

吁嗟观者何不仁，令我转益忧心悙[11]。

半死换得青铜钱，忘躯谋食岂天性？

至今穷民多夭札[12]，存者纷纷软脚病[13]。

民生所天重籽粒[14]，海物何堪劳饾饤[15]。

安得百室歌阜成[16]，小户家家饭盈甑，

时开茅宇迎冬暄，不向冰渊陷泥泞？

藏冰有制掌凌去人[17]，调燮阴阳准《月令》[18]。

◎ 注释

[1] 海氛既息：康熙二十三年（1684），施琅以水师提督身份率兵消灭了郑氏政权，收复了台湾，取消海禁，恢复海上贸易。

[2] 舳舻（zhú lú）：舳，船后舵；舻，船头，泛称船只。

[3] 平：定。本读阳平（píng），作者自注去声（pìng）。

[4] 窨（yìn）户：藏冰之家。射利：追求财利。

[5] 掊（pǒu）击：击破。

[6] 胫（jìng）：脚胫，自膝至脚跟的部分。

[7] 天吴：水神。

[8] 百丈：言凿冰面积之长。鳞鳞：冰块如鱼鳞状。

[9] 气豪横（hèng）：意气放纵专横。

[10] 水战水嬉：水战，水军作战；水嬉，水上游乐，如赛舟之类。

[11] 怲（bǐng）：忧甚貌。

[12] 天札：遭疫病而早死。

[13] 软脚病：两脚浮肿，足趾间有水疮渗液，自胫股上达腰际，重者可以致命。

[14] 所天：认为高于一切的。籽：无此字，应为"子"。杜甫《暂往白帝，复还东屯》："落杵光辉白，除芒子粒红。"子粒即米。

[15] 饾饤（dòu dìng）：堆叠于盘中供陈设的蔬果。

[16] 阜成：粮食堆积成山。

[17] 凌人：官名。《周礼·天官·凌人》："凌人，掌冰。正岁十有二月，令斩冰，三其凌。"三凌，三倍纳冰。

[18] "调燮"句：调燮（xiè），调和元气，谐理阴阳，指宰相之职。准，依据。《月令》，《礼记》篇名。《月令》在"季冬之月"（即农历十二月）下有云："冰方盛，水泽腹坚，命取冰。"即由官府藏冰备用，不准私商贩卖。

◎ 评析

《凿冰行》重点在描述凿冰的艰苦，此首诗则重在议论。议论之前，先写窖户射利，再写穷民凿冰（只用六句，避免与上首重复），再写旁观者的不仁，然后转入议论。首先指出"忘躯谋食"决非"天性"，可见"穷民"穷到什么程度。再指出这种载冰射利的行为已给穷民造成了多么严重的后果。最后提出自己的愿望：农业丰收，家家温饱，同时希望政府制止海商们的非法行为。

钱舜举《萧翼赚兰亭图》[1]

姚 霈

万壑千岩当坐起[2]，断取越东山百里[3]。

世间不见永和人[4]，长有春风流曲水[5]。

沧海日高开寺楼[6]，楼上当窗僧白头。

越僧世得钟张法[7]，头白朝朝摹禊帖[8]。

扣门客坐轩槛风[9]，茶香酒暖笑语同。

致君有道尧舜出[10]，访古无人羲献空[11]。

频说法书日西晏[12]，萧郎缩手心无限[13]。

老僧抵掌僧雏睨，似谓慢藏旁欲谏。[14]

语卿且勿谏[15]，怀璧不可居[16]。

御史称有诏，明日将登车。[17]

长安再拜陈玉除[18]，欧虞俯首愧不如[19]。

年往运谢五百余[20]，钱生染笔中踌躇[21]。

石床闭绝昭陵夜，无复人间第一书。[22]

❀ 姚 鼐
(1731—1815)

字姬传，一字梦谷，安徽桐城人。生于清世宗雍正九年（1731），卒于仁宗嘉庆二十年（1815），年八十五。乾隆二十八年（1763）进士，累迁至刑部郎中，记名御史。四库馆开，荐为纂修。年余乞病归。历主江南、紫阳、钟山各书院四十余年。诗文皆为桐城派之代表，著有《惜抱轩集》。

◎ 注释

[1] 钱舜举：名选，字舜举，号玉潭，又号巽峰，浙江吴兴人。南宋理宗景定年间乡贡进士。元初有"八俊"之号，以赵孟頫为首。及孟頫登朝，诸人皆相附致显宦，选独与之不合，流连诗画以终。萧翼赚兰亭：兰亭在绍兴山阴西南。唐代何延之《兰亭记》：王右军在山阴书《兰亭诗序》，更临十百本，皆不及，乃以原本付子孙传掌。至七代孙智永入禅，付弟子辨才。唐太宗求之不可得，命监察御史萧翼至越诱取归。及崩，纳昭陵中。宋代桑世昌《兰亭考》载唐阎立本《萧翼赚兰亭图·跋》："右图人物一，轴一。书生状者，翼也。一老僧状者，会稽比邱辨才也。辨才出《兰亭》真迹，翼即示以太宗诏札取去。"姚鼐此诗综合《兰亭记》与《兰亭考》来写。从唐人即有《萧翼赚兰亭图》（阎立本即太宗时人），而且公然记载唐太宗派萧翼赴浙诱取，可见当时是把此事传为雅谈，并不认为可耻。后代还不断有人以此作题材，同样认为太宗风雅。

[2] "万壑"句：万壑千岩，此处形容会稽（山名，在浙江绍兴南）重山叠岭。《世说新语·言语》："顾长康（恺之）从会稽还，人问山川之美。顾云：'千岩竞秀，万壑争流，草木蒙笼其上，若云兴霞蔚。'"坐，同"座"。此句写会稽山的万壑千岩正对客座耸立着。

[3] 断取：犹剪取。王安石《释惠崇画》诗："颇疑道人三昧力，异域山川能断取。"越东：绍兴地属浙江东部。山百里：指会稽山之长。

[4] 永和人：永和，东晋穆帝年号。王羲之于永和九年三月三日与谢安等四十一人会于会稽山阴之兰亭，修袚禊之礼，羲之作《兰亭序》。

[5] 曲水：古代风俗于农历三月上旬巳日，在水滨宴乐，以祓除不祥，称为曲水。羲之《兰亭序》云："此地有崇山峻岭，茂林修竹，又有清流激湍，映带左右，引以为流觞曲水……"

[6] 寺：何延之《兰亭记》：寺名"永欣"。寺楼有骆宾王所作对联："楼观沧海日，门对浙江潮。"

[7] 钟张：钟繇，字元常，魏太傅。张芝，字伯英，后汉人。《晋书·王羲之传》：羲之每自言"我书比钟繇，当抗行；比张芝草，犹当雁行也"，又尝以钟、张为绝伦。

[8] 禊帖：即王羲之《兰亭序》真迹。

[9] 扣门：敲门。客：萧翼。

[10]"致君"句：杜甫《奉赠韦左丞丈二十二韵》有"致君尧舜上，再使风俗淳"，姚氏此句讽刺当时名臣房玄龄不该迎合唐太宗，要他派萧翼去行骗；萧翼身为监察御史，也不该去行骗。说房、萧之流这种行为是"致君有道"，说唐太宗这种皇帝是"尧舜出"，挖苦得多厉害。

[11]羲献：王羲之与王献之是父子，同为古代著名的书法家。以上四句写萧翼假扮书生在永欣寺楼上，和老僧辨才品茶饮酒时，谈到现在明君在上，贤臣满朝，天下是太平了，可惜经过一次次战乱，文物尽毁，再也找不到二王的墨宝了——这是萧翼故意用这话来引诱辨才拿出《兰亭序》的真迹。

[12]"频说"句：法书，名家的书法。此句是说僧辨才炫耀其家传《兰亭序》真迹，不断评说，直到太阳西下。

[13]"萧郎"句：谓萧翼展玩《兰亭序》真迹，心里渴望攫取，表面上却不下手。

[14]"老僧"二句：谓辨才蒙在鼓里，还在高谈阔论，侍立的小沙弥却不断向师父以目示意，似乎是怪师父"慢藏诲盗"。抵（zhǐ）掌，击掌，形容谈话时兴高采烈。僧雏，小和尚，即沙弥。睨（ní），斜视。慢藏，《易·系辞上》："慢藏诲盗"，因保管疏忽而招致盗窃。

[15]卿：你，指小沙弥。

[16]"怀璧"句：怀璧，《左传·桓公十年》："匹夫无罪，怀璧其罪。"居，居奇。此句是说珍异之物不可储存，否则易招惹意外祸灾。

[17]"御史"二句：谓萧翼露出本来身份，口称奉旨索取《兰亭序》真迹，明天就乘车回长安了。

[18]玉除：殿庭汉白玉台阶。

[19]欧虞：欧阳询，潭州临湘人。仕隋为太常博士，入唐官至弘文馆学士。善书，初仿王羲之，而险劲过之，结构严整，笔锋遒劲。虞世南，越州余姚人。在隋官秘书郎，入唐，官至秘书监。善书，师沙门智永，妙得其体。偏工行草，而晚年正楷与欧阳询齐名，并称"欧虞"。

[20]"年往"句：从唐太宗到宋理宗约六百年，故此称五百余。运谢，古人迷信，以为国运有兴衰，此云运谢，指唐朝灭亡。

[21]钱生：犹"钱先生"，指钱舜举。染笔：以笔蘸墨，此指作画。中踌躇：心中犹豫。

[22]"石床"二句：宋代马令所著《南唐书》载郑元素言：其舅温韬发昭陵，见宫室不异人间。东西厢列石床，上有石函，置铁匣，藏图书及钟、王墨迹，悉为所取。欧阳修《集古目录跋》："韬发昭陵，剥取书画装轴金玉而弃之，于是魏晋以来诸贤墨迹复流落人间。太宗皇帝（指宋太宗）以购摹所得模传，分赐近臣，今公卿家所有法帖是也，独《兰亭》真本亡矣！"

　　因为是题图，所以开头四句写初唐时的兰亭。次四句写永欣寺僧辨才宝爱《兰亭》真迹。再下十二句写萧翼伪装布衣士人来寺中行骗，此全诗重点，故写得细致，其中从"扣门客坐轩槛风"到"似谓慢藏旁欲谏"八句写萧翼诱骗真迹，"语卿且勿谏"到"欧虞俯首愧不如"六句写豪夺成功。末尾四句低回感叹，言外之意是，唐祚且绝，昭陵亦不自保，何况区区"人间第一书"呢？可见唐太宗的自私，只是毁灭了世上最美好的事物。

得稚存、渊如书，却寄[1]

黄景仁

秋窗夜凉灯一粟[2]，日南坊西数椽屋[3]。

客心羁孤不可论[4]，忽有故人书在门。

书词悱恻纸黯惨[5]，曾洗巨浪倾昆仑[6]（寄书人曾覆舟于河）。

河关阻越两年别，展翰披缄转愁绝。

洪生倔强百不谐[7]，只解故纸驱银蟫[8]。

自餐脱粟厚亲养[9]，俭岁襆被游江潭[10]。

孙郎下笔妙心孔[11]，百炼枯肠泻真汞[12]。

寄我新成病妇诗[13]，不特才豪亦情种。

鹤笼凤笈两不聊[14]，怜我塌翅为解嘲[15]。

老亲弱子感温问[16]，古意分明见方寸[17]。

入世无妨醒是狂[18]，谋生敢道贫非病[19]？

燕山九月飞雪花[20]，日日典衣归酒家[21]。

闻钟偶一揽清镜，面上薄已污尘沙。

插标卖赋愁绝倒[22]，臣朔苦长时不饱[23]。

织锦偏输新样工[24]，论文每叹清才少。

春风野火句全删，今日长安住较难。[25]

故人迟我作长句[26]，须在匡山读书处[27]。

◈ **黄景仁** 字汉镛，一字仲则，晚号鹿菲子，江苏武进
（1749—1783） （今属常州）人。生于清高宗乾隆十四年（1749），
卒于乾隆四十八年（1783），年三十五。诸生。
四十一年（1776），高宗东巡召试，名列二等，入
都，纳赀为县丞。为债家所逼，抱病再游陕西，至
解州病卒，友人洪亮吉持其丧以归。诗多写穷愁，
皆有为而发，称心而言，真诗人之诗。有《两当
轩集》。

◎ **注释**

[1] 稚存：洪亮吉字。渊如：孙星衍号。两人与黄氏为同乡挚友。书：信。却寄：回寄
此诗。

[2] 灯一粟：油灯中的光焰微小得像一粒谷子。

[3]"日南"句：《黄仲则年谱》（黄逸之著）乾隆四十一年丙申（1776），黄氏二十八岁，在
北京寓日南坊西。次年，托洪亮吉护送其老母及妻儿迁居北京。椽：此指房屋间数。

[4] 羁孤：单独客居异地。

[5] 悱恻：忧思抑郁。

[6] 倾昆仑：浪头冲倒昆仑山，极言浪大。

[7]"洪生"句：谓洪亮吉为人倔傲不屈，一切世故都不屑理会。

[8] 故纸：古书。银蟫：书中蠹鱼，色白。

[9]"自餐"句：暗用《后汉书·茅容传》：郭泰宿茅容家，翌晨，容杀鸡为馔，泰谓为己
设，既而供其母，自以草蔬，与客同饭。脱粟：粗粮。

[10] 俭岁：农业歉收之年。襆被：用包袱裹束衣被。游江潭：据吕培等同编的《洪北江先

生年谱》：乾隆三十六年辛卯（1771），洪氏二十六岁，是年十一月，以馆谷不足养亲，买舟至安徽太平府入学使朱筠幕。

[11] 孙郎：孙星衍。心孔：心窍。

[12] "百炼"句：《云笈七签》载道士炼汞之法，谓以铅及汞入鼎炼丹，服之可以长生。此以比喻孙星衍对诗功造诣甚深，故所为诗皆卓绝。

[13] 病妇诗：孙氏之妻王采薇，诗才甚高，而体弱多病。

[14] "鹤笯"句：笯（nú），鸟笼。此句是说白鹤和彩凤都被关在笼子里，它们都感到很不快乐。这是比喻洪、孙两人有才而不得施展，十分苦闷。

[15] "怜我"句：黄氏于乾隆四十一年（1776）献赋报罢，洪亮吉有书劝之，其《简黄二景仁》诗有："泥中垂翅亦其理，殿上策名知有几？"末云："穷愁属汝休苦思，破闷聊寄孙郎诗。"次年黄应顺天乡试，四十四年（1779）又应顺天乡试，皆报罢。

[16] 温问：殷勤问候。

[17] 方寸：指心。

[18] 醒是狂：用《汉书·盖宽饶传》的"次公醒而狂，何必酒也？"

[19] 贫非病：《史记·仲尼弟子列传》：子贡相卫，结驷连骑过原宪家，宪摄敝衣冠见子贡。子贡曰："夫子岂病乎？"宪曰："吾闻之，无财者谓之贫，学道而不能行者谓之病。若宪，贫也，非病也。"子贡惭而去。

[20] 燕（yān）山：山名。自天津蓟州东南蜿蜒而东，经玉田、丰润，直至海滨，延袤数百里。

[21] 典衣：把衣服作抵押。

[22] 插标：旧时穷人出售物品，插茅草于物品上作为标志，表示出售。卖赋：汉武帝时，陈皇后失宠，别在长门宫，使人奉黄金百斤，令司马相如为《长门赋》，以悟主上，陈皇后复得亲幸。愁绝倒：怕被别人笑。

[23] "臣朔"句：《汉书·东方朔传》："朱儒长三尺余，奉一囊粟，钱二百四十；臣朔长九尺余，亦奉一囊粟，钱二百四十。朱儒饱欲死，臣朔饥欲死。"

[24] "织锦"句：以织锦不如别人的花样新巧，比喻自己不能写趋时的文字。

[25] "春风"二句：中唐诗人白居易未冠，以文谒顾况。况熟视其名曰："长安米贵，居大不易。"及披卷读其《芳草》诗，至"野火烧不尽，春风吹又生"，叹曰："吾谓斯文遂绝，今复得子矣！前言戏之耳。"见宋代尤袤《全唐诗话》二《白居易》。黄氏全家迁居北京后，非常贫困。《移家来京师》第三首有云："乌金愁晚爨，白粲困朝糜。"故此二句言如是。

[26] "故人"句：迟（zhì），等待。杜甫《苏端、薛复筵简薛华醉歌》："近来海内为长句，汝与山东李白好。"

[27] "须在"句：杜甫怀李白诗："匡山读书处，头白好归来。"

◎ 评析

　　先写正感"客心羁孤"时忽得到两位好友的来信，本应欣喜，却反愁绝，因为洪亮吉"俭岁"不得不"襆被"游幕，孙星衍又为妻病苦恼。尽管他们潦倒失意，却还对我的两次应试失利多方劝解。以下从"入世"句起，全是自叙，亦即以近况回报好友，一个字可以概括：穷。穷是政治上不得意，正因为"穷"，所以就"贫"，生活上十分困难。既然长安居大不易，那就只能像李白那样，回到故乡去闭门读书，那样，我的诗兴才不会消失，可以写出你们所期待的好诗来。

阿桐生日 [1]

郭　麔

客子归家百事惰 [2]，匆匆略遣一日过。
儿童年岁俱不知，但觉今年比前大 [3]。
今年住家一月余，稍稍熟习亲不疏 [4]。
阿荼早起索背书 [5]，阿栴最小欲挽须 [6]。
阿桐肩随阿姊后 [7]，读书不多略上口 [8]。
布衫曳地腰领宽 [9]，趋走已作儒生酸 [10]。
问渠生年才九岁，更知生日今朝是。[11]
旁有吾妹为我言，犹记八年前日事。
渠母生渠在外家 [12]，阿母走看啼哑哑 [13]。
明朝兄自淮阴回 [14]，尽室语笑争喧哗 [15]。
兄时作诗以志喜，但恨阿爷不见耳。[16]
阿母听之悲喜半 [17]：愿尔生儿及我见 [18]。
呜呼人事安可知，骨肉团栾异昔时 [19]。
诗成阿母那能听 [20]，弟妹闻之各泪垂。

105

◎ 注释

[1] 阿桐：作者的长子。

[2] "客子"句：嘉庆六年（1801），作者三十五岁时，到浙江诸暨毓秀书院主讲，不数月即辞归。

[3] 大（duò）：以上四句言以前奔走衣食，难得在家，偶尔回来，匆匆又走，竟连自己的儿女有几岁都不知道。

[4] 稍稍：渐渐。亲不疏：亲即不疏，此处重复，意在欣喜儿女之渐亲。

[5] "阿茶"句：阿茶，作者的长女。指一早起来她就要爸爸听她背书。

[6] 阿枏（nán）：作者的幼子。欲挽须：想拉爸爸的胡须。此用杜甫《北征》："问事竟挽须，谁能即嗔喝？"

[7] 肩随：与人并行而略后，以表敬意。《礼记·曲礼》上："年长以倍则父事之；十年以长，则兄事之；五年以长，则肩随之。"

[8] 上口：读书出口流利。

[9] "布衫"句：曳地，拖地。此句是说，家贫，故为子制衣长大，以备稍长高后仍能穿。

[10] "趋走"句：趋走，疾走。儒生酸，虽疾走，而仍如书呆子一样行动迟缓。此写九岁儿童一方面童心犹在，一方面已习礼法。

[11] "问渠"二句：渠，他。这两句回应前"儿童年岁俱不知"。

[12] 外家：母亲的娘家。

[13] 阿母：作者的母亲。走看：跑去探望。哑（yā）哑：婴儿啼声。

[14] "明朝"句：明朝，生下阿桐的第二天。兄，指作者。淮阴，县名，属江苏。《灵芬馆诗》初集卷二《淮阴晤蒋伯生……》云"三年淮阴城"，时为乾隆五十八年（1793）。接着是《到家二首》，第二首云："弟说添丁事，新来举一雄。喜今作人父，恨不逮吾翁……"

[15] 尽室：全家。

[16] "兄时"二句：即上举《到家二首》之二。

[17] "阿母"句：听之，听到作者《到家二首》之二中的"恨不逮吾翁"这句。悲喜半，为阿爷不及见孙生而悲，又为己之及见而喜。

[18] "愿尔"句：此"尔"指方生的阿桐，阿母希望做曾祖母。

[19] 团栾：团聚。

[20] "诗成"句：此时阿母已逝。

◎ 评析

　　郭氏的诗是诗人之诗，最善言情。此诗写"身边事，儿女情"，与古文家比，极像归有光《项脊轩志》一类作品。全诗不但通俗易懂，而且语妙诙谐，如写阿桐"布衫曳地腰领宽，趋走已作儒生酸"，不但风趣，而且暗写他过生日穿了新长衫。

《杨、陆谈诗图》，为退庵题[1]

郭 麐

一老霜须据几坐[2]，以肘凭几目视左。
一老倾听手捋髭[3]，似搔痒处笑在颐[4]。
捋髭者乌坐者霜[5]，谁欤为陆谁为杨？
二老年齿略相等[6]，亦如诗格无低昂[7]。
得非使车归日居西湖[8]，朝天客亦租僧庐[9]？
锦官走马尚豪纵[10]，江湖未免形容癯[11]。
两篇题稿语郑重，极言绝世诗名无。[12]
岂知倾倒亦复尔，自道我不诚斋如。[13]
其旁一童卷手持，意或尔日云龙诗[14]。
乌丸玉版答缟纻[15]，锦囊倾尽千珠玑[16]。
黄公学诗无不有[17]，尤于二老极俯首。
能参活句江西禅[18]，爱说闲居剑南叟[19]。
瓣香乃更审厥像[20]，坐睨神骨气先王[21]。
尚嫌未获接语言[22]，属我题诗补其上[23]。
我诗拙率不及君[24]，劣能门户除纷纭[25]。
得君印可且快意[26]，一笑二老还应闻。

[1] 杨：杨万里。陆：陆游，两人都是南宋的大诗人。退庵：姓黄，名恺钧，退庵为其别号。

[2] 霜须：胡须尽如霜般白。据几：靠着小桌（古代设于座侧，以便凭倚）。

[3] 捋髭（zī）：顺手抚摩嘴唇上边的胡子。

[4] "似搔"句：谓听人谈论某事，异常透彻，听者觉得十分愉快，有如痒处恰好被搔着。颐，腮，下巴。

[5] 乌：指髭色黑。

[6] 年齿：年龄。

[7] 诗格：诗歌的艺术风格。

[8] "得非"句：杨万里《跋陆务观（剑南诗稿）二首》之二："剑外归乘传者车。"指1175年陆游在四川成都做参议官，1178年被宋孝宗召回临安。

[9] "朝天"句：朝天客指杨万里。朝天，到临安觐见孝宗。《诚斋集》中有《朝天集》。杨、陆以诗赠始于此时。

[10] "锦官"句：锦官城，即成都。陆游入蜀，"四十从戎驻南郑，酣宴军中夜连日。打球筑场一千步，阅马列厩三万匹；华灯纵博声满楼，宝钗艳舞光照席；琵琶弦急冰雹乱，羯鼓手匀风雨疾"。（《九月一日夜，读诗稿有感，走笔作歌》）此即所谓"锦官走马尚豪纵"。

[11] "江湖"句：此指杨万里。《诚斋集》中有《江湖集》。癯（qú），瘦。

[12] "两篇"二句：杨万里《跋陆务观（剑南诗稿）二首》之二有"可怜霜鬓何人问，焉用诗名绝世无"！

[13] "岂知"二句：倾倒，佩服。尔，如此。陆游《谢王子林判院惠诗编》："文章有定价，议论有至公。我不如诚斋，此评天下同。"

[14] 尔日云龙诗：杨万里有《云龙歌调陆务观》与《再和云龙歌，留陆务观西湖小集，且督战云》。

[15] "乌丸"句：杨万里《再和云龙歌……》："剡藤玉板赠一番，延珪乌丸洒未干。""玉板"应作"玉版"，纸名。苏轼《孙莘老寄墨》之二："剡藤开玉版。"乌丸，墨。缟纻，缟带与纻衣。《左传·襄公二十九年》："（吴公子季札）聘于郑，见子产，如旧相识，与之缟带，子产献纻衣焉。"

[16] "锦囊"句：《唐文粹》九九李商隐《李贺小传》："恒从小奚奴，骑距驴，背一古破锦囊，遇有所得，即书投囊中。"珠玑，比喻诗文之美，字字如珠玑。玑，小珠。

[17] 黄公：指黄恺钧。

[18] "能参"句："活句江西禅"指杨万里诗。《诚斋集》卷七九《江西宗派诗序》，卷八三《江西续派二曾居士诗集序》，卷三八《送分宁主簿罗宠材》，认为江西诗派就像"南宗

禅"，是诗中的最高境界。杨的活法（即活句法）即出于江西派。此句是说黄恺钧在诗学上能透彻地领悟杨万里的"活法"。

[19]"爱说"句：陆游有《剑南诗稿》。其诗晚期多写闲居题材，"咀嚼出日常生活的深永的滋味，熨帖出当前景物的曲折的情状"（钱锺书语）。其实闲居诗正反映了他报国有心、请缨无路的痛苦，如他自己说的"志士凄凉闲处老"。此句是说黄恺钧喜欢陆的闲居诗。这反映了清代诗人对陆诗的嗜好偏向，直到清朝末年才改变。

[20]"瓣香"句：古以拈香一瓣，表示对他人的敬仰，称瓣香。审，仔细观察。厥，其，此处作复数代词用，即他们的。像，肖像。

[21]坐睨：指黄恺钧坐在谈诗图前仔细端详杨、陆的形象。神骨：杨、陆的精神与骨格。气先王（wàng）：看了两位大诗人的形状后，自己的精神先就振奋起来。

[22]接语言：亲自听到他们的谈话。

[23]属：同"嘱"。

[24]拙率：拙劣粗率。

[25]"劣能"句：劣，仅，稍，刚。门户除纷纭，清代诗人或尊唐，或宗宋，流派很多，门户之见很深。作者此语，乃因杨、陆都是南宋诗人，尊唐派往往攻击他们，如秀水派的朱彝尊就是典型例子。

[26]印可：佛教称印证、许可为印可，犹言同意。

◉ 评析

　　题图诗全凭作者想象，而两位大诗人如何谈诗，就更需作者对两家的诗有全面而透彻的理解。本篇开头四句就把图上的谈诗形象地描绘出来了。接着从两人年龄相近，引到诗格也无高低之分。以下想象他们是在南宋首都临安（今杭州）相遇，对彼此的诗作互相推重，不是文人相轻，而是文人相钦。这是全诗重点。最后转到为黄恺钧题图上，先说他广益多师，不守门户之见，然而尤其心折杨、陆两大诗人，后说自己在这点上正和他一致，而这也是二老的精神。

月午楼歌[1]

孙原湘

明月出海先上楼，我楼况在高山头。

开窗放出白云去，风帘尽控双银钩[2]。

一丸才过高松顶[3]，屏风乱泻虬龙影[4]。

摊书不用青藜然[5]，碧空自有明珠悬。

黄高峰头云浪涌，金鳌峰背沧波动。

山下万顷云海铺，天心一丝云气无。

清光愈高读愈苦，月照书丛月色古。

仙巢惊起老鹤舞，窗中不知月已午。

露珠瑟瑟风泠泠[6]，屋角斜挂三四星。

冰轮欲西还倒行[7]，似怜读书声好听[8]。

冷光一线射人面，射月眼光亦如电[9]。

明月不落读不厌，水滴蟾蜍欲穿砚[10]。

◆ **孙原湘**

(1760—1829)

清文学家。字子潇，号心青，江苏昭文（今常熟）人。嘉庆进士，官至武英殿协修。告归后，历主毓文、紫琅、娄东、游文书院讲席。工古文，有诗名，善书画。与其妻席佩兰同为袁枚弟子，论诗以性情为主，法式善尝以之与王昙、舒位并称，为作《三君咏》。有《天真阁集》。[1]

---

[1]此条简介原书遗漏，这次新版，为方便读者阅读，特据《辞海》补。

⊙ **注释**

[1] 月午楼歌：洪亮吉《更生斋诗》卷七《月午楼歌》："仙人好居楼，楼筑青山头。楼云
又比山居好，八牖居然拓天表。山楼明月不待宵，海上月出光先摇。读书声高月亦高，
月午尚觉书声飘。前黄高峰后箬岭，书声飘压四山顶。松梢夜半老鹤醒，鹤唳亦比书声
清。楼头鹤影兼人影，楼外云铺百余顷。仙人世外无书看，听书日日来檐端。月亦不得
落，书亦不得完。君不见红阑干前白玉盘，读倦且把明霞餐。"孙原湘此同题诗，题下
自注："稚存前辈以'月午'名楼，谓以劝学也，并为作歌。予后十年来居此楼。喜诸
生之勤学，知先生流风余韵至今未泯也。踊而有作，以劝来者。"按：洪亮吉五十七岁
时在家乡居住，安徽旌德谭氏居下洋，自建洋川书院，延课诸郡童生，聘洪亮吉主讲
席。（据《洪北江先生年谱》）其《月午楼歌》即此时所作。十年后，孙原湘亦来此主
讲，乃作此同题诗。

[2] "风帘"句：谓防风的帘完全被两个白铜挂钩从左右挂开来。

[3] 一丸：指月。

[4] 虬（qiú）龙影：松树的影子。

[5] 青藜然：旧存王嘉撰《拾遗记》六《后汉》："刘向于成帝之末校书天禄阁，专精覃思。
夜有老人着黄衣，植青藜杖，登阁而进。见向暗中独坐诵书，老父乃吹杖端烟燃，因
以见向，说开辟已前。向因受《五行洪范》之文。"然，同"燃"。

[6] 瑟瑟：珠宝名，此以形容露珠。泠泠：形容夜晚风很清冷。

[7] 冰轮：指月。

[8] 怜：爱。

[9] "射月"句：眼光亦如电，用《晋书·王戎传》：裴楷见而目之曰："戎眼烂烂如岩
下电。"

[10] "水滴"句：蟾蜍（chán chú），磨墨用的水盂。旧题刘歆撰《西京杂记》："灵公冢有玉
蟾蜍一枚，大如拳，腹空，容五合水，光润如新。广州王取以乘书滴。"穿砚，即磨穿
铁砚。《新五代史·桑维翰传》："初举进士，主司恶其姓，以桑丧同音。人有劝其不必
举进士，可以从他求仕者，维翰慨然，乃著《日出扶桑赋》以见志。又铸铁砚以示人
曰：'砚弊则改而他仕。'卒以进士及第。"此句是说书院诸生如此勤奋，像桑维翰那样
下决心磨穿铁砚，将来一定也能像他那样考中进士。

⊙ **评析**

半夜叫午夜，所以"月午"意为有月亮的夜半时。楼高得月早，因
此书院诸生勤奋研读，似乎把月中仙人都感动了，它竟恋恋不舍这一片
读书声，迟迟不肯落去。劝学诗容易写得庸俗，如"书中自有黄金屋"
之类，此诗却全从景色刻画苦读情态，使读者获得一种美感。

月夜望君山[1]

姚　椿

大江西来汉水合[2]，山矗江心立孤塔[3]。
青天一月一青山[4]，无数鱼龙夜纷沓[5]。
猿声宵啼处处闻，君从何处哀湘君？[6]
斑痕泪点向空尽，回首客帆空白云。[7]

姚　椿

（1777—1853）　字春木，一字子寿，江苏娄县（今上海松江）人。生于清高宗乾隆四十二年（1777），卒于文宗咸丰三年（1853），年七十七。以国子生应顺天乡试，连试不售。日与洪亮吉、张问陶等讨论词赋。屡参诸大帅幕。曾从姚鼐学古文。道光元年（1821），荐孝廉方正，固辞不就。先后主讲河南夷山、湖北荆南、松江景贤书院。工诗，有《通艺阁诗录》。

◎ 注释

[1] 君山：山名。在湖南洞庭湖中。《水经注》三八《湘水》："（洞庭）湖中有君山……是山湘君之所游处，故曰君山矣。"湘君，湘水之神。旧说以湘君为尧之二女娥皇与女英，两人同为舜妃，舜南巡，死于苍梧（今湖南宁远县境），两妃追来，闻舜死，泪下，染竹即斑。

[2] 大江：长江。

[3] "山矗"句：谓君山矗（chù）立洞庭湖中如一座孤塔。

[4] "青天"句：谓月夜仰望青天，唯见明月孤悬，而月下唯见君山孤矗。

[5] "无数"句：谓想象湖中鱼龙纷纷至沓来，尽奔君山周围。

[6] "猿声"二句：猿鸣声哀，宵啼尤凄厉，而处处闻此啼声，似皆悼念湘君者，则我究从何处以吊她？君，作者自指。

[7] "斑痕"二句：湘君哭舜的泪点，化为翠竹上的斑痕，而月夜远望，无法看见，只疑它们全部洒向空中去了。既无所见，远远回顾自己所乘的船，它也在月色下变得朦胧难

辨，恍惚与白云融成一片了。

◎ 评析

作者乘舟夜泊洞庭湖，上岸闲步，趁着月色遥望君山，自然想起了
娥皇、女英的故事。而月色朦胧，猿啼处处，只觉得历史的烟云和眼前
的景色，构成了自己一种寂寞以至虚无的心态，似乎一切都像白云一样
缥缈、轻盈，难以追寻。

中秋，嶰筠尚书招余及关滋圃军门天培饮沙角炮台，眺月有作[1]

林则徐

坡公渡海夸罗浮，凉天佳月皆中秋。

铁桥石柱我未到，黄湾胥口先勾留。[2]

今夕何夕正三五，晴光如此胡不游？

南阳尚书清兴发[3]，约我载酒同扁舟[4]。

日午潮回棹东指[5]，顺流一苇如轻鸥[6]。

鼓枻健儿好身手[7]，二十四桨可少休。

转眄已失大小虎[8]，须臾沙角风帆收。

是时战舰多貔貅[9]，相随大树驱蚍蜉[10]。

炮声裂山杂鼓角[11]，樯影蘸水扬旌斿[12]。

楼船将军肃钤律[13]，云台主帅精运筹[14]。

大宣皇威震四裔[15]，彼伏其罪吾乃柔[16]。

军中戏谑岂儿戏，此际正复参机谋。[17]

行酒东台对落日[18]，犹如火伞张郁攸[19]。

莫疑秋暑酷于夏，晚凉会有风飕飗[20]

少焉云敛金波流，夜潮汹涌抛珠球[21]。

涵空一白十万顷，净洗素练悬沧洲。[22]

三山倒影入海底[23]，玉宇隐现开琼楼[24]。

乘槎我欲凌女牛[25]，举杯邀月与月酬。

霓裳曲记大罗咏[26]，广寒斧是前身修[27]。

试陟峰巅看霄汉[28]，银河泻露洗我头。

森森寒芒动星斗，光射龙穴龙为愁。[29]

蛮烟一扫海如镜[30]，清气长此留炎洲[31]。

三人不假影为伴[32]，袁宏庾亮皆吾俦[33]。

醉归踏月凉似水，仍屏傔从祛鸣驺[34]。

褰帘拂枕月随入[35]，残宵旅梦皆清幽。

今年此夕消百忧，明年此夕相对不[36]？

留诗准备别后忆，事定吾欲归田畴[37]。

❖ 林则徐
(1785—1850)

字元抚，一字少穆，福建侯官（今属福州）人。生于清高宗乾隆五十年（1785），卒于宣宗道光三十年（1850），年六十六。嘉庆十六年（1811）进士，历任湖广、两广、云贵总督。道光十八年（1838）任钦差大臣，赴广州查禁鸦片，严厉地打击了英国侵略者。鸦片战争爆发后，被投降派琦善等无耻诬陷，受到革职处分。道光二十二（1842）年，遣戍伊犁。二十五年（1845）释还，重新起用。诗虽其余事，而感情豪迈，格律精严。有《云左山房诗钞》。

⊙ 注释

[1] 林则徐是道光十八年（1838）十一月由湖广总督入觐，颁给钦差大臣关防，驰往广东查办海口事件，水师咸归节制的，因此，本诗作于道光十九年（1839）中秋。嶰筠尚书：指邓廷桢，嶰筠为其字，江苏江宁（今南京）人。道光十五年（1835）任两广总督，十九年（1839）与钦差大臣林则徐协力整顿海防，查禁鸦片。同年调闽浙总督，加强海防。二十年（1840）七月率军击退进犯厦门的英国舰队。嗣受投降派诬害，与林则徐同时被革职，遣戍伊犁。有《双砚斋诗钞》。邓以兵部尚书兼两广总督，故称为"嶰筠尚书"。关滋圃：关天培，字仲因，号滋圃，江苏山阳（今淮安）人。道光十四年（1834）任广东水师提督。十九年（1839）支持林则徐禁烟政策，训练水师，修筑炮台，多次击退英国侵略军的进攻。二十一年（1841）二月英军进攻虎门时，他在靖远炮台率孤军奋战，英勇牺牲。著有《筹海初集》。军门：提督的尊称。沙角山，在广东东莞虎门海口外，逼近大洋，形势陡峭，为船舶必经之路，嘉庆间建炮台于此，与横档山、南山炮台遥相对峙。

[2] "坡公"四句：《苏轼诗集》卷三十九《江月五首》引言云："岭南气候不常，吾尝曰：菊花开时乃重阳，凉天佳月即中秋，不须以日月为断也。"《苏东坡集·后集》七《游罗浮山示儿子过》夸罗浮山为"人间有此白玉京"。又云"铁桥石柱连空横"。自注："山有铁桥石柱，人罕至者。"黄湾胥口，韩愈《南海神庙碑》："庙今在广州治之东南，海道八十里，扶胥之口，黄木之湾。"

[3] 南阳尚书：《三国志·蜀书·诸葛亮传》："亮躬耕陇亩"注引《汉晋春秋》："亮家于南阳之邓县。"作者以邓廷桢比诸葛亮，且切其姓。

[4] 扁（piān）舟：小船。

[5] 棹（zhào）：划船拨水的用具，状如桨，长的叫棹。也借指船。

[6] 一苇：捆苇草当筏。后用作小船的代称。

[7] 鼓栧：摇动船桨。栧（yì），短桨。

[8] 大小虎：大、小虎山，皆在珠江口。

[9] 貔貅（pí xiū）：猛兽名，以喻勇猛之士。

[10] "相随"句：韩愈《调张籍》："蚍蜉撼大树，可笑不自量。"蚍蜉，大蚂蚁，此以比喻英国侵略军。大树，指关天培。东汉冯异佐汉光武帝定天下，诸将并坐论功，异常独处树下，军中号为大树将军。

[11] 裂山：形容炮声极响，如山崩之声势。鼓角：战鼓与号角，军中用以传号令，壮声势。

[12] 樯：桅杆。旌斿（yóu）：旌，旗的通称；斿，旌旗的下垂饰物。

[13] "楼船"句：古代水师名楼船军，楼船将军即清代的水师提督，此指关天培。钤（qián）律，军纪。

[14] "云台"句：云台主帅指邓廷桢。东汉时，邓禹佐光武取天下，光武与定计议，任使诸将，多访于禹。天下平定，论功最高。明帝图像中兴功臣二十四人于洛阳南宫的云台，

禹居功臣之首。运筹，即运筹帷幄，在室内谋划战事。

[15] 四裔：四方极远的地方。

[16] "彼伏"句：《左传·僖公二十八年》："晋侯梦与楚子搏，楚子伏己而盬其脑，是以惧。子反曰：'吉。我得天，楚伏其罪，吾且柔之矣。'"此句是说，英国侵略者如果能认自己的罪行，那我们就安抚他们。

[17] "军中"二句：《史记·绛侯周勃世家》："曩者霸上、棘门军，若儿戏耳，其将固可袭而虏也。"此句是说我们今晚这样高兴地举行宴会，并非轻敌，而是乘此时机研究对敌的策略。

[18] 行酒：巡行酌酒劝饮。东台：指沙角炮台，在虎门之东，故称东台。

[19] 火伞：比喻烈日。郁攸：火气。

[20] 飕飗（sōu liú）：风声。

[21] 珠球：指水中之月。

[22] "涵空"二句：谓海面全被月光辉映，一片白色，就像洗干净了的白练悬挂在海边大地上。

[23] 三山：秦汉方士称东海中仙人所居之蓬莱、方丈、瀛洲为三神山，此以比拟龙穴山。此山在虎门横档山南三十里海中。

[24] 玉宇：月夜的天空。琼楼：月中宫殿。

[25] "乘槎"句：槎（chá），木筏。古代神话传说言天河通海，有个住在海边的人，常见每年八月海上有木筏来，他就登槎，到达天河，看见牛郎织女。见《博物志》三。

[26] "霓裳"句：王灼《碧鸡漫志》言，唐玄宗与方士叶法善于中秋之夜游月宫，听到仙乐，归而记之，名为《霓裳羽衣曲》。大罗，即大罗天，道教诸天之名。

[27] "广寒"句：古代传说，月由七宝合成，常有八万二千户修之。此句以中秋月比中国，以邓、关与己比修月户。

[28] 陟（zhì）：登。霄汉：天空极高处。

[29] "森森"二句：森森，指星光繁密貌。寒芒，寒星的光芒。龙穴，指龙穴山。

[30] 蛮烟：南方瘴雾，隐喻英帝的鸦片烟流毒。

[31] 炎洲：泛指岭表以南之地。

[32] "三人"句：李白《月下独酌》："花间一壶酒，独酌无相亲。举杯邀明月，对影成三人。"此句是说今宵邓、关与己对酌，实有三人，不须借己影为伴侣。

[33] 袁宏：东晋人，文才敏捷。庾亮：亦东晋人，历官至征西将军，镇武昌。俦：伴侣。

[34] 屏（bǐng）：排除。傔从（qiàn zòng）：随从的人。祛（qū）：通"袪"，除去。鸣驺（zōu）：显贵出行，随行的骑卒吆喝开道。

[35] 褰（qiān）：撩起。

[36]不（fǒu）：同"否"，但诗中读平声。

[38]"事定"句：谓禁烟工作完成后，我想辞官回家乡去。

◎ 评析

　　林则徐在道光十九年（1839）三月十日到达广州，六月三日起，会同两广总督邓廷桢、水师提督关天培于虎门，将从英美烟贩处收缴的鸦片全部销毁；同时加强军防，准备抗击侵略者。此诗写于八月中秋，反映了他和战友们的慷慨报国心情。他们充满胜利的信心，因为肮脏的鸦片贸易是非正义的，"彼伏其罪吾乃柔"，充分说明中国人民反侵略的斗争是伟大的正义行为。

抚州行，寄太守郭松厓前辈[1]

黄爵滋

羊城山宛宛，半插高空半平远。[2]

羊城水汤汤，其源清激流汪洋。[3]

墨龙池上龙飞翔，星辰照耀垂文昌。[4]

名贤典则首陆晏[5]，名宦风流首谢王[6]。

石人晴雨天无定[7]，金窟银峰地宝罄[8]。

水溯巴湘估客穷[9]，山梯闽粤征夫病[10]。

黄山之山高高可种竹，黄水之水深深宜禾畴。[11]

乃有不耕之夫原上游，盗笋不足还盗牛。

我生之初风尚古，岁时伏腊罗尊俎[12]。

昔日崇墉足谷家[13]，今时飘泊无聊侣。

临川之南龙骨渡[14]，乃是逋逃渊薮所[15]。

为狐为鼠遑惜他，为虎为狼当奈何！[16]

父兄教不先，子弟率不谨。[17]

不见阿芙蓉[18]，家家鬼结磷[19]？

士贫孰义学[20]？民贫孰义仓[21]？

贫人挑盐富人食，官吏捉盐盐被攘[22]。

安得反浇俗[23]，尽为农桑民；

安得挽薄习[24]，尽为弦诵人[25]？

我闻颜真卿，治陂灌田民利均[26]；

又闻秦起宗，俭约安静民化淳[27]。

公其迈古昔[28]，与民为更新[29]。

爱民之吏公其举，贼民之吏公其甄。[30]

玉田氤氲灵谷芬[31]，侧身南望歌神君[32]。

❖ 黄爵滋
（1793—1853）

字德成，号树斋，江西宜黄人。生于清高宗乾隆五十八年（1793），卒于文宗咸丰三年（1853），年六十一。道光三年（1823）进士，授翰林院编修，历官至鸿胪寺卿、刑部侍郎。道光十八年（1838）上疏，力陈鸦片输入之害，主张加以严禁。道光二十年（1840），两次赴福建视察海防，具言战守方略，并进《海防图表》。其诗气韵高雅，力追汉、唐。著有《仙屏书屋诗录》。

◎ 注释

[1] 抚州：隋文帝开皇初年（581）置州，治所在临川。元世祖至元十四年（1277）升为路。明初改为府，清因之。郭松崖：时为抚州知府，生平不详。

[2] "羊城山"二句：抚州别称羊城，据故老言，因其城形似羊。城外有五座山，形似虎，俗称"五虎蹲羊"。宛宛，回旋屈曲貌。

[3]"羊城水"二句：汤（shāng）汤，大水急流貌。其水源泉清而激，故其下游宽广无际。

[4]"墨龙池"二句：在府学大成殿前。韩子苍《杂记》："忽时水黑，有物出鸣，似蜥蜴，谓之墨龙。此物每见，士之试于有司者，得人必多，率以此为验。"

[5]"名贤"句：陆九渊，南宋抚州金溪人，著名的道学家，有《象山先生全集》。晏殊，北宋临川人。仁宗庆历三年（1043）以刑部尚书居相位，范仲淹、欧阳修皆出其门。

[6]"名宦"句：谢灵运，南朝宋阳夏（jiǎ）人，著名的山水诗人，文帝时曾为临川内史。王羲之，东晋琅琊临沂人，著名的书法家，曾为临川内史。

[7]"石人"句：《太平寰宇记》卷一百一十《抚州·临川县》："英巨山在县东三十里。荀伯子《临川记》云：'岩内有石人，坐磐石上，体尘秽则兴风，润则致雨，晴则遍体鲜洁，如玉莹净。'"

[8]"金窟"句：《大清一统志》卷三二二《抚州府一》的《山川》栏内有金窟山，"在金溪县东五里，高三百丈，周十五里，与银山相连，中有石窦，乃旧日采金之所"。又有银山，"在金溪县东二里，唐时尝出银矿，故名"。

[9]溯：逆流而上。巴：四川。湘：湖南。估客：贩货的行商。

[10]梯：攀登。闽：福建。粤：广东。征夫：行人，旅客。病：困顿。

[11]"黄山"二句：黄山、黄水，在宜黄南四十里，上有雷公岭，又有龙潭，导流为九曲溪，入黄水；又南十五里曰黄源山，以黄水所经而名。

[12]岁时：一年中的季节。伏腊：秦、汉时，夏天的伏日、冬天的腊日，都是节日，合称伏腊。罗：排列。尊俎（zǔ）：古代盛酒肉的器皿。

[13]崇墉：高墙。足谷：贮存了很丰富的粮食。

[14]龙骨渡：在临川西南五十七里宜黄水上，接宜黄县界。渡西有大路，直达临川县治。

[15]"乃是"句：逋（bū）逃：逃亡的罪人。渊薮：渊，鱼所处；薮，兽所处。比喻事物会聚之地。《书·武成》指责殷代的纣王"为天下逋逃主，萃渊薮"。

[16]"为狐"二句：谓现今会集在龙骨渡的那伙坏人干些小偷小摸的勾当，官府没有工夫去注意他们，将来他们干出穷凶极恶的事来，该怎么办？遑，闲暇。恤，忧虑。他（tuō），他们。

[17]"父兄"二句：谓父兄事先不教育好子弟，子弟也不认真受教。率，服从。

[18]阿（ā）芙蓉：鸦片烟。

[19]"家家"句：磷（lín），迷信的人称为鬼火，此以比喻鸦片烟灯的火头。此句是说家家都有抽鸦片烟的。

[20]义学：免费的学校（私塾）。

[21]义仓：地方上公共储粮备荒的粮仓。

[22]攘（ráng）：侵夺。

[23]浇俗：浮薄的风俗。

[24] 薄习：轻薄的习俗。

[25] 弦诵：古代学校授诗，以琴瑟配乐歌咏为弦歌，不配乐只朗读为诵，合称弦诵。泛指学习授业。

[26] "我闻"二句：《抚州府志》的《名宦》栏："颜真卿，大历中抚州刺史，修塍筑陂以溉民田，民甚便之。"又《堤堰》栏："千金陂在临川县东南。省志：汝水自盱来，达于瑶湖，斜直孔家渡，地平土疏，唐时初决一口，其后支港横溢，正道湮淤。上元中，守臣建华陂以遏支流。大历中，刺史颜真卿继筑，名土塍陂。（后代又多次修治）东西四乡之间，灌田各数千亩。"

[27] "又闻"二句：《名宦》栏，元代秦起宗，广平深水人。文宗时，抚州路总管。至官，有司供张甚盛，亟使归之。宜黄、乐安常租外，带耕没官田，田薄赋重，倍于正数。起宗请于行省，以时估折价，民始不病。

[28] 公：因其为前辈，故敬称为"公"。其：表示希望之词。迈古昔：超越颜、秦等古人。

[29] 更（gēng）新：革除旧习，改过自新。

[30] "爱民"二句：举，推荐，选用。甄，识别。

[31] 玉田：在崇仁南三十里。玉田观，相传萧子云种玉处。氤氲（yīn yūn）：玉田上空云烟弥漫貌。灵谷：山名，在临川东南。

[32] 神君：古时对贤良官吏的称颂，言其清廉正直如神。

◉ 评析

开头四句写抚州的山水，次四句写历史人物，然后写到当前的贫穷落后，特别是盗匪四起，官府视若无睹，眼看后患无穷。特别可忧的是鸦片烟鬼到处是。总而言之，文教不兴，民穷财尽。因而作者寄厚望于郭松厓，希望他能像颜真卿那样带领老百姓兴修水利，发展农业；像秦起宗那样教化人民，改良风俗。作者是抚州地区人，因而对地方官提出这样的要求，表现了他对家乡的热爱。

远行篇

彭蕴章

山行偏涉水：肩舆彳亍深涧里[1]。

水行若登山：篙师叫号上石滩[2]。

行四千里匝两月[3]，一身常在山水窟[4]。

山水纠纷眉欲攒[5]，黄尘翻使羡长安[6]：

扬鞭九陌平如砥[7]，不识人间行路难。

✿ 彭蕴章
(1792—1862)

字琮达，一字咏莪，江苏长洲（今属苏州）人。生于乾隆五十七年（1792），卒于清穆宗同治元年（1862），年七十一。道光十二年（1832），充军机章京。十五年（1835），成进士，任工部主事，仍留军机处行走。累官工部尚书，武英殿大学士，卒，谥文敬。工诗，有《四照堂诗文集》。

◎ 注释

[1] 肩舆：用人力抬扛的代步工具，此为轿的代称。彳亍（chì chù）：小步走，欲行又止貌。涧（jiàn）：夹在两山间的流水。

[2] 叫号（háo）：大声呼喊。

[3] 匝（zā）：环绕一周。

[4] 山水窟：本指风景佳胜之处，此则作贬义用。

[5] 攒（cuān）：聚集。攒眉即皱眉。

[6] 黄尘：风卷黄沙引起的灰尘。长安：借指北京。

[7] 九陌：汉长安城中有八街、九陌，后来泛指都城大路。砥（dǐ）：磨刀石，极平。

◎ 评析

这是一首别有新意的诗。从来诗人墨客总喜到山水窟里寻幽探胜，作者却极言其行路之难，反不如九陌虽笼罩在黄尘中，却一平如砥，扬鞭跃马，十分轻快。从"肩舆彳亍""篙师叫号"可以看出他对劳动人民的同情。

悔昔篇

李联琇

屠龙破千金，巧技支离误。[1]

刻猴斋三月，无成触燕怒。[2]

洴澼安知摧越军[3]，篷弄徒言答韶頀[4]。

君不见制科习气古来耻[5]，平生悲咤吾虚度[6]。

六年应举业时文[7]，八载登瀛课律赋[8]。

日为小诗心不闲，夜看细字身如锢[9]。

卢仝束置《春秋》经[10]，李沆忘参《论语》句[11]。

俳优久习无文章[12]，古义稀闻况时务[13]。

猝逢世变需人才，太息谁储济川具[14]？

士为名累鱼中钩[15]，莫待名成方猛悟。

李联琇

（1820—1878）

字季莹，一字小湖，江西临川人，生于清仁宗嘉庆二十五年（1820），卒于德宗光绪四年（1878），年五十九。道光二十五年（1845）进士，改庶吉士，授编修，历官大理寺卿。有《好云楼集》。《晚晴簃诗话》谓为其父妾生子，"少孤，为兄嫂所不容。刻苦力学，弱冠即掇高科，登玉堂，跻九列。年甫四十，遽然引退。……诗文戛戛独造，无一语落人窠臼。尝序黄明经旭《菽野诗钞》，谓诗有四体，又有四用。缠络为筋，扶植为骨，灌输为血，敷衬为肉：四体合而诗之规模具。铿铉为声，扬诩为色，融会为神，流溢为韵：四用周而诗之性情出。其论尤发前人所未发。晚岁主钟山讲席十余年，以经术课士，时比之晓征（钱大昕）、惜抱（姚鼐）"。

◎ 注释

[1] "屠龙"二句：《庄子·列御寇》："朱评漫学屠龙于支离益，单（同'殚'，消耗干净）千金之家，三年技成，而无所用其巧。"

[2] "刻猴"二句：《韩非子·外储说左上》："宋人有请为燕王以棘刺之端为母猴者，必三月斋，然后观之。燕王因以三乘养之。"后知其妄，乃杀之。

[3] "洴澼"句：《庄子·逍遥游》："宋人有善为不龟手之药者，世世以洴澼絖为事。客闻之，请买其方以百金。……客得之，以说吴王。越有难，吴王使之将，冬与越人水战，大败越人，裂地而封之。"洴（píng），浮。澼（pì），漂洗。絖（kuàng），丝绵。

[4] 篘（chòu）弄：小曲，杂曲，民间俚曲。韶頀（hù）：商朝汤王乐名。一说，舜乐和汤乐。后以指庙堂之乐，或泛指古乐。以上六句比喻自己从前专心钻研八股文、试帖诗，练习殿试小楷，其实都是无用之物，于国计民生毫无裨益。

[5] 制科：科举取士的制度。除地方贡举外，由皇帝亲自在殿廷诏试的称制举，简称制科。习气：习惯。古来耻：从顾炎武以来，有识之士，无不反对科举制度，吴敬梓的《儒林外史》揭露得极为深刻、生动。

[6] 悲咤：悲愤。

[7] 应举：参加科举考试。业：从事于。时文：八股文。

[8] 登瀛：唐太宗为天策上将军时，开文学馆，选十八人为学士，"并给珍膳，分为三番，更值宿于阁下"；又给他们绘像题名，藏之书府。"预入馆者，时所倾慕，谓之登瀛洲。"见《旧唐书·褚亮传》。瀛洲，本为神话传说中神仙居住之地，用以比喻得宠遇如登仙境。课：按规定数量与内容进行学习。律赋：古赋虽用排偶，但不甚严格，自六朝以后，强调音韵谐和、对偶工整，赋体益趋整齐，称为律赋。

[9] 锢（gù）：禁锢。

[10] "卢仝"句：韩愈《寄卢仝》诗："《春秋》三传束高阁，独抱遗经究终始。"

[11] "李沆"句：《宋史·李沆传》："沆为相，常读《论语》。或问之，沆曰：'沆为宰相，如《论语》中"节用而爱人，使民以时"，尚未能行。圣人之言，终身诵之可也。'"此句讽刺当权大臣不能像李沆那样"节用而爱人，使民以时"。

[12] "俳优"句：俳（pái）优，古代以乐舞作谐戏的艺人。八股义名为代圣人立言，作者不能表达自己一点意思，这就像演员道白一样，所以说，八股文写多了，真文章就没有了。

[13] 古义：儒家经书所阐述的修身、齐家、治国、平天下的真意。时务：当世的要事。

[14] 济川具：《尚书·说命上》："若济巨川，用汝作舟楫。"

[15] "士为"句：谓读书人被功名牵累，犹如鱼吞了钓钩。

◉ 评析

　　这是一首发人深省的诗。不论学习哪门学问，都应该切实有用。像八股文那样形式死板的文体，是束缚读书人的思想、制造高等废物、以便维护封建统治的工具。这样培养出来的官吏，必然是愚昧、顽固，不通时务。面对西方列强的侵略，他们必然束手无策，坐以待毙。作者深知其危害性，他大声疾呼，要求中国的读书人再不要追求这种功名，一定要看到世变日亟，赶快讲求富国强兵、振兴中国的办法。

独行海上，作歌告哀，言之无罪，惜当事者终竟不闻也[1]

蒋敦复

读书必读尚父韬[2]，结交须结扶风豪[3]。

崎岖天地不得意[4]，冷落人间一宝刀[5]。

我行出门数千里，落落阴相天下士[6]。

开口谈兵笑我狂，塞默胸中负深耻[7]。

拔剑四顾心茫茫，斗血海风吹不凉[8]。

军门长揖献奇策[9]，竟受谣诼蛾眉伤[10]。

呜呼！男儿生死本度外[11]，何人报国心肝在？

君父如天忍面欺[12]，廉耻扫地甘身败[13]。

偾帅威轻令不行[14]，前车辙覆今能再？

客将连营意太骄[15]，乡兵入市市人号[16]。

亚夫军中但高卧[17]，高克河上徒逍遥[18]。

老成孤立办一死[19]，未顾国体轻鸿毛[20]。

居民一日屡骇窜，连天妖火惊飞涛[21]。

惜哉吾谋竟不用[22]，坐视安用藏蓬蒿[23]。

忧以思[24]，歌且谣[25]，但见大海之水东南日夜流滔滔。

✤ 蒋敦复
（1808—1867）

字剑人，始名金和，字纯甫，又易名尔谔，字子文，江苏宝山（今属上海）人。生于清仁宗嘉庆十三年（1808），卒于穆宗同治六年（1867），年六十。青年时，足迹遍布大江南北。性傲，好诋肆人，江、淮间人名之曰怪虫。道光二十二年（1842），避仇为僧，后返初服，始改名敦复，应试，学宪张芾拔为冠军，称为江南才子。太平天国起事，与王韬谋响应，事败，仍为僧，筑庵于上海北门。所交多名士，与李善兰、王韬尤善，胡远为绘《海天三友图》。晚年客应观察幕，卒于幕中。有《啸古堂诗集》。

◉ 注释

[1] 海上：今上海。当事者：身居要职、掌握政权的人。

[2] 尚父韬：即《六韬》。汉人采掇旧说，假托为吕尚编写的古兵书，分《文韬》《武韬》《龙韬》《虎韬》《豹韬》《犬韬》六部分。记周文王、武王问太公兵战之事。此书自东汉后即盛行，影响很大，唐人自杜佑《通典》以下谈兵的多引其说；宋神宗元丰时颁于武学，为《武学七书》之一。尚父，周武王对吕尚的尊称。

[3] 扶风豪：李白《扶风豪士歌》："扶风豪士天下奇，意气相倾山可移。"

[4] 崎岖：比喻处境艰险。

[5] "冷落"句：此句双关，表层意思是，自己有一把宝刀，却没有机会去杀敌。深层意思是以宝刀比喻自己的奇才，无人赏识重用。

[6] 落落：独行貌。阴相（xiàng）：暗中观察、寻找。天下士：才足以济世者。

[7] "塞默"句：《颜氏家训》："或因家世余绪，得一阶半级。及公私宴集，谈古赋诗，塞默低头，欠伸而已。"此句是说想沉默不言，又觉得对危急的国势，不能尽出胸中韬略以拯救，这种不负责任的态度，实在是最可耻的。

[8] 斗血：心头一斗热血。

[9] 军门：军营之门。长揖：古时不分尊卑的相见礼，拱手高举，自上而下。古时见达官必拜，长揖则显得倨傲不屈于权势。

[10] "竟受"句：《离骚》："众女疾余之蛾眉兮，谣诼谓余以善淫。"谣诼（zhuó），毁谤。

[11] 度外：心意计虑之外。

[12] "君父"句：此句是说，封建社会道德认为一国的君主和一家的父亲是像天一样尊严的。面欺，当面说谎。

[13] 身败：本身受到严厉处分（古时肉刑损伤身体）。

[14] 债帅：唐代宗大历以后，政治腐败，贿赂之风盛行。将帅向中官（宫中掌权的太监）行贿，动辄巨万。一时无钱的，向富户借贷，得官后，加倍酬息。故有债帅之称。见《唐书·高瑀传》。

[15] 客将：请外国军人来作本国的军官，称为客将。如美国人华尔在上海组织"常胜军"，于1861年招募中国兵痞流氓为兵，而以外国军官浪人充军官，人数最多时达到五千人。浙江方面，1862年起，英国侵略者组织中英混合的军队，被称为"绿头勇"。法国侵略者组织中法混合武装，称"常捷军"。这些部队都帮助清政府军进攻太平军。

[16] "乡兵"句：乡兵，地方武装。他们在街上公然抢劫，所以，一进城，市民们就号呼、躲避。

[17] "亚夫"句：周亚夫，西汉名将。文帝时，匈奴大入寇，亚夫为将军，屯细柳。帝自劳军，至营门，因无军令不得入，乃遣使持节诏将军，亚夫传令开营门，请以军礼见。既入，按辔徐行，成礼而去。文帝曰："真将军矣！曩者霸上、棘门军，若儿戏耳。"见《史记·周勃世家》。此句则反其意，讽刺当时一个姓周的将军，安闲无事，不理军务。

[18] "高克"句：高克，春秋时郑国大夫。文公恶之，使帅师次于河上，久而弗召。师溃而归，高克奔陈。郑人为之赋《清人》。事见《左传·闵公二年》。《清人》诗次章有"河上乎逍遥"句。本句用以讽刺某一将领腐朽无能，以致军纪涣散。

[19] "老成"句：老成，年高有德者。办，通拌（bàn），拼。此句似用指王鼎。鼎，浦城人，字省厓，嘉庆进士，道光时官至东阁大学士。愤穆彰阿等欺君误国，为遗疏数千言，极言其罪，并荐林则徐可大用，遂服药自尽。穆彰阿使陈孚恩怵其子，竟不得上。伪称暴疾卒，谥文恪。

[20] "未顾"句：国体，国家的体面。轻鸿毛，《汉书·司马迁传·报任安书》："人固有一死，死有重于泰山，或轻于鸿毛，用之所趋异也。"此句责王鼎以大臣而只知一死了之，不顾国体因此轻于鸿毛。

[21] 妖火：指英法联军点燃战火，进攻津京，烧杀、抢掠。惊飞涛：敌军以坚船利炮，渡海侵略中国。

[22] "惜哉"句：《左传·文公十三年》：士会归晋，将行，绕朝赠之以策，曰："子无谓秦无人，吾谋适不用也。"

[23] "坐视"句：坐视，坐在一旁观看。蓬蒿，田舍。此句是说时势如此，自己只能袖手旁观，哪里需要隐居到乡下去，就在上海等着瞧吧。

[24] 忧以思：《礼记·乐记》："亡国之音哀以思，其民困。"作者易"哀"为"忧"，而用

意不变。

[25] 歌且谣:《诗·魏风·园有桃》:"心之忧矣,我歌且谣。"谣,无乐谱或无乐器伴奏的歌叫谣。

◎ 评析

　　作者狂放似李白,此诗也极具太白风格,但忧思更深。他强调"谈兵",要读《六韬》,结豪士,自然是因为鸦片战争以来,中国军事上屡屡失败,因而亟思师夷长技,用坚甲利兵以拯救危亡。然而报国有心,吾谋不用,坐看生民涂炭,国事蜩螗,举国上下仍然文恬武嬉,作者斗血难凉,唯有长歌当哭。

中秋后十日夜,书啸和尚水灾诗后

徐子苓

貂衣肉食何为者[1],荒山老僧泪盈把[2]。

手持一编要我读[3],白日衔山继以烛[4],

檐花荧荧烛花绿[5]。

前篇水灾诗,后篇水灾诗,

中篇弃妇鬻儿词[6],云愁雷叹天为悲[7]。

僧也学佛断头发,秃顶童童尽成雪[8],

锦囊一串鲛人珠[9],胸中磊块眼中血[10]。

桑门事鬼言多诬[11],僧也独与群髡殊[12],

杀青试写千万本[13],持问中朝贤士夫[14]。

❖ 徐子苓

（1812—1876）

字西叔，一字毅甫，晚号龙泉老牧，安徽合肥人。生于清仁宗嘉庆十七年（1812），卒于清德宗光绪二年（1876），年六十五。道光举人。工诗古文，为曾国藩所赏。以卖文游公卿间，性介特，有能名。晚岁选授和州学正，闻学师争诸生赟金，曰："是尚可为耶？"径走不顾。诗为谭献所称，著《敦艮吉斋诗存》。

◎ 注释

[1] "貂衣"句：貂衣，清代一二品大员始能服貂。肉食，《左传·庄公十年》有"肉食者谋之"语，指享厚禄的官吏。此句是说，那班当官的干什么去了？

[2] 泪盈把：把，犹"握""掬"，皆形容泪多貌。

[3] 要（yāo）：通"邀"。

[4] "白日"句：谓读到太阳落山还没读完，点上蜡烛继续读，说明诗的吸引力大。

[5] "檐花"句：杜甫《醉时歌》："清夜沉沉动春酌，灯前细雨檐花落。"檐花，屋檐边的花。荧荧，花的光彩。烛花，蜡烛结的灯花。此句是说一直看到夜深。

[6] 弃妇鬻儿：穷人遭了水灾，只好抛弃妻子，出卖儿女。

[7] "云愁"句：谓看了这些诗篇，天上浓云密布，似乎云也在发愁；雷声隐隐，似乎雷也在叹息；天在下雨，似乎天也在为灾民流泪。

[8] 童童：光洁貌。

[9] 锦囊：用李贺故事。此指啸和尚水灾诗。鲛人珠：张华《博物志》：南海中有鲛人，"从水中出，寓人家积日，卖绡将去，从主人索一器，泣而成珠满盘，以与主人"。此以比喻啸和尚诗字字珠玑。

[10] "胸中"句：磊块，心中郁结不平。此句是说啸和尚水灾诗倾倒出满腔不平，是为民请命的血泪之作。

[11] 桑门：僧，梵语，又译"沙门"。事鬼：事奉鬼神。诬：不实。

[12] 群髡（kūn）：一般和尚。髡，对僧徒的贱称。

[13] 杀青：古人写书于竹简上，未写时，以火炙简令汗，取其青易书，复不蠹。后泛指书籍定稿。

[14] 中朝：朝廷中。贤士夫：此"贤"与首句对看，显系讽刺的反语。

◎ 评析

朝中大官享受厚禄，本应关心生民疾苦，现在水灾这么严重，灾民抛妻子卖儿女，却没人过问，倒是一个出了家的老和尚，实在看不过去，写成一本专记水灾的诗编，作者读了以后，除了赞叹啸和尚的悲天悯人的胸怀外，特作此诗，要"中朝贤士夫"们想想自己究竟在干什么。

五言律诗

赠祖心上人^[1]

邢　昉

旷然携一笠，万里到人间^[2]。吴越峰边过^[3]，罗浮梦里还^[4]。
漫游逢世改^[5]，因乱未身闲^[6]。十月梅花发，心悲似故山。^[7]

⊙ 注释

[1] 祖心上人：释函可，字祖心，号剩人，广东博罗人。俗名韩宗骋，明礼部尚书韩日缵之子。既丧父母，一心学佛，二十九岁在庐山为僧，后入罗浮山华首台道独门下。甲申之变，悲恸，传江南复立新主，即以印刷藏经为名赴南京。适值南明弘光政权覆亡，他亲见清兵渡江，南京臣民或被杀，或自尽。于是写作私史《再变纪》，记下清兵烧杀掳掠的惨状，和江南抗清殉难者的事迹。过情伤时，人多危之，祖心为之自若。方欲归岭南，为城逻所执，械送军中，刑讯极苛。后械送京师，系刑部狱。顺治五年（1648）四月发遣沈阳，与流寓者结"冰天吟社"。顺治十六年（1659）十一月卒于戍所，年四十九。后来邢昉曾在另一首五古中称颂祖心这一英勇斗争："……大师南海秀，复立风尘外。辛苦事掇拾，微辞缀丛荟。毛锥逐行脚，蝇头装布袋。前日城门过，祸机发逅邂。命危濒伏锧，鞠苦屡加钛。良以笔削劳，几落游魂队。"并鼓励他坚持到底："诸方尚云扰，颖洞势未杀。虽然怀网罗，慎勿罢纪载。伊昔郑亿翁，著书至元代。出土十载前，金石何曾坏？"（《石臼后集》卷一《读祖心〈再变纪〉，漫述，五十韵》）

[2] 人间：这里指南京，当时还是南明政权。

[3] "吴越"句：指祖心漫游江苏、浙江。

[4] 罗浮：山名，在广东增城、博罗、河源等县间。相传罗山之西有浮山，为蓬莱之一阜，浮海而至，与罗山并体，故曰罗浮。此句以与上句"吴越"相对，正作两山看。南朝宋谢灵运《初发石首城》："游当罗浮行，息必庐霍期"，亦以二名相对。梦里还：言其常思故乡。

[5] 世改：犹言世变，清朝已取代明朝。

[6] "因乱"句：指其撰私史《再变纪》。

[7] "十月"二句：《龙城录》："隋赵师雄迁罗浮，日暮，憩车松林间，酒肆傍舍，见一女人，淡妆素服，出迓；时已昏黑，残雪对月色微明，师雄喜之，与之语，芳香袭人，因与扣酒家门，相与饮。少顷，有一绿衣童来，笑歌戏舞，亦自可观。师雄醉寝，久之，东方乍白，起视，乃在大梅花树下，上有翠羽啾嘈相顾，月落参横，但惆怅而已。"此诗末句"故山"，即指罗浮。

◎ 评析

　　此祖心初游江浙，尚未遇难时，邢昉相赠之诗，故下语极淡。然"人间"一词，表面说祖心为出世人，实则斥清政权下的中国尽皆地狱。至"因乱未身闲"，包含内容更为深广。结句以眼前所见梅花，联系罗浮，余情袅袅。

别孙不害，途中有怀[1]

钱澄之

出街别孙楚[2]，驴背独成眠。客影瘦残照[3]，人声喧渡船。
鱼罾争闸口[4]，牛路指墟烟[5]。念尔柴关掩，初抄《秋水》篇。[6]

◎ 注释

[1] 孙不害：作者友人，亦明遗民，生平不详。

[2] 孙楚：字子荆，西晋初人，历官至冯翊太守。初，友人王济称其"天才英博，亮拔不群"。少时欲隐居，谓济曰："当欲枕石漱流。"误云"漱石枕流"。济曰："流非可枕，石非可漱。"楚曰："所以枕流，欲洗其耳；所以漱石，欲厉其齿。"见《晋书》本传。此句以比孙不害。

[3] "客影"句：此倒装句，本为"残照客影瘦"，以调平仄及对下句，故如此改变。意为西斜的阳光拖得人影越来越细长。

[4] 罾（zēng）：鱼网。闸（yà）：可以随时启闭的水门。

[5] "牛路"句：谓牛的归路指向炊烟升起的村庄。以上四句写与孙不害别后，骑驴独行，不觉入睡，醒后已近傍晚，途中所见景物如此。这四句两两相对，对偶工整，用字也很精练，如"瘦""喧""争""指"四字。唯一不足的是句式没有变化。

[6] "念尔"二句：柴关，犹柴门。《秋水》篇，是《庄子》外篇中的一篇。这两句点出题中"有怀"。

◎ 评析

　　此诗看似写景，其实是抒发一种超然世外的清高思想。自己与孙别后，只能独眠驴背；而孙也是静掩柴门，独抄《秋水》。此外，也写出了农村傍晚的景色，归人争渡，牛寻归路。而闸口一开，渔人竞网，更显出浓厚的生活气息。

剡溪道中[1]

宋　琬

昔人乘雪往[2]，而我溯风行[3]。万壑穿云转[4]，孤舟与石争[5]。
鱼游寒水见[6]，鸥立夕阳明[7]。安道留遗宅，寥寥千载名。[8]

◆ **宋　琬**
（1614—1673）　字玉叔，号荔裳，山东莱阳人。生于明神宗万历四十二年（1614），卒于清圣祖康熙十二年（1673），年六十。顺治四年（1647）进士，授户部主事。累官浙江宁绍台道。次年，擢按察使。时登州于七起事，琬族子怀宿憾，以琬与闻逆谋告变，囚系三年。后起为吏曹，官至四川按察使，病卒于京。琬诗凄凉而激宕，王士祯以与施闰章并称，号"南施北宋"。有《安雅堂集》。

◎ 注释

[1] 剡（shàn）溪：水名，在浙江嵊县南。

[2] "昔人"句：东晋王徽之（子猷）居山阴，夜雪初霁，月色清朗，忽忆戴逵（安道）。戴时在剡，即便夜乘小船诣之，经宿方至，造门不前而返。人问其故，王曰："吾本乘兴而行，兴尽而返，何必见戴？"见《世说新语·任诞》与《晋书·王徽之传》。

[3] 溯风行：逆风而行。

[4] "万壑"句：用《世说新语·言语》顾恺之言会稽山川之美"万壑争流"语。穿云转，山谷中云雾缭绕。

[5] "孤舟"句：谓天寒水浅，船常遇溪底石块，亟须避开，故如船与石争路。

[6]"鱼游"句：谓水寒则清澈见底，故鱼游历历可见。

[7]"鸥立"句：谓鸥立水边晒太阳。

[8]"安道"二句：谓戴逵遗宅今虽犹在，而知者无多。

◎ 评析

　　此诗章法完整：一起一结，互相呼应。中间两联，写溯风行的具体情状："万壑"一联写风，上则云绕万壑，下则石阻孤舟。"鱼游"一联写风停，故寒水可见鱼游，而夕阳下可见鸥立。

夜　发

吴嘉纪

客意急前路，中宵刺小舟。[1] 寒潮随棹去[2]，明月有声流[3]。襆被裹诸子[4]，梦魂围一愁[5]。鸡鸣霜满岸，莫辨古扬州。[6]

◎ 注释

[1]"客意"二句：此言旅客（自指）内心很急，巴不得早一点赶路，因此半夜就撑动了小船。

[2]"寒潮"句：谓半夜的潮水寒浸浸的，伴随着我这小船向前走。

[3]"明月"句：此写时间之快，深夜之静，似乎月不是缓缓移动，而是急急流走，因而竟听到它流走的响声。

[4]"襆被"句：此言解开裹束衣被的包袱来包住几个孩子，怕他们被冻坏。

[5]"梦魂"句：谓连梦里也是担惊受怕，心神不安，整个心魂被一个愁字包围着。

[6]"鸡鸣"二句：直到天快亮了，船才到达目的地，但是满岸一片茫茫白霜，竟分辨不出扬州在哪个方向。

◎ 评析

　　此写半夜逃难之苦，寒冷、焦急，夹带着恐惧，以及对妻儿安全的担心，这一切浓缩成一个"愁"字，紧紧啮噬着这位平民诗人的心。

泊樵舍[1]

施闰章

涨减水逾急，秋阴未夕昏。[2]乱山成野戍[3]，黄叶自江村[4]。带雨疏星见[5]，回风绝岸喧[6]。经过多战舰，茅屋几家存？[7]

◎ 注释

[1]樵舍：江西新建西北六十里一乡镇。

[2]"涨减"二句：谓原来涨高的水现在降低了，因而赣江的水流得更急。还没到傍晚，因为秋天阴雨，天色早就阴沉沉的。二句写停船的原因。

[3]"乱山"句：谓因为是战时，附近高低的山都分驻了防守的士兵。

[4]"黄叶"句：谓沿江村庄上的树木，枯叶纷纷被秋风吹落。自，不管战争气氛如何紧张，黄叶只管飘落。

[5]"带雨"句：谓尽管雨还没停，天上已出现了几颗星光。

[6]"回风"句：谓因为刮着旋风，船不易泊，所以断岸边一片喧哗。以上四句写由远而近、由高而下的见闻。

[7]"经过（guō）"二句：谓赣江里开过来的大多是水兵的战船。战争还在延续，老百姓死的死了，走的走了，有几间茅屋里还住着人呢？

◎ 评析

　　作者五律中间两联，对仗工整，情景交融，王士禛曾为之作摘句图。此诗写秋江晚泊，句句写景，而战时凄楚之情自然流露笔端，原因在于他选取一些形容词（乱、野、黄、疏、绝、茅）和动词（成、自、见、喧）构成悲凉的意象。

摄山秋夕作[1]

屈大均

秋林无静树，叶落鸟频惊。[2]一夜疑风雨，不知山月生。[3]

松门开积翠^[4]，潭水入空明^[5]。渐觉天鸡晓^[6]，披衣念远征^[7]。

◎ 注释

[1] 摄山：即南京东北的栖霞山。

[2] "秋林"二句：谓秋夜西风不停地吹，弄得树林里一片喧哗，而树叶的飘落，又屡屡惊动巢里的鸟不断发出叫声。

[3] "一夜"二句：此言搅得我一夜没好好地睡一觉，总以为是天在刮风下雨；谁料到不知不觉中山上的月亮出来了，这才知道所谓风雨其实是风吹叶落的响声。

[4] "松门"句：谓开门一看，松阴笼罩着，门口是一片深深的碧绿色。

[5] "潭水"句：谓再走出去一看，那座古潭里的水在月光下透明得很，就像那是一口没有水的空潭。

[6] 天鸡：神话中天上的鸡。郭璞《玄中记》："桃都山有大树曰桃都，枝相去三千里，上有天鸡。日出照木，天鸡即鸣，天下鸡皆鸣。"

[7] 远征：远行。作者正为抗清复明而奔走。

◎ 评析

　　这是战士诗人的诗。前四句写在枕上所闻所感，把心理活动描写得曲折生动。五、六两句写破晓前开门所见，表面写松阴，写潭水，其实都是写月色。无月，何能见松阴之积翠与潭水之空明？而天尚未明，即披衣而准备重上征途，这和刘琨月下起舞、常恐祖生先我着鞭是一样的心情。另外，三、四两句，本应作对偶，作者写成散句，这是受李白的影响。

人日衡阳道中^[1]

屈大均

人日雪霏霏^[2]，孤舟上翠微^[3]。帆随南岳转^[4]，雁背碧湘飞^[5]。知己惟长剑^[6]，还家复短衣^[7]。猿声如送客，薄暮更依依^[8]。

◎ 注释

[1] 人日：农历正月初七日。衡阳：县名，今属湖南。

[2] 霏霏：纷飞貌。

[3] 翠微：轻淡青葱的山色。此指南岳衡山。

[4] "帆随"句：《太平御览·衡山》引《湘中记》："遥望衡山如阵云，沿湘千里，九向九背。"故曰：帆随湘转，望衡九面，谓舵转而不离衡山。

[5] "雁背"句：衡阳南有回雁峰，为衡山七十二峰之一。其峰势如雁回转，相传雁至衡阳而止，遇春而回。此时已至人日，雪虽霏霏，雁已背湘水而飞去。

[6] "知己"句：此叹抗清复明之志士已寥寥，故以所佩长剑为知己。

[7] "还家"句：作者此时经衡阳回故乡番禺。短衣，用杜甫《曲江三章章五句》之三"短衣匹马随李广，看射猛虎终残年"意，表示回家后仍将坚持斗争，直至生命结束。

[8] "猿声"二句：猿声凄厉，游子闻之，每为泪下。此却从猿方面说它啼声哀切，是不忍与客人分离。这一写法，是从杜甫《月夜》学来（《月夜》不写自己如何思念在鄜州的妻儿，却写妻子望月思己，是进一层写法）。

◎ 评析

　　三、四两句，紧扣衡阳，不能移于别处；五、六两句，紧扣自己，不能移于他人。诗必定要这样写，才不浮泛，不庸滥。此外，人日（正月初七）还在异乡流转，思乡之情可想而知，却通过猿声送客作旁衬，更耐人寻味。

晚次崞县 [1]

朱彝尊

百战楼烦地 [2]，三春尚朔风 [3]。雪飞寒食后 [4]，城闭夕阳中 [5]。
行役身将老 [6]，艰难岁不同 [7]。流离嗟雁户，生计各西东。 [8]

◎ 注释

[1] 次：途中止宿。崞（guō）县：旧县名，今属山西，故城在山西浑源西。

[2] 楼烦：古县名。汉置，属雁门郡，隋改为崞县。故地在今山西神池、五寨二县境。楼

烦在春秋、战国时本为一国，以游牧为生，精于骑射，常与相邻的赵国作战，到汉代，又常侵扰边地。

[3] 三春：春季第三个月。朔风：北风。

[4] 寒食：节令名，在农历清明前一或二日。

[5] "城闭"句：指太阳还没落山，城门就关闭了，足见其地荒凉。

[6] 行役：因事在外跋涉。身将老：此诗作于康熙四年（1665），作者三十六岁，遽称"将老"，是慨叹事业无成。

[7] "艰难"句：作者客游异地，初因与反清志士联络，进行秘密活动，后则因事败避祸，所以感到一年比一年艰难。

[8] "流离"二句：流离，流亡，离散。雁户，居住异乡的民户。雁因时迁徙，故以为喻。生计，谋生之计。这两句慨叹崞县人民四处流浪谋生，不能安居乐业。

◎ 评析

这是作者为反清复明而奔走异乡时所作。先写崞县虽在春天，仍然荒凉，流民遍地，城门早闭。这些景象反映了作者的心境，他慨叹一事无成，此身将老，而此一事（反清复明）又一年比一年艰难。

独 立

梁佩兰

独立在溪桥，溪声助寂寥[1]。夕阳帆背动，秋色石林骄。[2]
落叶依归雁[3]，疏钟应上潮[4]。美人天外思，延望一何遥。[5]

梁佩兰
（1632—1708）

字芝五，号药亭，广东南海人。生于明思宗崇祯五年（1632），卒于清圣祖康熙四十七年（1708），年七十七。顺治十四年（1657）乡试第一，屡上公车不遇。康熙二十七年（1688）成进士，年近六十，改翰林院庶吉士。未一年即乞假归。与屈大均、陈恭尹并称"岭南三大家"。著有《六莹堂集》。

◎ **注释**

[1]"溪声"句：与"蝉噪林愈静，鸟鸣山更幽"同理。

[2]"夕阳"二句：桥上所见。动，阳光闪烁。石林，怪石林立，其中草木浓密，故称为秋色骄。

[3]"落叶"句：此如"落霞与孤鹜齐飞"，落叶飘荡天空，如随归雁而飞。

[4]"疏钟"句：谓疏朗的寺庙钟声和上涨的潮声相应和。以上四句是独立桥上的所见所闻。

[5]"美人"二句：美人，指自己所怀念的贤人。天外思（sì），美人在极遥远的地方，我对她极其想念。延望，伸长脖子踮起脚跟去眺望。一何遥，她住得多么远啊！

◎ **评析**

　　通过全诗，可以想见作者寂寞的心境。没有一个人影，只有溪声、夕阳、帆影、石林、落叶、归雁、疏钟、上潮。这些物象使他更加感到独立的寂寞。于是他更盼望所思的"美人"，然而对方究竟在哪里呢？

出　都

赵执信

事往浑如梦[1]，忧来岂有端[2]？罢官怜酒失，去国觉天寒[3]。
北阙烟中远[4]，西山马首宽[5]。十年一挥手[6]，今日别长安[7]。

◎ 注释

[1]"事往"句：康熙二十八年（1689）八月，作者二十八岁任右春坊右赞善兼翰林院检讨时，因在康熙佟皇后病死尚未除服的"国丧"期中，观演洪昇的《长生殿》传奇，被翰林院掌院学士徐元文嗾使给事中黄六鸿告发，以"国恤张乐大不敬"的罪名将他革职，即于本年十月离京。浑，全。

[2]端：头绪。

[3]去：离。国：首都，此指北京。天寒：双关语，既指十月气候寒，也指皇帝对自己的处分严厉。

[4]北阙：古代宫殿北面的门楼，是大臣等候朝见或上书奏事的地方。

[5]西山：在北京西郊，为太行山支脉，众山连接，总名西山。作者回山东益都，必须经过西山。马首宽：马前的路宽得很，这可以看出作者的傲气。不做官有什么了不起，我生活的道路宽广得很。

[6]"十年"句：作者十八岁中进士，任翰林院编修，到二十八岁罢官，整整十年。挥手，告别。

[7]长安：唐朝首都，此借指北京。

◎ 评析

　　作者有一副傲骨，尽管"可怜一曲长生殿，断送功名到白头"，他却满不在乎。国丧演戏是"大不敬"的罪名，他却轻巧地以"酒失"二字了之；罢官是痛苦的，他却说"西山马首宽"，前程远大得很。

杨三十五过广陵客舍[1]

金 农

秋林正凉雨，为洗客衣尘。[2]而我祢衡病[3]，夫君原宪贫[4]。岁看华鬓改[5]，话到故山真[6]。今夜然灯坐[7]，乡愁添一人[8]。

金 农

(1687—1764)

字寿门，号冬心，别号稽留山民。浙江钱塘（今杭州）人。生于清圣祖康熙二十六年（1687），卒于高宗乾隆二十九年（1764），年七十八。诗格高简，有奇气。好为山水游，足迹半天下。乾隆元年（1736），举博学鸿词，不就。晚年居扬州，卖文与画以自给。有《冬心集》。

◎ 注释

[1] 杨三十五：不知何人。三十五乃杨氏五服内兄弟排行的数字，如唐诗人高适被称为高三十五。过（guō）：经过而来看望。广陵：县名，故城在今江苏扬州东北。此即指扬州。客舍：旅馆。

[2] "秋林"二句：写杨与己都是客居扬州。

[3] 而我句：祢衡，字正平，东汉末人。少有才辩，而尚气傲物，后为江夏太守黄祖所杀。此处所谓"祢衡病"，作者盖谓己亦狂傲。

[4] 夫君：对男性友人的敬称，此指杨氏。原宪贫：见《史记·仲尼弟子列传》。

[5] 华鬓：老人的花白头发。

[6] 故山：故乡。

[7] 然：同"燃"。

[8] "乡愁"句：谓本来只有自己一人思乡，现在又增加了你。

◎ 评析

　　金农是"扬州八怪"之一，生性狂傲，自然跟扬州盐商的俗气合不来，因此，他时常想回故乡——杭州去。但是，西湖的山温水软，不能为枵腹疗饥，于是他和杨三十五不免同病相怜。这首诗就是描写两人这种处境两难的悲苦心情。

塞上观落日[1]

胡天游

落日与天倾[2]，天连塞草晴[3]。看从沙上没[4]，翻似海边生[5]。惨淡开红烧[6]，虚无恋远明[7]。何人把羌管，先作月中声。[8]

◎ 注释

[1] 塞上：我国西北边界。

[2] "落日"句：谓站在塞上放眼一望，天似穹庐（蒙古包），因而感到落日仿佛和西方天边一同倒下去。

[3] "天连"句：谓天边和塞上的野草相连，都笼罩在晴和的阳光下。

[4] "看从"句：看那落日从广袤的沙漠上落下去了。

[5] "翻似"句：又好像刚从海边升起来。

[6] "惨淡"句：惨淡，凄凉的景象。红烧（shào），晚霞似火。此句是说，因为是落日，所以虽然晚霞红似火，观者仍有一种凄凉的感觉。

[7] "虚无"句：谓明明知道晚霞转眼就会消失，我仍然对那处的一片亮光依依不舍。

[8] "何人"二句：把，执，握住。羌管，即羌笛，乐器，原出古羌族，今之笛即其物。月中声，古代征人在边塞上，每逢月夜，即吹笛子以寓思乡之情。这两句是说，在观落日时，忽闻笛声悠扬，是什么人在思乡呢？

◎ 评析

在边塞上观看落日，是迥异于在内地（无论山区、水乡还是平原）所见的。此诗意境阔大，一、二句说从天上到草原都笼罩在落日余光之中。三、四、五、六句着力写余光的由浓而淡，由强而弱。结尾二句宕开落日，引来明月，且由视觉转向听觉，使诗意有余不尽。

144

十一月十三日，冷水步夜起玩月[1]

袁 枚

霜月两澄鲜[2]，孤篷夜悄然[3]。自携双鬓雪，独对一江烟。[4]
僵树立如铁[5]，寒星摇满天[6]。横斜几枝桨，也学榜人眠。[7]

袁 枚 字子才，号简斋，又号随园老人，浙江钱塘
（1716—1798） （今杭州）人。生于清圣祖康熙五十五年（1716），
卒于仁宗嘉庆三年（1798），年八十三。乾隆元年
（1736），广西巡抚金鉷荐应博学鸿词科，报罢。三年，
举顺天乡试。四年，成进士，改翰林院庶吉士，出
知溧水、江浦、沭阳、江宁等县。年甫四十，即告
归。筑随园于江宁之小仓山。论诗主性灵，有《小
仓山房诗文集》。

◎ 注释

[1]冷水步：即冷水滩，在湖南永州北五十里湘水西岸。

[2]"霜月"句：澄鲜，风景清朗明丽。此句是说天上的月和地上的霜，构成一片清丽的
景色。

[3]孤篷：孤舟。

[4]"自携"二句：此言自己虽已年老，雅兴不浅，很晚还一个人起来欣赏江上的月色。

[5]"僵树"句：谓江边的树站在那里，像铁铸的，一动也不动。

[6]"寒星"句：谓寒星满天闪烁。

[7]"横斜"二句：谓船夫睡了，几只桨随意搁在船边，纹丝不动，好像和船夫一样睡熟了。

◎ 评析

　　此诗写寒夜月景，真是妙绝。地上的霜，天上的月，鬓边的雪，江
上的烟，都是"澄鲜"的。在这寒冷的月色下，平视唯见僵树，如铁所

铸，纹丝不动。明明无风，满天寒星闪闪动。最后诗人眼光落到桨上，横斜之状，正像船的熟睡，恰好回应了次句"孤篷夜悄然"。

哭杨子载[1]（二首选一）

蒋士铨

九岁负才名，诗成牧伯惊[2]。天教将门子[3]，来作鲁诸生[4]。
我亦今词客[5]，归栖古灌城[6]。十年兄弟友[7]，如此对铭旌[8]！

◈ **蒋士铨**
（1725—1785）
字心余，一字苕生，号清容，又号藏园，江西铅山人。生于清世宗雍正三年（1725），卒于高宗乾隆五十年（1785），年六十一。乾隆二十二年（1757）进士，改翰林院庶吉士，散馆，授编修。二十七年（1762），充顺天乡试同考官，旋以养母乞归。后入都补官，逾二年，记名以御史用，仍以病乞休。归后，主绍兴之蕺山书院。其诗气格雄杰，七言尤胜。与袁枚、赵翼并称"乾隆三大家"。有《忠雅堂集》。

◎ 注释

[1] 杨子载：名垕（"厚"字的古体），字子载，江西南昌人，卒年三十二。六岁解吟咏，九岁以诗名。乾隆十八年（1753）拔贡生。与蒋士铨、汪轫、赵由仪有"江西四子"之称。其诗清超深浑，自成一家；新乐府诸作尤独出冠时。有《耻夫诗钞》。

[2] 牧伯：汉代以后州郡长官的尊称。

[3] 将门子：《清史列传》本传："本天全六番招讨宣慰使孙。雍正初，改土归流，安置江西。"杨氏"世以武功显"。

[4] 鲁诸生：《史记·叔孙通传》："于是叔孙通使征鲁诸生三十余人。"鲁为周公之子伯禽的封国，素秉周礼；后又生孔子，大兴儒学。故鲁诸生即儒生。

[5] 词客：擅长文辞的人。

[6]栖：居住。古灌城：即今南昌，《水经注》卷三十九《赣水》："汉高祖六年，始命灌婴
以为豫章郡，治此，即灌婴所筑也。"

[7]"十年"句：兄弟友爱，《书·君陈》："惟孝友于兄弟。"友，亲爱。此句是说，相交十年，
一直像兄弟般友爱。

[8]铭旌：灵柩前的旗幡称明旌，又谓之铭。用绛帛粉书。大敛后，以竹杠悬之于灵右。

◎ 评析

此诗最富感情的是末两句：交好十年，如兄如弟，今日却一死一
生，眼望铭旌，何以为情？再追溯到死者才华早著，本以为鹏程万里，
谁知竟英年早逝！再想到自己功名初遂，回到南昌，原望重续当年诗酒
之乐，没想到遇到的是这么一种惨象。

雪后归南村，道中作

李宪噩

偶出耽清赏[1]，巾车趁雪还[2]。溪痕迷野渡[3]，日色辨前山[4]。
斜径归樵晚[5]，高枝并鸟闲[6]。欲投烟际宿[7]，荆户未昏关[8]。

❖ 李宪噩
（生卒年不详）

字怀民，号十桐，又号石桐，山东高密人。清
高宗乾隆五十年（1785）前后在世。诸生。与弟宪
暠、宪乔皆以诗名，时称"三李"。宪噩尝与宪乔依
张为《主客图例》，收集元和以后诸家五律，辨其体
格，奉张籍、贾岛为主，名《重订中晚唐主客图》。
著有《十桐草堂集》。

◎ 注释

[1]耽：特别爱好。清赏：高雅的赏玩，如欣赏雪景之类。

[2] 巾车：有车衣遮盖的车子。

[3] "溪痕"句：谓只能粗略地看出小溪形状，但是渡口却找不到了。

[4] "日色"句：谓只有从前面山上才能辨别出反射的阳光。

[5] "斜径"句：谓从斜斜的小路上看到一个打柴的人这么晚才回家。

[6] "高枝"句：谓高高的树枝上，一对鸟儿互相依偎着，意态显得很悠闲，实则雪深无处觅食。

[7] 烟际：炊烟升起处。

[8] 荆户：柴门。

◎ 评析

　　一、二两句点题，写明雪后归南村。三、四两句写道中大雪迷路，只靠日光辨方向。五、六两句写樵夫因走雪径以致晚归，窠里的鸟儿也互相依偎，无处觅食。末两句写自己由于天晚想中途借宿，第二天再回去，没料到家家的柴门都在天没黑时就关上了。

山　烧[1]

曾　燠

初讶流星乱[2]，俄看掣电明[3]。层峦从此瘦[4]，春草几时生[5]？
久畏边烽警[6]，何堪野烧惊[7]？昆冈无玉石[8]，揩眼一伤情。

曾　燠
(1760—1831)　字庶蕃，号宾谷，江西南城人。生于清高宗乾隆二十五年（1760），卒于宣宗道光十一年（1831），年七十二。乾隆四十六年（1781）进士，选庶吉士，散馆，授户部主事。累擢两淮盐运使。后以贵州巡抚乞养归，卒。其诗清转华妙，有《赏雨茅屋诗集》。

◎ 注释

[1] 山烧（shào）：农民放火烧山上的野草，用草灰来肥田。

[2] 流星：飞掠过天空的发光星体，此以比喻开始烧山时的火光。

[3] 掣（chè）电：形容山火迅速如电光一闪。

[4] "层峦"句：谓一层层小而锐峭的山，上面的野草烧光了，山也就显得瘦削了。

[5] "春草"句：此用白居易《赋得古原草送别》："野火烧不尽，春风吹又生。"

[6] 边烽：古代边防报警的信号。

[7] 野烧：即山烧，烧字读仄声（shào）。

[8] "昆冈"句：《尚书·胤征》："火炎昆冈，玉石俱焚。"此句是说火烧昆冈（即昆仑山）时，不分玉和石，一律都会烧毁。

◎ 评析

　　这是描写山区农村的烧山景观。一、二两句正面写出烧山的景象，以下全是抒写自己的观感。首先想到一层层的山峦经过焚烧，光秃秃的，瘦削了。再想到几时才会春草重生呢。又联想烽火报警的故事，觉得现在虽然明知这是烧山，也不免心惊。特别是想到"火炎昆冈，玉石俱焚"的古话，更不由得不揩眼细看，看是否把珍稀植物也烧毁了。

莱州蜉蝣岛[1]

阮　元

山根走入海，出海更成山。[2] 一碧揩铜镜[3]，孤青拥钿鬟[4]。
潮生春蜇起[5]，月黑夜珠还[6]。谁复能齐物[7]，蜉蝣天地间[8]？

阮　元

字伯元，号芸台，江苏仪征人。生于清高宗乾隆二十九年（1764），卒于宣宗道光二十九年（1849），年八十六。乾隆五十四年（1789）进士，改庶吉士。道光时，官至体仁阁大学士，加太傅。卒，谥文达。有《揅经室集》。

◎ 注释

[1] 莱州：府名，府治掖县（今莱州），在今山东。蜉蝣岛：在掖县西北一百里。《元和志》："遥望在海中，若蜉蝣然，故名。"

[2] "山根"二句：《山东通志》卷六《莱州府·掖县》有禄山，"在县西北五里，上产温石，北临大海"。下即列蜉蝣岛，"在县西北一百里海中"。

[3] "一碧"句：此指海不扬波时，海面如铜镜新揩，一片碧绿。

[4] "孤青"句：此指蜉蝣岛独立海上，一片青葱之色，如美女头上蓬起着贴了金花首饰的发髻。

[5] "潮生"句：此指海潮涨起，声如雷霆，原来蛰伏过冬的昆虫，到春天就都活动起来了。

[6] "月黑"句：此用宋之问《奉和晦日幸昆明池应制》："不愁明月尽，自有夜珠来。"夜珠即夜明珠。任昉《述异记》上："南海有明珠，即鲸鱼目瞳。"

[7] 齐物：《庄子》内篇有《齐物论》，主旨在说明生命的寿夭是相等的。

[8] "蜉蝣"句：蜉蝣（fú yóu），虫名，其成虫的生存期极短，一般朝生暮死。以上两句是说，谁能把寿夭看成相等的，在天地间即使短命也不在乎呢？

◎ 评析

　　开头两句用拟人手法，一个"走入"，一个"出"，把山写得像龙一样活灵活现。三、四两句写海中的蜉蝣岛，把它比成对镜梳头的美人。五、六两句用旁衬手法写春天的海潮使万物苏醒，海中明珠可以照亮无月的夜空。这样写，显得宇宙中生机蓬勃，充满希望，因而结句指出，不应齐寿夭，虚度此生，而应抓紧人生有限的时间做成一番事业。

摇　落^[1]

张问陶

西风小摇落，无雨亦苍凉。鹰眼摩晴昊，蝉声战夕阳。^[2]
身凭安谷法^[3]，人问作金方^[4]。细领清贫味，垂帘古砚香。^[5]

张问陶
（1764—1814）　字仲冶，号船山，四川遂宁人。生于清高宗乾隆二十九年（1764），卒于仁宗嘉庆十九年（1814），年五十一。乾隆五十五年（1790）进士，改翰林院庶吉士，散馆，授检讨。迁御史，后出为山东莱州府知府，乞病去，卒于苏州。论诗主性灵，袁枚极推重其诗。有《船山诗草》。

◎ 注释

[1] 摇落：凋谢，零落。宋玉《九辩》："悲哉秋之为气也，萧瑟兮草木摇落而变衰。"本诗以此为题，不仅感秋，亦写多病。

[2] "鹰眼"二句：这两句的诗眼（句中最精练的字）是"摩""战"二字。苍鹰盘旋在晴朗的天空（昊音 hào，天），那双锐利的眼睛似乎在抚摩整个太空，显得它的视野多宽。而秋蝉直到太阳落山还在鸣叫，仿佛要跟太阳斗到底。

[3] "身凭"句：安谷，病中仍能进食。《史记·仓公传》："阳虚侯相赵章病"及"齐中郎破石病"，仓公（淳于意）诊其脉，皆引其师之言："安谷者过期，不安谷者不及期。"明代王志坚《表异录》十《人事部》五："病而能食曰安谷。"此句是说己身虽病，幸尚能进食。

[4] "人问"句：《汉书·王吉传》："天下服其廉而怪其奢，故俗传王阳能作黄金。"曹植《辨道论》："甘始语余：'吾本师姓韩字世雄。尝与师于南海作金，前后数四，投数万斤金于海。'"此句是说我本甘守清贫，人们却找我打听致富的方法。

[5] "细领"二句：谓垂帘独坐书斋，唯以翰墨自娱，此清贫风味，自己却愿细细领略。

◎ 评析

诗题用宋玉《九辩》的"悲哉秋之为气也，萧瑟兮草木摇落而变衰"。但是全诗并不悲秋，倒是欣赏那摩晴昊的鹰眼，战夕阳的蝉声。至于自己在这清秋时节，浮云浊富，细味清贫，觉得病躯尚能进食，就尽可以垂帘静坐，让古砚的墨香微微散发，沁入心脾，这种情趣正是人生不可多得的。

题友人斋壁^[1]

屠 倬

巷无车马迹^[2]，门有水禽啼^[3]。疏树不藏屋，闲云方过溪^[4]。圆萍如客散^[5]，矮竹与儿齐^[6]。落日西陂好，琴尊许共携。^[7]

◈ **屠 倬**
（1781—1828）
字孟昭，号琴邬，浙江钱塘（今杭州）人。生于清高宗乾隆四十六年（1781），卒于宣宗道光八年（1828），年四十八。嘉庆十三年（1808）进士，改翰林院庶吉士。散馆，授江苏仪征知县，以政绩卓著特擢江西袁州府知府，旋移九江府，皆以疾辞。诗才伉爽，与郭麐、查揆齐名。有《是程堂诗文集》。

⊙ **注释**

[1] 斋壁：书房的墙上。

[2] "巷无"句：此用陶潜《饮酒》诗之五："结庐在人境，而无车马喧。"

[3] "门有"句：水禽，水鸟。从全诗看，此友人书斋在溪边。

[4] "闲云"句：闲云，浮云。常以比喻人的无拘无束，行止自在。此句既是写实，也是暗喻友人的性格。

[5] "圆萍"句：谓水面浮萍，暂聚即散，有如作客。

[6] "矮竹"句：谓新栽的竹子跟友人的孩子一样高。

[7] "落日"二句：陂（bēi），泽畔障水之岸。这两句是说，太阳落山时，西陂风景很好，你（指友人）该会答应我一道到那儿去弹琴、喝酒。

◎ 评析

　　这位友人的书斋真是清幽之至，可想见其人的风雅。一、二句似对非对；中间两联本来犯了沈约八病说的"平头"（"疏树""闲云""圆萍""矮竹"结构相同），但四句下三字变化得好，因而很好地描绘出一幅画境。这就自然地得出结句：在夕阳下的西陂，风景更好，我多么希望和你一道时而对饮，时而弹琴呀！

次韵答宗涤楼穆辰赠行^[1]（二首）

林则徐

其　一

岂为一身惜，将如时事何？^[2]绸缪空牖户^[3]，涓滴已江河^[4]。军尽惊飞镝^[5]，人能议止戈^[6]。华严诵千偈，信否伏狂魔？^[7]

◎ 注释

[1] 宗涤楼：即宗稷辰，字迪甫，一作涤甫，号涤楼，浙江会稽人。道光元年（1821）举人，官内阁中书。累迁山东运河道，以疾告归，年甫三十。历主湖南、群玉、濂溪、虎溪书院。归后，主蕺山书院。有《躬耻斋诗文钞》。

[2] "岂为"二句：谓这次谪戍伊犁，难道我会考虑个人的安危吗？问题是面对当前的时局该怎么办呢？

[3] "绸缪（móu）"句：《诗·豳风·鸱鸮》："迨天之未阴雨，彻彼桑土，绸缪牖户。"意为趁着天气还没转阴，更没下雨，剥取桑树的根，缠缚窗和门。这是比喻防患于未然。作者慨叹自己和战友们枉费心力防备英帝侵略，被投降派全部破坏了。

[4] "涓滴"句：《意林》一引《太公六韬》："涓涓不塞，将成江河。"此句是说，英帝的侵略活动本来是小规模的，如果坚决打击，完全可以取得胜利。现在琦善之流一味屈服，就酿成大患了。

[5] "军尽"句：飞镝（dí），飞快的箭，此以比喻英国侵略者的洋枪洋炮所发出的子弹。此句是说，琦善之流率领的部队全被侵略者的炮火吓倒。

[6] "人能"句：止戈，《左传·宣公十二年》："止戈为武。"止戈即停战。此句指责投降派明明是乞和，反而说这是怀柔远人，战胜了朝廷。

[7]"华严"二句：华严，指《华严经》，一种佛经名。偈（jì），佛经中的颂词。《高僧传》二《鸠摩罗什》"日诵千偈"，以消罪求福。狂魔，《楞严经》："有狂魔入其心腑。"这两句是说，即使再怎样向敌人乞求慈悲，它也不会大发善心的。

◎ 评析

　　林则徐在含冤远谪时，他关心的不是一己安危，而是国家和民族的命运。他惋惜自己和战友的苦心经营，完全付诸东流，让敌人日益横暴。投降派屈辱求和，只是更加助长敌人的气焰。结句讽刺投降派的幻想老虎发善心，也是对国人的棒喝：必须以战止战！

其　二

昨枉琼瑶杂[1]，驰情到雪山[2]。投荒非我独[3]，寻梦为君还[4]。但祝中原靖，奚辞绝塞艰。[5]只身万里外，休戚总相关。[6]

◎ 注释

[1]枉：承蒙赏赐。琼瑶：琼和瑶都是美玉，比喻别人赠送的礼品和诗文。

[2]驰情：你的盛情遥远地传送到我这里。雪山：指新疆伊犁一带。

[3]"投荒"句：投荒，贬谪，流放至荒远之地。此句是说，被流放的不只是我一个。当时两广总督邓廷桢也同被革职，充军伊犁。

[4]"寻梦"句：谓为了回到你身边，我只有从梦中寻找归路。

[5]"但祝"二句：中原，本指黄河流域，此借指全中国。奚，何。绝塞（sài），极远的边塞。

[6]"只身"二句：休戚，喜乐与忧虑。这两句是说，尽管我一身远谪，但和国家、民族的命运永远是休戚相关的。

◎ 评析

　　宗稷辰毫不势利，能够雪中送炭，这在官场是极其难得的，所以林则徐非常感激他。但他知道，宗之所以如此，全是从公谊出发，因此，他安慰对方：我为国家和人民受苦受难，永远心安理得，而且即使此身投荒万里，和国家和人民仍然是休戚相关的。

西平道中^[1]

程恩泽

刺促成何事^[2]，差池不可齐^[3]。功名上蔡犬^[4]，岁月汝南鸡^[5]。
种种怜秋鬓^[6]，纷纷悯夏畦^[7]。谁欤佩霜剑，淬砺向棠溪？^[8]

❖ 程恩泽
（1785—1837）

字云芬，号春海。生于清高宗乾隆五十年（1785），卒于宣宗道光十七年（1837），年五十三。嘉庆十六年（1811）进士。道光时累官户部右侍郎。诗文雄深博雅，为晚清宋诗派之先导。有《程侍郎遗集》。

◎ **注释**

[1] 西平：县名，春秋时柏国，汉置西平县，隋废，故城在今河南西平西四十五里。唐复置，徙今治。明、清皆属河南汝宁府。

[2] 刺（cì）促：忙迫，劳苦不安。

[3] 差（cī）池：参差（cēn cī）不齐。以上两句说，自己整天忙忙碌碌，究竟为国于民做成了什么有益的事？到头来，总跟那班巧于钻营的官吏找不到共同的语言。

[4] "功名"句：李斯，战国时楚之上蔡人，西仕于秦。始皇既定天下，斯为丞相。二世立，赵高用事，诬斯子由与盗通，腰斩咸阳，临刑，顾谓其仲子曰："吾欲与若复牵黄犬俱出上蔡东门逐狡兔，岂可得乎？"此句是说，追求功名的结果是想做平民安全度过一生而不可得。

[5] "岁月"句：汝南郡，西汉高祖置，治所在上蔡。元代改为汝宁府。汝南鸡：汝南的长鸣鸡。《乐府诗集》八三《杂歌谣辞》有《鸡鸣歌》："东方欲鸣星烂烂，汝南晨鸡登坛唤。"此句是说，一个人的生命就这样在鸡啼声中消磨掉。

[6] "种种"句：种种，发短貌。《左传·昭公三年》："余发如此种种，余奚能为！"秋鬓，犹言衰鬓，老年发白。此句是说，自己都怜悯自己日渐衰老。

[7] "纷纷"句：夏畦，《孟子·滕文公下》引曾子语："胁肩谄笑，病于夏畦。"意思是：耸起肩膀、装出笑脸去讨好巴结别人，比在炎热的夏天去菜园里劳动还要难受。此句是说，我真可怜那些巴结讨好别人的人，可那种人真多啊！

[8] "谁欤"二句：霜剑，锐利而光白的宝剑。淬（cuì）砺，磨炼。棠溪，春秋楚地名，战

国属韩。故址在今河南遂平西北，古属汝南郡。铸剑戟有名。《战国策·韩策》：苏秦为楚合纵说韩王曰："韩卒之剑戟……出于……棠溪……皆陆断马牛，水击鹄雁，当敌即斩。"这两句是说，有哪个人佩带着雪白的宝剑，到棠溪那里再好好地磨炼呢？这是因为走到棠溪谷而想起了此地铸剑著名。

◎ 评析

　　从这首诗可以看出作者的性格傲岸，对当时官场的腐败风气十分不满。回顾平生，一事无成，此身将老，本来希望实践古圣先贤所教导的治国平天下之道，但是现实完全不可能。想到富贵的危机、逢迎的俗套，他恨不得化为棠溪的利剑，斩尽这种种歪风。

戏　书
梅曾亮

未可称居士，颓然已放翁。[1] 诗惟标脚气[2]，文不愈头风[3]。雄任来嘲客[4]，褒无待约僮[5]。鸡毛三寸笔，何事反匆匆？[6]

❖ **梅曾亮**
（1786—1856）
　　字伯言，一字柏枧，江苏上元（今属南京）人。生于清高宗乾隆五十一年（1786），卒于文宗咸丰六年（1856），年七十一。道光三年（1823）进士，官户部郎中。居京师二十余年，及将迁，闻弟病，遽乞归。主讲扬州书院。后依河道总督杨以增以终。著有《柏枧山房诗文集》。

◎ 注释

[1]"未可"二句：居士，未做官的士人。放翁，陆游晚年自号。《宋史》本传称："范成大帅蜀，游为参议官，以文字交，不拘礼法，人讥其颓放，因自号放翁。"这两句是说，我已出仕，不能称为居士；但我颓放，不为官体所缚，这就跟当年的陆游一样了。

[2]"诗惟"句：标，书题。脚气，指《脚气集》，南宋时人车若水所撰，因系病脚气时所著，故名。此句是说，我的诗集只能题名为"脚气集"。

[3]"文不"句：谓我的文章却不能像陈琳的文章那样治好曹操的头痛病。《三国志·魏书·王粲传》附陈琳"军国书檄，多琳、瑀所作也"注引《典略》："太祖先苦头风，是日疾发，卧读琳所作（袁绍讨己檄），翕然而起曰：'此愈我病！'"

[4]"雄任"句：《汉书·扬雄传》："哀帝时，丁傅、董贤用事，诸附离之者或起家至二千石。时雄方草《太玄》，有以自守，泊如也。或嘲雄以玄尚白，而雄解之，号曰'解嘲'。"此句是说，我像扬雄那样淡泊自守，一任别人嘲笑。

[5]"褒无"句：西汉王褒，字子渊，蜀人，宣帝时为谏议大夫。有《僮约》一文，见严可均《全上古三代秦汉三国六朝文》。此句是说，我虽居官京师，却很清贫，并无僮仆。

[6]"鸡毛"二句：鸡毛，笔名。王羲之《笔经》："岭外少兔，以鸡毛作笔，亦妙。"三寸笔，陈子昂《高君墓志铭》："提三寸笔，终入芸香之阁。"这两句是说，天天打交道的不过是一支毛笔，为什么倒整天忙个不停呢？意思是来求他作文的人很多。

◎ 评析

　　戏书等于自嘲。开头两句说自己做官不像官。三、四句说空有工诗能文之名，实则徒有虚名。五、六句说尽管清苦不堪，却能自甘寂寞。最后两句自嘲意味更浓：黄庭坚说得好："管城子无食肉相"，那你整天拈着这支秃笔忙个不停，到底为的什么呀？

灰堆，相传始皇焚书处[1]（二首选一）

祁寯藻

硎谷知何处（自注：硎谷，坑儒处）[2]，灰堆尚有灰。

六经终不灭[3]，一炬竟先灾[4]。

惨淡阴符出[5]，苍茫赤帝来[6]。

至今原上草，秋烧满荒台。[7]

祁寯藻
（1793—1866）

字叔颖，又字淳甫，后改实甫，号春圃，晚号观斋，山西寿阳人。生于清高宗乾隆五十八年（1793），卒于穆宗同治五年（1866），年七十四。嘉庆十九年（1814）进士，改庶吉士。咸丰时，官至体仁阁大学士，致仕。同治初，以大学士衔为礼部尚书。卒，谥文端。有《馤𩆚亭集》。

◎ 注释

[1] 塠：同"堆"。灰塠，应在陕西咸阳（今陕西长安东之渭城故城）附近，但确址不详。

[2] 坑儒：秦始皇三十五年（前212），以咸阳诸儒生是古非今，不利于其统治，乃燔烧诗书，坑杀儒生四百余人。见《史记·秦始皇本纪》及《李斯传》。

[3] 六经：儒家的经典，即《诗》《书》《礼》《乐》《易》《春秋》。

[4] "一炬"句：杜牧《阿房（ē páng）宫赋》："楚人一炬，可怜焦土。"《史记·项羽本纪》："项羽引兵西屠咸阳……烧秦宫室，火三月不灭。"以上两句是说，秦始皇希望子孙万世为君，不惜焚书坑儒，可是儒家经典至今仍然存在，倒是他的宫殿（也就是他君临万世的美梦）先被项羽一把火烧光了。

[5] "惨淡"句：惨淡，即惨淡经营，指张良苦心构思所以亡秦之术。阴符，即《阴符经》。《史记·留侯世家》：张良少时，狙击秦始皇于博浪沙中，不中，亡匿下邳。遇一老父，授以《太公兵法》一书。良诵习之，以佐刘邦灭秦。阴符，即《太公兵法》。

[6] "苍茫"句：苍茫，旷远无边貌。赤帝，指汉高祖刘邦。刘邦在泽中斩蛇起义，有一老妪哭曰："吾子，白帝子也，化为蛇，当道，今为赤帝子斩之，故哭。"此句是说，秦始皇千方百计防止人民造反，但是从茫茫人海中却钻出一个平民刘邦来把他的王朝推翻了。

[7] "至今"二句：秋烧（shào），秋天烧山的火。这两句嘲笑秦始皇：你烧书，书没被烧绝，你的王朝却先被烧毁了。现在，灰塠这荒台上，每到秋天，火还在烧，可烧的是这高原上的野草。草烧了可以肥田，书烧了的结果呢？

◎ 评析

对秦始皇的焚书坑儒，中国的文人没有不加以嘲讽的。想起来，统治者总是可恶可恨又可怜可笑。企图愚民，民偏不肯愚；企图万世，偏偏亡不旋踵。所有倒行逆施，徒然为天下笑，这真是统治者的悲哀啊！

同子毅弟早起至岱顶[1]

何绍基

晓色淡无边[2]，游凭脚力先[3]。石根深不土[4]，山色古于天[5]。
日上高霞直[6]，氛清大地圆[7]。俯看登陟处[8]，人事起炊烟[9]。

❖ 何绍基
（1799—1873）

字子贞，号东洲，一号猿叟，湖南道州（今属永州）人。生于清仁宗嘉庆四年（1799），卒于穆宗同治十二年（1873），年七十五。道光十六年（1836）进士，改翰林院庶吉士。散馆，授编修。历充广东乡试副考官。咸丰二年（1852），提督四川学政。未几，以言事罣吏议归。先后主山东、湖南及浙江孝廉堂各讲席。其诗浩瀚，宗李、杜、韩、苏，为晚清宋诗派代表人物之一。有《东洲草堂诗钞》。

◎ 注释

[1] 子毅：何绍业，字子毅。荫生，精绘事，力追宋元，花鸟人物，清超绝俗。亦精算学。
岱顶：岱，泰山的别称。顶，即玉皇顶，又叫天柱峰。

[2] "晓色"句：谓晓色朦胧，不见四围的边际。

[3] "游凭"句：谓泰山石级多而陡，登山时最能考验脚力的强弱。

[4] "石根"句：谓泰山顶峰全是石质构成，没有泥土。

[5] "山色"句：指作者凭直觉，认为日出前泰山的山色比天色还古老，意谓泰山先天地生。

[6] "日上"句：观日峰是泰山最高处，在这里看日出，等到太阳升上来了，会感到高处的霞光直射。

[7] "氛清"句：谓雾气被阳光完全驱散了，站在山顶环顾四周，感到地面是浑圆的。

[8] 看（kān）：读平声。登陟（zhì）：陟也是登。

[9] "人事"句：谓登上泰山顶峰，有如升入天界，因而俯视才看到人事，而人事的表现就是山下和山腰的人家正在烧早饭，炊烟冉冉上升。

登过泰山玉皇顶的,仔细吟味这诗,会深有同感。三、四两句确是岱顶,不可移于其他名山。"日上"才"氛清","高霞直"确是岱顶所见的云霞,"大地圆"也只有登到岱顶,眼界才会这样宽。结尾两句回应开头两句:"俯看登陟处",对自己的脚力感到欣慰,炊烟则反衬出自己登山之早。

蟋 蟀

汪士铎

出世迫秋色,感时多苦音。[1]户庭今夜冷,刀尺故园心。[2]
谁是授餐者[3],因之戒斗深[4]。呼灯方觅汝,露草莫微吟。[5]

◈ **汪士铎**
(1802—1889)

字振庵,别字梅村,江苏江宁(今南京)人。生于清仁宗嘉庆七年(1802),卒于德宗光绪十五年(1889),年八十八。道光二十年(1840)举人。胡林翼抚鄂,聘入幕府。旋归金陵,隐居以终。工诗,著有《悔翁诗抄》。

⊙ 注释

[1]"出世"二句:《后汉书·襄楷传》:"蟋蟀鸣于始秋。"这两句是说,蟋蟀是在秋天出来的,它叫得那么凄切,似乎在为这危难时代而慨叹。

[2]"户庭"二句:《诗·唐风·蟋蟀》:"蟋蟀在堂,岁聿其莫(暮)。"又《豳风·七月》:"十月蟋蟀,入我床下。"古谚:"促织(即蟋蟀)鸣,懒妇惊。"这两句是说,旅客在外地,晚上感到门外和院子里的冷气侵人,就想到在故乡的妻子,这时正在灯下拿起剪刀和尺为游子裁制寒衣。

[3]"谁是"句:《诗·郑风·缁衣》:"还予授子之粲兮。"笺:"自馆还在采地之都,我则设餐以授之,爱之,欲饮食之。"此句是说,今天,有谁这样热情款待贤士呢?

[4]“因之”句：《论语·季氏》：“及其壮也，血气方刚，戒之在斗。”此句是说，因此，贤士不可跟别人争强好胜，像蟋蟀一样，被人用草一逗，就同类相斗起来。

[5]“呼灯”二句：姜夔《齐天乐·蟋蟀》：“笑篱落呼灯，世间儿女。”这两句是说，那些贪玩的人正点着灯笼来捕捉你，你隐伏在沾了露水的草丛中，可千万别发出一点响声呀！

◎ 评析

咏物诗总有寄托，此诗之咏蟋蟀，实为作者自咏。首句说自己生于末世，次句说因而所作诗文多是痛苦呻吟。第三句写自己在异乡秋夜的孤苦，第四句写怀念家中的妻子。第五句叹息谋生无路。第六句警戒自己不要意气用事。七、八句说尽管处境艰难，牢骚满腹，但是不要随便发泄，当心某些人的陷害。

当阳道中[1]

朱 琦

楚塞苍茫外[2]，乾坤战斗中。晚烟乌桕冷[3]，山势虎崖雄[4]。
庳豁形如吼[5]，呕哑语不通[6]。夷歌声又起，野哭几家同。[7]

朱 琦（1803—1861） 字濂甫，号伯韩，广西桂林人。生于清仁宗嘉庆八年（1803），卒于文宗咸丰十一年（1861），年五十九。道光十五年（1835）进士，官编修。寻迁御史，颇著直声。太平军起，家居办团练。后以道员守杭州，城破，遂死。诗格浑雄，有《怡志堂诗》。

◎ 注释

[1]当阳：县名，今属湖北。

［2］楚塞：楚地边界。春秋、战国时，湖北属楚。

［3］乌柏：树名。落叶树，实如胡麻子，多脂肪，以乌喜食其实得名。

［4］虎崖（yá）：山边怪石如虎。

［5］廖（xiāo）谿：山形深邃、空虚貌。

［6］呕哑：鸟鸣声。

［7］"夷歌"二句：夷歌，本指少数民族的歌曲，晚清亦用以指欧美人唱的歌。野哭，乡野
之间的哭声。这两句用杜甫《阁夜》："野哭千家闻战伐，夷歌几处起渔樵。"

◎ 评析

　　作者行走在湖北当阳县境的路上时，看到这苍茫的湖北边地，想起
官军和太平军正在鏖战，战火已经蔓延到这里。路边乌柏树在黄昏的烟
雾中散发出阵阵寒意，而高山雄峻，怪石如虎，使行人感到它狰狞可怖。
望着深邃的山洞，似乎听到猛虎的吼叫。路上碰到人，又语音难懂。特
别是听到本地人粗犷的山歌，似乎在诉说战争中家破人亡的悲哀。

明　月

鲁一同

明月非春水，如何满地流？离离出海峤[1]，盘盘注金沟[2]。
花露时翻鹊[3]，风江有去舟[4]。多愁拼看汝[5]，扶影傍南楼[6]。

✥ **鲁一同**
（1805—1863）

字兰岑，一字通甫，江苏山阳（今淮安）人。
生于清仁宗嘉庆十年（1805），卒于穆宗同治二年
（1863），年五十九。道光十五年（1835）举人，屡
试进士不第。好言经世，林则徐、曾国藩皆重其才，
邀之入幕，都不赴。有《通甫诗存》四卷，《诗存之
余》二卷。

[1] 离离：清晰貌。海峤（jiào）：近海多山之地。

[2] 盎（àng）盎：洋溢貌。注：流入。金沟：官苑内的溪流。

[3] "花露"句：谓月下鹊飞，触翻花朵上的露珠。

[4] "风江"句：谓秋风江上，明月相照，去舟已发，离人肠断。

[5] "多愁"句：拚（fān），同"翻"。此句是说，望月容易思乡怀人，然而尽管自己多愁，
反而要望月。

[6] "扶影"句：《晋书·庾亮传》："亮在武昌，诸佐吏殷浩之徒，乘秋夜往共登南楼，俄而
不觉亮至，诸人将起避之。亮徐曰：'诸君少住，老子于此处兴复不浅。'便据胡床与浩
等谈咏竟坐。"此南楼在湖北鄂城南，亦名玩月楼。

◉ 评析

　　这是咏明月的诗，也属于咏物诗的范畴。诗人先惊喜月色皎洁，遍
地光明。然后想象它从海上升起，映照着宫苑内的沟水。又想象着在它
的照耀下，乌鹊掠翻了花瓣上的露珠，而秋风江上，月送去舟，更使离
人肠断。最后说，多少人望月而思家、怀人，愁思如织，却更要望月来
抒发内心的郁闷。

闻定海陷五章[1]（选二）

姚 燮

其 一

蜃雨濡军帻[2]，狞飙拉将旗[3]。饮泥怜久饿[4]，摩壁誓同危[5]。
路绝晨嘶马[6]，云昏夕堕鸱[7]。衔恩持死力，力尽死何辞！[8]

◉ 注释

[1] 定海陷：第一次鸦片战争时期，道光二十年（1840）七月二日，英兵舰攻袭浙江定海
（舟山岛）。定海官兵缺乏战守准备，仓皇应战。五日，定海失陷。

[2] 蜃（shèn）雨：海上的暴雨。濡：浸湿。军帻（zé）：士兵的裹头巾。

[3]狞飙（biāo）：凶恶的暴风。拉：入声，读如勒，摧折。

[4]"饮泥"句：这是写实。写我方守军粮绝，喝泥浆水充饥。

[5]"摩壁"句：也是写实。壁，军垒。写守军手摸军垒，宣誓同生共死。

[6]"路绝"句：谓清军企图突围，但是出路已经断绝，连军马也绝望地哀鸣。

[7]"云昏"句：谓到了晚上，满天乌云，时不时掉下一只鸱鸺（猫头鹰的一种）来。

[8]"衔恩"二句：谓尽管处境这样危险，但将士们因深受国恩，内心感激，都拼命抵抗敌人。大家互相勉励：为国捐躯，即使流尽最后一滴血，也没有关系！

◎ 评析

　　清兵在英国侵略军的强大压力下，仓皇应战，备极艰苦，却宁死不屈，这种精神是可歌可泣的。此诗前六句形象地描绘出战斗的激烈和艰苦，以及失败时的悲惨气氛。最后两句转为议论：我方官兵一致决心战斗到最后一口气，一息尚存，绝不放下武器。

其　二

莫救城门火，池鱼枉恃存。[1]有端开愤隙，无术慑骄魂。[2]
眚气连山白，焦流入隘浑。[3]乱尸如败叶，漂过吉祥门[4]。

◎ 注释

[1]"莫救"二句：古谚云："城门失火，殃及池鱼。"此以城门比定海，以池鱼比人民。这两句是说，没有人能抗击敌人，保卫定海，本地无辜的百姓横遭屠杀，原来依靠官军保护，却成了一场梦想。

[2]"有端"二句：这是责备朝廷不能妥善处理由禁烟引起英军侵略的问题。道光帝盲目地命令林则徐断绝中英贸易，这是"有端开愤隙"；而侵略者兵临白河口，他又和琦善一样惊慌失措，使敌人气焰更加嚣张，这是"无术慑骄魂"。

[3]"眚气"二句：眚（shěng）气，预示灾难的凶气，迷信传说是一种白雾。焦流，烧焦了的物体流进河水里。隘（ài），狭窄的地方。

[4]吉祥门：查《定海县志》册二上《城垣》未见此门名。

　　这是指责朝廷战和不定，以致坑害百姓，笔锋直指最高统治者。"旹气"是一种天象，实际是人的心理反映。"焦流"写战火的残酷。最动人心魄的是末两句：横七竖八的尸体像腐烂了的落叶，就这么漂过号称"吉祥"的城门前的护城河里，结合开头两句看，这都是居民的尸体啊！

赠刘生子莹之琇，生布衣，业烛笼为活^[1]

郑　珍

华亭萧木匠，富水李衣工。^[2]诗并传当世，生今继此风^[3]。
穷居临粪巷，秀句出灯笼。吾道无绅布^[4]，怀哉五字功^[5]。

◎ 注释

[1] 布衣：古代庶民之服，即作平民的代称。

[2] "华亭"二句：萧木匠，《渔洋诗话》："萧诗，隐于木工，博学善诗。"《清诗别裁》："萧诗，字中素，江南松江人。中素隐于梓人中，人以工役之，往役受直；待以诗人，则行朋友之礼。"《晚晴簃诗汇》卷十七：萧中素，一名诗，字芷厓，江南华亭人，一云萧山人，有《释柯集》。《晚晴簃诗话》："芷厓隐于梓人，集名《释柯》，谓出自引绳削墨之余⋯⋯同时有富水李衣工，亦能诗，与芷厓齐名。又有胡玉如，铁工，为芷厓诗弟子。"李衣工，《渔洋诗话》："李东白，京口人。工诗，隐于衣工。李本宁尚书兄弟皆与之游。《登黄鹤楼》云：'鄂渚荻花沿岸白，汉阳枫树临江红。'后舟过云梦，哦诗船头，一笑赴水死。"

[3] 生：称刘之琇。生本为先生之省称，后世师称弟子为生。

[4] "吾道"句：绅，束在腰间、一头垂下的大带，古代有身份的人才束绅。布，布衣，代指平民。此句是说，我们作诗的功夫是不分官与民的。也就是说，官不一定作得出好诗，平民不一定作不出好诗。

[5] "怀哉"句：谓要专心致志去推敲呀，这一句五个字，字字都是要苦心经营的啊！

◎ 评析

　　中国历史上出了极少数的平民诗人，他们多为手工业者，身份和士大夫是迥然不同的。他们的诗往往称心而言，没有某些士大夫的矫揉造作，所以是可贵的。郑珍对糊灯笼为业的年轻人，既尊重，又教导，末两句就表现了这个思想。

正月十六戏书

郑 珍

灯节行看过[1]，儿童又爽然[2]。抱书愁上学，牧犊怒持鞭。老子却成喜[3]，新正剧可怜[4]。今朝藜苋腹[5]，才得脱荤膻[6]。

◎ 注释

[1] 灯节：农历正月元宵节前后几天，古代都是看灯期。行：将。

[2] 爽然：默然若有所失。

[3] 老子：自称，同"老夫"。

[4] 新正（zhēng）：新年的正月。剧：极。

[5] 藜苋：藜草和苋菜都是穷人的食物。

[6] 荤膻（shān）：指肉食和气味强烈的食品。

◎ 评析

郑珍的诗，古朴而又充满风趣，"戏书"就更幽默了，如他对儿童心理的描写：上学的抱书发愁，放牛的持鞭发怒（这"怒"字更传神）。下四句是自嘲：长年吃惯了素菜，过新年连日大鱼大肉，竟很不习惯，因而儿童怕过完新年，自己却喜欢新年过去。

偶忆（五首选一）

邵懿辰

潮势吞胥母[1]，溪流近若耶[2]。春盘雪里蕻[3]，雷鼓雨前茶[4]。
二月连三月，桃花间菜花[5]。半山山下水[6]，绿浸野人家[7]。

✸ **邵懿辰**
(1810—1861)

字位西，浙江仁和（今属杭州）人。生于清仁宗嘉庆十五年（1810），卒于文宗咸丰十一年（1861），年五十二。道光十一年（1831）举人，考取内阁中书。荐升刑部员外郎，入直军机处。四年，坐济宁防河无效，罢归。十年，太平军攻下杭州，懿辰奉母先逃，得无恙。母殁，既葬，太平军复至，懿辰与巡抚王有龄固守城中，城破，被杀。

◎ 注释

[1] 胥母：山名。在江苏吴县西南太湖中。传说伍子胥曾迎母于此，故名。即东洞庭山。

[2] 若耶：溪名，在浙江绍兴东南若耶山下。传说西施曾浣纱于此，故又名浣纱溪。

[3] 春盘：古俗于立春日，取生菜、果品、饼、糖等置于盘中为食，取迎新之意，称为春盘。雪里蕻（hóng）：蔬类植物，叶有锐锯齿及缺刻，类芥菜，而叶稍纤，花黄。雪天诸菜冻损，此菜独青，故名。味稍辛辣，多腌以为齑。北人谓之"春不老"。

[4] 雷鼓：古乐器名，祀天神时用之。雨前茶：谷雨前所采者。

[5] 间（jiàn）：夹杂。

[6] 半山：《入蜀记》："半山者，王文公（指王安石）旧宅，所谓报宁禅院也。自城中上钟山，此为中途，故曰半山。"

[7] 野人：乡野之人，农夫。

◎ 评析

此诗前六句皆对偶，都是他所忆念的。胥母潮、若耶溪，这是风景；雪里蕻、雨前茶，这是食品；二三月的桃花和菜花也是令人怡情悦目的。最后两句点出自己的住宅，是被半山下的水围绕着，水的绿色把自家的屋子似乎也映绿了。这更是自己所忆念的。

公安县[1]

莫友芝

频年虚井税，结网当春耕。[2] 天地此洼县[3]，江湖非吕营[4]。北风吹野水，寒日下孤城。[5] 莽莽无人境，萧萧芦荻声。[6]

◆ **莫友芝**
（1811—1871）　　字子偲，号郘亭，晚号眲叟，贵州独山人。生于清仁宗嘉庆十六年（1811），卒于穆宗同治十年（1871），年六十一。道光十一年（1831）举人。咸丰八年（1858），选知县，弃去。与郑珍齐名，时称"郑莫"。太平军起，客曾国藩幕甚久。事定，江苏巡抚李鸿章荐于朝，有诏征用，卒不就。著有《郘亭遗集》。

◎ 注释

[1] 公安县：今属湖北。

[2] "频年"二句：井税，田税。结网，捕鱼。这两句是说，公安县的农民，这些年来都不种田，而是以捕鱼为生。

[3] 洼县：公安县在长江南岸，地形低陷，经常内涝。

[4] "江湖"句：公安县东北有吕蒙城。《入蜀记》："光孝寺后有废城，仿佛尚存，图经谓之吕蒙城。"此句是说，现在到处是江和湖，吕蒙当年的军营遗迹一点儿也看不见了。

[5] "北风"二句：这是作者当时所看见的荒凉景象。

[6] "莽莽"二句：莽莽，草木深密貌。这两句是说，整个县城草木丛生，不见人影，送到耳边的只有沙沙作响的芦荻声音。

168

◎ 评析

　　公安县，由于当时清兵与太平军的交战，老百姓大多流亡了，少数留下的，也不种田，而以捕鱼为生。其所以如此，当然又是因为战火连年，水利失修，内涝严重，无法耕种。此诗八句，把这孤城的荒凉景象完全描绘了出来，最后四句写：所见唯北风吹动的野水，傍着孤城的充满寒意的夕阳；所闻唯一片萧萧的芦荻声。

赤津岭[1]

贝青乔

日落无人境，停鞭借一椽。[2] 滩明流月碎，峰黑裹松圆。[3]
凄绝猿声里[4]，凉生虎气边[5]。残黎家荡尽[6]，何处哭苍烟[7]！

贝青乔
（1810—1863）

字子木，江苏吴县人。生于清嘉庆十五年（1810），卒于穆宗同治二年（1863），年五十四。道光二十一年（1841），投军扬威将军奕经幕下，参加收复被英军侵占的宁波、镇海、定海的战役。不但上了前线，而且深入敌后，刺探军情。后来他把这一段经历，写成组诗《咄咄吟》。脱离部队后，曾游历浙南、云、贵、川诸地，依人作客，郁郁以终。有《半行庵诗存稿》。

◎ 注释

[1] 赤津岭：在浙江遂昌北六十里，山势峻绝，两山如门，北达龙游，唯一道可通。

[2] "日落"二句：此写落日衔山，路边四顾，一片死寂，如入无人之境。跨下马来，好不容易才找到一间屋子，可以过夜。一椽，一间房屋。

[3]"滩明"二句：俯瞰滩中，因滩水明净而流得急，所以月影显得破碎。仰望峰顶，一团团阴影，都是月光下松树的影子。这两句是所见的夜景。

[4]"凄绝"句：谓游子他乡，又在此荒凉之境，听到岭上猿声，更感到凄凉透了。

[5]"凉生"句：忽觉一阵阴风，大概附近有老虎。此句暗用《易·乾·文言》："风从虎。"

[6]"残黎"句：指经过战争侥幸逃生的一些老百姓，人虽没死，家业可完全被抢光了。

[7]"何处"句：苍烟，树林中的青黑色烟雾。此句紧接上句"家荡尽"，连屋边的树都烧光了，残黎都不可能"恸哭苍烟根"（杜甫《送樊二十三侍御赴汉中判官》）。

◎ 评析

　　赤津岭这样阴森可怖，残余的黎民之所以倾家荡产，大背景就是清兵和太平军的内战。作者傍晚借宿民家，所见是滩水中零乱的月光倒影，和山上一丛丛松树的黑影；所闻则凄厉的猿啼，所感则阴冷的虎气。这些景物描写，渲染出一幅恐怖之夜的图画。最后才点出残黎哭诉，隐约传出战争的信息。

春日杂诗（二首选一）

沈谨学

隙地裁为圃[1]，门前接麦畦[2]。唤人修未耜[3]，亲手结笆篱[4]。
谷种从邻换[5]，瓜秧带雨移。自因幽事绕[6]，连日不围棋。

❀ **沈谨学**　　　字诗华，又字秋卿，江苏元和（今属苏州）人。
（生卒年不详）　自少力田甫里（在江苏吴县东南），人称其孝友，为
　　　　　　　　诗但自怡悦，不求人知。有《沈四山人诗录》，丛书
　　　　　　　　集成收入。

◎ 注释

[1]"隙地"句：谓屋边空地，安排一部分作为菜园。

[2]麦畦：麦田。

[3]耒耜（lěi sì）：上古时的翻土农具。耜以起土，耒为其柄。原始时用木，后世改用铁。此以泛指耕具。

[4]笆篱：即篱笆。

[5]谷种：可作种子的稻谷。

[6]幽事绕：农务缠身。

◎ 评析

　　作者是真正的农民诗人。他是地道的农民，从这首诗可以看出：一点空地就栽菜，门口紧连麦田。请工修整农具，自己编结篱笆。向邻居换谷种，冒雨去移瓜秧。农闲时下下棋，现在快到春耕大忙季节，也只好取消了。

湖州道中[1]（二首选一）

薛时雨

菱湖称巨镇[2]，乱后景凄清。华屋将军帐，荒村壮士营。[3]
稻香肥战马[4]，潮涌遏奔鲸[5]。困兽嵎犹负[6]，天河望洗兵[7]。

✛ **薛时雨**

（1818—1885）

字慰农，一字澍生，晚号桑根老人，安徽全椒人。生于清仁宗嘉庆二十三年（1818），卒于德宗光绪十一年（1885），年六十八。咸丰三年（1853）进士，知嘉兴县。太平军起，参李鸿章幕，授杭州知府。罢官后，主讲崇文书院，旋改主江宁尊经、惜阴书院。诗学黄庭坚，有《藤香馆诗钞》及续钞。

◎ 注释

[1] 湖州：府名，因地滨太湖得名，治所在乌程（今属湖州）。

[2] 菱湖：在浙江湖州东南，以地产菱而名。

[3] "华屋"二句：谓华丽的高楼大厦，现在变成将军行军居住的营帐；因战乱而荒凉的山村，到处是士兵们的营房。

[4] "稻香"句：谓稻谷成熟了，村里人都逃走了，只喂肥了战马。

[5] "潮涌"句：谓钱塘江正在涨潮，潮水汹涌，连凶猛的鲸鱼也被拦住。

[6] "困兽"句：《左传·宣公十二年》："困兽犹斗。"此指被围困在南京的太平天国政权。《孟子·尽心下》："虎负嵎，莫之敢撄。"老虎背靠山角，没有人敢走近去碰它。此句是说，被围困的太平天国军民上下，仍然在负隅抵抗，不肯投降。

[7] "天河"句：杜甫《洗兵马》："安得壮士挽天河，净洗甲兵长不用。"

◎ 评析

　　由于战火的燃烧，原来繁华的市镇都荒凉了。此诗中间两联就是次句"乱后景凄清"的具体描写。这时太平天国中心政权已被围困在江宁城内，但江宁城外的战斗力还是不可轻视，作者站在士大夫立场，自然盼望早日"削平大难"，结束这场旷日持久的战争。

和朱暝庵《岁暮杂感》[1]（三首选一）

郭嵩焘

哆口谈兵事[2]，廷谋似履空[3]。室中酣醉舞[4]，霸上戏儿童[5]。世变烟云幻[6]，军威鼓角雄[7]。西山寻许迈，感激笑言同。[8]

郭嵩焘
（1818—1891）

字伯琛，自号筠仙，晚号玉池老人，湖南湘阴人。生于清仁宗嘉庆二十三年（1818），卒于德宗光绪十七年（1891），年七十四。道光二十七年（1847）进士。同治二年（1863）署广东巡抚。光绪元年（1875）任福建按察使，擢兵部侍郎。旋任首任出使英国大臣，四年，兼任驻法国大臣，主张学习西方科学技术。有《养知书屋诗文集》。

◎ 注释

[1] 朱暧庵：朱克敬，字香孙，号暧庵，甘肃皋兰人，著有《暧庵杂识》。

[2] "哆口"句：哆（chǐ），张口貌。兵事，行军用兵之法。此句是说，朝廷中那班既顽固又愚昧的达官贵人高谈阔论跟资本主义国家作战的事。

[3] "廷谋"句：谓朝廷发的这种议论完全不切实际。

[4] "室中"句：谓不管哪个文武官员，在家里都是醉醺醺地听歌看舞。

[5] "霸上"句：谓尤其是统帅、将军们，都像汉文帝所说的："曩者霸上、棘门军，若儿戏耳，其将固可袭而虏也。"见《史记·绛侯周勃世家》。

[6] "世变"句：指世界已经进入资本主义称雄的时代，封建旧中国的统治者根本不了解现实，只觉得烟云变幻，不可捉摸。

[7] "军威"句：达官们还自以为国家的军事力量足以震慑远人，殊不知只是战鼓打得响，军号吹得凶罢了。

[8] "西山"二句：谓面对这种时势，我只有去寻找你（指朱暧庵）这隐居深山的人一起为国事感叹。《晋书·王羲之传》附许迈传：许迈字叔玄，丹阳句容（今江苏句容）人。家世士族，而不慕仕进，学升遐之道。永和二年，移入临安西山，登岩茹芝，有终焉之志。王羲之至其所，每弥日忘归，与为世外之交。感激，感动，激发。笑言，谈谈笑笑。

◎ 评析

　　作者在政治上是比较开明的，对于当时的国内外形势有比较清醒的认识。此诗前四句是讥评朝廷内那班谈论军事的空谈家，昧于世界形势，仍以天朝自居，酣歌醉舞，其实不堪一击。五、六两句是对世界列强对中国虎视眈眈的焦虑。最后两句是表示自己无拳无勇，只能找朱克敬发发牢骚。

将抵邵武[1]

江湜

一路逢迎我，非人独是山。[2]趁晴行五邑[3]，逐水转千湾[4]。青谢劳生鬓[5]，赪生高士颜[6]。今朝邵武宿，飞梦出杉关[7]。

◎ 注释

[1] 邵武：今属福建。

[2] "一路"二句：逢迎，迎接。《大清一统志》卷四三二《邵武府·形势》引《宋郡志》："地狭山多，田高下百叠。"

[3] 邑：小城市。

[4] "逐水"句：《宋郡志》："三峰峙其南，一水界其北……其势蜿蜒抱负，如在碧玉环中。"

[5] "青谢"句：谓由于谋生辛苦，两鬓如霜，不再青了。

[6] "赪生"句：赪（chēng），红色。高士自指，作者素来鄙视风尘俗吏。

[7] 杉关：在福建邵武光泽西北七十里杉岭上，为闽赣往来通道。

◎ 评析

一开头就发牢骚，因为并无官守，自然没人逢迎，而邵武一带尽是山区，所以前迎后送的尽是山了。三、四句写行程的匆遽和曲折，从而引出五、六句的鬓白与脸红（自愧为衣食而奔走风尘）。最后二句表达自己宿邵武后继续赶路的心情。

174

宿范水即事，是去年经乱处[1]

姚濬昌

信宿邗江路[2]，孤舟又客亭[3]。远天时有电，微月不藏星。[4]
问地经新毁，披图按旧经。[5]他年曾泊处，磷火满荒汀。[6]

姚濬昌

（678? —740）

字孟成，号慕庭，安徽桐城人。官竹山知县。
有《五瑞斋诗钞》。七律义法全宗姚鼐。

◎ 注释

[1] 范水：其地不详，应为小地名。

[2] 信宿：连住两夜。邗（hán）江：水名，亦名邗沟，是江苏境内自扬州西北至淮安北入
淮的运河。

[3] 客亭：驿亭，古代迎送使客的处所。

[4] "远天"二句：谓遥远的天边不时闪电，月光暗淡，因而可以看见星星。

[5] "问地"二句：谓向船夫或本地人探问从前经过的一个地方，才知道它就是前不久被
战火烧毁了，真使我不胜惊骇。于是我打开地图查对从前经过的地方，看看还有几处
存在。

[6] "他年"二句：此指查看的结果是，往年曾经停船的地方，现在只看见无数鬼火闪烁在
荒凉的水边陆地上。

◎ 评析

　　扬州是繁华地区，而由于清军与太平军的作战，作者停船的地方刚
刚遭到严重的破坏，要查看地图才能找到那地点。天边的闪电，暗淡的
月色，更加衬托出劫后的凄凉。地图上标出的地点——范水，本是当年
曾经停船的旧地，可现在只看见闪烁不定的鬼火飘扬在荒凉的水边陆地
上，到处都是。

湖因水涸而曲，略写其状[1]

易佩绅

近帆来似去[2]，远岸送还迎[3]。谁使山回互[4]，都由水变更。
峰峦频向背[5]，汊港叠纵横[6]。偶尔摹湖状，聊堪喻世情。[7]

易佩绅
（1826—1906）

字笏山，一字子笏，湖南龙阳人。生于清宣宗道光六年（1826），卒于德宗光绪三十二年（1906），年八十一。咸丰八年（1858）举人，从军川、陕间，积功授知府。官至江宁、四川藩司。性负气，敢任事，光绪十年（1884），以援台湾去蜀。尝从郭嵩焘、王闿运游，诗学随园，有《函楼诗钞》。

◎ 注释

[1] 涸（hé）：水干竭。

[2] "近帆"句：帆，代指船。此句是说，由于湖岸弯曲，所以明明是开过来的船却像是开过去的。

[3] "远岸"句：谓远处的湖岸似乎在送我的船走，其实却是迎接它。

[4] 回互：回环变换。

[5] "峰峦"句：此句具体描写"山回互"。同一峰峦一会儿面向我，一会儿又背对我。

[6] "汊港"句：此句具体写"水变更"。汊港，由于湖水干涸而形成许多分支的小河，纵横交错。

[7] "偶尔"二句：尔，助词无义，同"然"。摹，描绘。聊堪，姑且可以。喻，说明。世情，世态人情。

◎ 评析

作者诗学随园，此诗就表现了他的灵心妙舌。他用帆、岸给人视觉上的错觉，说明山和水的变化。第五句写山的变化，第六句写水的变化。而这些都是由于湖水干涸，小的水道增多。他为什么要摹写这些山水的形状呢？原来他是由这种自然环境而联想到现实社会的人际关系：人心向背纯以利害而转移。

雨泊凤凰山下石泉庵[1]

李慈铭

雨过春郊净，荒庵小泊船。山形团似屋[2]，村瀑乱于烟[3]。水绿全归树[4]，桥明远界天[5]。青黄谁著色，绣遍镜湖田。[6]

✦李慈铭

（1829—1894）

字悉（爱）伯，号莼客，浙江绍兴人。生于清宣宗道光九年（1829），卒于德宗光绪二十年（1894），年六十六。光绪六年（1880）进士，累官山西道监察御史。诗有重名，亦极自负。有《白华绛柎阁诗集》。

◎ 注释

[1] 凤凰山：在浙江杭州南郊，岩壑曲折，左瞰大江，形如凤凰欲飞，故名。

[2] "山形"句：谓从庵前望凤凰山，像房屋聚成一团。

[3] "村瀑"句：谓山上流下的瀑布迸散出团团烟雾。

[4] "水绿"句：谓树叶的浓绿颜色把溪水全染绿了。

[5] "桥明"句：谓远望那座小桥，轮廓特别清楚，因为背景是明净的天空。

[6] "青黄"二句：镜湖：湖名。东汉永和五年（140），太守马臻于会稽、山阴两县界，筑塘蓄水，堤塘周围三百一十里，溉田九千顷，以水平如镜，故名。北宋熙宁后渐淤废为田。这两句是说，是哪位高妙的能工巧匠，把大片镜湖田绣得满眼是青青的草树，黄黄的油菜花？

◎ 评析

读了前面一些写景的诗，觉得心情凄苦，这是因为景语即情语，那些描写经过战火洗礼的景物，自然染上了作者的凄苦心情，而这种心情自然也就影响了读者。李慈铭此诗相反，和平恬静的田园生活使作者感到欣悦，因而笔下的意象也都充满了欢快的情调：春郊明净，瀑布飞烟，绿树临水，小桥横空，而更吸引人的是湖田如绣，青黄相间，多美丽的景色啊！

夜行萧山道中，望姚大舟不至[1]

周星诒

橹摇残梦起[2]，一碧艳姓空[3]。林月淡将隐，海云微欲红[4]。钟先鸡趣曙[5]，秋纵隼盘空[6]。一昔沮良会[7]，清言谁与同[8]？

❀ 周星诒

（1833—1904）　字季贶，浙江山阴人。生于清宣宗道光十三年（1833），卒于德宗光绪三十年（1904），年七十二。官福建建宁府知府。工诗，好为近体，多真挚语。有《窳櫎广诗质》及《瑞瓜堂诗钞》。

◎ 注释

[1] 萧山：县名，今属浙江。姚大：作者好友，姓姚，大是其五服内兄弟排行第一，其人未详。

[2] "橹摇"句：此谓睡梦中被摇橹声惊醒。

[3] "一碧"句：姓（qíng），古"晴"字。《说文》："姓，雨而夜除，星见也。"徐灏笺："昼晴曰啓，夜晴曰姓，今通谓之晴。"此句是说，夜晚晴空一片青绿色，非常鲜艳。

[4] 海云：浙江靠东海，萧山在杭州之东，故可望见海上日出前的红霞。

[5] "钟先"句：趣（cù），催促。此句是说，庙里的钟声比鸡叫声更早，似乎在催促清晨的来临。

[6] "秋纵"句：谓晴朗的秋天正好让隼（sǔn，即凶猛善飞的鹞鸟）在高空任意飞旋。

[7] 一昔：一夕。沮（jǔ）：阻止。良会：朋友间美好的聚会。

◎ 评析

　　此诗重点在写天色将晓的情景，因而对萧山并未写出特点（只有"海云"句稍露端倪）。而黎明即起，注意到碧水中倒映出的晴空，注意到月色淡化，海云欲红，听到远钟催曙，望到秋隼旋空（四句写天色渐明的过程），都是为了盼望好友的船。原指望同舟共话，遣此良宵，谁料他的船一直没来，以致自己虽说倦极而睡，但很容易又被摇橹声惊醒。

轮船所谓买办唐姓者，余识之且二十年矣，见之而叹 [1]

范当世

自我出行役 [2]，廿年恒见之。谅能本忠信 [3]，不至损威仪 [4]。
直道亦无碍 [5]，横流更不移 [6]。伤哉吾大老 [7]，反覆万离奇。

❀ **范当世**
（1854—1904）　　初名铸，字肯堂，江苏通州（今属南通）人。生于清文宗咸丰四年（1854），卒于德宗光绪三十年（1904），年五十一。岁贡生。光绪间，客直隶总督李鸿章幕。后流转江湖，客死旅邸。有才名，诗尤工，能合苏、黄之长。晚清宋诗派及桐城诗派皆推重之。

◎ 注释

[1] 买办：外国资本家在旧中国设立的商行、公司、银行等所雇用的中国经理。

[2] 行役：因服役或公务而跋涉在外。

[3] "谅能"句：谅，确实。本忠信，用《论语·卫灵公》"言忠信，行笃敬，虽蛮貊之邦行矣"。此句是说，唐某平时确实能按照忠诚老实的原则办事。（因而取得外国资本家的信任）

[4] "不至"句：威仪，庄严的容貌举止。此句是说，唐某能保持个人的尊严。

[5] "直道"句：此用《论语·微子》："直道而事人，焉往而不三黜？枉道而事人，何必去父母之邦？"感叹在旧中国直道难行，反而不如在外国资本家手下办事，能够坚持原则。

[6] "横流"句：《晋书·王尼传》：尼避乱江夏，止有一子。无居宅，惟畜露车，有牛一头，每行，辄使子御之，暮则共宿车上。常叹曰："沧海横流，处处不安也。"不移，用《孟子·滕文公下》："贫贱不能移。"此句是说，旧中国处处不安，唐某却淡泊自甘，不为富贵所淫，威武所屈。

[7] 大老：《孟子·离娄上》："二老者，天下之大老也。"后用为对年高望重者的敬称，此以指朝廷中诸大臣。以上两句说，多么使人伤心呀，我们朝中诸位大老，在对待外国人的态度上，反不如一个媚唐的买办，既不能"本忠信"，又常是"损威仪"（丧权辱国），不行直道行枉道，在强敌压力下骨头非常软。

◉ 评析

"买办"在我国人心目中往往和"洋奴"等同，但范当世对这位唐买办却很有好感，认为他忠信待人，保持独立的人格，凡事直道而行，绝不屈服于洋东家的压力。作者这样推重唐买办，目的是和中国朝廷中执政的大老对比。这班大老是真正的洋奴，在洋主子面前摇尾乞怜，恬不知耻，一点儿国格也不顾，真是丢尽了中国人的脸，难怪诗人叹息："伤哉！"

辛丑元日试笔[1]（二首）

文廷式

其　一

谪籍栖迟久[2]，颓波感慨频[3]。新年增白发，故国满青磷。[4]
星朗空江夕，花秾小槛春。[5]迁生谋已拙，窥管验钩陈。[6]

✤ 文廷式
（1856—1904）

字道希，号芸阁、纯常子，江西萍乡人。生于清文宗咸丰六年（1856），卒于德宗光绪三十年（1904），年四十九。光绪十六年（1890）进士，官至翰林院侍读学士，兼日讲起居官，署大理寺正卿。由于赞助光绪帝亲政，支持康有为发起强学会，受到慈禧太后的嫉视，被参革职。戊戌政变发生，东走日本以避祸。诗各体皆备，风格较近晚唐，有《云起轩诗录》。

◎ 注释

[1] 辛丑：指光绪二十七年（1901）。前一年（庚子）八月，八国联军攻陷北京，慈禧太后挟光绪帝西逃。十月，清廷向德、日、俄、英、美等国发出国书，乞求"保全大局"。次年（即辛丑）九月七日，奕劻、李鸿章与俄、英、美、法、德、日、意、奥、荷、比、西十一国公使订立《辛丑条约》，其中规定付给各国"偿款"海关银四亿五千万两，年息四厘，分三十九年还清，本息共计九亿八千二百二十三万八千一百五十两，以海关税、常关税和盐税作抵押。作者写此诗时在辛丑年农历正月初一日，自然不能知道和约内容，但已预测到国势越来越危险。

[2] "谪籍"句：谪籍，革职为民。栖迟，游息。《诗·陈风·衡门》："衡门之下，可以栖迟。"引申为漂泊失意。此句是说，从光绪二十四年（戊戌，1898）被革职以来，我漂泊失意已经很久了。

[3] "颓波"句：颓波，向下奔流的水波，比喻日益衰败的国势。此句是说，看到国家日益衰败，我的感慨越来越多了。

[4] "新年"二句：谓过年本是高兴的时候，我却愁得头发又白了不少；放眼四望，古老的祖国，一到晚上，到处都漂浮着隐隐忽现的青色磷火。

[5] "星朗"二句：谓现今是初一的晚上，空阔的江上映着晶亮的星光，而小小阑杆外，繁盛的鲜花带来了春天的气息。这是通过写景寄托他的良好愿望，希望物极必反，濒于危亡的国势能唤醒举国上下，发愤图强。

[6] "迂生"二句：谓我这不通世务的书生谋国已经乏术，只能凭对钩陈的一点认识来对照一下人事。钩陈，星名，在紫微垣内，指帝王的后宫。此句是说，只有慈禧太后真正交还政权给光绪帝，中国才有希望。

　　开头即用对偶句，然而一反俗套，丝毫没有祈求吉祥的字句。首句有自幸之意，如非谪籍，则在京任职，去年联军破京后，还不知死活如何。但看见国势江河日下，自己虽不在其位，也愁得白发更增。在自己的小天地里，星朗花秾，但愿天心厌乱，皇帝能掌权，那就好了。

其　二

谁解横刀出[1]，真成下殿趋[2]。亡秦三户在[3]，哀郢两门芜[4]。日月回元运[5]，风云感圣谟[6]。几时哀痛诏，寰海庆昭苏？[7]

◉ 注释

[1]"谁解"句：《三国志·魏书·袁绍传》：董卓呼绍议，欲立陈留王。绍不应，横刀长揖而去。此句是说，当慈禧太后打算废立时，朝中有谁懂得反对呢？

[2]"真成"句：《后汉书·虞诩传》：宦者孙程奏：中常侍张防臧罪明正，反构忠良，宜急收防送狱。时防立在帝后，程乃斥防曰："奸臣张防何不下殿！"防不得已，趋就东厢。此句是说，载漪、刚毅等误国之臣失势了。

[3]"亡秦"句：《史记·项羽本纪》："楚虽三户，亡秦必楚也。"《集解》："瓒曰：'楚人怨秦，虽三户犹足以亡秦也。'"此句是说，八国联军虽然攻陷了北京，但是中国人民一定会把他们驱逐出去的。按：由此可见作者主张抗战，反对投降。

[4]"哀郢"句：《哀郢》，《楚辞·九章》篇名。郢，楚的国都。屈原被放逐后，写此篇以寄托其怀念故国的感情。其中有句云："曾不知夏（大殿）之为丘（墟）兮，孰两东门之可芜（秽）？"此句以屈原自比，悼念北京被八国联军蹂躏。

[5]"日月"句：元运，天命。此句是说，希望天心厌乱，回到康乾盛世。

[6]"风云"句：圣谟，先王的谋划。伪《书·伊训》："圣谟洋洋，嘉言孔彰。"此句是说，希望光绪帝面对危急的时势，能够深刻体会古先哲王（包括康、乾）的治国方略，加以实行。按：这是维新派托古改制的一贯说法，和封建顽固派有本质区别。

[7]"几时"二句：哀痛诏，帝王向全国臣民深刻责备自己的诏书，即罪己诏。寰海，天下，指国家全境。昭苏，重获生机，恢复元气。这两句说，什么时候能读到光绪帝真正的（不是慈禧太后假借名义的）罪己诏，让全中国重获生机呢？

◎ 评析

先指斥在朝诸臣无人反对废立，以致载漪、刚毅等顽固派凶焰高涨，终于害了国家也害了他们自己。再指出联军攻陷北京，固然使人悲痛，但中国人民必将把他们驱逐出去。最后用诗的一半容量表达良好的愿望：皇帝能真正掌权，继续推行新政，从而获得全国人民的拥护，使中国从此富强起来。

七言律诗

简侯研德，并示记原[1]

钱谦益

当飨休听暇豫歌[2]，破巢完卵为铜驼[3]。

国殇何意存三户[4]，家祭无忘告两河[5]。

击筑泪从天北至[6]，吹箫声向日南多[7]。

知君耻读王裒传，但使生徒废蓼莪。[8]

◎ 注释

[1] 简：寄。侯研德：初名泓，字研德，号掌亭，江苏嘉定人。明诸生。入清不仕，更名涵，字中德。伯父侯峒曾，天启进士，崇祯间官江西提学参议，刚正不挠。弘光时，与黄淳耀等起义兵保乡里。清兵至，固守援绝，城陷，挈二子元演、元洁赴水死。父名岐曾，太学生，峒曾死后二年，亦坐反清事囚死。研德母亦及于难。清吏又名捕峒曾幼子瀞。研德兄弟辈从仅六人，两从兄（即元演、元洁）从其父死，研德伯兄挟从弟瀞亡命。研德独立撑拄，屡濒于死。惧终不免，携家走他县，六年后始归。历经险阻，得呕血病，卒年才四十五，乡人私谥贞宪先生。（据汪琬《贞宪先生墓志铭》）有《掌亭集》。记原：侯玄汸，又名汸，字记原，又作柦园。《雪桥诗话·余集》："嘉定侯汸柦园，与弟洵、涵、从弟演、洁、瀞，称'上谷六龙'。"

[2] "当飨"句：飨（xiǎng），大宴宾客。暇豫歌，《国语·晋》二：晋献公夫人骊姬告优施曰："君既许我杀太子（申生）而立（吾子）奚齐矣，吾难里克。"使优施饮里克酒，中饮，优施起舞，谓里克妻曰："主孟啖我，我教兹暇豫事君。"乃歌曰："暇豫之吾吾，不如鸟乌。人皆集于苑（草木茂盛貌），己独集于枯。"里克笑曰："何谓苑，何谓枯？"优施曰："其母为夫人，其子为君，可不谓苑乎？其母（指申生之母齐姜）既死，其子（指申生）又有谤，可不谓枯乎？枯且有伤！"优施出，里克不餐而寝，夜半，召优施曰："曩而（汝）言戏乎，抑有所闻之乎？"曰："然，君既许杀太子而立奚齐。"里克曰："中立其免乎？"优施曰："免。"此句劝侯研德在抗清复明活动中不要抱中立态度，因为中立就是帮助了清朝。

[3] "破巢"句：破巢完卵，《世说新语·言语》："孔融被收……谓使者曰：'冀罪止于身，二儿可得全不？'儿徐进曰：'大人岂见覆巢之下复有完卵乎？'寻亦收至。"铜驼：《晋书·索靖传》："靖有先识远量，知天下将乱，指洛阳官门铜驼，叹曰：'会见汝在荆棘中耳！'"此句是说侯研德在明清易代之际，"破巢"时竟能"完卵"（家几被毁而能保全从弟侯瀞）。

[4] "国殇"句：《国殇》，《楚辞·九歌》篇名，指为国牺牲的人。三户，用"楚虽三户，亡秦必楚"之语。此句是说，侯峒曾等为国捐躯，没想到还幸存了能复仇的侯研德、侯记

原等人。

[5]"家祭"句：陆游《示儿》："王师北定中原日，家祭无忘告乃翁。"两河，宋代以称河北、河东地区，亦以指被金人侵占的地区。此句是说，将来复明大业完成，研德兄弟家祭时，不要忘记告诉先灵，被清人侵占之地都已收复。

[6]"击筑"句：筑（zhú），古弦乐器名。《战国策·燕》三：燕太子丹遣荆轲入秦刺秦王，送至易水上，高渐离击筑，荆轲和而歌，为变徵（zhǐ）之声，士皆涕泣。天北，北方。此句以荆轲为燕入秦复仇为比，说侯研德、记原深怀国仇家恨，志切复仇。

[7]"吹箫"句：吹箫，《史记·范雎传》："伍子胥……鼓腹吹篪，乞食于吴市。"《集解》引徐广："篪，一作箫。"日南，郡名，秦象郡，汉武帝更名为日南郡，治所在临尘（今广西崇左县境）。此句是说，许多反清志士都潜逃到广西桂林南明政权地区来。

[8]"知君"二句：《晋书·王裒传》：三国魏末，王仪为司马昭所杀，仪子裒以父死非命，入晋终身不仕，未尝西向坐，示不臣朝廷。隐居教授，三征七辟皆不就。每读《诗》至"哀哀父母，生我劬劳"，未尝不三复流涕，门人受业者并废《蓼莪》之篇。这两句认为王裒仅废《蓼莪》而不能用行动反晋，并不足取，劝研德兄弟一定要投身实际斗争中去。

◎ 评析

钱谦益虽为贰臣，但仕清只四个月，此后竭力从事复明活动，因此，他劝侯家兄弟毋忘国仇家难，一定要坚定必胜信心，绝不可抱中立态度，要看到参加恢复大业的志士风起云涌，自己绝不能像王裒一样只是悼念父仇，而不能采取有力的行动去复仇。作者七律冠时，此诗虽句句用典，却毫不晦涩。

梅　村 [1]

吴伟业

枳篱茅舍掩苍苔 [2]，乞竹分花手自栽 [3]。
不好诣人贪客过 [4]，惯迟作答爱书来 [5]。
闲窗听雨摊诗卷 [6]，独树看云上啸台 [7]。
桑落酒香卢橘美 [8]，钓船斜系草堂开。

◎ 注释

[1] 梅村:《镇洋县志》:"梅村在太仓卫东,为明吏部郎王士骐别墅,名贲园,亦名新庄。祭酒吴伟业拓而新之,易今名。有乐志堂、梅花庵、交芦庵、娇雪楼、鹿樵溪舍、桤亭、苍溪亭诸胜。"

[2] 枳(zhǐ):木名,如橘树而小,高五七尺,叶多刺。枳篱,枳木编成的篱笆。掩苍苔:地面全被青黑色的苔藓覆盖着。

[3] "乞竹"句:谓由好友处讨来的竹子,分来的花枝,我亲手栽种在这小园里。

[4] 好(hào):喜欢。诣(yì)人:到别人家里去。贪:特别喜爱。过:来访。

[5] 书:信札。

[6] 摊:展开。

[7] 啸台:可以嘬口发出啸声的平台。

[8] 桑落:酒名。《水经注》四《河水》:"民有姓刘名堕者,宿擅工酿,采挹河流,酝成芳酎。悬食同枯枝之年,排于桑落之辰,故酒得其名矣。"卢橘:一名金橘。

◎ 评析

　　作者具诗人气质,其所经营的私家园林——梅村,别擅泉石之胜。他啸傲其间,云烟供养,心情十分愉悦。此诗最为传诵的两句是:"不好诣人贪客过,惯迟作答爱书来。"这种矛盾心态正反映了一部分孤芳自赏的名士的共同心理,而在全诗中,则恰巧体现了典型环境中的典型性格。

检阅故人姜箕笃遗稿,泫然有作[1]

宋　琬

宿草萋萋几度春[2],招魂不反大江滨[3]。
安知嗣祖非为福[4],况有要离可作邻[5]。
良友心期为楚些[6],孤儿风貌是吴人[7]。
西风似剪吹残烛,三复遗文泪满巾。

◎ 注释

[1] 姜贺笃：姜垓，字如须，山东莱阳人。崇祯十三年（1640）进士，官行人。《明诗综·诗话》："甲申后，避地吴门，卒葬西山之笠坞。"《明诗纪事》引张贞《半部稿》："国变后，流寓天台，号伫石山人。暮年与兄共隐鹿洲、鹤市之间，论文讲学，以仁义忠信为旨。三吴后学，翕然从风。"有《贺笃集》。

[2] 宿草：隔年的草。《礼记·檀弓》上："朋友之墓，有宿草而不哭焉。"

[3] 招魂：《楚辞》篇名，王逸以为屈原弟子宋玉所作，以招屈原之魂。

[4]"安知"句：《晋书·郭璞传》："王敦起璞为记室参军。是时颍川陈述为大将军掾，有美名，为敦所重，未几而没。璞哭之哀甚，呼曰：'嗣祖，嗣祖，焉知非福！'"

[5]"况有"句：《后汉书·梁鸿传》："鸿至吴，依大家皋伯通，居庑下。伯通察而异之，曰：'非凡人也！'乃方舍之于家。及卒，伯通等为求葬地于要离冢傍。咸曰：'要离烈士，而伯鸾清高，可令相近。'"要离，春秋时刺客，为公子光杀王子庆忌，己亦伏剑死。见《吴越春秋》。

[6] 心期：两相期许。楚些（suò）：宋玉《招魂》，每两句末一用"些"，助词无义，后因以泛指楚地乐调或楚辞。

[7]"孤儿"句：姜垓全家移居苏州，故其遗孤语音等皆似苏州人。

◎ 评析

宋琬在明末并未出仕，因此国变后仕清不算失节。而姜垓则是明遗民，风义凛凛。此诗以陈述死于王敦作乱之前为幸运相比，又赞其死伴要离的节义，潜台词是自觉愧疚。所以，他的"三复遗文泪满巾"，感情是复杂的。另外，宋琬这首七律用语典雅庄重，更能加强诗的哀感气氛。

紫　蒙[1]

屈大均

紫蒙近接黄花戍[2]，黑水斜穿白草军[3]。
一道榆关兼扼海[4]，双峰碣石故干云[5]。
天生飞将都无用[6]，人是长城独不闻[7]。
愁绝辽西征战后，两河磷火夜纷纷。[8]

◉ 注释

[1] 紫蒙：地名，即紫蒙川，在今辽宁朝阳境内。秦、汉间为东胡地。晋时鲜卑族宇文氏建国于此，后为鲜卑族另一支慕容廆所灭。宋人使契丹诗常用"紫蒙"字。

[2] 黄花戍：一指黄花路城，在昌平州东北一百里，旧名渤海所，明弘治中置千户所于此。一指黄花镇，在昌平州北八十里，有城，当居庸与古北二关之中，为京师北户，明置参将、守备驻此。

[3] 黑水：即黑龙江。白草军：疑指白草沟，在山西代县西北五十五里。上有太和岭，古雁门关在上。明设巡司。

[4] 榆关：即山海关。海：渤海。

[5] 碣石：《汉书·武帝纪》注引文颖谓在临榆（县名，隋改为卢龙县，城本榆关。明设山海卫）。远望其山，穹窿似冢，山顶有巨石突出，其形如柱，故名。干云：高及云际。

[6] "天生"句：飞将，神速勇猛的战将。此句指吴三桂以总兵镇守山海关，而勾引清兵入关，遂致明亡。王昌龄《出塞》："但使龙城飞将（指汉武帝时的名将李广）在，不教胡马度阴山。"作者慨叹：如遇汉奸，即李广亦无用。

[7] "人是"句：《宋书》《南史》檀道济传：道济佐宋武帝刘裕建立王朝，数有战功，威名甚重。武帝崩，文帝立，又屡立战功。文帝虑身后难制，杀之。收捕时，道济脱帻投地曰："乃坏汝万里长城！"此句是说，像檀道济这样的名将竟再也听不到了。

[8] "愁绝"二句：辽西，郡名。秦置，汉因之，治阳乐。辖境相当今河北迁西、乐亭以东、长城以南、大凌河下游以西地区。两河，见上钱谦益《简侯研德，并示记原》注[5]。

◉ 评析

作者是富有民族气节的志士，此诗即表现了他的义愤。"紫蒙""黑水""榆关""碣石"四句描写形势险要，但是守将不得其人，再好的地利也不起作用，所以五、六两句全从人事着眼，含蓄而愤怒地指斥汉奸洪承畴、吴三桂的卖国罪行。最后两句痛心地指出，关键性的辽西战役之后，黄河南北在清贵族的铁骑践踏之下，汉族人民家破人亡，不计其数，悲惨极了！

秋夜同梁巨川、卢儶斯过宿潘子登寓斋，早起别去，与巨川登锦岩，次子登韵^[1]

陈恭尹

步屟闲阶月满堂^[2]，更浮香茗对幽篁^[3]。

人过中岁衰难寐，酒到深更醒亦狂^[4]。

竹榻梦回余旧泪，绤衣朝起趁新凉^[5]。

不堪共上高岩望，江水迢迢似恨长。

陈恭尹
(1631—1700)

字元孝，号半峰，晚号独漉山人，广东顺德人。生于明思宗崇祯四年（1631），卒于清圣祖康熙三十九年（1700），年七十。父邦彦，明末殉国难，恭尹时仅十余岁，无家可归，流浪数年。后归，抑志读书，终身不仕。筑室羊城之南，以诗文自娱，自称罗浮布衣。工诗，与屈大均同为岭南诗派之代表。有《独漉堂集》。

◎ 注释

[1] 梁巨川：生平不详。卢儶斯：生平不详。潘子登：生平不详。锦岩：即锦石岩，在广东仁化南十七里，与丹霞山相连。

[2] 步屟（xiè）：行走。《南史·袁粲传》："（粲）又尝步屟白杨郊野间。"屟，鞋子。

[3] 茗（míng）：晚采的茶。篁：竹，竹林。

[4] 醒亦狂：用《汉书》盖宽饶事。

[5] 绤（chī）衣：暑天穿的细葛布衣服。

◎ 评析

这不是一般朋友的杯酒联欢，而是几位明遗民的有心聚会。闲阶步月，对竹品茶，似乎是文人常态。然而"衰难寐""醒亦狂"，言外之意就深长了。至于梦回而余旧泪，恨与江水同长，这种故国之思，就更跃然纸上。大概遗民的诗，为避新朝忌讳，往往言词隐约，此诗也是这样。

拂水山庄[1]

查慎行

松圆为友河东妇[2]，集里多编唱和诗[3]。
生不并时怜我晚，死无他恨惜公迟[4]。
峥嵘怪石苔封洞，曲折虚廊水泻池。[5]
惆怅柳围今合抱，攀条人去几多时！[6]

查慎行
（1650—1727）

初名嗣琏，字夏重，后更名慎行，字悔余，晚号初白。浙江海宁人。生于清世祖顺治七年（1650），卒于世宗雍正五年（1727），年七十八。康熙三十二年（1693），举顺天乡试。圣祖东巡，以大学士陈廷敬等奏荐，召至行在，赋诗称旨，诏随入都，直南书房。四十二年（1703），特赐进士出身，改翰林院庶吉士，散馆，授编修。寻充武英殿校勘官，事竣，仍入直。雍正时，以弟查嗣庭案，全家被逮，后放归。少受业于黄宗羲，精于《易》学。诗尤工，古体学苏，近体似陆，又能变化之。有《敬业堂集》。

[1] 拂水山庄:《牧斋遗事》:"拂水山庄在（常熟）西郊锦峰之麓，牧翁之先茔在焉，依丙舍为别业，曰耦耕堂，曰秋水阁，曰小苏堤，曰梅圃溪堂，曰酒楼，时挈河东（指柳如是）游息其间。"

[2] 松圆:程嘉燧，字孟阳，号松圆，休宁人，侨居嘉定。生于明世宗嘉靖四十四年（1565），卒于思宗崇祯十六年（1643）。少不羁，弃举子业，学击剑，不成，乃折节读书。精音律，工书画，尤长于诗。钱谦益极推重之，称为松圆诗老。有《浪淘集》。河东:指柳如是。柳初为吴江名妓，字蘼芜。本姓扬名爱，后改名。色艺冠一时。工词翰。谦益娶为妾，相得甚欢，呼为河东君，筑绛云楼居之，酬唱无虚日。明亡，劝谦益殉国，不能从。后谦益病没，殉之。

[3] 集:指钱谦益的《初学集》。唱和（hè）:以诗相酬答。

[4] "死无"句:谓可惜钱谦益于明亡时不能殉国，反而降清，致成贰臣。

[5] "峥嵘"二句:此言拂水山庄风景依旧而人事已非。

[6] "惆怅"二句:《晋书·桓温传》:"温自江陵北伐，行经金城，见少为琅邪时所种柳皆已十围，慨然曰:'木犹如此，人何以堪!'攀枝执条，泫然流涕。"这两句意含双关，表面说拂水山庄中的柳树已较钱谦益在时粗壮多了，而钱现在却已逝去多年了。深层意思则以柳比柳如是，以攀条人指钱谦益，讽刺他攀折冶叶倡条，真是"风流浪子"。

◎ 评析

　　这首诗脍炙人口，广为流传，尤以三、四两句最为委婉。上句表示倾慕牧斋之才，下句表示对其变节之惋惜。至于开头两句，是歆羡其诗友（包括程嘉燧与柳如是）相得之乐。五、六句是抒物在人亡之悲。最后两句语意双关，别有风趣，既是写实，又是对钱、柳的悼念，而悼念中颇含调侃之意。

残冬展假，病榻消寒，聊当呻吟，语无伦次，录存十六章[1]（选一）

查慎行

茫茫大地托根孤[2]，只道烟霄是坦途[3]。
短袖曾陪如意舞[4]，长眉难画入时图[5]。

移灯见蝎宁防毒^[6]，误笔成蝇肯被污^[7]？
窃喜退飞犹有路^[8]，的应决计莫踟蹰^[9]。

◎ 注释

[1] 展假：延长假期。消寒：此指以吟诗消融寒气，如消寒会之聚集友朋以酒消遣。

[2] "茫茫"句：此句比喻自己在朝为官，孤立无助。

[3] 烟霄：高空，比喻朝廷。

[4] "短袖"句：《汉书·景十三王传·长沙定王刘发传》：发，景帝唐姬子，"母微无宠，故王卑湿贫国"。注引应劭曰："景帝后二年，诸王来朝，有诏更前称寿歌舞。定王但张袖小举手，左右笑其拙。上怪问之，对曰：'臣国小地狭，不足回旋。'"

[5] "长眉"句：此用朱庆余《近试上张水部》之"妆罢低声问夫婿：画眉深浅入时无"。

[6] "移灯"句：韩愈《送文畅师北游》："昨来得京官，照壁喜见蝎。"此句是说，移灯见蝎，本以为喜，宁防其螫己？

[7] "误笔"句：《吴录》："曹不兴善画，（孙）权使画屏风，误落笔点素，因就以作蝇。既进御，权以为生蝇，举手弹之。"此句是说，己如素（白）绢，不肯被污而画成苍蝇。

[8] 退飞：字面用《左传·僖公十六年》之"六鹢退飞过宋都"，意即辞官归里。

[9] 的应（yīng）：的确应该。

◎ 评析

　　查慎行很受康熙帝赏识，但也因此更容易引起同僚们的妒嫉，尤其满人中的大官更看不惯汉人的得宠。这首诗反映的就是孤立无援、希图退隐的心态。由于大地根孤，自然烟霄途窄。中间两联是对一、二句的具体化：短袖舞难回旋，长眉画不合式，蝎毒难防，蝇污不屑，于是结句催促自己赶快退飞。

次韵董浦春日书怀^[1]（四首选一）

厉　鹗

独坐杉亭簇绛趺^[2]，看花折简不烦呼^[3]。

从无长物称名士^[4]，雅有闲情属固姑^[5]。

酒畔俳谐编作集^[6]，墓堂文字积成逋^[7]。

与君共喜慈颜奉^[8]，未敢人前号老夫^[9]。

✦ 厉 鹗

（1692—1752）

字太鸿，号樊榭，浙江钱塘（今杭州）人。生于清圣祖康熙三十一年（1692），卒于高宗乾隆十七年（1752），年六十一。于书无所不窥，所得皆用之于诗。乾隆元年（1736），浙江总督荐应博学鸿词科。试日，误写论在诗前，报罢。值部铨期近，思得薄禄养亲，复入京。行次天津，旧友查为仁留之，同撰周密《绝妙好词笺》，遂不就选而归。其诗幽新隽妙，刻琢研炼，为浙派代表，有《樊榭山房集》。

◎ 注释

[1] 菫浦：浙派另一诗人杭世骏之号。

[2] 绛跗：《文选》束皙《补亡诗·白华》："白华绛跗，在陵之陬。"跗，花萼，即环列花朵外部的叶状薄片。此句既写实（杉亭周围皆种有白色花朵红色花萼的鲜花），又用束皙《白华》诗意，表示对老母的孝养之情，与第七、八句相呼应。

[3] 折简：寄信。

[4] "从无"句：《世说新语·德行》："王恭从会稽还，王大（忱）看之。见其坐六尺簟，因语恭：'卿东来故应有此物，可以一领及我。'恭无言。大去后，即举所坐者送之。既无余席，便坐荐上。后大闻之，甚惊，曰：'吾本谓卿多，故求耳。'对曰：'丈人不悉恭，恭作人无长物。'"长物，多余之物。名士，魏晋时用以称废弃礼法任性而行好为玄谈的士人。此句指杭氏清贫自守，蔑视世俗。

[5] 雅：极，甚。闲情：陶潜有《闲情赋》，闲本防止之意，后人多解为"闲适"，又转为艳情。固姑：贵妇人戴的一种帽子，高二尺许，形圆，料用红罗，元朝后妃及大臣妻子多戴用。俗称"箍箍帽"。元人蒋平仲《山房随笔》引聂碧窗《咏北妇》诗："江南有眼何曾见，争卷珠帘看固姑。"此借指满洲贵妇。

[6] "酒畔"句：《隋书·经籍志》《俳谐集》十卷，宋袁淑撰。《左传疏》：宋太尉袁淑取古之文章令人笑者，次而题之，名曰《俳谐集》。

[7]"墓堂"句：明人沈周有句云："墓堂文字老生涯。"墓堂文字指为死者作碑铭，从而得其子孙厚酬。逋（bū），拖欠。积成逋，应酬文字多如债务，难以偿清。

[8]慈颜：母亲慈和的容貌，即代指母亲。

[9]"未敢"句：此句用《礼记·坊记》："父母在，不称老。"

◎ 评析

　　厉鹗和杭世骏都有老母在堂，所以此诗第一句和七、八两句都表示了这层意思。其余五句写两人在侍养之时，常作诗酒之会，也以清贫自守，至于生活所需，则靠为人作谀墓文字。厉、杭都是名士，却不像汪中那样厌恶铜臭，他们常和扬州盐商往来，盐商也爱附庸风雅，以与他们交往为荣。

出国门作[1]（二首选一）

杭世骏

尘涨都亭失翠微[2]，一行风柳扑人飞。

蝶将晒午先垂翅，荷为延秋早褪衣[3]。

七载旧游程可按[4]，卅年壮志事全违。

穷檐肯负名山业[5]，史稿还堪证昔非[6]。

杭世骏
（1696—1773）

字大宗，号董浦，浙江仁和（今属杭州）人。生于清圣祖康熙三十五年（1696），卒于高宗乾隆三十八年（1773），年七十八。雍正二年（1724）举人。乾隆元年（1736），召试博学鸿词，授翰林院编修。性亢爽，每面责人过，同僚皆严惮之。后竟因直言忤旨，罢归。晚年主讲扬州、粤东书院，以实学课士。博学洽闻，尤深于诗，与厉鹗同为浙派诗人冠冕。有《道古堂集》。

◎ 注释

[1] 出国门：国门，都城之门，此指北京之城门。龚自珍《杭大宗逸事状》："乾隆癸未岁［实为癸亥岁，即乾隆八年（1743）］，杭州杭大宗以翰林保举御史，例试保和殿。大宗下笔为五千言，其一条云：'我朝一统久矣，朝廷用人，宜泯满、汉之见。'是日旨交刑部，部议拟死。上博询廷臣，侍郎观保奏曰：'是狂生，当其为诸生时，放言高论久矣。'上意解，敕归里。"

[2] 都亭：秦法，十里一亭，郡县治所则置都亭。翠微：轻淡青葱的山色。

[3] "荷为"句：谓荷叶由于入秋而凋残了。

[4] "七载"句：谓自进京至今日出京，已历七年，七年中常作郊游，其路程历历可见。

[5] 穷檐：犹言陋室。名山业：指著述，用司马迁《史记·太史公自序》语。

[6] 史稿：以《史记》比喻自己的著述。昔非：用陶渊明《归去来兮辞》"知今是而昨非"。

◎ 评析

这首诗表现了杭世骏的铮铮傲骨。前四句写出北京城门后所见景物，赋而兼比（"垂翅""褪衣"象征自己罢官为民）。后四句出以议论。壮志全违，毫无引咎自责之意，明显表示罢官非己有罪。最后两句隐以司马迁著《史记》自比，言外之意，以乾隆帝比汉武帝，而司马迁对汉武帝的不敬，被王允斥为"谤书"即可证明。那么，此也表示了杭世骏对乾隆帝的不满。

书家书后^[1]

姚　范

封罢虚堂思寂寥^[2]，残灯风幌影频招^[3]。

用同洴澼求龟药^[4]，饱羡侏儒忆炙鸮^[5]。

故我依人从枳化^[6]，新霜入鬓愧虫雕^[7]。

软红自哂君何与^[8]，茸帽鞭丝一样飘^[9]。

◆ **姚　范**

（1702—1771）

字巳铜，一字姜坞，又字南菁，安徽桐城人。生于清圣祖康熙四十一年（1702），卒于高宗乾隆三十六年（1771），年七十。乾隆七年（1742）进士，改翰林院庶吉士。十年，散馆授编修。后乞告归，卒于家。诗文不主家法，必达其意，绝去依傍，自成体势。有《援鹑堂诗集》。

◎ 注释

[1] 书家书后：此诗是给家中妻子写了一封信后，心有所感，便写在信纸后面的。

[2]"封罢"句：谓在空空的厅堂上写完家信，把它封好后，不禁乡愁顿起，倍感寂寞。思（sì），心情，情思。

[3] 风幌（huǎng）：遮风的帘幕。幌，帷幔，窗帘。

[4]"用同"句：《庄子·逍遥游》："宋人有善为不龟手之药者，世世以洴澼絖为事。"龟（jūn），皮肤因寒冷或干燥而坼裂，同"皲"。洴（píng），浮。澼（pì），漂。絖（kuàng），丝绵。《庄子》谓同一不龟手之药，宋人只用以洴澼絖，而一客以百金买其方，为吴王将兵与越人水战，大败之。客以功为封君。此句自叹空负奇才，不能大用。

[5]"饱羡"句：饱羡侏儒，用东方朔语。《汉书·东方朔传》："朱儒长三尺余，奉一囊粟，钱二百四十；臣朔长九尺余，亦奉一囊粟，钱二百四十。朱儒饱欲死，臣朔饥欲死。"朱（同侏）儒，特别矮的人。炙鸮，用《庄子·齐物论》："且汝亦大早计，见卵而求时夜，见弹而求鸮炙。"此句是说，自己在朝廷做京官，生活清苦得很。

[6]"故我"句：故我，保持原有品德的旧我。依人，用王粲避乱入荆州依刘表事。枳化，

用《周礼·考工记·总序》及《晏子春秋》的橘逾淮而北则为枳语意。此句是说，虽然
依人作计，仍然保持本色，听由别人去变坏。

[7]"新霜"句：虫雕，即雕虫，扬雄《法言·吾子》："或问：'吾子少而好赋?'曰：'然，
童子雕虫篆刻。'俄而曰：'壮夫不为也。'"此句是说，两鬓初白，壮志未酬，每天只是
作些诗、赋等应酬文字，真是惭愧。

[8]"软红"句：软红，指都市的繁华。哂（shěn），嘲笑。君，指其妻。此句是说，我自己
嘲笑自己天天在这繁华场中混，你何必也来混，倒是在故乡安静。

[9]氅帽：折叠的帽子。鞭丝：马鞭上的流苏（以五彩丝线制成的穗子）。

◎ 评析

　　所谓家书，是给其妻的信。他感叹自己做京官不但不能大展经纶，
个人生活也很清苦，同流合污心有不甘，长年累月写些应制文章只是浪
费时间，最后自我解嘲地说，我是没有办法，只好在软红尘中混，你又
何必来凑这份热闹呢？这些内容大概都包含在那封家信当中，此诗不过
加以高度概括而已。

归田即事 [1]（四首选一）

赵　翼

新葺茅庐在水南 [2]，拟栽修竹翠毵毵 [3]。
持斋怕入远公社 [4]，习静便同弥勒龛 [5]。
诗就多兼唐小说 [6]，客来与作晋清谈 [7]。
所惭懒废无才思 [8]，输与山阴老学庵 [9]。

◎ 注释

[1] 归田：辞官还乡。即事：就眼前事物作诗。

[2] 葺（qì）：本指用茅草覆盖房屋，也泛指修理房屋。

[3] 修竹：长长的竹子。毵（sān）毵：形容细长的枝叶。

[4] "持斋"句：持斋，佛教徒持守戒律而素食。周续之《庐山记》："远师勉令陶潜入莲

社，渊明攒眉而去。"按：晋释慧远与慧永、刘遗民、雷次宗等十八人结社于庐山东林寺，同修净土之法，因号白莲社。谢灵运求入社，慧远以其心杂不许；而强邀陶渊明入社，渊明以佛教戒酒，故攒眉离去，不肯入社。此句是说，我饮酒食肉惯了，即使有时素食，也和陶渊明一样，不愿与和尚结缘，遵守戒律。

[5] 习静：排除杂念，静坐修性。褚遂良书："久弃尘世，与弥勒同龛。"

[6] "诗就"句：就，成。唐小说，指《唐人说荟》之类。按：《唐人说荟》为类书，共一百六十四种，皆唐人传奇、笔记小说，间及掌故，词藻可供词章家取材。此句是说，我归田后，所作的诗，多用唐人小说中的典故。

[7] "客来"句：清谈，即玄谈，指魏、晋间何晏、王衍等崇尚《老》《庄》，竞谈玄理的风气。此句是说，有客来访，只跟他像魏、晋名士们那样清谈，毫不牵涉时政。

[8] 才思（sì）：才气与思路。

[9] 山阴老学庵：指陆游。陆游，浙江山阴（今属绍兴）人，老学庵为其书斋名，取师旷老而学如秉烛夜行之意。

◎ 评析

　　作者是史学家而兼诗人，退休家居，全力以赴地从事研究与著作。此诗写其退休生活，首先整治了一个幽雅的读书环境，其次和陶渊明一样任情自然，不同处是自己还一心著书。学术工作之暇，也作作诗，也和朋友清谈。最后两句自谦。

登永济寺阁，寺是中山王旧园[1]

姚　鼐

中山王亦起临濠[2]，万马中原返节旄[3]。

坊第大功酬上将[4]，江天小阁坐人豪[5]。

绮罗昔有岩花见[6]，钟磬今流石殿高[7]。

凭槛碧云飞鸟外，夕阳天压广陵潮。[8]

◎ 注释

[1] 永济寺：在江宁府（今南京）西北燕子矶旁。

[2]"中山"句：徐达，字天德，安徽濠州（治今安徽凤阳）人，初为郭子兴部将，后归朱元璋，征略四方，军纪严明。朱元璋攻灭张士诚，北上灭元，皆以达为大将军。洪武元年（1368）他带兵克大都（今北京），分兵平定北方各地。累官中书右丞相，封魏国公。卒后追封中山王，谥武宁。临濠，府名（原名濠州），治所在钟离（今安徽凤阳东），以城临壕水得名。洪武二年（1369），因皇室先世陵墓所在，建为中都。七年（1374），改为凤阳府，迁治凤阳。此句"中山王亦起临濠"，因元末郭子兴、朱元璋皆起义于此。

[3]"万马"句：指徐达北上灭元，平定北方。节旄，节以竹为之，柄长八尺，节上缀牦牛尾饰物，称节旄。此指旄节，唐制，节度使专制军事，给双旌双节，行则建节，树六纛，旌以专赏，节以专杀。

[4]"坊第"句：《明史·徐达传》：太祖尝以吴王旧邸赐达，达固辞，乃于邸前为治甲第，表其坊曰大功。按：坊在江宁府聚宝门内。

[5]"江天"句：人豪，人中豪杰，指徐达。此句是想象徐达当年坐此小阁中遥望长江之上的云天。

[6]绮罗：素地织纹起花的丝织物叫绮。质地轻软、经纬组织显椒眼纹的丝织品叫罗。绮罗，此以指代当年中山王府内的贵族妇女。昔有岩花见：是说现在永济寺中高廊下的鲜花从前曾经见过那班贵族妇女。

[7]"钟磬"句：谓现在高大的殿堂上却传送着一阵阵的撞钟击磬（和尚念经时用）的声音。

[8]"凭槛"二句：槛，阑干。广陵潮，《昭明文选》枚乘《七发》："将以八月之望，与诸侯远方交游兄弟，并往观涛乎广陵之曲江。"广陵，今扬州。曲江，指扬州南长江的一段。这两句是说，我今天登上此小阁，凭阑而望，透过碧云和飞鸟，只见夕阳映照下的江水滔滔东去。

◎ 评析

　　此诗纯系逆写。前半部分写永济寺前身是中山王府。一、二句概叙徐达的籍贯和功绩，三、四句写王府的由来和徐达的形象。五、六句由昔过渡到今：由今之岩花想象昔之绮罗，而昔之石殿今只听到钟磬声。最后两句点出作者的"登"，把无限兴亡之感寄托在碧云飞鸟和浩荡波涛之中。

金陵晓发[1]

姚 鼐

湖海茫茫晓未分，风烟漠漠棹还闻。[2]
连宵雪压横江水[3]，半壁山腾建业云[4]。
春气卧龙将跋浪[5]，寒天断雁不成群。
乘潮鼓楫离淮口[6]，击剑悲歌下海濆[7]。

◎ 注释

[1]金陵：今南京。晓发：清早开船动身。

[2]"湖海"二句：写天色尚未大亮，只听到开船划水的声音。棹（zhào），划水行船。

[3]横江：即横江浦，在今安徽和县东南。与南岸采石矶隔江对峙，古为要津。

[4]半壁：半边，指东南地区为全国的一半。建业：东晋及南朝宋、齐、梁、陈建都之地，
故址即今南京。

[5]"春气"句：指春天气候逐渐温暖，万物复苏，因而想象江底卧龙也将踏浪而起。跋，
踩，践踏。

[6]鼓楫：摇动船桨。淮口：淮河出入的通道。淮河源出河南桐柏山，东经安徽、江苏入
洪泽湖，主流合于运河，经高邮湖、江都入长江。

[7]海濆（fén）：海边的高地。

◎ 评析

　　一、二句写出"晓发"，三、四句写出"金陵"，五、六句写出季
节，并用比兴手法表现自己飞腾壮志，和离别家人的惆怅心情。七、八
句以"击剑悲歌"总结五、六句的内容。全诗四联，不但中间两联是对
偶句，而且首尾两联也自成对句，这种形式是仿杜甫"风急天高猿啸
哀"（《登高》）的。

晓　行

洪亮吉

村鸡喔喔酒全倾[1]，拥被求衣事晓行[2]。

四野月明迷向背[3]，一山云出定阴晴[4]。

春残苦乏加餐信[5]，道远愁非负米程[6]。

醉醒十年前事起，马头尘梦较凄清。[7]

◎ 注释

[1]"村鸡"句：谓到村子里雄鸡喔喔报晓的时候，我昨夜买来的酒已经全部喝完了。

[2]事晓行：准备清早上路。事，作，从事。

[3]"四野"句：此写太阳未出，月色虽明，却分不清方向。向背，正面与背面。

[4]"一山"句：谓满山的云气显露了，才可以根据它的颜色判断天气的阴晴。

[5]春残：三月下旬。加餐信：指家信。

[6]负米：《孔子家语·致思》："子路见于孔子，曰：'……昔者由也事二亲之时，常食藜藿之实，为亲负米百里之外。亲殁之后，南游于楚，从车百乘，积粟万钟，累茵而坐，列鼎而食，顾欲食藜藿为亲负米者不可复得也。……'孔子曰：'由也事亲，可谓生事尽力，死事尽思者也。'"此句是说，我今亦远行百里之外，但已非负米，因为慈母已不在了。

[7]"醉醒"二句："醉醒"回应首句"酒尽倾"，指在半醉半醒间，十年前侍母家居，怡怡一堂的往事浮上心头，使得我现在奔走风尘时，内心更感到凄苦。

◎ 评析

　　此诗编于《卷施阁诗》卷一，作者正赴北京。一、二句写准备上路，三、四句写上路后天色越来越亮。五、六句写慈母已逝，再接不到劝加餐的家信，自己外出谋事也不再是为了孝养母亲了。最后两句回应首句，并承接五、六句，写自己对亡母的思念。洪亮吉是孝子，对他的母亲有特别深沉的孝思。

读放翁集

吴锡麒

铁马金戈梦不成[1]，熏炉茗椀寄余情[2]。
苏黄以外无其匹[3]，梁益之间老此生[4]。
击贼未忘垂钓日[5]，临终如唱渡河声[6]。
长吟直与精灵接[7]，千亿梅花坐月明[8]。

◈ **吴锡麒**
（1746—1818）
字圣征，号谷人，浙江钱塘（今杭州）人。生于清高宗乾隆十一年（1746），卒于仁宗嘉庆二十三年（1818），年七十三。乾隆四十年（1775）进士，改翰林院庶吉士。散馆，授编修。累官国子监祭酒。以亲老乞养归里。至扬州，主讲安定乐仪书院。诗境超妙，能直继朱（彝尊）、查（慎行）、杭（世骏）、厉（鹗）之后。有《有正味斋集》。

◎ **注释**

[1] "铁马"句：宋孝宗淳熙七年（1180）五月，陆游在江西抚州（任提举江南西路常平茶盐公事职）任上，曾作《五月十一日夜且半，梦从大驾亲征，尽复汉唐故地，见城邑人物繁丽，云：西凉府也。喜甚，马上作长句，未终篇而觉，乃足成之》。这时他六十五岁。然而直到八十六岁逝世时，仍旧"但悲不见九州同"。铁马，披甲的战马。陆游《书愤》有"铁马秋风大散关"句，欢呼吴璘部与金人激战，收复大散关的胜利。

[2] "熏炉"句：熏炉，用以熏香或取暖的炉子。茗椀，茶杯。余情，多余的感情。此句是说，陆游北伐恢复中原的理想不能实现，只有将忧国忧民以外的感情寄托在闲居的生活上。郑燮《范县署中寄舍弟墨第五书》曾将杜甫与陆游两家的诗题对比，认为陆游"诗最多，题最少，不过《山居》《村居》《春日》《秋日》《即事》《遣兴》而已"。他分析其原因是："南宋时，君父幽囚，栖身杭越，其辱与危亦至矣。讲理学者，推极于毫厘分寸，而卒无救时济变之才；在朝诸大臣，皆流连诗酒，沉溺湖山，不顾国之大计，是尚得为有人乎？是尚可辱吾诗歌而劳吾赠答乎？直以《山居》《村居》《夏日》《秋日》，了却诗债而已。且国将亡，必多忌：躬行桀、纣，必曰驾尧、舜而轶汤、武。宋自绍兴以来，

主和议，增岁币，送尊号，处卑朝，括民膏，戮大将，无恶不作，无陋不为。百姓莫敢言喘，放翁乌得形诸篇翰以自取戾乎？"郑燮这段话可以帮助我们理解此句。

[3]"苏黄"句：苏，苏轼。黄，黄庭坚。匹，对手，匹偶。此句是说，整个宋朝的诗人们，除苏轼和黄庭坚外，没有一个比得上陆游。

[4]"梁益"句：梁，梁州，宋为兴元府，故治在今陕西南郑县东。益，益州，汉置，故地大部在今四川境内。宋代曾改成都府为益州。陆游四十七岁时，驻在汉中（宋为兴元府）的四川宣抚使王炎辟他为干办公事。他经常身穿戎衣，过着军旅生活，曾经雪中刺虎，还戍守过边防要塞大散关。王炎被朝廷召还后，陆游改除成都府安抚司参议官，又相继在蜀州（治今四川崇庆）、嘉州（治今四川乐山）、荣州（治今四川荣县）等地供职，对蜀地产生了深厚感情，"乐其风土，有终焉之志"。（《剑南诗稿·陆子虡跋》）陆游晚年诗中常回忆这两地的生活。老此生：过完这一辈子。此句是说，陆游愿意在战斗生活中过完自己这一辈子。

[5]"击贼"句：此言即使在家乡闲居近二十年，他也时刻不忘北伐去驱逐敌寇。

[6]"临终"句：陆游临终绝笔《示儿》有"王师北定中原日，家祭无忘告乃翁"。明人徐伯龄《蟫精隽》卷十五《放翁临终诗》一则云："……（引诗略）愚谓矍铄哉此老，可谓没齿不忘朝者矣，较之宗泽三跃渡河之心，何以异哉！"郎瑛《七修类稿》卷二十一《陆放翁》一则云："……至于临终一绝云（引诗略），此亦有三跃渡河之意。"按：《宋史·宗泽传》：泽前后请高宗还京二十余疏，俱为奸人所抑，忧愤成疾，大呼过河者三而卒。

[7]"长吟"句：长吟，指作诗，杜甫有"新诗改罢自长吟"句。精灵，神明。此句是说，陆游高妙，是直接神明、功侔造化的。

[8]"千亿"句：陆游《梅花绝句》其三："闻道梅花坼晓风，雪堆遍满四山中。何方可化身千亿，一树梅花一放翁？"

◉ 评析

这是作者读陆游诗集的读后感。一、二句是对陆诗的概括，第三句是对陆诗的艺术评价，第四句是说陆游并不愿只做一个诗人，而是期望做一名战士。五、六句说即使在他闲居时也不忘击贼，临终时还希望恢复失地。最后两句说陆诗万首，表现了他的爱国真情与崇高品格。

邕州城楼[1]

黎　简

归心东与急流争，又见飞帆西去程。[2]

知有年华在前路，可教人事但长征。[3]

云移日影流山色，风挟江涛入雨声。[4]

此是吾乡好时节，水村茅屋罢春耕。[5]

❖ 黎　简
（1748—1799）

字简民，一字未栽，号二樵，广东顺德人。生于清高宗乾隆十三年（1748），卒于仁宗嘉庆四年（1799），年五十二。肆力于古，名声日盛，以得气虚疾，足不逾岭。名流来粤者，皆折节下之。其诗锤凿锻炼，自成一家，著有《五百四峰草堂诗文钞》。

◎ 注释

[1] 邕州：即南宁府，旧治所在今广西南宁。

[2]"归心"二句：南宁在顺德之西。作者站在南宁城楼上，想归故乡的心思很迫切，跟眼前邕江的东流水一样匆促，但是所见到的船却是往西开的。

[3]"知有"二句：谓也知道自己还年轻，来日方长，但老是这样为世事奔波，却又何苦！

[4]"云移"二句：此作者在城楼所见景色。浮云逐渐掩盖了阳光，映照得山色逐渐暗淡。狂风卷起江上的波浪，加入到大雨中，共同发出巨大的响声。

[5]"此是"二句：此言眼前的风雨，使作者想到家乡的春耕。现在正是春耕大忙时节刚刚结束的时候，水村茅屋中的乡亲们该又在忙着下一步的活儿吧。

◎ 评析

　　这是一首表达思乡心情的诗。开头两句说愈想还乡愈不能如愿。三、四句说明其所以急于还乡，是因为在邕州简直无所作为。五、六句接着一、二句写在城楼上所见景色，也含有韶光虚掷之意。最后两句想象家乡农事正忙的情形。

金陵别邵大仲游^[1]

黄景仁

三千余里五年遥^[2]，两地同为断梗飘^[3]。
纵有逢迎皆气尽^[4]，不当离别亦魂消^[5]。
经过燕市仍吴市^[6]，相送皋桥又板桥^[7]。
愁绝驮铃催去急，白门烟柳晚萧萧。^[8]

◎ 注释

[1] 邵大仲游：《两当轩集》附《先友爵里名字考》："邵仲游，名圣艺，昭文（旧县名，今属江苏常熟）人，监生。"大，五服兄弟内居长。按：圣艺字仲游，仲为次，殆有兄已殁，故作者称为邵大。

[2] "三千"句：此言两人所居相距三千余里，不见面已有五年之久。

[3] 断梗飘：断梗，断枝，比喻微贱之物；飘，飘流无定。

[4] "纵有"句：逢迎，迎接。气尽，豪气完全消失了。此句是说，即使我们所到之处，有人容纳，但也不能独行其志，只能虚与委蛇，勉强应付。

[5] "不当"句：谓即使不在离别之际，也不禁十分悲伤，何况现在我又和你分手，从此天各一方呢？

[6] "经过"句：过（guō），读平声。燕（yān）市，春秋、战国时燕国的国都。《史记·荆轲传》："荆轲嗜酒，日与狗屠及高渐离饮于燕市。"仍（réng），跟随。吴市，今江苏吴县，春秋时为吴国都。《史记·范雎传》："伍子胥……鼓腹吹篪，乞食于吴市。"此句是说，我们度过荆轲悲歌燕市的生活，接着又过着伍子胥乞食吴市的生活。

[7] "相送"句：皋桥，在江苏吴县阊门内，汉代皋伯通居此桥而得名。板桥，又作版桥，在南京秦淮河边。此句是说，当年我在吴县送你走，现在又在南京送你走。

[8] "愁绝"二句：驮铃，载人或驮（tuó）行李的马颈下的铃铛。白门，南朝宋都建康城正南门宣阳门世称白门。后世以指代金陵。这两句是说，最使人发愁的是你的背行李的马，正摇动着颈下的铃铛，在紧急地催促你上路；而南京城外笼罩在烟雾中的柳树，也在晚风中萧萧作响。

作者多情，也善于言情。一、二句说我们分别五年，距离很远，彼此的生活都不安定，难得有见面的机会。三、四句紧接"断梗飘"写由于事业上的失意，因而一向豪气消磨，心情忧郁。五、六句说，现在好不容易见到你，回想过去的离合情形，真想这次好好地多相聚一些日子，谁知你又急匆匆地走了，耳听驮铃响和烟柳萧萧声，怎不叫我难受极了？

十六日雪中渡江

张问陶

故人折简近相招，一舸横江路不遥[1]。

醇酒暗消京口雪[2]，大帆平压海门潮[3]。

扬州灯火难为月[4]，吴市笙歌剩此箫[5]。

那管风涛千万里，妙莲两朵是金焦。[6]

◉ 注释

[1] 舸（gě）：船。横江：横越长江。

[2] "醇酒"句：醇（chún）酒，味厚的美酒。京口，城名，在今江苏镇江。此句是说，我从镇江横渡长江到扬州去，尽管天下大雪，我却喝着醇酒，不知不觉中驱散了寒气。

[3] "大帆"句：海门，古县名，清代属扬州府，以地处海隅而名，在今江苏启东东北。元末以后，县境渐坼于海，县治逐步西移，清康熙十一年（1672）省县并于通州。此句是说，我坐的大船压住了海门涌来的怒涛，从容地向前行驶。

[4] "扬州"句：指扬州府夜晚灯火辉煌，把天上的明月都反衬得黯然无光了。

[5] "吴市"句：作者自比伍子胥流落吴市，吹箫乞食。

[6] "那管"二句：谓不管长途的狂风巨浪如何险恶，占据我心目的却是两朵美丽的莲花似的金山和焦山。

扬州的老朋友来信邀作者过江玩，他从镇江横渡长江，痛饮美酒来消寒，从容地坐船前行。到了扬州，繁灯密火使月光也黯然失色了，他觉得自己这个穷书生真要变成一个乞丐了。但是他是个狂放的诗人，不管人世的风涛怎样险恶，他仍然兴高采烈地欣赏金山和焦山，觉得它们真是长江中遥遥相对的两朵莲花呀。

送客至莫愁湖上，遂登胜棋楼，有作[1]（二首选一）

舒　位

丁字帘栊井字楼[2]，画船摇出一城秋[3]。

十年飘泊才湖上（甲子岁来金陵，未尝游此）[4]，

六代消沉此石头[5]。

漫道佳人难再得[6]，只因少妇不知愁[7]。

栖鸦流水空消息，留作词场考异邮。[8]

舒　位

（1765—1815）　　字立人，号铁云，北京大兴人。生于清高宗乾隆三十年（1765），卒于仁宗嘉庆二十年（1815），年五十一。乾隆五十三年（1788）举人。博学多通，尤工诗，有《瓶水斋诗集》。

◎ 注释

[1] 莫愁湖：在江苏南京水西门外，明代为中山王徐达的家园。相传为古代女子莫愁旧居，因名。胜棋楼：马士图《莫愁湖序》："传闻明祖与中山王赌棋于此，诏以湖为汤沐邑。"胡祥翰《金陵胜迹志》卷五《莫愁湖》引《待征录》："其胜棋楼，李维桢记只言徐九公子以谢玄自比，弇州诸园记亦未言太祖赌棋，则明祖与魏公（徐达）赌棋之说，亦不知何自来。小说传闻，恐不如京山、弇州之足据也。"

[2]丁字帘：地名，在南京利涉桥边，明代为乐户聚居之处。此句"丁字帘栊"，指窗帘织成"丁"字花纹，也是指妓女住处。井字楼：楼屋相连成"井"字形结构，同样指妓女群居之所。

[3]"画船"句：此言秋天坐画船到莫愁湖上游玩。

[4]甲子岁：嘉庆九年（1804），时作者四十岁。

[5]"六代"句：三国时吴、东晋、宋、齐、梁、陈六朝皆建都于南京，俱已成为历史陈迹，只留下这座石头城[汉建安十六年（211），孙权徙治秣陵，改战国时楚威王所置金陵邑名为石头]。

[6]漫道：随意说。佳人难再得：汉武帝时，李延年所唱《北方有佳人》中的一句。见《汉书·孝武李夫人传》。

[7]"只因"句："闺中少妇不知愁"，王昌龄《闺怨》诗第一句。以上两句就莫愁说，莫愁之所以成为难再得的佳人，就因为她不知愁，否则就"思君令人老"（《古诗十九首》之一）了。

[8]"栖鸦"二句：王士禛《渔洋诗话》："余辛丑客秦淮，作杂诗二十首，多言旧院时事。内一篇云：'十里清淮水蔚蓝，板桥斜日柳鬖鬖。栖鸦流水空萧瑟，不见题诗纪阿男。'阿男名映淮，（金陵）诗人伯紫（映钟）之妹也，幼有诗云：'栖鸦流水点秋光，爱此萧疏树几行。不与行人缟离别，赋谢女雪飞香。'后适莒州杜氏，以节闻。伯紫与余书云：'公诗即史，乃以青灯白发之嫠妇，与莫愁、桃叶同列，后人其谓之何？'余谢之。后入为仪郎，乃力主覆疏旗其间，笑曰：聊以忏悔少年绮语之过。"空消息，没有音信。词场，诗坛。考异邮，《春秋纬》的一篇，见《后汉书·樊英传》注。这两句是说，金陵女诗人纪映淮那首"栖鸦流水"的好诗是流传下来了，王士禛这位神韵派大诗人也用行动忏悔了自己少年绮语之过了，可是女诗人的哥哥纪映钟要求的是，不要把守节的妹妹和古代的妓女、侍妾同列，而王士禛的秦淮杂诗二十首中，仍然保留了咏纪映淮的这一首，这是什么缘故呢？看来这个谜团只有留给后代的诗人们去猜测、评论了。

◎ 评析

　　此游莫愁湖诗。首句写出南京特色。次句点明时间是秋天，句子灵巧。第三句写出自己与莫愁湖的关系，第四句是对南京吊古，五、六句紧扣"莫愁"二字，运用成句，对偶工切，所谓才人之笔。最后两句由莫愁而联想到纪阿男的故事，认为王士禛把一位节妇兼才女的阿男和桃叶、莫愁等同列，确实难以理解。

王荆公祠[1]

吴嵩梁

治术平生薄汉唐[2]，致君尧舜岂文章[3]？
早知红鹤非吾侣[4]，善用青苗即社仓[5]。
忧国心惟天可鉴[6]，名山身与世相忘[7]。
挟书我爱俞清老，驴背从游几夕阳。[8]

吴嵩梁 (1766—1834)

字子山，号兰雪，江西东乡人。生于清高宗乾隆三十一年（1766），卒于宣宗道光十四年（1834），年六十九。嘉庆五年（1800）举人，由内阁中书官贵州黔西州知州。诗才与黄景仁相等，袁枚以才自负，亦心折其诗。其诗体沿六朝而规格则似唐之温、李，其清婉处又近于长庆而下匹吴伟业。有《香苏山馆诗钞》。

◉ 注释

[1] 王荆公：王安石，字介甫，号半山，江西抚州临川人。宋神宗时为相，实行新法，兴农田、水利、青苗、均输、保甲、免役、市易、保马、方田诸法，为旧党所反对。熙宁九年（1076）罢相。神宗死，太皇太后高氏临朝听政，司马光入相，尽罢新法。晚年退居江宁，闭门不言政事。以元丰中封荆国公，世称荆公。

[2] "治术"句：治术，治国的方法。《宋史·王安石传》：熙宁元年（1068）四月，一日入对，神宗问为治所先，对曰："择术为先。"帝曰："唐太宗何如？"曰："陛下当法尧、舜，何以太宗为哉！……"又一日讲席，帝独留安石坐，因言："唐太宗必得魏徵，刘备必得诸葛亮，然后可以有为，二子诚不世出之人也。"安石曰："陛下诚能为尧、舜，则必有皋、夔、稷、契；诚能为（殷）高宗，则必有傅说。彼二子皆有道者所羞，何足道哉？"

[3] "致君"句：杜甫《奉赠韦左丞丈二十二韵》："致君尧舜上，再使风俗淳。"此句是说，后世称王安石的古文为"唐宋八大家"之一，其诗也备受称道，贺黄公《载酒园诗话》"特推为宋诗第一"。但是，他的理想是要辅佐皇帝达到尧、舜的水平，难道仅仅是用诗

文来报国吗?

[4] "早知"句:李壁《王荆文公诗笺注》卷八《白鹤吟示钟山觉海元老》:"白鹤声可怜,红鹤声可恶。白鹤静无匹,红鹤喧无数。白鹤招不来,红鹤挥不去。长松受秽死,乃以红鹤故。……"李注:僧行详,以善辩为名,毁訾禅家。先师普觉奄化,而觉海孤立,详益骄傲。公逐详而留师,作是诗焉。白鹤,譬觉海也;红鹤,行详也;长松,普觉也。按:吴诗此句似以红鹤比喻吕惠卿之流(吕初助安石推行新法,安石去位后,吕竭力攻击,无所不至)。

[5] "善用"句:青苗,王安石新法之一,亦称"常平给敛法""常平敛散法"。凡州县各等民户,每年夏秋两税前,可至当地官府借贷现钱或粮谷,借以补助耕作,称青苗钱。借户贫富配搭,十人为保,互相检察。贷款数额依民户资产分为五等,一等户每次可借十五贯,末等户一贯。春夏两次所借随同当年夏秋两税于六月和十一月归还,每期取息二分,实际有重达三四分的。因有抑配和收取重息等弊,更为旧派官僚所反对。元祐元年(1086)废止。社仓,即常平仓,是汉以后朝为"调节粮价,备荒赈灾"而设置的粮仓。因为设在里社,由当地人管理,亦名"社仓"。宋初各地设常平仓和惠民仓,王安石推行青苗法,即用两仓积谷作为贷本。此句是说,青苗法实行得好就起了社仓的作用。

[6] "忧国"句:谓王安石一心为国家着想,这一片忠心只有上天看得清楚。

[7] "名山"句:宋人陈岩肖《庚溪诗话》:"王荆公介甫辞相位,退居金陵。日游钟山,脱去世故,平生不以势利为务,当时少有及之者。"

[8] "挟书"二句:黄庭坚《书王荆公骑驴图》:"荆公晚年删定《字说》,出入百家。……金华俞紫琳清老,尝冠秃巾,衣扫塔服,抱《字说》追逐荆公之驴,往来法云定林,过八功德水,逍遥游亭之上。"

◎ 评析

　　历代咏王安石的,几乎众口一词,都骂他是青苗误国。而作者在此诗中先断定王安石是致君尧舜的,不是商鞅、李斯一流,指出新法本身正确,只是执行者不得其人。再指出王安石的进退丝毫不考虑个人利害。最后表示自己对王安石的钦慕,恨不得与之同时。

喜家书至

郭　麐

封题犹识字如鸦[1],千里音书至自家。

历历尚从十月起[2]，匆匆先劝一餐加[3]。

亲心欢喜闻除酒[4]，纸尾平安说阿茶[5]。

那不轩渠开口笑[6]，果然昨夜好灯花[7]。

◎ 注释

[1]"封题"句：卢仝《示添丁》："忽来案上翻墨汁，涂抹诗书如老鸦。"此句是说，从信封上的字可以看出是家中孩子写的。

[2]"历历"句：历历，分明可数。十，此字读平声（七律平起，则第三句第五字应为平声，而"十"是仄声，故注明作平声读）。此句是说，信中从十月的事说起，一五一十，清清楚楚。

[3]"匆匆"句：谓信中最先写的是劝在外的我努力加餐，保重身体。

[4]"亲心"句：谓信中说，我母亲从我上次的信中听说我戒了酒，非常欢喜。

[5]"纸尾"句：信纸末尾也写到阿茶（作者长女，也是家书的作者）平安，叫我不要挂念。

[6]轩渠：《后汉书·方术传·蓟子训》："儿识父母，轩渠笑悦，欲往就之。"袁枚《随园随笔·辨讹类》下引《蓟子训传》，谓轩渠者，开怀畅适之态，非笑也，今人皆误用。按：作者此句没有误用。

[7]灯花：灯芯的余烬，爆成花形，古人以为吉兆。

◎ 评析

　　写家人深挚感情，明白如话，活泼清新。从"字如鸦"，可知是小孩写的。从第六句可知是阿茶（作者的长女）执笔。信里面首先劝自己努力加餐，也就是好好保重身体，特别提到婆婆看到作者写回家的信说已经戒酒，十分高兴，正是对希望保重身体的证据。这里"除酒"对"阿茶"十分灵妙。末尾写自己得家书后的喜悦。

独　坐

彭兆荪

此生岂合注鱼虫，独坐芸签药裹中。[1]

疏密随时梅子雨，高低无定柳条风。[2]

神仙许掾家何有[3]，人物班书论未公[4]。

只拟襄阳求水镜[5]，便从王粲记英雄[6]。

彭兆荪
(1768—1821)

字湘涵，又字甘亭，江苏镇洋人。生于清高宗乾隆三十三年（1768），卒于宣宗道光元年（1821），年五十四。年十五，应顺天乡试，声满名场。后尝游江苏布政使胡克家及两淮转运使曾燠幕。道光元年（1821），荐举"孝廉方正"，未赴卒。有《小谟觞馆诗集》。

◎ 注释

[1]"此生"二句：注鱼虫，韩愈《读皇甫湜公安园池诗，书其后》："《尔雅》注虫鱼，定非磊落人。"《尔雅》有《释虫》《释鱼》等篇，正统儒家以其与治世大道无关，因而加以轻视。这两句是说，我这一辈子难道应该仅仅做些注释虫鱼的工作吗，为什么总是一个人坐在古书堆和药袋子里面？

[2]"疏密"二句：写独坐时的见闻。梅子黄熟时的连绵阴雨，一会儿下得稀疏，一会儿又下得紧密；而初夏的风也时大时小，把柳枝吹得忽高忽低。

[3]"神仙"句：《晋书·许迈传》：迈遣妇孙氏还家，己则遍游名山；后入临安西山，与妇书告别。后莫测所终，人皆谓羽化云。迈有侄玉斧郡举上计掾不赴，后为上清仙公。道书称玉斧为许掾。此句是说，我若能如许掾成仙，抛弃家室也不算什么。

[4]"人物"句：班固《汉书》有《古今人物表》，举古今人物，分上上至下下为九等。刘知几《史通·表历》、郑樵《通志·总序》皆讥其混合古今，强立差等。

[5]"只拟"句：《三国志·蜀书·庞统传》注引《襄阳记》："诸葛孔明为卧龙，庞士元为凤雏，司马德操为水镜，皆庞德公语也。"按：司马徽，字德操，颍川人。善知人。刘备访士于徽，徽荐诸葛亮、庞统。此句是说，我只打算到襄阳去找司马徽，他一定会推荐我给当权者。

[6]"便从"句：《王粲集》的《补遗》附录有《英雄记》。

215

　　此诗表现了作者不甘白首穷经而想从事史学研究的愿望。但史学研究也不是终极目的，作者的真正意图是最后两句，他想找到水镜先生，由他推荐给刘备一类礼贤下士的掌权者，做出一番事业，成为王粲《英雄记》里的人物。至于访道求仙，他认为那是虚幻的。而一般朋友对自己的了解（以为只是伏案的书生）也是不公平的。

梦谒顾亭林先生墓，得句云："芒鞋踏破七州土，竹杖横挑四岳云。""九州历其七，五岳登其四"，先生语也。醒时记忆，遂足成之

韩是升

秋窗忽作通幽梦[1]，载拜亭林有道坟[2]。

落笔便关天下计[3]，跨驴常载古今文[4]。

芒鞋踏破七州土，竹杖横挑四岳云。[5]

我是越江孤寄客，[6] 睡乡聊与奠斜曛[7]。

✿ 韩是升
（1735—1816）

字东生，号旭亭，晚号乐余，乾隆间元和（旧县名，后并入苏州）人，贡生。生于清雍正十三年（1735），卒于嘉庆二十一年（1816），年八十二。潘榕皋称其诗为"以杜（甫）、白（居易）之真切，运苏（轼）、陆（游）之风神骨韵者"（见《晚晴簃诗汇》引）。有《听钟楼诗稿》。

[1] 通幽梦:通往幽静之地的梦。

[2] 载:语词无义。有道:有道德有才艺的人,此以尊称顾炎武。

[3] "落笔"句:清《国史·儒林传·顾炎武传》:"其论文,非有关于经旨世务者,皆谓之
巧言,不以措笔……撰《天下郡国利病书》一百二十卷,历览诸史、图经、实录、文
编、说部之类,取其关于民生利病者;且周流西北,历二十年,其书始成。"

[4] "跨驴"句:同上传:"既葬母,遂出游历,遭艰险,所至之地以二骡二马载书。遇边塞
亭障,呼老卒询曲折,有与平日所闻不合,即于坊肆中发书对勘;或平原大野,则于鞍
上默诵诸经注疏。"

[5] "芒鞋"二句:芒鞋,草鞋。七州土、四岳云,顾炎武《与杨雪臣》:"……且九州历其
七,五岳登其四……"(见《顾亭林文集》卷六)又《蒋山佣残稿·与陈介眉书》:"弟
今年得一诣嵩山少室。天下五岳,已游其四。"

[6] "我是"句:谓作者离家独游于浙江绍兴。

[7] 睡乡:入睡后的境界。苏轼文集有《睡乡记》。

◎ 评析

　　清代一般人评论顾炎武,往往只从学术角度着眼,作者此诗则深入
到学术的目的——为天下计,不是为学术而学术,这是符合顾氏的本意
的。至于强调顾氏的"行万里路",那是含蓄地说他并非一般性的旅游,
而是为恢复计。由此诗也可看出作者生在乾隆时代,却能跳出考据之学
的窠臼,希望经世致用的豪情。

春暮意行近郊,偶赋[1]

陈寿祺

春深村落柳丝风[2],瘦策宽鞋一笑中[3]。
田水倒涵山影绿,野花乱插竹篱红。[4]
猫头笋贱连泥卖,雀舌茶新带雨烘。[5]
借得云门供小隐[6],年来兴趣几人同?

陈寿祺
(1771—1834)

字恭甫，号左海，晚号隐屏山人，福建侯官（今属福州）人。生于清高宗乾隆三十六年（1771），卒于宣宗道光十四年（1834），年六十四。嘉庆四年（1799）进士，改庶吉士，散馆授编修。历充广东、河南乡试副考官，会试同考官，记名御史。丁父忧，服除，乞养母，遂不出。阮元延课诂经精舍，又主泉州清源书院、鳌峰书院。后卒于家。诗文沉博绝丽，有六朝、三唐风格。著有《绛跗堂诗集》。

◎ 注释

[1] 意行：随意散步。

[2] "春深"句：谓近郊农村三月，正是"吹面不寒杨柳风"的时节。

[3] "瘦策"句：谓我高兴地拄上细小的拐杖，穿着宽松的布鞋，随意地走着。

[4] "田水"二句：写散步所见。春天田里水满，山影倒映水中，显得田里更绿了。望见农家竹篱笆上，野花乱开，一片鲜红。

[5] "猫头"二句：仍写散步所见，不过已到村里了。猫头笋，笋的一种，黄庭坚有《谢人惠猫儿头笋》诗。贱，价钱便宜。雀舌，一种嫩芽茶。新，刚刚摘下来。烘，微火烘烤。

[6] 云门：山名，在浙江绍兴南，南齐何胤隐居授徒于此。小隐：隐居于山林。

◎ 评析

这是作者辞官以后主讲书院时所作，第七句说明这一点。全诗写春天一个傍晚独自在近郊散步时的见闻与心情。心情是轻松的，第二句已说明。所见的自然景象（田水中的山影，竹篱边的野花），所闻的笋价、茶品，也都表现出作者的轻松心情。第八句是说从事教学工作远胜担任官职，但很少有人理解这点。

金陵杂感（二首选一）

陈文述

过眼风花春梦婆，此情何止感东坡？[1]
残山剩水吟难了[2]，乳燕雏莺嫁已多[3]。
有客骖鸾闲著录[4]，几家行马息鸣珂[5]。
只应贳醉长干里，东下江流送逝波。[6]

✦ **陈文述**
（1771—1843）

字退庵，号云伯，浙江钱塘（今杭州）人。生于清高宗乾隆三十六年（1771），卒于宣宗道光二十三年（1843），年七十三。官江苏江都县知县，多惠政。诗工西昆体，晚年敛华就实，归于雅正，著有《碧城仙馆诗钞》《颐道堂集》等数种。

◎ **注释**

[1]"过眼"二句：风花，指繁华景象。春梦婆，《侯鲭录》载：苏轼贬官昌化（属儋州），一日负大瓢行歌田亩间，一老妇对他说："内翰昔日富贵，一场春梦。"里中因呼此老妇为"春梦婆"。这两句是说，过去了的繁华只是一场春梦，那位春梦婆的话岂止感动当年的苏轼，我也深有同感啊！

[2]残山剩水：指六朝建都金陵时，皆国土分裂，山河不全。明代王璲《青城山人诗集》卷八《题赵仲穆画》："南朝无限伤心事，都在残山剩水中。"吟难了：怎样写诗悼叹，也发泄不完内心的怅惘之情。

[3]乳燕：幼燕。雏莺：幼莺。都是比喻青楼雏妓。

[4]"有客"句：南宋诗人范成大于孝宗乾道八年（1172）十二月，由中书舍人出知广西静江府，次年闰正月抵达桂林，作《骖鸾录》一卷，记沿途的见闻与感想。此句指有的朋友已经调到外地做官去了，不在金陵。

[5]"几家"句：行马，官署前所设拦阻人马通行的木栅，用交叉木条制成。鸣珂，贵人之马，以玉为饰，行则作响。此句指有的大官已死亡了。

[6]"只应"二句：贳（shì）醉，赊酒喝个醉。长干里，地名，在今江苏南京市境，为古建康里巷。六朝时，建康南五里秦淮河两岸有山冈，其间平地，为吏民杂居之所。江东称

山陇之间为"干"，故名。有大小长干巷相连，大长干巷在今南京中华门外，小长干巷在今南京凤凰台南，巷西通长江。这两句是说，我只该到长干里的酒家去，一边喝酒，一边眼望着长江滚滚东流的江水，借此来排解内心的苦闷。

◉ 评析

　　这是作者游览南京时的感想，反映的是封建士大夫的闲情逸致和吊古伤今的情怀。第一、四句和第七句是写冶游闲情，第三句是吊古，五、六句是伤今。首句的"春梦婆"和第八句的"逝波"相呼应。作者的近体诗喜写艳情，此诗还比较淡宕。

过襄阳，书寄家遁溪丈^[1]

邓显鹤

终古沧桑几劫灰^[2]，行人过此一徘徊。
依然汉水浮天去^[3]，不见庞公上冢回^[4]。
荆楚岁时思续记^[5]，襄阳耆旧有余哀^[6]。
我来欲伴鹿门隐^[7]，莽莽平芜但草莱^[8]。

✤ **邓显鹤**
（1777—1851）　　字子立，一字湘皋，湖南新化人。生于清高宗乾隆四十二年（1777），卒于文宗咸丰元年（1851），年七十五。嘉庆九年（1804）举人，晚官宁乡训导，旋乞病归。工诗古文辞。有《南村草堂诗钞》。

◉ 注释

[1] 襄阳：县名，为襄阳府府治，今属湖北。古为南北交通要冲，魏晋以来均为军事重镇。家遁溪丈：本家名邓遁溪的一位前辈。遁溪其人不详。

[2] "终古"句：终古，自古以来。沧桑，"沧海桑田"的省称。大海变成农田，农田变成大海，比喻世事变化很大。葛洪《神仙传·王远》："麻姑自说云：'接侍以来，已见东

海三为桑田。'"劫灰，劫火的余灰。慧皎《高僧传》一《竺法兰》二："又昔汉武穿昆明池底，得黑灰，以问东方朔。朔云：'不委，可问西域人。'后法兰既至，众人追以问之，兰云：'世界终尽，劫火洞烧，此灰是也。'"按：此句"劫灰"指历代战争所留下的创痕。

[3]"依然"句：《大清一统志·襄阳府》："汉水自东南至襄阳县界，自府城西北三十里白家湾抵城北，稍东而左，会唐、白诸河之水，亦名襄水，折流经城东而西南流，又一百里抵小河口，入宜城县界。"浮天去，言其水大，似与天接。

[4]"不见"句：《后汉书·逸民列传·庞公》注引《襄阳记》："司马德操尝诣德公，值其渡沔上先人墓，德操径入其堂，呼德公妻子，使速作黍：'徐元直向云当来就我与德公谈。'其妻子皆罗拜于堂下，奔走共设。须臾德公还，直入相就，不知何者是客也。"

[5]"荆楚"句：南朝梁宗懔著《荆楚岁时记》一卷，记荆楚乡土风俗。

[6]"襄阳"句：《襄阳记》，亦名《襄阳耆旧记》，东晋时襄阳人习凿齿所作。

[7]鹿门隐：鹿门山，在襄阳县境。汉末庞德公携妻子登此山采药未返；唐时孟浩然也隐居于此。

[8]莽莽：长远无际貌。平芜：杂草繁茂的原野。但：只是。草莱：草茅。

◎ 评析

　　襄阳是历来兵家必争之地，但在作者心目中，他只怀念隐居君子，惋惜没有机会和这些人交往。其所以如此，就因为"沧桑""劫灰"使作者心灰意懒，不如还是像庞德公（其次还有孟浩然）那样隐居好。此诗五、六两句的对偶也颇有特色，以《荆楚岁时记》和《襄阳耆旧记》两个书名作对，而又加"思续记""有余哀"，颇为工切。

客中除夕

姚　椿

仆夫解辔马停骓[1]，我亦征尘倦拂衣[2]。

万事无成闲处老[3]，一年将尽梦中归[4]。

成都春酒愁添晕[5]，剑外江山旧合围[6]。

犹胜曩时戎马客，满天风雪望庭闱。[7]

[1] 仆夫：驾车的人。解辔：解开马缰。骈：四马驾车时，两边的马叫骈。停骈，停止
拖车。

[2] 征尘：旅途上的风尘。拂衣：掸掉衣上的灰尘。

[3] 闲处老：陆游有"志士凄凉闲处老"句。

[4] "一年"句：唐人戴叔伦《除夜宿石头驿》有"一年将尽夜，万里未归人"句。

[5] "成都"句：作者时客成都，故于除夕之日饮其地之冻醪（冬季酿制，及春而成）以解
闷，而担心它会使脸上现出红晕。

[6] "剑外"句：唐都长安，在剑阁东北，故把剑阁以南蜀中地区称为剑外。旧合围，以前
战时剑外一带四面被包围。

[7] "犹胜"二句：曩（nǎng）时，昔日。戎马客，骑在军马上的人（此自指）。庭闱，双亲
之所居，因而指代父母。这两句是说，今年虽然仍是客中除夕，但是比起过去那年在部
队里，满天风雪的除夕，遥望故乡的双亲，内心痛苦难言，要强得多了。

◎ 评析

  中国传统习俗，除夕是要一家团圆的，现在在客途中度过除夕，作
者内心的苦闷可想而知。特别是一年奔走，万事无成，就更可悲了。所
以，即使春酒当前，不但不能解闷，反而增添愁恨。最后作者只好自宽
自解：不管现在怎样孤独，总比当年在战场上驰驱，除夕怅望家乡，苦
念老亲，聊胜一筹吧？

送频伽还魏塘[1]

屠 倬

如此严寒醉莫辞，一船风雪送行诗[2]。

狂原无奈悲歌里，贫最难堪饯岁时。[3]

刘宠一钱分未得[4]，林宗隔宿去嫌迟[5]。

愁心寄与刀环月[6]，除却梅花少妇知[7]。

[1]频伽:郭麐别号。魏塘:镇名,在浙江北部,是嘉善县治所在地。

[2]"一船"句:满船风雪就是天公给你写的送行诗。意谓天公和一般俗人一样对诗人十分苛刻。

[3]"狂原"二句:谓你整天在仰天悲歌之中,这种狂态原是对世事无可奈何的发泄;而一到年关,逼债人挤破大门,贫穷的你最难堪了。

[4]"刘宠"句:《后汉书·刘宠传》:宠为会稽太守,郡中大治,将行,五六老叟赍百钱相送,宠选一大钱受之。

[5]"林宗"句:《后汉书·郭太(泰)传》:泰字林宗,能识人。茅容耕于野,避雨树下,众皆夷踞,容独危坐愈恭。泰见而异之,因请寓宿,翌日容杀鸡供母,自以草蔬与客同饭。泰拜之曰:"卿贤乎哉!"因劝令学,卒以成德。

[6]刀环月:一弯残月。

[7]"除却"句:言此愁心,除了梅花,只有闺中少妇了解。

◎ 评析

　　郭麐是狂傲的才子,作者和他最相知,因而此诗写得深情若揭。开头两句的"严寒""风雪",既是写实,又含潦倒失路之意。三、四两句也写得深刻:狂气徒托悲歌以发泄,除夕逼债,情最难堪。五、六两句写郭无从借贷,自己也爱莫能助。最后两句说郭的愁苦之情只有他的妻子才能了解。

三　十

姚　莹

男儿三十那言老,华发萧萧总欲斑[1]。
举世咸歌太平日,一身常似乱离间。[2]
已无旧业随流水[3],尚有高堂隔故山[4]。
笑煞珠江来往艇,六年载汝不曾闲。[5]

姚 莹
(1785—1852)

字石甫，安徽桐城人。生于清高宗乾隆五十年（1785），卒于文宗咸丰二年（1852），年六十八。嘉庆十三年（1808）进士，选福建平和县知县，以才著称。累官湖南按察使，以积劳卒官。著有《东溟诗集》。

◎ 注释

[1]"华发"句：华发，老人的花白头发。萧萧，发稀短貌。斑，头发花白。按：此句有语病，既说"华发"，又说"总欲斑"。

[2]"举世"二句：举世，全世间（指中国）的人。咸，都。这两句是说，全中国的人都在讴歌太平岁月，我却总觉得好像生活在流亡逃难的日子里。

[3]"已无"句：谓随着光阴像流水一般逝去，我已经毫无既成业绩可言。

[4]高堂：父母。

[5]"笑煞"二句：笑煞，最好笑的是。珠江，在广东境，以广州附近江中有海珠石而得名。艇，轻便小船。汝，你（作者自指）。

◎ 评析

　　作者在这首诗里表现了一种对事业的失落感，以及对国事艰难的危机感。首两句写自己三十岁就"华发萧萧"，三、四句点出了早衰的原因，也是全诗的警句，等于屈原的"众人皆醉我独醒"。五、六句写自己的贫困和对老亲的怀念（生日而思亲是中国文人的传统）。末两句以六年来往珠江而一事无成作结，是自嘲的苦语。

沉　阴[1]

程恩泽

沉阴不散地埋忧[2]，冷雨三旬苦未休[3]。
幸不侵陵农事晚[4]，已难消受旅人愁[5]。

芦花湿处哀鸿泣[6]，蕉炬炎时冻雀投[7]。

却诧北风如虎怒，尽吹清泪落南州[8]。

◎ 注释

[1] 沉阴：积云多雨的天气。

[2] "沉阴"句：《礼记·月令》季春之月："季春……行秋令，则天多沉阴，淫雨蚤（早）降，兵革并起。"作者以经学家兼诗人，所以兴"地埋忧"之叹（《后汉书·仲长统传》载其《述志》诗，有"寄愁天上，埋忧地下"语）。

[3] 苦未休：总不停。

[4] 侵陵：侵犯欺凌。农事晚：晚期的耕种活动。

[5] 消受：忍受。

[6] 哀鸿：哀叫着的大雁。

[7] 蕉炬：干枯的蕉叶捆成一束，烧成火把。

[8] 南州：泛指南方地区。

◎ 评析

　　三月的南方本应日丽风和，生机勃勃，此诗所写却是一片愁云惨雾。这是写实，但更是当时中国处于末世的缩影。沉阴不散，冷雨月余，农事岂能不受损失，交通更是处处受阻。至于"哀鸿""冻雀"，写实处比喻之意更多。末两句写北风声如虎吼，清泪竟洒南方，这哪有一点春天的气息？

三　叹[1]

吴振棫

长安朱邸太峥嵘[2]，蠹喙能无仆屋惊[3]！

挟瑟争趋门下客[4]，横刀新典禁中兵[5]。

稷蜂琐琐凭谁掇[6]，仗马森森久厌鸣[7]。

不见汉家垂史笔，废书三叹想间平[8]。

❖吴振棫
（1790—1870）

字仲云，号毅甫，晚号再翁，浙江钱塘（今杭州）人。生于清乾隆五十五年（1790），卒于穆宗同治九年（1870），年八十一。嘉庆十九年（1814）进士，官至云贵总督。有《花宜馆诗钞》。

◎ 注释

[1] 三叹：频频叹息，语出《左传·昭公二十八年》。

[2] 长安：唐代首都，此借指北京。朱邸：汉制，诸侯朝天子在京师立舍名邸。诸侯王以朱红漆门，故称朱邸。此指清代满族亲贵之宅邸。峥嵘：屋宇高峻貌。

[3] "蠹喙"句：蠹（dù），蛀虫。喙（huì），嘴。仆屋，使房屋倾覆。此句是说，蛀虫的嘴会把峥嵘的朱邸逐渐蛀坏，最后倒塌，你们住在朱邸里的人，能够不事先担心吗？

[4] "挟瑟"句：挟瑟，王融《三妇艳诗》："小妇独无事，挟瑟上高堂。丈人且安坐，调弦讵未央。"此句是说，门下客争来趋附贵人，如小妇之挟瑟。

[5] 横刀：横陈佩刀。典：掌管。禁中兵：警卫皇宫的军队。

[6] 稷：五谷之神，其庙曰稷庙。稷蜂，栖于稷庙之蜂，比喻仗势作恶的人。《韩诗外传》八："稷蜂不攻，非以其神，其所托者善也。"琐琐：细小卑贱貌。掇：拾取。

[7] 仗马：即立仗马，用作皇帝仪仗的马。《新唐书·李林甫传》：林甫语诸谏官曰："君等独不见立仗马乎？终日无声，而饫三品刍豆，一鸣则黜之矣，后虽欲不鸣，得乎？"后因以仗马比喻贪恋厚禄而不敢有作为的官吏。森森：高耸貌。

[8] 间平：间指河间宪王刘德，平指东平献王刘苍。刘德为汉景帝子，刘苍为汉光武帝子。两人皆有贤名，后世并称。刘德事迹见《史记·五宗世家》《汉书·河间献王传》；刘苍事迹见《后汉书·光武十王列传》。

◎ 评析

　　晚清由于农民革命浪潮和维新思潮的兴起，清王朝中的满族亲贵日益猜忌、排斥汉人，把政权、军权、财权都掌握在自己手里。但是他们是纨绔子弟，在政治上完全无能。此诗针对一个掌权的亲王，写他权势极大，门客用事，御史等谏官投鼠忌器，只好任凭大局败坏下去。最后以汉代两个贤王对比，自己只有三叹而已。

监利王子寿去刑部主政归，作诗寄之[1]

梅曾亮

君竟翩然返故居[2]，题桥应笑拟高车[3]。

宁编荆楚岁时记，不读司空城旦书[4]。

词赋飞腾聊自喜[5]，江山辽落兴何如[6]？

怀人若问吴门卒[7]，尚有诗狂未扫除[8]。

◎ 注释

[1] 监利：县名，今属湖北。王子寿：王柏心，字子寿，号筼亭，湖北监利人，道光二十四
  年（1844）进士，官刑部主事。少工诗文，通籍日，即乞养归。卒年七十四，有《子
  寿诗钞》。去刑部主政归：离开刑部主事的官位而回到家乡去。

[2] 翩然：轻快地。

[3] "题桥"句：《成都记》：司马相如初西去，过升仙桥，题柱曰："不乘高车驷马，不过
  此桥！"

[4] 司空城旦书：司空，主管囚徒之官。城旦，秦、汉时判四年徒刑的刑名。司空城旦书，
  即法律书。《汉书·儒林传·辕固》："窦太后好《老子》书，召问固。固曰：'此家人
  言耳！'太后怒曰：'安得司空城旦书乎！'"

[5] 飞腾：比喻波涛起伏状。杜甫《偶题》有句云："前辈飞腾入，余波绮丽为。"即以波
  涛喻文辞气势。

[6] 辽落：同"寥落"，稀疏，空旷。《世说新语·言语》："江山辽落，居然有万里之势。"

[7] 吴门卒：吴，古吴县县城（今苏州）的别称。卒，差役。吴门卒，作者自称。

[8] 诗狂：爱好写诗近于疯狂的程度。

◎ 评析

　　王柏心是个洁身自好的人，作者对他的辞官特加推崇。三、四句
说他宁愿闭门著书，不肯担任刑部主事，用窦太后典，可能暗刺慈禧

太后。五、六句写王氏指点江山，发为词赋，虽能自喜，而看到国势日危，恐怕诗兴要消减不少。末两句写到两人交情，别后相思，正可互传诗束。

西岭道中[1]

徐　荣

山静行人不易逢，山花遮断草鞋踪。

溪云忽上迷归鸟，田水常留养蛰龙。

（西岭下田数十亩，淤不承足，人牛无所施力，插秧刈稻，皆须乘板以行，俗名陷田。水常不竭，岁愈旱则愈收）

谷雨近时宜焙茗[2]，松涛疏处偶闻钟。

樵歌隐隐相酬答[3]，知是元朝玉井峰[4]。

（尹六峰会一堂在玉井峰下，著有《玉井樵唱》）

◈ **徐　荣**
（1792—1855）

原名鉴，字铁孙，先世湖北监利人，家辽东，隶汉军正黄旗，驻防广州。生于清高宗乾隆五十七年（1792），卒于文宗咸丰五年（1855），年六十四。道光十六年（1836）进士，历官浙江临安县知县，玉环厅同知，绍兴府知府，升福建汀漳龙道，未赴任；统兵征太平军，阵亡。著《怀古田舍诗钞》。

◉ 注释

[1] 西岭：在今浙江遂昌县境。

[2] “谷雨”句：宋代王观国《学林》八《茶诗》："茶之佳者，摘造在社前，其次则火前，谓寒食前也；其下则雨前，谓谷雨前也。"

[3] 酬答：即现代农村中的对歌。

[4] "知是"句：尹廷高，元代浙江遂昌人。字仲明，号六峰。尝掌教永嘉，秩满至京，谢病归。有《玉井樵唱》。

◎ 评析

　　作者走在西岭的路上，发现行人很少，山花却盛开。仰望则溪上云雾忽然腾起，竟致飞鸟迷失归路，俯看却发现大面积的"陷田"，表示作者作为地方官很关心农业生产。"谷雨"句也反映了这种关心。最后三句通过所闻（钟声与樵歌），联想到一位令人缅怀的历史人物。

舟行晚望

宗稷辰

晚风徐趁布帆斜[1]，细作之而浪蹙花[2]。

雨后天光横抹黛[3]，海中日影倒成霞[1]。

防江墩戍灯先起[5]，近浦渔庄树半遮[6]。

行到菰芦深处泊[7]，朦胧淡月照平沙。

（1792—1867）

　　字迪甫，号涤楼，浙江会稽（今属绍兴）人。生于清高宗乾隆五十七年（1792），卒于穆宗同治六年（1867），年七十六。道光元年（1821）举人，官内阁中书。累至山东运河道，以疾告归。历主湖南、群玉、濂溪、虎溪书院。归后，主蕺山书院。有《躬耻斋诗钞》。

◎ 注释

[1] "晚风"句：此句本为"布帆徐趁晚风斜"，但习见则平庸，故前后互易，引起读者思索。

[2]"细作"句:《周礼·考工记·梓人》:"作其鳞之而。""之而"指猛兽的鳞片和颊毛,此处用以形容晚风吹着水面蹙起的细小浪花。

[3]"雨后"句:谓刚下过雨,虽然天色放晴,可是像有个巨人横手抹过一片青黑色在天边。

[4]"海中"句:作者家乡近海,此句是说,太阳的倒影在海面闪耀着火烧云的金光,这金光倒映在江上,形成绮丽的晚霞。

[5]"防江"句:谓江防部队的瞭望哨早就点着了探照灯。

[6]"近浦"句:谓靠近水滨的渔村被繁茂的树林遮住了一半。

[7]菰芦:茭白和芦苇,多长于水泽地。

◎ 评析

　　傍晚站在行驶着的帆船上,眺望江上风光,晚风徐来,浪花细蹙。远处天边一片青黑色,水中霞光荡漾。船再往前走,望见江防瞭望哨的探照灯,又渐渐看到水边的渔村。最后等到帆船停泊在菰芦深处的时候,朦胧的月光已经照在平坦的沙滩上了。全诗着重写一"望"字,而"望"又因舟之"行"不断变化。

送三侄世龄还文水学舍

祁隽藻

阿兄莫怪久盲聋[1],阿弟居然一病翁[2]。

望汝健为松柏后[3],生儿超出渥洼中[4]。

寄书我更惭王昶(魏王昶戒子弟书,盖效马文渊作)[5],荐士时方慕孔融[6]。

何事年年暂相见,来如春燕去秋鸿。[7]

◎ 注释

[1]阿兄:作者自称。盲聋:《易林》:"耳目盲聋,所言不通。"

[2]阿弟:指祁世龄之父。

[3]汝：指祁世龄。松柏后，《论语·子罕》："岁寒，然后知松柏之后凋也。"后，即后凋。

[4]"生儿"句：渥（wò）洼，水名，在今甘肃安西，党河的支流。《史记·乐书》："又尝得神马渥洼水中。"此句是说，希望你生的儿子像渥洼中神马那样杰出。

[5]"寄书"句：《三国志·魏书·王昶传》全载其戒子弟书。马文渊，东汉马援的字，他有戒兄子严、敦书。

[6]"荐士"句：孔融有《荐祢衡表》，见《文选》卷三十七。

[7]"何事"二句：何事，为什么。以春天的燕子和秋天的大雁喻世龄每年来去匆匆。

◎ 评析

　　这是一首反映亲情的诗。先说自己难怪健康状况欠佳，连弟弟也变成病病歪歪的老头儿了。再将希望寄托在侄子和未来的侄孙身上。后又说到自己对侄子一向关心教导不够，但并不愿他凭仗自己的权势去谋得官职。最后对侄子的回去表示惜别之情。作者是晚清宋诗派的领袖，诗作奇崛而不晦涩。

酒中书扇，赠林二观成霈然 [1]

张际亮

秋色苍然万里来 [2]，登高痛饮壮怀开。

冯唐遇主思前事 [3]，李蔡封侯感下材 [4]。

树老盘根尽龙虎 [5]，剑长腾气即风雷 [6]。

尊前一醉斜阳尽 [7]，期汝悲歌市骏台 [8]。

❖ 张际亮
（1799—1843）

字亨甫，福建建宁人。生于清仁宗嘉庆四年（1799），卒于宣宗道光二十三年（1843），年四十五。道光十六年（1836）举于乡。挚友姚莹因事被逮，际亮偕至京师，周旋患难。及莹事白，狂喜，日轰饮，遂以醉死，莹为助椟以归。际亮负经邦济世奇才，为人磊落有奇气。所为诗感时记事，慷慨沉雄。有《松寥山人诗集》。

◎ 注释

[1] 林二：林氏名观成，字需然，在五服内兄弟中排行第二，生平不详。

[2] "秋色"句：苍然犹苍茫。此句是说，旷远无边的秋色在我们面前展开。

[3] "冯唐"句：《史记·冯唐传》：唐为汉文帝言昔廉颇、李牧为将之贤，文帝恨不得此两人用之。唐谓李牧治军，自专赏罚，故能成功；今文帝有魏尚守云中，尚如李牧之治军，故能使匈奴远避；而以微过被削爵下吏，是有颇、牧而不能用也。文帝乃使唐持节赦魏尚，复为云中守。

[4] "李蔡"句：《史记·李将军列传》：李广善骑射，文帝时击匈奴有功，武帝时为右北平太守，匈奴不敢犯境，号曰"飞将军"。与匈奴前后七十余战，而未得封侯。其从弟李蔡，武帝时以功封乐安侯，后且为丞相。"蔡为人在下中（以九品而论，在下之中，当第八），名声出广下甚远，然广不得爵邑，官不过九卿，而蔡为列侯，位至三公。"

[5] "树老"句：龙虎，喻英雄豪杰。此句以树比林观成，树老，其根盘屈作龙虎状；人老，见多识广，德才超过常人。

[6] "剑长"句：《晋书·张华传》：三国吴未灭时，斗、牛二星之间常有紫气。及吴平，紫气愈明。豫章人雷焕妙达纬象，言紫气为豫章丰城宝剑之精，上彻于天。尚书令张华即补焕为丰城令，密令寻之。焕到县，掘狱屋基，得双剑，一曰龙泉，一曰太阿。其夕，紫气不复见。此句以剑比林观成，说他被执政者发现后，必能发挥巨大的力量。

[7] "尊前"句：尊，即樽，酒杯。此句是说，我和你定要喝个大醉，直到日落西山。

[8] "期汝"句：市骏台，即俗所谓黄金台（亦称金台、燕台）。战国时，燕昭王欲求贤，其臣郭隗曰："昔之人君有市千里马者，使使者以千金求之他国，至则马已死，乃以五百金市马首归。其君大怒，使者曰：'死马尚市之，况生者乎？'期年而千里马至者三。"于是昭王筑台（故址在今河北易县东南），以招天下贤士。见《战国策·燕策一》《史记·燕世家》《文选·孔文举论盛孝章书》。

232

　　此诗充满豪情，反映了时代风雷。主客双方都负大志，因而诗的气象阔大，如"秋色"句，给读者以莽苍之感。三、四句写英才不遇，瓦釜雷鸣。五、六句接第三句，着重劝慰、鼓励林观成老当益壮，必有剑气腾空之日。最后回应第二句，并祝愿对方此去能遇到燕昭王那样的明主。

山人诗舲柬至，谓名酒如美人，能来共赏乎？值盆荷盛开，主客皆茗艼矣，口占奉谢[1]

何绍基

倦余忽听隔篱呼[2]，握手炎歊一笑逋[3]。

酒面匀时真燕婉[4]，荷花开处即江湖[5]。

玲珑小屋横渔艇，兀傲苍髯两钓徒。[6]

今夜梦魂烟雨里，便随鸥鹭入菰蒲。[7]

◎ 注释

[1] 山人：山居者，多指隐士。诗舲：姓名不详。主客：诗舲与己。茗艼：大醉貌，同"酩酊"。口占：不用起草而随口成诗。

[2] 倦余：长日倦后。听（tìng）：仄声。隔篱呼：用杜甫《客至》诗："肯与邻翁相对饮，隔篱呼取尽余杯。"

[3] 握手：己与诗舲握手。炎歊（xiāo）：暑气。逋（bū）：逃亡。

[4] 燕婉：女子温顺貌。此句答复诗舲来柬所说"名酒如美人"。

[5] "荷花"句：诗舲家盛开之荷是栽在瓷盆里的，而喝醉了的主宾两人却觉得是在湖里坐着小艇观赏荷花。

[6] "玲珑"二句：这两句紧接上句"江湖"来写，于是想象诗舲的书斋这"玲珑小屋"像一只小渔船横着，而自己和诗舲则是不随流俗、飘着灰白色长须的两个钓鱼人。

[7] "今夜"二句：今晚我回家去，做梦也会披着一身烟雨，跟随水鸥和白鹭一道钻进茭白和水杨里。

◎ 评析

　　此诗淋漓尽致地写出了名士风流之态。夏天日长易倦，好友忽来相邀，美酒相对，炎热全忘。对酒赏荷，大有陶朱公挟西子以游五湖之概。由"江湖"竟生发出五、六句，屋如渔艇，人即钓徒，想象十分奇特。结句更妙，完全从"江湖"化出，而这正是炎夏所萌生出的一种逆反心理。

南　邻

汤　鹏

莽莽天涯寄此身[1]，风流来往侧乌巾[2]。

摊书跌宕云横几[3]，挟句推敲月趁人[4]。

梨枣均匀儿女大[5]，酒肴淡泊岁时新[6]。

天真烂漫知何似，杳杳桃源物外民。[7]

◈ **汤　鹏**
（1801—1844）　　　字海秋，湖南益阳人。生于清仁宗嘉庆六年（1801），卒于宣宗道光二十四年（1844），年四十四。道光三年（1823）进士，历迁户部员外郎，晋御史。以劾亲贵，罢回户部，寻迁郎中，一日患病，误服药暴卒。成进士后，专力诗歌，多悲愤沉痛之作。

◎ 注释

[1] 莽莽：旷远无际貌。

[2] 风流：有才气而不拘礼法的气派。乌巾：黑头巾，隐者之服。侧乌巾，暗用郭泰折角巾事。《后汉书·郭泰传》：泰字林宗，名重一时，尝遇雨，巾湿一角而折叠，时人慕而效之。

[3] 摊书：展开书。跌宕：行为无检束。几：小桌子。

[4] 挟句：怀抱诗句。推敲：对诗句反复斟酌（用贾岛事）。月趁人：月亮追随着正在推敲的诗人。

[5] "梨枣"句：儿女大了，都明理守礼，每次大人赏赐梨枣，他们自己分得很均匀。

[6] "酒肴"句：岁时新：一年四季的节日。此句是说，就是逢年过节也从不大吃大喝。

[7] "天真"二句：谓这位南屋邻居这样心地真纯，毫无矫揉造作的样子到底像谁呢？大约是渺茫的世外桃源里的人吧？

◎ 评析

　　南邻是位隐士，却并不遁处山林，而是结庐人境。他也看书，也作诗，却完全是自娱，毫无功利观念。他的生活既和谐，又淡泊，完全是取一种与世无争的态度。作者经过长期观察，很欣赏他这种人生态度，因而给他作了一个鉴定："天真烂漫"，而且认为他是桃花源里的人——远远离开了现实政治。

挽林文忠[1]

汪士铎

海上归来宦橐空[2]，负戈万里复从戎[3]。
玉关田赋三司外[4]，金齿功名百战中[5]。
毕竟苍生思谢傅[6]，果然天子用温公[7]。
大星一坠英雄恨[8]，五管烽烟照岭红[9]。

◎ 注释

[1] 文忠：林则徐的谥号。

[2] "海上"句：1839 年，林则徐在虎门销毁所缴英美烟贩鸦片烟 237 万斤。鸦片战争爆发后，受投降派诬陷，被革职。宦橐（tuó），做官所得财物。

[3] "负戈"句：林则徐被革职后，次年派赴浙江，筹划海防，不久充军新疆。1850 年底，被起用为钦差大臣前往广西镇压农民起义，中途病卒。

[4] "玉关"句：林则徐在新疆兴办水利，垦辟屯田。玉关即玉门关，故址在今甘肃敦煌西

北小方盘城，是通新疆的门户。三司：唐、宋置盐铁使、度支使、户部使为管理财赋之官。此句是说，林则徐并没有担任三司的任何职务，却能在玉门关外的新疆，主动兴办屯田和水利，以增加国家田赋收入。

[5]"金齿"句：《唐书·骠国传》："群蛮种类有黑齿、金齿、银齿三种。"此句以金齿比喻英、美侵略军，歌颂林则徐在反侵略战争中建立了绝大功勋。

[6]"毕竟"句：《晋书·谢安传》：高崧谓谢安曰："卿累违朝旨，高卧东山，诸人每相与言：安石（谢安之字）不肯出，将如苍生何！"

[7]"果然"句：《宋史·司马光传》：神宗崩，光赴阙临，"所至，民遮道聚观，马至不得行，曰：'公无归洛，留相天子，活百姓'"。

[8]"大星"句：《三国志·蜀书·诸葛亮传》注引《晋阳秋》："有星赤而芒角，自东北西南流，投于亮营，三投再还，往大还小，俄而亮卒。"杜甫《蜀相》："出师未捷身先死，长使英雄泪满襟。"

[9]"五管"句：五管，古地区名，唐永徽后，以广、桂、容、邕、安南府隶广府都督统摄，置五府节度使，称岭南五管。咸丰帝即位，命林则徐为钦差大臣，赴广西督办军务，至潮州病卒。

◎ 评析

　　林则徐是伟大的民族英雄，一、二句写他公而忘私的品德，三、四句正面歌颂他的功绩，五、六句写他得到全国人民的爱戴，也获得新即位的咸丰帝的信任，最后两句悼念他的逝世。

自沾益出宣威入东川[1]

郑　珍

出衙更似居衙苦[2]，愁事堪当异事征[3]。
逢树便停村便宿，与牛同寝豕同兴。[4]
昨宵蚤会今宵蚤，前路蝇迎后路蝇。[5]
任诩东坡渡东海，东川若到看公能。[6]

⊙ 注释

[1] 沾益：地名，清为州，今属云南曲靖。宣威：地名，清雍正五年（1727），割沾益州之新化里至高坡顶，设宣威州，今属云南曲靖。东川：府名，府治在会泽县，今属云南。按：道光十六年（丙申，1836）郑珍三十一岁，以大舅父黎恂知云南平夷县事，遂客其幕，端午后，以事自沾益至宣威，入东川。见凌惕安《郑子尹年谱》卷二。

[2] 更似：更比。

[3] 征：证明，证验。

[4] "逢树"二句：逢树便停，逢村便宿，说明地广人稀树少。与牛同寝，与猪同兴（起床），说明当地民居之极端简陋。

[5] "昨宵"二句：以拟人手法写蚤相会，蝇相迎，也可见居民完全不知讲究卫生。

[6] "任诩"二句：《苏轼诗集》卷四十《和陶咏二疏》："我尝游东海。"注引《汉书·疏广传》："东海兰陵人也。"又引《元和郡县志》："海州，春秋鲁之东郡，秦分薛郡为郯郡，汉改郯为东海郡，武德四年改海州。"这两句郑珍以幽默口吻说，任凭你东坡先生自夸渡过东海，如果你到了东川，看你面对这简陋污秽的环境能怎么样，只怕你再旷达也不能毫不在乎吧？

⊙ 评析

郑珍的诗古拙而幽默，此诗很能反映这一特色。除末联外，前三联皆用对偶句式。首联提出出衙后的遭遇，既使人愁苦，又使人惊异。然后历数其事：树少人稀，老百姓生活条件极贫困，极不卫生，由此可见边远地区的落后。末联以苏轼如处此境也将不堪其忧，更进一步论断东川一带的可怕的贫困状态。

贵阳寄内[1]

郑　珍

六年不试北风寒[2]，又历人间行路难。
慰别漫云成仕宦，出门止解望平安。[3]
沉阴累日天如合，积冻迷冈岁欲阑。[4]
辛苦未旬吾已倦[5]，计程八十到春官[6]。

[1] 贵阳：府名，贵州省治。内：妻。

[2] "六年"句：凌惕安编《郑子尹年谱》卷四，道光二十三年（1843），郑珍三十八岁，其年冬到贵阳，将赴京应明年礼部试。道光十七年（1837）十二月初一日，郑珍曾由省（贵阳）入京，趁次年春闱。十八年（1838）二月十八日至京，扶病应试，榜发下第。二十年（1840），三十五岁时，母没，守制三年，故六年后始复入京应试。

[3] "慰别"二句：这是就妻方面说。别离时为了安慰我，就总是说这次到京一定高中，而丈夫出门，你只懂得希望出门在外的人平平安安。

[4] "沉阴"二句：这是写自己从家乡遵义动身前后的天气。接连好多天都是积云多雨的天气，天空就像一口锅似的盖住大地；而这一年将尽的时节，多日冰冻，山冈也认不清了。

[5] "辛苦"句：谓从遵义到贵阳，还没走到十天，我已经累了。

[6] "计程"句：贵州举人进京会试，政府发给火牌驰驿，由贵筑县皇华驿起程，至北京卢沟桥驿，凡四千八百七十三里，总共有八十驿，经过湖南、湖北、河南、河北四省。见《郑子尹年谱》第七十页第一行下凌惕安按语。春官，礼部的别称。

◎ 评析

　　这是从家乡遵义到贵阳（贵州省城）后寄给其妻的诗。首联说已经六年没有进京应试，现在又去吃这番辛苦了。次联从其妻方面说，你满口祝我高中，祝我一路平安。三联说单是从遵义到贵阳这一段旅程已是天气沉阴，道路冰冻。末联说这段旅程还不到十天我已经困苦不堪，何况还要走几千里才到北京呢！

自临安至於潜，夜宿浮溪旅店作[1]

贝青乔

一路惊风卷地寒[2]，相逢翁媪话辛酸[3]。

村农告瘁思悬耒[4]，山贼乘机竟揭竿[5]。

孤馆剪灯情黯淡[6]，几家支枕梦平安[7]。

何当寄语催租吏[8]，稍许耕桑手足宽[9]。

[1] 临安：县名，属杭州府，在浙江。於（yú）潜：旧县名，属杭州府，后并入临安。浮溪：乡间小地名，具体地点不详。

[2] "一路"句：卷地，形容气势迅猛浩大。此句是说，自临安至於潜，一路上狂风带来的寒气特别迅猛。

[3] 翁媪（ǎo）：翁，老年男子；媪，老年妇女。

[4] 告瘁：诉说劳累。悬耜（sì）：闲置农具，不去耕作。

[5] "山贼"句：山贼，山里的强盗。揭竿，《史记·秦始皇本纪》：陈涉起义，竖竿为旗。此以指强盗占山为王，劫掠百姓。

[6] 孤馆：寂寞的乡间旅店。剪灯：古人照明用蜡烛或油灯。灯下坐谈久了，剪去烛芯的枯黑部分，使灯光明亮，以便继续交谈。情黯淡：心情凄苦。

[7] 支枕：睡在床上，头不靠枕而是以手支颊，静听室外有何响动。

[8] 何当：何时。

[9] "稍许"句：指稍微给农夫农妇一点自由，让他们的手足宽闲一些。

◉ 评析

　　首联说自己冒着寒风整天赶路，到傍晚才住进村中饭店，听到店家两老夫妇诉苦。次联说农民受不了苛捐杂税的压榨，都不想干农活，而山上强盗就趁这机会拉农民去造反。三联说主客双方谈到深夜，彼此心情都凄惨，处在这种环境，有几家能安心睡觉？末联说什么时候我能告诉那些差役：你们也得让农民能活下去啊！

喜闻少鹤病已[1]

邵懿辰

君在穷途庆更生[2]，丈夫未死要峥嵘[3]。

膝挛市上还谈相[4]，足断车中尚用兵[5]。

况复走同黄犊健[6]，何须归践白鸥盟[7]？

便应西向长安道[8]，春水江船尽室行[9]。

[1]少鹤：王拯，原名锡振，字定甫，号少鹤，广西马平人。道光进士，官至通政使。工古文，无桐城末流之弊。尝服膺包拯，故更今名。有《龙壁山房文集》。病已：病已经痊愈。

[2]穷途：指境遇困窘。

[3]峥嵘：超越常人。

[4]"膝挛"句：《史记·蔡泽传》："游学干诸侯小大甚众，不遇。而从唐举相……唐举孰视而笑曰：'先生曷鼻（鼻如蝎虫），巨肩（颈短肩高），魋颜（额头突出），蹙齃（鼻梁缩短），膝挛（两膝弯曲）。吾闻圣人不相，殆先生乎？'蔡泽知唐举戏之，乃曰：'富贵吾所自有，吾所不知者寿也，愿闻之。'唐举曰：'先生之寿，从今以往者四十三岁。'蔡泽笑谢而去，谓其御者曰：'吾持粱齧肥，跃马疾驱，怀黄金之印，结紫绶于要（腰），揖让人主之前，食肉富贵，四十三年足矣。'"

[5]"足断"句：《史记·孙子传》附孙膑传：膑与庞涓俱学兵法。涓后为魏惠王将军，自以为能不及膑，乃召之至，以法刑断其两足而黥之。膑窃逃于齐。后齐与魏战，田忌为将，而膑为师，居辎车中，坐为计谋，大破魏军。后十三年，齐复与魏战，膑以计大败庞涓军于马陵，涓自刭。

[6]"况复"句：杜甫《百忧集行》："忆年十五心尚孩，健如黄犊走复来。"

[7]"何须"句：白鸥盟，谓与白鸥（一种水鸟）为友，比喻隐士生活。刘昼《刘子·黄帝》："海上之人有好沤（鸥）鸟者，每旦之海上，从沤鸟游。"杜甫《奉赠韦左丞丈二十二韵》："白鸥没浩荡，万里谁能驯？"陆游《夙兴》："鸥盟恐已寒。"

[8]"便应"句：应（yīng），平声。西向长安，桓谭《新论》："关东俚语：人闻长安乐，则西向而笑。"

[9]"春水"句：杜甫《小寒食舟中作》："春水船如天上坐。"尽室行，全家走。《左传·成公二年》："巫臣尽室以行。"

◎ 评析

　　此诗充满豪气，表现了儒家用世之心。首联说您大病不死，一定要振作起来。次联以蔡泽、孙膑为例鼓励王拯。三联说何况您比那两位古人健康多了，怎么能产生归隐田园的思想呢？末联给王拯鼓劲：您就该携带家属到北京去，这次一定可以春风得意，青云直上，大展胸中经纶。

草堂杂诗，三首（选一）

莫友芝

傲得城隅半亩园[1]，茅檐小巷似深村[2]。
闲云带鸟常依树[3]，清月随风直到门[4]。
便买溪山终作寄[5]，得将妻子已称尊[6]。
床头剩有重阳酒[7]，判倒花前老瓦盆[8]。

◎ 注释

[1] 傲（jiù）：租赁。城隅：城墙角落。

[2] 深村：幽静深邃的乡村。

[3]"闲云"句：这句受王勃《滕王阁序》中"落霞与孤鹜齐飞"一句的影响，把外形相似的无生物与生物都生物化了。如此句鸟飞倦了自然会"依树"，作者却把浮在树边的云说成是它带了鸟儿"依树"。

[4]"清月"句：风吹到门边，月照到门上，两者并无内在必然联系，作者却用拟人化手法，说月是跟着风来的。

[5]"便买"句：这是进一层说，我现在只是租用这块园地建个草堂，即使我有钱买了这里的山水又怎么样？人生如寄，转瞬百年，一切还不是与己无关的吗？

[6]"得将"句：将，携带。谓现在我能携妻带子在这草堂里成为一家之长，已是很值得自豪了。

[7] 重阳酒：重阳节酿造的酒。

[8]"判倒"句：判（pān），不顾，豁出去。老瓦盆，杜甫《少年行》："莫笑田家老瓦盆，自从盛酒长儿孙。"此句是说，豁出去在菊花前用老瓦盆把重阳酒喝个痛快。

◎ 评析

　　此诗表现诗人一种闲适孤傲的情趣和性格。首联说在城墙一角僻静处租到一幢住宅。次联具体描写闲适的情趣。三联表现旷达而孤傲的性格。末联进一步写自己的任性自适。艺术手法上值得注意的是拟人化，即"闲云带鸟常依树"一联。另外，此联还善于变化古人，"清月随风直到门"是化用古人"明月清风不用一钱买"。

送梅伯言归金陵[1]

曾国藩

文笔昌黎百世师[2]，桐城诸老实宗之[3]。

方姚以后无孤诣，嘉道之间又一奇。[4]

碧海鳌呿鲸掣候[5]，青山花放水流时[6]。

两般妙境知音寡，他日曹溪付与谁[7]？

✤ 曾国藩
（1811—1872）
　　字涤生，号伯涵，湖南湘乡人。生于清仁宗嘉
庆十六年（1811），卒于穆宗同治十一年（1872），年
六十二。道光十八年（1838）进士，改庶吉士，散
馆，授检讨。累官礼部侍郎，丁忧归。会太平军起，
在籍督办团练，后扩编为湘军，连复沿江各省，封
毅勇侯。以大学士任两江总督，卒于官，谥文正。
论诗主学黄庭坚。有《求阙斋诗集》。

◎ 注释

[1] 梅伯言：梅曾亮，字伯言。

[2] 昌黎：指韩愈。愈世居颍川，常据先世郡望自称昌黎人，门人李汉编愈诗文，因题
名为《昌黎先生集》。百世师：可为百代师表者。苏轼《韩文公庙碑》："匹夫而为百
世师。"

[3] 诸老：指桐城派前期的代表人物方苞、刘大櫆、姚鼐等，他们写作古文都师法韩愈。

[4] "方姚"二句：方，方苞，康熙时人；姚，姚鼐，乾隆时人。孤诣（yì），获得独到的成
就。嘉，嘉庆；道，道光。这两句是说，桐城派古文作者虽多，方苞和姚鼐以后，没有
获得独到成就的人。只是到了嘉庆，道光之际才又出了一位梅曾亮，可以上继方、姚。
按：这两句的句式，影响了同时略后的黄遵宪，他在《酬曾重伯编修》之二有"风雅不
亡由善作，光丰之后益矜奇"。

[5] "碧海"句：杜牧《李长吉集序》："鲸呿鳌掷。"杜甫《戏为六绝句》之四："未掣鲸鱼
碧海中。"此句是说，梅曾亮的古文有壮美的一面。

[6]"青山"句：司空图《诗品》第九《绮丽》："露余山青。"第十四《缜密》："水流花开。"此句是说，梅曾亮的古文又有优美的另一面。

[7]"他日"句：曹溪，禅宗别号，以六祖慧能在曹溪（在广东曲江东南双峰山下）宝林寺演法而名。此句是说，师从梅曾亮的人很多，将来谁是他的继承人呢？

◉ 评析

　　首联说桐城古文继承韩愈。次联说梅曾亮继方苞、姚鼐之后使桐城派重振。三联用比喻手法赞美梅氏古文具有壮美与优美两种风格。末联叹息梅氏没有得到高足弟子将来继承和发展桐城派文统。其实曾国藩创立的湘乡派古文就是桐城派古文的一个分支，曾氏是隐然以复兴桐城派为己任的。

得张亨甫开封书[1]

戴钧衡

张衡已入陈留道[2]，尚想河梁祖帐开[3]。
漠漠白云人北去[4]，萧萧红树雁南来[5]。
发书惊喜翻垂泪，冀我飞腾愧不才。[6]
三十飘摇无一事[7]，况逢时难甲兵催[8]。

❀ **戴钧衡**
（1814—1855）
字存庄，号蓉洲，安徽桐城人。生于清仁宗嘉庆十九年（1814），卒于文宗咸丰五年（1855），年四十二。道光二十九年（1849）举人。性伉直，勇于言事，义愤所激，郁郁得疾，呕血而卒。著有《存庄遗集》（文三卷，诗四卷）。

[1] 张亨甫：张际亮之字。

[2] 张衡：东汉科学家兼文学家，此以称代张际亮。陈留：旧县名，秦置县，治所在今河南开封东南陈留城。

[3] 河梁：《文选》旧题李陵《与苏武诗》之三："携手上河梁，游子暮何之？"后世因用为送别之地的代称。祖帐：为出行者饯行时所设之帐幕。

[4] 漠漠：弥漫貌。人：指张际亮。

[5] 萧萧：树叶摇动貌。雁南来：雁为书信代称（起源于雁足系帛书，见《汉书·苏建传附苏武》），此以指张际亮从开封来信。

[6] "发书"二句：这两句结构特殊，"发书惊喜"是因为信中"冀我飞腾"，而自"愧不才"，所以"翻垂泪"。作为对偶句，既自然，又工整，对如不对。

[7] 三十：指自己已三十岁。飘摇：犹飘荡。无一事：一事无成。

[8] 时难：指太平天国起义及列强侵略中国。催：催人老的意思，回应上句"三十"。

◎ 评析

　　此诗多用逆笔，如首联先写张已到开封，再写自己一直在回忆饯行情景，以见思念之深。次联说接到张从开封寄来的信。三联结构复杂而有变化，形式为流水对，内容则上句写果（惊喜、垂泪），下句写因（飞腾、不才）。末联说以往一事无成，来日更是大难。全诗写得真挚而深沉。

谒于忠肃公墓 [1]

周寿昌

已将只手挽乾坤，盖代功成绝代冤 [2]。

神骏谁令返西极 [3]，外蛇重见斗南门 [4]。

奉冯自出群臣议 [5]，贼隐全忘摄国恩 [6]。

碧血一抔邻岳墓 [7]，沧桑如梦话忠魂 [8]。

❖ 周寿昌
(1814—1884)

字应甫，一字荇农，晚号自庵，湖南长沙人。生于清仁宗嘉庆十九年（1814），卒于德宗光绪十年（1884），年七十一。道光二十五年（1845）进士，改翰林院庶吉士，散馆，授编修。累官内阁学士，兼礼部侍郎衔。光绪四年（1878），以疾告归。有《思益堂诗集》。

◎ 注释

[1] 于忠肃公：于谦，字廷益，浙江钱塘人。永乐十九年（1421）进士。宣德初授御史，迁兵部右侍郎，巡抚河南、山西，前后在任十九年，有惠政。正统末召为兵部左侍郎。也先入寇，英宗亲征，被俘。侍讲徐珵（后改名有贞）言当南迁，谦力折之，与诸大臣拥立英宗弟为帝，主军务，击退也先军。景泰元年（1450），也先请和，送回英宗。八年（1457），徐有贞、石亨等发动"夺门之变"，拥英宗复位，诬谦谋逆，处死。弘治初赠太傅，谥肃愍；万历中改谥忠肃。有《于忠肃集》。

[2] "盖代"句：据《明史》本传，英宗在土木堡为也先所俘后，京师大震，众莫知所为，赖谦经画部署，人心始安。吏部尚书王直执谦手叹曰："国家正赖公耳。今日虽百王直何能为!"英宗得归，亦谦力。故英宗复位后，石亨、徐有贞等诬谦谋逆，处极刑。奏上，英宗尚犹豫曰："于谦实有功。"有贞进曰："不杀谦，此举为无名。"帝意乃决，弃谦市，籍其家，家人皆戍边。死之日，阴霾四合，天下冤之。皇太后初不知谦死，比闻，嗟悼累日；英宗亦悔之。宪宗成化初，复官赐祭。诰曰："当国家之多难，保社稷以无虞；惟公道之独持，为权奸所并嫉。在先帝已知其枉，而朕心实怜其忠。"

[3] "神骏"句：《史记·大宛传》："得乌孙（国名）马好，名曰天马。及得大宛汗血马，益壮，更名乌孙马曰西极，名大宛马曰天马云。"此以"神骏""西极"比喻于谦。令（líng），读平声。

[4] "外蛇"句：《左传·庄公十四年》：郑厉公与其同父异母兄郑昭公争君位，郑大夫傅瑕杀昭公而纳厉公。"初，内蛇与外蛇斗于郑南门中，内蛇死。六年而厉公入。"此句以外蛇比英宗，以内蛇比景帝。

[5] "奉冯"句：《左传·隐公三年》：宋穆公将死，召大司马孔父，嘱其立侄与夷为君。"对曰：'群臣愿奉冯（穆公子）也。'"《明史·于谦传》："初，大臣忧国无主，（英宗之）太子方幼，寇且至，请皇太后立郕王。王惊谢至再，谦扬言曰：'臣等诚忧国家，非为私计。'王乃受命。"

[6] "贼隐"句：《左传·隐公十一年》："羽父请杀桓公，将以求大宰。（隐）公曰：'为其（指桓公）少故也，吾将授之矣。……'羽父惧，反谮公于桓公而请弑之……十一

月，公祭钟巫，齐（斋）于社圃，馆于寪氏。壬辰，羽父使贼弑公于寪氏，立桓公。"摄，代理。《明史·景帝纪》：（景泰）八年正月壬午，石亨、徐有贞等迎英宗复位。二月乙未，废帝为郕王，迁西内。癸丑，王薨于西宫，年三十。谥曰戾。宪宗成化十一年（1475）十二月戊子，制曰："朕叔郕王践阼，戡难保邦，奠安宗社，殆将八载。弥留之际，奸臣贪功，妄兴谗构，请削帝号。先帝旋知其枉，每用悔恨……"

[7] 碧血：苌弘为周人枉杀，血化为碧，见《拾遗记》。一抔（póu）：一掬，极言其少。邻岳墓：《明史·于谦传》：谦被杀之次年，归葬钱塘。岳飞墓在西湖边，与于谦墓相邻。

[8] "沧桑"句：此句是说，历史的变化像梦一样无影无踪了，但后世的人永远会纪念岳飞和于谦这些英雄的。

◎ 评析

此诗是对于谦的评价。首句极推于谦的功绩，次句警策，功"盖代"而冤"绝代"，使读者为之太息。次联先写于之被冤杀，再写出冤案成因在于英宗与景泰帝争夺帝位。三联说明立景泰帝出于公议，于谦有功无罪；英宗迫害景泰帝实在忘恩负义。末联从后人吊古角度写，以于谦与岳飞并列，永远为他们的含冤负屈感到悲愤。

南康野次书所见 [1]

周寿昌

荒村寥落屡经兵 [2]，塞径遗骸积石平 [3]。
磷火夜深争路出 [4]，血花雨后杂苔生 [5]。
忍闻中泽翔嗷雁 [6]，颇虑潜波纵舞鲸 [7]。
欲向宫亭乞如愿 [8]，愿倾湖水洗欃枪 [9]。

◎ 注释

[1] 南康：江西府名，治星子县。野次：在野外止息。

[2] "荒村"句：此句是说，荒村之所以这样冷落，是因为经历了多次战争。

[3] "塞径"句：谓小路上塞满了死人的尸体，简直和垒着的石头一样高。

246

[4]"磷火"句：到了深更半夜，密密麻麻的鬼火在路上争先恐后地跑出来。

[5]"血花"句：写一阵雨后，满地的血迹反而更鲜红，好像朵朵鲜花夹杂着青苔在生长。

[6]"忍闻"句：《诗·小雅·鸿雁》第二章："鸿雁于飞，集于中泽。"第三章："鸿雁于飞，哀鸣嗷嗷。"后世因以鸿雁指灾乱流离之民。中泽，沼泽中。嗷嗷，哀鸣声。

[7]"颇虑"句：此句是说，很担心深水里会跳出吞舟的大鲸鱼来。舞鲸，比喻列强的侵略势力。

[8]"欲向"句：传说彭泽湖湖神青洪君有婢女名如愿，为欧明所乞得，携回家中，平生愿望，尽得实现。见《初学记》十八引《录异传》。宫亭，即宫亭湖，是彭泽湖的别名。

[9]欃枪（chán chēng）：彗星的别名。《史记·天官书》："退而西北，三月生天欃，长四丈，末兑。退而西南，三月生天枪，长数丈，两头兑。"《正义》引京房云："天欃为兵，赤地千里，枯骨籍籍。"又引《天文志》云天枪主兵乱也。

◉ 评析

　　此为太平军与清军交战时期之作。首联说战火使荒村遗骸塞径。次联说磷火乱飞，血痕遍地。三联说流民啼饥，已使人不忍闻，而列强乘机入侵，更为可虑。末联表达了作者渴望停止战争，让人民安居乐业的愿望。末联用的典故，切合地点，非常自然，而且和首句遥相呼应。

园花为风雨摧落，感赋长句

刘　蓉

晓日烘园破杏腮，暮云沉槛裂惊雷。[1]
寒窗敧枕愁终夕[2]，猛雨摧花殒半开[3]。
天意苍茫成小劫，人才今古寄浮埃。[4]
飘茵堕溷曾何择，摇落春风惜此材。[5]

◈ 刘 蓉

(1816—1873)

字孟容，号霞仙，湖南湘乡人。生于清仁宗嘉庆二十一年（1816），卒于穆宗同治十二年（1873），年五十八。以诸生随曾国藩镇压太平军，官至陕西巡抚。陈衍评其诗气盛言宜，不斤斤于吞吐规仿。有《养晦堂诗集》。

◎ 注释

[1]"晓日"二句：写清晨的太阳暖烘烘地照射着花园，杏树绽开了花蕊。可到晚上，乌云陡起，笼罩了阑干，炸响了一阵阵霹雳。

[2]"寒窗"句：写自己整个晚上睡不着觉，替花发愁。攲（qī）枕，手扶着头靠在枕上。

[3]"猛雨"句：此写次日清晨所见。殒（yǔn），坠落，通"陨"。

[4]"天意"二句：小劫，佛教语，劫是一个时间单位，谓人寿从十岁增至八万岁，又从八万岁减至十岁，经二十往返为一小劫。见《法苑珠林》三《时节》。这两句是说，从晓日烘花开到风雨摧花落这一现象，领悟到自然的规律是成与毁相倚伏，构成一个小劫。反映到人事上，则是好不容易培养出一个人才，在黑暗的社会里，却像飘浮空中的灰尘一样不被人们重视，以致埋没终生。

[5]"飘茵"二句：《梁书·范缜传》："（竟陵王）子良问曰：'君不信因果，世间何得有富贵，何得有贫贱？'缜答曰：'人之生譬如一树花，同发一枝，俱开一蒂，随风而堕，自有拂帘幌坠于茵席之上，自有关篱墙落于粪溷之侧。坠茵席者，殿下是也；落粪溷者，下官是也。贵贱虽复殊途，因果竟在何处？'子良不能屈。"曾，竟。这两句是说，这些被风雨摧落的鲜花，不管飘茵，还是坠溷，那是没有分别的，反正都是摧落了。我为它们不能在春风中盛开，却在大好春光中被摧折，实在感到惋惜。

◎ 评析

此诗由自然界某种现象生发联想，表达了作者对社会摧残人才的感慨。首联说杏花初开，忽遇风雨。次联说自己惜花不寐，次晨发现花被摧残。三联由花的开落推论人才的盛衰。末联从落花的或飘茵或堕溷，推论到人才的被摧残，认为不论摧残的形式如何，反正人才被摧残了，对国家的发展来说，总是一个巨大的损失。

途中书意[1]

江 湜

客身渺与世无关，盍且归家日养闲。[2]

自信十分不解事，尚贪一路好看山。[3]

心期当代知交外[4]，人老编年诗集间[5]。

差喜北来乡国近，浪游兴尽便于还。[6]

江 湜 清诗人。字持正，一字弢叔，别署龙湫院行者，
(1818—1866) 江苏长洲（今苏州）人。诸生。官至温州长林场盐
大使，调杭州佐海运。其诗不假藻饰，以白描瘦折
取胜。有《伏敔堂诗录》。[1]

◉ 注释

[1] 途中书意：在旅途中作此诗写出自己一些想法。

[2] "客身"二句：谓此身在外漫游，和世事渺不相关，何不暂时回家去天天休养，过清闲
的日子？

[3] "自信"二句：谓我了解自己确实是不通人情，不懂世务，这样漫游，只是为了满足自
己便于欣赏山景的愿望而已。

[4] "心期"句：谓我心中所期许的人在当代知己好友之外（意为某些道德文章值得敬佩的
古人才是我内心期许的）。

[5] "人老"句：谓我这人就这么一年年不断写诗，直到老年。编年诗集，按年代顺序编订
的诗集。

[6] "差喜"二句：谓比较可喜的是向北走越来越接近家乡了，一旦漫游的兴趣饱和了，回
家去很方便。

---

[1] 此条简介原书遗漏，这次新版，为方便读者阅读，特据《辞海》补。

◎ 评析

此诗作于甲寅年。首联说此身既不愿入世，何不干脆回家吃老米。次联说其所以还在外漫游，只是为了便于游山，至于为官做宰这一套我根本不懂。第三联说我所尊敬的人即使知己好友也够不上，因而我这人只好把生命消磨在写诗编集的过程中。末联说可喜的是离家越来越近了，一旦游山兴尽就好回家。

近 年

江 湜

近年手创一编诗[1]，脱略前人某在斯[2]。
意匠已成新架屋[3]，心花那傍旧开枝[4]。
漫愁位置无多地，未碍流传到后时。[5]
要向书坊陈起说[6]：不须过虑代刊之。

◎ 注释

[1] 一编诗：一部诗集。

[2] "脱略"句：脱略，轻慢，不拘。某在斯，《论语·卫灵公》："师冕见，……皆坐。子告之曰：'某在斯，某在斯。'"此句是说，我这一部诗集的诗，不模仿古人，完全表现了我自己的思想感情和语言风格。

[3] "意匠"句：意匠，作诗时的精心构思。此句是说，我精心设计，写成全新的诗篇，就像按新的蓝图建造起来的新屋。

[4] "心花"句：心花，本佛教语，喻清静之心，此作内心开放的鲜花解，即心血凝成的诗篇。此句是说，我内心的花怎么会依靠在古人已开放的花枝上呢？意谓我写的诗是新创的，哪会模仿古人。

[5] "漫愁"二句：谓别担心当今诗坛上没有更多空地安置我，我自信这不会妨碍我的诗集流传到后代去。

[6] 书坊：刻印、售卖书籍的店铺。陈起：字宗之，南宋钱塘人。开书肆于睦亲坊。亦号陈道人，今所传宋本诸书，称临安陈道人家开雕者，皆起刻也。能诗，凡江湖诗人俱与之善，刊有《江湖集》，南渡后诗家姓氏不显者，多赖以传。

此诗作于辛亥年［咸丰元年（1851），作者三十四岁］。彭蕴章为江湜《伏敔堂诗录》作序，称其"古体皆法昌黎，近体皆法山谷"，他却在此诗中自称为诗一空依傍。这是因为他学韩、黄而能创新，不肯生硬模仿。所以，他充满自信地宣称：我的诗集一定会流传到后代去。事实也证明了他这种自信。不过，他要求新的陈起能"代刊之"，这一愿望却直到同治元年（1862）三月才实现，这时，他已经四十五岁了。

九　日[1]

郭嵩焘

岁岁兹辰泛菊觞[2]，今余泪雨洒衣裳。

蕲黄形胜余回合[3]，江汉波涛接混茫[4]。

万里秋风催短发[5]，三年转战又重阳[6]。

茱萸酒尽天涯会[7]，回首干戈道路长。

◎ 注释

[1] 九日：农历九月九日，重阳节。

[2] "岁岁"句：《艺文类聚》四引《续晋阳秋》："世人每至九日，登山饮菊酒。"菊觞：盛有菊花酒的杯。

[3] "蕲黄"句：蕲（qí），州名，清代属黄州府。形胜，地势优越便利。回合，回环相通。此句是说，蕲、黄二州本是用兵要地，如今只剩下了回环相通的优越形胜被太平军利用。

[4] "江汉"句：指长江和汉水，波涛汹涌，一片混沌状态。

[5] "万里"句：谓席卷万里的秋风，催促我走向老境。短发，用杜甫"白头搔更短，浑欲不胜簪"。

[6] "三年"句：指在湖北一带转战三年，不觉又到了重阳节。

[7] 茱萸：植物名。生于山谷，其味香烈。古代风俗，重阳节相约登高，佩戴茱萸，称茱萸会。

这年重阳节，太平军势力更加强大，士大夫们很为痛苦，此诗就表达了这种心情。首联说今年不像往年登高痛饮逸兴遄飞了，我只觉得悲痛之极。次联说太平军占了地利，充分控制了湖北一带。第三联说远离家乡从事征战，自己逐渐衰老。末联说今年虽然照例举行茱萸会，可是大家回顾过去，感到未来的战争岁月还长得很。

初七日去大营，拟寄城中诸友^[1]

金　和

十万冤禽仗此行^[2]，谁知乞命事难成^[3]。
包胥已尽滂沱泪^[4]，晋鄙惟闻嚄唶声^[5]。
自古天心悭悔祸^[6]，虽余人面错偷生^[7]。
一身轻与全家别，何日残魂更入城？^[8]

◈ **金　和**　　字弓叔，号亚匏，江苏上元（今属南京）人。
（1818—1885）　生于清仁宗嘉庆二十三年（1818），卒于德宗光绪十一年（1885），年六十八。贡生。有《秋蟪吟馆诗钞》。

[1] 去大营：离开大营。大营，清将向荣的军营。《清史稿·向荣传》：太平军攻占江宁（今南京），"诏荣剿江南……荣所部一万七千余人……结营十八座"。

[2] 十万：当时南京城中居民人数。冤禽：精卫鸟的别名。任昉《述异记》上："昔炎帝女溺死东海中，化为精卫……每衔西山木石填东海。……一名冤禽。"此行：作者《痛定篇十三日》记：正月二十七，太平军攻江宁城，至二月初九日自北城进。二月二十三，传闻向营大军将至，"更有健者徒……愿遥应将军……分隶贼麾下，使贼不猜忌。寻常行坐处，短刃缚在背。但期兵入城，各各猝举燧。……谁料将军忙，未及理此事"。后

来他自己潜逃出城去大营见向荣：“我行既已成，……自谓贼中来，贼情亿颇中。怀刺干军门，聊以所见贡。……我言贼可攻，不信试询众。……"

[3]"谁知"句：《清史稿·向荣传》："江宁城内士民谋结合内应，屡爽期，迄无成功。"乞命，乞求向荣救南京士民的命。

[4]"包胥"句：《左传·定公四年》：吴师入郢（楚都城），"申包胥如秦乞师……秦伯使辞焉……立，依于庭墙而哭，日夜不绝声，勺饮不入口，七日。……秦师乃出"。滂沱，流泪多貌。此句是说，我像申包胥一样已经流尽了血泪。

[5]"晋鄙"句：《史记·魏公子列传》：晋鄙，魏将。秦伐赵，魏使晋鄙将十万众救赵。魏王惧秦，旋使人止晋鄙留军壁邺，持两端。侯嬴请信陵君与朱亥俱往晋鄙军，晋鄙如不肯以军授信陵君往救赵，则使朱亥击杀之。信陵君谓"晋鄙嚄唶宿将"，必不听。既至邺，晋鄙果不听，朱亥遂椎杀之，而信陵君将晋鄙军以击秦军。嚄（huò）唶（zè），高声呼笑，形容气势壮盛。一说解为多言。此以晋鄙比向荣。

[6]"自古"句：指从来天帝的心意总是不肯追悔自己所造成的祸乱。这是认为向荣不肯和南京士民里应外合，是太平军命不该绝，而南京士民命该遭劫。

[7]"虽余"句：谓虽然还剩得一张人脸，其实是白白地在世上苟且偷生。这是骂向荣，认为他不肯合作，是畏惧太平军。

[8]"一身"二句：谓我为了拯救全城士民，奋不顾身，很轻易地告别了全家的亲人。现在事情没有办成，我这还剩一口气的身体不知道哪一天才能再回到南京城去。

◉ 评析

　　首联说南京城中受难的人全靠我出城去乞求援兵，谁知没有办成。次联上句写"乞命"，下句写"事难成"。第三联上句骂天，下句骂向荣。末联写自己冒着生命危险偷出城外，现在不知哪一天才有机会能偷进城去。由此诗可见城中士大夫和太平天国政权存在尖锐矛盾，也可见清方向荣之流的怯懦和太平军的强大。

冬　柳

蒋春霖

营门风劲冷悲笳[1]，临水堤空尽白沙[2]。

淡日荒村犹系马[3]，冻云小苑欲栖鸦[4]。

百端枯菀观生事^[5]，一树婆娑感岁华^[6]。

昔日青青今在否^[7]？江南回首已无家^[8]。

✦ **蒋春霖**
(1818—1868)
字鹿潭，江苏江阴人。生于清仁宗嘉庆二十三年（1818），卒于穆宗同治七年（1868），年五十一。咸丰时，官两淮盐大使。有《水云楼剩稿》。

◎ 注释

[1] "营门"句：营，细柳营。笳，古管乐器名。此句是说，由于北风劲峭，细柳营门前的悲壮的笳声也吹得不那么有力了。

[2] "临水"句：前人有句云："绿杨阴里白沙堤。"现在冬天，原来临水的杨柳，叶子都落尽了，只看见一条白沙堤。

[3] "淡日"句：指冬天阳光不强，在荒凉的乡下，柳树上还可以绑住马的缰绳。

[4] "冻云"句：谓冬天云也冻住不动，小园里光秃秃的柳树上，乌鸦绕着它飞，想在上面落脚。

[5] "百端"句：菀（wǎn），茂盛貌。生事，人生之事。此句是说，从柳树的荣枯可以观察到人事，人生也是荣枯相循，祸福相倚的。

[6] "一树"句：《晋书·桓温传》："温自江陵北伐，行经金城，见少为琅邪时所种柳皆已十围，慨然曰：'木犹如此，人何以堪！'攀枝执条，泫然流涕。"

[7] "昔日"句：用唐人韩翃寄其姬柳氏诗："章台柳，章台柳，昔日青青今在否？……"切"冬柳"二字。

[8] "江南"句：指此时江南大部分地区被太平军占领。

◎ 评析

　　此诗看似咏物，句句都用柳的典故，实则寄托着作者对时事的感慨。首联说冬天的细柳营，军号也不响亮了（暗刺清军怯敌）。白沙堤柳叶也落尽了。次联写战后的荒村、小苑无限凄凉。第三联寓意在指出清王朝的衰败。末联感叹过去的繁荣景象不可再得，特在末句点出江南沦于敌（士大夫心目中的太平军）手的现状。

忆 家

符兆纶

归梦时寻水上村^[1]，年时憔悴不堪论^[2]。

梨花暮雨清明节^[3]，杨柳春烟白板门^[4]。

见说驱除存盗贼^[5]，可能安稳到鸡豚^[6]？

独持麦饭空惆怅^[7]，一例人间是子孙^[8]。

符兆纶（生卒年不详） 字雪樵，号卓峰居士，江西宜黄人。道光十二年（1832）举人，历官福清、屏南、建阳知县，有《卓峰草堂诗钞》。《晚晴簃诗话》称其诗"自摅性情，独往独来，经纬变化，兼备诸体，于五古尤长"。

◎ 注释

[1] 水上村：指作者自己的家乡。

[2] "年时"句：指近年家乡民生凋敝，不忍谈它。

[3] "梨花"句：谓农历清明，梨花盛开，潇潇暮雨，倍觉凄凉。

[4] "杨柳"句：谓白板门前的杨柳，笼罩在春天的烟雾里。

[5] "见说"句：谓听说官府宣称已经消灭了盗贼，但事实上盗贼还在骚扰。

[6] "可能"句：因而作者怀疑，真是太平无事，而不是鸡飞狗跳，人畜都不安吗？豚：小猪。

[7] 麦饭：麦屑做的饭，是农家的粗饭，亦作祭祖之用。惆怅：因失意而伤感、懊恼。

[8] "一例"句：谓我和世上的人一样，都是先人的子孙，为什么别人能在清明扫坟祭祖，我却不能呢？

◎ 评析

　　太平军占据了作者的家乡，清明无法扫墓，因作此诗。首联说常常想念家乡，但是无法回去。次联说现在到了清明时节，只能想象家乡的凄凉状态。第三联指责清军不能真正消灭太平军，家乡依然不安定。末联说自己不能回乡扫墓祭祖，枉为子孙，实在对不起地下的祖先。

醉　来

蒋湘南

广夏长裘意已疏[1]，文章报国更谈虚[2]。

深源讵系苍生望[3]，韩愈犹怀宰相书[4]。

西极屯田烦将帅[5]，南中民力尽河渠[6]。

醉来谰语关经济，腐气豪情两不除。[7]

❀ 蒋湘南（生卒年不详）

字子潇，河南固始人。生活于道光前后。道光十五年（1835）举人。有《春晖阁诗钞》。

◎ 注释

[1]"广夏"句：杜甫《茅屋为秋风所破歌》有"安得广厦千万间，大庇天下寒士俱欢颜，风雨不动安如山"。白居易《新制布裘》有"安得万里裘，盖裹周四垠；稳暖皆如我，天下无寒人"。此句是说，我早年也有杜甫、白居易那种兼济天下的思想，现在阅历增多，这种思想已经淡薄了。

[2]"文章"句：说书生可以用文章来报国，那更是空谈。

[3]"深源"句：《晋书·殷浩传》：殷浩，字深源。朝廷屡征，不起。"于时拟之管（仲）、葛（诸葛亮）。王濛、谢尚犹伺其出处，以卜江左兴亡，因相与省之，知浩有确然之志。既反，相谓曰：'深源不起，当如苍生何！'"后朝廷以浩为都督扬、豫、徐、兖、青五州军事，浩上疏北征。会姚襄反，浩遣将击之，军败，废为庶人。此句是说，殷浩这种人徒负虚名，难道他真担当得起天下人对他的期望吗？

[4]"韩愈"句：韩愈文集中有三封上宰相书。他在德宗贞元九年（793）中进士，以后又参加了礼部的博学宏词科考试，仍不见用。于是贞元十一年（795），他三次给宰相写信求官。此句紧接上句说，尽管朝廷执政者是殷浩这样的人，但向他求官的像韩愈这样的，却大有人在。

[5]西极：此指靠近西域的边境。屯田：利用军队垦种土地，征取其收成以为军饷。汉昭帝始元二年（前85），发将士屯田张掖郡；宣帝神爵元年（前61），赵充国屯田边郡。此句指当时的军垦。

[6]南中：本指川、黔、滇及岭南，此句泛指我国南方。民力尽河渠：大量征发民工疏浚河道，以致人民疲敝不堪。

[7]"醉来"二句：以上四句（三、四、五、六句）是我喝醉以后对经邦济世的一派胡言，不过这派胡言既散发出一股迂腐气，又表现了豪迈的气概。

◎ 评析

　　这是一首自嘲诗，也流露了一种生于末世无可奈何的消极情绪。首联说自己经邦济世、文章报国的理想都破灭了。次联说执政者徒有虚名，可自己却还希望得到他们的起用。第三联说西北在搞军垦，江南大修水利，国家未蒙其利，百姓先受其害。末联笑自己也大谈经济（即军垦、水利之类），真是醉汉说梦话，说是豪情也罢，说是腐气也罢，反正心里总忘不了这社会现实。

三汊河晚宿[1]

戴家麟

水涨河干稻正香[2]，居人挽宿解行装。

云边雁叫湖光白，村外牛归树色黄。

兀坐待看明月上[3]，欲眠还爱野风凉。

明朝又作营营去[4]，且自今宵稳睡乡。

❀ **戴家麟**
（生卒年不详）　字子瑞，安徽合肥人。举人，官学博。有《劫余轩诗》。

◎ 注释

[1]三汊河：在安徽合肥南九十里。

[2]河干：河岸。《诗·魏风·伐檀》："坎坎伐檀兮，置之河之干兮。"

[3]兀（wù）坐：独自端坐。

[4]营营：往来周旋貌。

◉ 评析

　　首联说住在三汊河一个乡村客店里。次联写此水乡景色，充满悠闲情调。第三联写自己也充满闲适情趣，既赏月，又乘凉。末联写自己安心休息，以便次日继续赶路。此诗特点是把乡村生活描写得非常美好，看不出战争的创伤、人民的苦难。这是由于作者此时心情舒畅，所以只看到农村和平宁静的一面。

春日西湖即席[1]

周星誉

百重烟翠镜中涵[2]，白塔红亭面面环。
十里松声全在水，一湖花气欲浮山。[3]
鹅儿酒幔春星外，燕子茶樯细雨间。[4]
莼熟饧香好天气[5]，清游肯放画船闲？

◉ 注释

[1]即席：在酒席座位上写成此诗。

[2]"百重"句：写西湖湖面如一块大镜，周围重重叠叠的烟云绿柳的倒影都包容在这大镜中。

[3]"十里"二句：写山上和岸上的松树，被风吹动，发出的松涛响声，都飘散在西湖水面上。整个西湖，到处是鲜花，这些花的香气，浓得似乎要把环湖的三面群山浮起来。

[4]"鹅儿"二句：这一联没有动词，全由六个名词和两个方位词组成。这些词语，四个来自杜甫。鹅儿，杜诗："鹅儿黄似酒，把酒爱新鹅。"春星，杜诗："暗水流花径，春星带草堂。"燕子，细雨，杜诗："细雨鱼儿出，微风燕子斜。"另两个，酒幔、茶樯，出自许浑的诗："春桥悬酒幔，夜栅集茶樯。"作者把这些词语组成这两句，描写春天坐画舫游西湖时的景物。

[5]莼：即莼菜，水生植物，可以作羹。饧（yáng）：此指饧粥，即加饴糖的粥。

　　此诗句句写春天坐在画船里游西湖时的见闻与感受。一、二句从湖中倒影写到湖边四围的白塔红亭。三、四句写湖面上听到松涛的响声，"全在水"正写在湖中听到。"花气欲浮山"是通过想象烘托花香之浓。五、六句写酒船近景，鹅儿和燕子这些小生物更增添春天的情趣。七、八句点出画船的宴会，并明写游湖。

和珊士送春诗，心字韵[1]

李慈铭

异国春归客感深[2]，烽烟满目罢登临[3]。

茂宏到处能胡语[4]，庄舄无人和越吟[5]。

四海仓黄留此日[6]，十年闲散负初心[7]。

草驴秃尾天街侧[8]，吹笛纤儿莫见侵[9]。

◉ 注释

[1] 珊士：陈寿祺之号（此陈寿祺为另一人，非字恭甫号左海者）。

[2] 异国：他乡，异地。

[3] 烽烟满目：咸丰十年（1860）五月，太平军二破"江南大营"。六月，克苏州。八月，英法联军袭陷大沽，进犯天津。十月，侵略军陷北京，焚掠圆明园，迫清廷订立《北京条约》。十一月，沙俄迫清廷订立《中俄北京条约》，把乌苏里江以东约四十万平方公里的中国领土，强行划归俄国。

[4] "茂宏"句：东晋王导字茂弘。《世说新语·政事》："王丞相（即王导）拜扬州，宾客数百人，并加沾接，人人有说（悦）色。……因过胡人前，弹指云：'兰阇，兰阇。'群胡同笑，四坐并欢。"陈寅恪谓王导接胡人，即操胡语。（见余嘉锡《世说新语疏证》引）此句是讽刺当时洋务派向欧美学科技，并对欧美各国表示亲善。

[5] "庄舄"句：《史记·张仪传》附《陈轸传》："越人庄舄仕楚执珪，有顷而病。楚王曰：'舄故越之鄙细人也，今仕楚执珪，贵富矣，亦思越不？'中谢（侍卫之官）对曰：'凡人之思故，在其病也。彼思越则越声，不思越则楚声。'使人往听之，犹尚越声也。"此句以庄舄自比，自己尊重本国的传统文化（主要是封建纲常），却得不到人支持。和

(hè)，应和。

[6]“四海”句：仓黄，匆忙，慌张。此句是说，在全国慌乱的形势下，还保存了我们唱和送春诗这种闲适的日子，总算难得。

[7]“十年”句：平步青撰《……李君莼客传》：咸丰元年（1851）“食饩（生员试优等者，官给粮食之类生活物资），而应南北试凡十一，屡荐屡报罢。咸丰己未（咸丰九年，1859）北游，将入赀为部郎，而为人所绐，丧其资，落魄京师，母恭人亟鬻田成之。”所以此句说自己十年闲散，辜负了原来经邦济世的本心。

[8]“草驴”句：《北齐书·杨愔传》：“愔聪记强识，半面不忘。有选人鲁漫汉，自言猥贱，独不见识。愔曰：‘卿前在元子思坊骑秃尾草驴，我何不识卿？’漫汉惊服。”此句以鲁漫汉自比，叹已猥贱。天街，京城中的街道。

[9]“吹笛”句：《行都纪事》：“闾丘编修泳自言：往年游宦湖湘间，舟行江上，有客附舟尾，至暮，吹笛可听。少顷，梢人遽进云：‘横笛者乃贼也，以此为号耳，适已扑杀。’须臾，有一舟笑呼而前，询吹笛船安在。舟人答云：‘前去矣。’贼遂过，投岸获免。”纤儿，犹小儿，含鄙视意。此句是联系入赀为人所绐事，连上句说，我是猥贱的人，你们这些强盗要抢劫钱财，不要找到我身上来啊！

◎ 评析

　　此诗作于咸丰十一年（1861），作者三十三岁时。首联说时局不宁，无心欢聚以送春。次联说执政者一味崇洋媚外，自己孤立无助。第三联说在动荡不安的环境里我们侥幸还有作诗送春的闲情逸致，而自己得不到重用，无法实现当初的抱负。末联自叹官职卑下，希望强盗不要打自己的主意。

病榻不寐

翁同龢

中虚暴下气先颓[1]，幽阙昆仑安在哉[2]！
骨肉至情垂老尽[3]，江山奇想破空来[4]。
寒温迭嬗天无意，生死能回世有才。[5]
独拨残釭坐长啸，隔墙僮仆漫惊猜。[6]

❖ 翁同龢
(1830—1904)

字叔平，晚号瓶庵居士，又号松禅，江苏常熟人。生于清宣宗道光十年（1830），卒于德宗光绪三十年（1904），年七十五。咸丰六年（1856）进士第一，授修撰。官至协办大学士，户部尚书。戊戌政变时，以赞助变法免职，卒于家。宣统初，复原官，追谥文恭。著有《瓶庵诗稿》八卷，诗钞四卷。

◎ 注释

[1]"中虚"句：指体质虚弱，突然腹泻，一点精神也打不起来。

[2]"幽阙"句：道经称肾为幽阙，称头脑为昆仑。此句是说，腹泻使我脑子糊涂，竟不知道"幽阙"和"昆仑"在哪里。

[3]"骨肉"句：指一家亲人的感情到了快死的时候只有无可奈何地抛弃了。

[4]"江山"句：从自己的垂危联想到国家，一个奇特的思想突然产生。以下两句就是"奇想"。

[5]"寒温"二句：谓自然的气候由冷而热又由热而冷，这是一种规律，并不是有上帝在主宰。而国家不同，虽然中国现在已经濒临生死的边缘，但是一定有杰出的人才能使它起死回生。

[6]"独拨"二句：想到这里，我兴奋起来了，于是拨亮了将熄的油灯，坐起来仰天长啸，倒把隔壁的僮仆们弄糊涂了，他们在惊疑、猜测：老爷这是怎么啦？

◎ 评析

此诗表现了作者至死不忘国家的思想。首联说自己由于腹泻而神志不清。次联说自己虽则病危，而亲情可弃，国事难忘。第三联说天道和人事不同，国势虽危，一定有杰出人才能使国家转弱为强。想到这里，不禁欣然长啸，末联说由于自己这种反常行动，倒把隔壁的奴仆们吓了一跳。

衡　门

翁同龢

衡门之下可栖迟[1]，真觉江村事事宜。

巢燕居然分主客，井蛙自解辨官私[2]。

借堤晒网渔家傲，分灶烧松稚子饥。

信口独吟还独笑[3]，近来诗句已无奇。

◎ 注释

[1]"衡门"句:《诗·陈风·衡门》:"衡门之下，可以栖迟。"衡门，横木为门，比喻简陋的房屋。栖迟，游息。

[2]井蛙:井底之蛙。《后汉书·马援传》:"子阳，井底蛙耳！"注:"言（公孙）述志识褊狭，如坎井之蛙。"辨官私:《晋书·惠帝纪》:"帝又尝在华林园，闻虾蟆声，谓左右曰:'此鸣者为官乎，私乎?'或对曰:'在官地为官，在私地为私。'"

[3]信口:出言不假思索，随口。

◎ 评析

戊戌政变前，慈禧已将作者免职，勒令回籍；政变后，又下令将其革职永不叙用，交地方官严加管束。此诗即抒写其内心的愤懑。第三句说清廷已如燕巢危幕，不知自救，还分帝党后党，自相残杀。第四句鄙视后党尽如井底之蛙，自认为其一切反动措施都是为了国利，其实全是维护他们的既得利益。第三、四两句表面写乡村景色，实际也语含讥讽，渔家借堤，晒网而傲，是说后党借光绪帝之名把帝党一网打尽，于是兴高采烈。最后故意自笑近来诗句无奇，是说世事无可吟咏者。

城　西^[1]

高心夔

连云列戟羽林郎^[2]，苑树依然夕照苍^[3]。

一狩北园盛车马^[4]，再寻东阁杳冠裳^[5]。

滫兰苦污生前佩^[6]，炷麝能升死后香^[7]。

赫赫爱书铸惇史^[8]，天门折翼梦荒唐^[9]。

高心夔
（1835—1883）
字伯足，一字碧湄，号陶堂，江西湖口人。生于清宣宗道光十五年（1835），卒于德宗光绪九年（1883），年四十九。年十八，举于乡，肃顺纳之幕中，因与王闿运契。咸丰九年（1859）进士。以直隶州知州发江苏，两权吴县知县。性刚峻，以治娼过激去官。晚年，郁郁以终。为诗取境巉刻，词句钩棘。有《陶堂志微录》《形影庵续录》。

◎ **注释**

[1] 城西：文宗时，肃顺为大学士，极受宠信，有赐第在扇子湖，即京西海淀。

[2] "连云"句：连云，指赐第极其雄伟。列戟，显贵门前列画戟以作仪仗。羽林郎，官名，掌皇宫之宿卫侍从。此句是说，屋宇这样壮丽，仪仗这样森严，但是已由禁军守卫，因为肃顺被杀后，赐第已由皇家收回了。

[3] "苑树"句：指花园里的树，被落日余光照着，依然呈现出一派青黑色，和肃顺当年居住时一个样。

[4] "一狩"句：指当年他和门客们宴射北园，车马杂沓，一时称盛。

[5] "再寻"句：曾几何时，再寻东阁，已不见当日的高贵主人和宾客了。东阁，《汉书·公孙弘传》："（弘）数年至宰相封侯，于是起客馆，开东阁（同阁）以延贤人，与参谋议。"作者为肃门七子之一，常参密议。冠裳，官帽、官服，借指官吏。

[6] "滫兰"句：滫（xiū），臭水。《荀子·劝学篇》："兰槐之根是为芷，其渐之滫，君子不近，庶人不服。"佩：《离骚》："纫秋兰以为佩。"此句是说，肃顺本质是好的，像兰草

一样高贵，却被慈禧之流加以诬蔑，败坏了他生前的名声。

[7]"炷麝"句：炷；点燃。麝：麝香粉。此句是说，我们了解历史真相的人要为你洗刷污名。

[8]"赫赫"句：赫赫：显赫盛大貌。爰书：记录囚犯口供的文书。惇（dūn）史：有德行之人的言行记录。此句是说，表面庄严的判决书其实铸成了一部忠臣的历史，罪状实在都是功绩。

[9]"天门"句：《晋书·陶侃传》："又梦生八翼，飞而上天，见天门九重，已登其八，唯一门不得入。阍者以杖击之，因坠地，折其左翼。……及都督八州，据上流，握强兵，潜有窥窃（伺隙而动）之志，每思折翼之祥，自抑而止。"慈禧之流给肃顺定的罪案有大逆谋不轨之语，此句驳斥为荒唐之言。

◎ 评析

　　肃顺其实是满洲亲贵中的佼佼者，作者此诗敢为他伸冤，正是鲁迅所称的敢于抚哭叛徒的吊客，是十分难得的。诗也写得感情真挚，用典确切，使人读后回味无穷。

寄同年龚济南易图[1]

高心夔

历城山色堆明湖[2]，七十二泉天下无[3]。
贤守名邦极潇洒[4]，俊游良会一欢愉[5]。
能驯渤海带牛俗[6]，更养稷下雕龙徒[7]。
大岳云生望君日，扁舟风雪向东吴。[8]

◎ 注释

[1]同年：作者与龚易图皆咸丰九年（1859）进士。龚济南：龚氏时为济南府知府，故称龚济南。龚易图，福建闽县人，后官至广东布政使，有《乌石山房诗存》。

[2]历城：县名，为济南府治，今属山东济南。山：指鹊华山。明湖：即大明湖，周十余里，水木明瑟，明清以来，久为游览名区。

[3]七十二泉：元人于钦《齐乘》载金人《名泉碑》列举济南名泉七十二处。

[4]"贤守"句：贤守，贤明的太守（即清代的知府），指龚易图。名邦，指济南府。潇洒，超逸脱俗。此句是说，以贤守而驻名邦，政事之暇，游山玩水，饮酒赋诗，迥非俗吏可企及。

[5]"俊游"句：此句具体写上句"极潇洒"。俊游，风雅的朋友。良会，盛会。一欢愉，欢愉一回。

[6]"能驯"句：《汉书·龚遂传》：宣帝初，渤海盗贼并起，郡守不能制。帝以遂为渤海太守，至则悉罢逐捕盗贼吏，持田器者皆为良民，持兵者乃为盗贼。因劝民务农桑，有带刀剑者，使卖剑买牛，卖刀买犊，曰："何为带牛佩犊？"郡遂大治。此句以龚遂比龚易图。

[7]"更养"句：稷下，古地名，在战国齐都临淄稷门。齐宣王喜文学游说之士，于稷门设馆，招驺衍、淳于髡、田骈、接予、慎到、环渊等七十六人，赐第，为上大夫，不治事而议论，有稷下学士之称。见《史记·田敬仲完世家》。雕龙：驺衍"言天事"，善闳辩。驺奭"采驺衍之术以纪文"。齐人因称驺衍为"谈天衍"，驺奭为"雕龙奭"。见《史记·孟子荀卿列传》。此句希望龚易图振兴济南的文化教育事业。

[8]"大岳"二句：大岳，泰山。东吴，指江苏。这两句是说，当我向东遥望泰山下的你的时候，我正一叶扁（piān）舟向东吴进发。

◎ 评析

　　首联赞美济南水泉（并列大明湖与七十二泉）之美。次联赞美龚易图出守济南的潇洒欢愉。第三联赞美龚易图在济南的政绩。末联表达自己对龚易图的向往，以及自己的动向。作者为诗高古，即使写作律诗，也不苛守格律，如"堆""天""带""雕"，还可说"一三五不论"，第六的"下""龙"则无论如何不可错平仄的，他却不管。

海水（时方北狩热河）[1]（二首选一）

张之洞

十载艰虞选将才[2]，牙旗玉帐上游开[3]。
不关陆九纶言痛[4]，已见陶公义檄来[5]。
樊敦肯捐河北地[6]，衣冠幸免广明灾[7]。
江头余烬千门锁，蒲柳无春更可哀。[8]

⚜ 张之洞
（1837—1909）

字香涛，又字孝达，直隶南皮（今河北南皮）人。生于清宣宗道光十七年（1837），卒于宣统元年（1909），年七十三。同治二年（1863）进士，授编修。外任督抚，垂三十年，在两湖最久。光绪末，为军机大臣，官至体仁阁大学士。卒，谥文襄。有《广雅堂集》。

◎ **注释**

[1] 海水：扬雄《太玄经》六《剧》："上九，海水群飞，蔽于天杭，测曰：'海水群飞，终不可语也。'"意为四海不靖，国家不安宁。题意取此。时方北狩热河：指咸丰十年（1860），英法联军袭陷大沽，攻占天津，进犯通州。九月二十二日，咸丰帝逃往热河。十月六日，联军焚劫圆明园，进而占领北京。

[2] "十载"句：艰虞，艰难忧患。将才，能任大将的人才。此句是说，咸丰帝自即位以来，即因国事艰难，而精心挑选能担任军事统帅的人才。

[3] "牙旗"句：牙旗，大将所建、以象牙为饰的大旗。玉帐，征战时主将所居的军帐。宋人张淏《云谷杂记》中《玉帐》："盖玉帐乃兵家厌（yā）胜（古代迷信谓能以诅咒制胜）之方位，谓主将于其方置军帐，则坚不可犯，犹玉帐然。"上游开：咸丰九年（1859），蒙古僧格林沁亲王在大沽整顿防务，购巨炮分布要害，设铁锁木桩于海口。由上海北上的英法联军于六月二十五日，大举进攻大沽，舰队蜂拥直上，径向各炮台开炮轰击，并分遣陆战队登岸作战。中国守军奋起抗击。双方鏖战一昼夜，联军大败，军舰毁沉者三艘，受重伤者六艘，舰队司令贺布受伤，登陆军队也被我军分路截杀，死伤数百人。残敌仓皇奔上兵船，竖白旗逃出海口。

[4] "不关"句：陆九，《唐书·陆贽传》："贽入翰林年少，天子以辈行呼陆九。"纶言，皇帝的诏书。此句是说，大沽之胜，并非由于有陆贽那样的人替皇上起草了感人至深的罪己诏，而是守军将士激于义愤，努力杀敌。

[5] 陶公：指陶侃。陶侃先后讨平张昌、陈敏、杜弢、苏峻，卒后成帝诏称其"勤王于内，皇家以宁"。见《晋书》本传。

[6] "槃敦"句：槃敦（duì），珠槃和玉敦，古代天子与诸侯盟会所用的礼器，敦以盛食，槃以盛血，皆用木制，珠玉为饰。河北地，《史记·乐毅传》："河北之地随先王而举之济上。"此句是说，恭亲王奕䜣和英法联军议和，难道肯割地求和？

[7] "衣冠"句：唐僖宗广明元年（880）十二月，黄巢义军入长安，广德公主，宰相豆卢琢、崔沆，故相左仆射刘邺，太子少师裴谂，御史中丞赵濛，刑部侍郎李溥，故相于琮，皆为黄巢所杀。

[8]"江头"二句：杜甫《哀江头》："江头宫殿锁千门，细柳新蒲为谁绿？"此以曲江比圆明园，余烬指圆明园被焚劫后剩下的部分。《哀江头》的柳蒲逢春重绿，而圆明园被焚劫在十月六日，所以说"蒲柳无春更可哀"。

◎ 评析

　　首联说咸丰帝长期选将练兵，在大沽对英法联军取得胜利。次联说大沽之胜由于官兵同仇敌忾。第三联说议和诸臣岂忍割地，总算侥幸，北京的士大夫没遭到敌军的大规模屠杀。末联说圆明园在初冬被焚掠净尽，比唐玄宗逃亡四川，安禄山占据长安后所造成的灾难还要深重得多。

赠日本长冈护美

张之洞

尔雅东方号太平[1]，同文宏愿盖环瀛。

（君为同文会副会长，来沪创设同文书院，集东方学人讲求会通中西之学）[2]

荆州课武惭陶侃[3]，齐国多艰感晏婴[4]。

止有合纵纾急劫[5]，故知通道胜要盟。

（此皆席间所谈）[6]

卫多君子吾何敢[7]，愧此朋簪惓惓情。

（君来武昌，此间胜流多与款洽）[8]

◎ 注释

[1]"尔雅"句：尔雅，尔，接近；雅，正。此句意为日本邻近中国，因为近便而向中国吸收了许多宝贵的传统文化，所以屹立东方，成为富强之国。

[2]"同文"句及自注：《礼记·中庸》："书同文。"文字相同。环瀛，全世界。学人，学者。会通，会合变通。

[3]"荆州"句：课武，考查部队训练情况。《晋书·陶侃传》：侃为荆州刺史，"披坚执锐，身当戎行，将士奋击，莫不用命"。作者时任湖广总督，驻节武昌，故以陶侃自比。

[4]"齐国"句：《左传·昭公三年》，晋大夫叔向聘于齐，齐相晏婴与叔向语，谓齐为季世，齐君弃其民，民皆归于齐卿陈氏。此句以齐国比清王朝，以晏婴自比。

[5]"止有"句：合纵，战国时，苏秦游说六国诸侯，要他们联合起来西向抗秦。此借指中日联盟以共抗欧美。纾，解除。急劫，迫在眼前的灾难。指西方列强的军事入侵。

[6]通道：开辟道路。《书·旅獒》："惟克商，遂通道于九夷八蛮。"要（yāo）盟：要挟以结盟，强迫订立的盟约。

[7]"卫多"句：《左传·襄公二十九年》："（吴公子季札）适卫，说（悦）蘧瑗、史狗、史鰌、公子荆、公叔发、公子朝，曰：'卫多君子，未有患也。'"长冈护美盛赞作者节署人才众多，作者谦让不敢当。

[8]"愧此"句及自注：朋簪，《易·豫》："由豫，大有得，勿疑朋盍簪。"疏："盍，合也；簪，疾也。若能不疑于物，以信待之，则众阴群朋合聚而疾来也。"后因称朋友为朋簪。惓惓，恳切貌。胜流，名流，知名人士。款洽，亲切融洽地交往。

◎ 评析

　　首联说中日是友好邻邦，而长冈做了很有益的工作。次联从自己方面说，担任两湖总督，政绩寥寥，而国事艰难，徒增感叹。第三联概述宴会上所谈：中日必须联盟，才能对付欧美列强的侵略。两国应该友好合作，平等相处（言外之意是中日间应取消不平等条约）。末联谦谢长冈对督署人才的赞美，希望彼此永远友好。

八月十五日夜，森比德堡对月（森比德堡为鄂罗思国

所都，地濒北海。良天佳节，月明人散。是日，国人顶礼祆神，钟声四起。耳目所触，感慨丛生，酒后成章，质诸寮友。西人谓海潮为月力吸引，结句采用其说，或者为后来诗人增一故实耶?) [1]

曾纪泽

祆庙园楼百仞高[2]，梵钟清夜吼蒲牢[3]。

见闻是处驼生背[4]，官职无名马有曹[5]。

明镜喜人增白发[6]，奚囊搜句到红毛[7]。

冰轮何事摇沧海[8]，去作长天万顷涛？

◈ **曾纪泽**
（1839—1890）

字劼刚，湖南湘乡人，曾国藩之子。生于清宣宗道光十九年（1839），卒于德宗光绪十六年（1890），年五十二。袭父一等毅勇侯爵。历使英、法、俄诸国，与俄人力争，毁崇厚已订之约，更立新议，收回利权颇多。官至户部左侍郎。卒，谥惠敏。有《曾纪泽遗集》。

◎ 注释

[1] 森比德堡：今译圣彼得堡。鄂罗思：今译俄罗斯。北海：今贝加尔湖。祆（xiān）神：祆教之神。祆教是古波斯琐罗亚斯德所创教名，此借指东正教（基督教的东派）。寮友："寮"通"僚"，僚友，同官。故实：典故，出处。

[2] 祆庙：借指天主堂。仞：周尺八尺。

[3] "梵钟"句：梵钟，佛寺钟声，此借指东正教堂做弥撒的钟声。蒲牢，钟的别名。蒲牢本兽名，《文选》班彪《东都赋》："于是发鲸鱼，铿华钟。"李善注："（三国）薛综《西京赋》注曰：海中有大鱼曰鲸，海边又有兽名蒲牢，蒲牢素畏鲸，鲸鱼击蒲牢，辄大鸣。凡钟欲令声大者，故作蒲牢于上，所以撞之者为鲸鱼。"

[4] "见闻"句：是处，所到的地方。驼生背，《弘明集》一牟融《理惑论》："谚云：'少所见，多所怪，睹驼，言马肿背。'"驼驼即骆驼，没见过骆驼的人，称骆驼为马肿背。此比喻少见多怪。此句是说，中国人初到俄国，所到之处，都是见所未见，闻所未闻，不免少见多怪。

[5] "官职"句：《晋书·王羲之传》附王徽之："又为车骑桓冲骑兵参军，冲问：'卿署何曹？'对曰：'似是马曹。'又问：'管几马？'曰：'不知马，何由知数！'又问：'马比死多少？'曰：'未知生，焉知死！'"马曹，管马的官署，官职甚卑。晚清一般正统的士大夫轻视外交工作，斥为"用夷变夏"，故作者有此感慨。

[6] "明镜"句：作者赴俄改约，历时一年，备极艰辛，自云"障川流而挽既逝之波，探虎口而索已投之食"。故有此句。

[7] 奚囊：出李商隐《李贺小传》，后人因称诗囊为奚囊。搜句：寻求诗句。红毛：明、清
时称荷兰人为红夷或红毛夷。见《明史·外国传·和兰》。此指俄国人。

[8] 冰轮：明月。

◎ 评析

　　作者不是有意为诗人，但此诗却以旧风格表达了新意境。首联说巍
峨的天主堂在中秋夜传来洪亮的钟声。次联说自己初到俄国，感到一切
新奇；而本身担任的外交官职却为国内守旧派所轻视。第三联说为了改
订俄约，人都衰老了，只好以诗消遣，描写一些帝俄的异国风光。末联
说望着今夜明月皎洁，心中涌起汹涌的海涛。

香严书询近况，诗以代柬 [1]

曾纪泽

去国中郎归典属 [2]，汉廷无足重轻官 [3]。
不嫌牛耳先滕薛 [4]，姑就龟阴索郓谨 [5]。
蛇蟺成功容蟹寄 [6]，蜩鸠得意笑鹏抟 [7]。
褒诛斧钺知谁是 [8]，清夜扪怀宇宙宽 [9]。

◎ 注释

[1] 香严：姓李，四川人，生平不详。

[2]"去国"句：去国，离开中国。《汉书·苏武传》：武帝天汉元年（前100），武以中郎将
出使匈奴，被扣留。单于胁使降，武不屈，徙北海牧羊。武啮雪食草籽，持汉节牧羊十
九年，节旄尽落。昭帝立，与匈奴和亲，武始得归，拜为典属国。

[3]"汉廷"句：指中郎将、典属国，这两种官职在汉王朝的朝廷内是无足轻重的。

[4]"不嫌"句：牛耳，古代诸侯会盟时，割牛耳取血，分尝为誓，以资信守。先滕薛，《左
传·隐公十一年》："滕侯、薛侯来朝，争长。"滕、薛是小国。此句是说，我代表中华
大国去与俄罗斯小国办理外交工作，在礼节上不妨让他们一步。

[5]"姑就"句：《左传·定公十年》："齐人来归郓、谨、龟阴之田。"此句是说，之所以在

外交礼节上让俄国一步，为的是毁崇厚已订之约，更立新议，收回伊犁及乌宗岛山、帖克斯川诸要隘。

[6]"蛇蟺"句：《荀子·劝学篇》："蟹六跪而二螯，非蛇蟺之穴无可寄托者，用心躁也。"此句是说，我千辛万苦争来的权利，功劳却被别人夺去。

[7]"蜩鸠"句：《庄子·逍遥游》："鹏之徙于南冥也，水击三千里，抟扶摇而上者九万里……蜩与学鸠笑之曰：'我决起而飞，抢榆枋，时则不至，而控于地而已矣；奚以之九万里而南为！'"此句是说，国内顽固派目光短浅，头脑迂腐，不愿睁眼看世界，反而自鸣得意，以为他们维护了纲常名教，而嘲笑谩骂我们外交人员是出卖祖宗的汉奸。

[8]"褒诛"句：范宁《春秋公羊传序》："一字之褒，宠逾华衮之赠。"孔颖达《春秋正义序》："一言所黜，无异萧斧之诛。"此句是说，我主张学习西方，赞同我的固然有，猛烈攻击我的更多，究竟哪方面对呢？

[9]"清夜"句：谓晚上睡在床上扪心自问，毫无愧怍，觉得心境和宇宙一样宽广。

◎ 评析

　　首联说外交工作在朝廷内是不被重视的。次联说这次我赴俄，外交礼节迁就对方，是为了达到改订和约的目的。第三联说我为本国争回权利，功劳却被别人夺去。国内顽固派还一味地嘲笑我。表扬我的也罢，攻击我的也罢，反正我问心无愧，一切由它去吧！由此诗可见当时顽固派对新事物的排斥。

北征别张廉卿，即送其东游[1]（二首选一）

吴汝纶

昔人各有千秋抱[2]，百不施为乃著文[3]。
牝掷黄金真误我[4]，缟穿强箭独怜君[5]。
堂前莫漫嘲轮扁[6]，后世安能无子云[7]？
元凯盈朝身暇豫[8]，且须呼酒叩皇坟[9]。

吴汝纶
（1840—1903）

字挚甫，安徽桐城人。生于清宣宗道光二十年（1840），卒于德宗光绪二十九年（1903），年六十四。同治四年（1865）进士，授内阁中书。久客曾国藩、李鸿章幕，掌奏议。光绪时，充京师大学堂总教习，加五品卿衔，游日本考察教育制度。后称病引归。有《桐城吴先生全书》。

◎ 注释

[1] 张廉卿：张裕钊，字廉（一作"濂"）卿，湖北武昌人，咸丰辛亥（1851）举人，有《濂亭遗诗》。东游：到日本去游历。

[2] 千秋抱：立德立功、垂名千古的理想。

[3] 百不施为：一切理想都不能实现。乃著文：这才立言——著书立说。

[4] "牝（pìn）掷"句：韩愈《赠崔立之评事》："可怜无益费精神，有似黄金掷虚牝。"牝，溪谷。此句是说，我一心做古文，其实无益费精神，这种写作只耽误了我的时间而没有收到实效。

[5] "缟穿"句：《史记·韩安国传》："且强弩之极，矢不能穿鲁缟。"此句略变其意，称赞张裕钊作古文，如用强劲的箭射穿极薄的鲁缟，比喻他的创作取得极大成功。

[6] "堂前"句：《庄子·天道》：桓公读书于堂上，轮扁（制造车轮的人，名扁）斫轮于堂下，说："君之所读者，古人之糟粕已夫！"桓公叫他说明道理，他以自己斫轮的技术为例，说明它是不可能传给后人的。所以，"古之人与其不可传也死矣，然则君之所读者，古人之糟粕已夫"！此句是说，我们不要随便嘲笑轮扁，他的话实在有道理。我的经验就是一个有力的证据。我读了许多前人的文章，可是自己总写不好。

[7] "后世"句：《汉书·扬雄传》："时大司空王邑、纳言严尤闻雄死，谓桓谭曰：'子尝称扬雄书，岂能传于后世乎？'谭曰：'必传……'"此句是说，张裕钊的著作必传于后世。

[8] "元凯"句：《左传·文公十八年》："昔高阳氏有才子八人（名略），天下之民谓之'八恺'。高辛氏有才子八人（名略），天下之民谓之'八元'。"此句是说，现在充满朝廷的都是八元八恺一类贤臣，我们可以悠闲逸乐，坐享太平之福。按：这是讽刺性的反话。

[9] "且须"句：皇坟，传说的三皇之《三坟书》，此指先秦古籍。此句是说，还是要痛饮一场，送你到日本去寻找我国失传的古书吧。

◎ 评析

    首联说古代读书人希望立德立功，流芳百世，理想不能实现，这才著书立说。次联说过去我一心学古文,毫无成就,比起您在这方面的造诣,真是钦慕得很。第三联说我学古人之文,尽得其糟粕,哪能像您的文章必定流传后世呢?末联说现在满朝文武尽是德才无双的,我们坐享太平之福,让我设宴为您饯行,希望您到日本去访求那些国内的佚书。

雨中度棋盘岭[1]

樊增祥

一线修蛇欲到天[2],林萝石栈互钩连[3]。
万重云海相摩荡[4],一日乾坤百转旋[5]。
峻极飞鸿翻在下[6],险多健马不能前。
翛翛冷雨蓝关道,犹胜韩公拥雪年。[7]

✦ **樊增祥**
(1846—1931)
字嘉父,号云门,别号樊山,湖北恩施人。生于清宣宗道光二十六年(1846),卒于民国二十年(1931),年八十六。游京师,李慈铭亟称之。光绪三年(1877)进士,出补陕西渭南知县。累官至江宁布政使。有《樊山全集》。

◎ 注释

[1] 棋盘岭:应为七盘山,盖音近而讹。《嘉庆一统志·西安府·山川》:"七盘山,在蓝田县南十里,亦曰七盘岭。……《通典》曰:'七盘十二绎,蓝关之险路也。'旧志:七盘山延亘绵远,西接终南,东通商洛,险峻迂回。"

[2] 修蛇:形容上岭之路如长蛇。

[3] 林萝:树上缠着的藤萝。石栈:于山险之地,凿石架木为路。

[4] 云海:山峰高者,多出云上,在顶峰下视,云铺如海。

[5] "一日"句:谓过岭的一天里,弯来绕去,忽上忽下,回旋许多次。

[6] 峻极：高到极点。

[7] "翛翛"二句：翛（xiāo）翛，象雨声。蓝关，即蓝田关，在陕西蓝田东南。韩愈《左
    迁至蓝关，示侄孙湘》："云横秦岭家何在，雪拥蓝关马不前。"

◉ 评析

　　首联写棋盘岭高与天接，状似一条长蛇，一路都是藤萝钩连着栈
道。次联说爬到高处，只觉得此身与重重云海互相摩荡，又仿佛爬这一
天山路，简直是翻天覆地上百次。第三联说到最高处，大雁都在我脚下
飞；而险径太多，再慓悍的马也怕伸脚走。末联说幸而这次走蓝关的路
只是下雨，比韩愈当年大雪塞路要强些。

闻都门消息（五首选一）

樊增祥

京师赫赫陷鲸牙[1]，十国纵横万户嗟[2]。
旧宅不归王谢燕[3]，新亭分守楚梁瓜[4]。
（诸国各有疆界）
蛾眉身世惟青冢[5]，貂珥门庭但落花[6]。
龙虎诸军谁宿卫，孤儿一一委虫沙。[7]

◉ 注释

[1] 京师：帝都。《公羊传·桓公九年》："京师者何？天子之居也。京者何？大也；师者
    何？众也。天子之居，必以众大之辞言之。"赫赫：显耀强大貌。《诗·小雅·节南
    山》："赫赫师尹，民具尔瞻。"此处"赫赫"形容京师之雄伟。鲸牙：比喻八国联军的
    侵略武装。《左传·宣公十三年》："取其鲸鲵而封之。"杜预注："鲸鲵，大鱼名，以喻
    不义之人，吞食小国。"

[2] 十国：当时侵占北京的除八国（英、美、法、德、日、意、奥、俄）联军外，还有西
    班牙、比利时和荷兰，共十一国，此言十国，取其成数。纵横：恣肆横行，无所忌惮。
    万户嗟：北京受蹂躏的中国人无不痛愤。

[3]"旧宅"句：杜甫《秋兴八首》之四："王侯第宅皆新主。"刘禹锡《乌衣巷》："旧时王谢堂前燕。"此句是说，王侯旧宅都被联军占据，燕子也不敢飞回旧巢了。叶昌炽《缘督庐日记》："（北京）城破之日，洋人杀人无算。……但闻枪炮轰击声，妇稚呼救声，街上尸骸狼藉……大约禁城之内，百家之中，所全不过十室，今高门大宅，尚有虚无一人，而遗尸未敛，蛆出户外者。"

[4]"新亭"句：贾谊《新书》卷七《退让》篇："梁大夫宋就者，为边县令，与楚邻界。梁之边亭与楚之边亭皆种瓜，各有数。梁之边亭劬力而数灌，其瓜美。楚窳而希灌，其瓜恶。楚令固以梁瓜之美，怒其亭瓜之恶也。楚亭恶梁瓜之贤己，因夜往，窃搔梁亭之瓜，皆有死焦者矣。梁亭觉之，因请其尉，亦欲窃往，报搔楚亭之瓜。尉以请，宋就曰：'恶！是何言也。是构怨召祸之道也。恶！何称之甚也。若我教子，必每暮令人往，窃为楚亭夜善灌其瓜，令勿知也。'于是梁亭乃每夜往，窃灌楚亭之瓜。楚亭旦而行瓜，则皆已灌矣。瓜日以美。楚亭怪而察之，则乃梁亭也。楚令闻之，大悦，具以闻。楚王闻之，恕然丑以志自惽也，告梁吏曰：'微搔瓜，得无他罪乎？'说（悦）梁之阴让也，乃谢以重币，而请交于梁王。"此句但就"诸国各有疆界"为说，故用此典。新亭，指诸国在北京城内新划的管辖范围。

[5]"蛾眉"句：蛾眉，蚕蛾的触须，弯曲而细长，故以比喻妇女长而美的眉毛。也借为美女的代称。身世，人生的经历、遭遇。青冢，汉王昭君墓，在内蒙古呼和浩特南，相传冢上草色常青，故名。此借指当时义不受辱因而自杀的妇女。联军统帅瓦德西《拳乱笔记》："联军占领北京之后，曾特许军队公开抢劫三日，其后便继以私人抢劫。……又因抢劫时所发生之强奸妇女，残忍行为，随意杀人，无故放火等事，为数极属不少。"

[6]"貂珥"句：貂珥，汉代宦官冠上插貂尾悬珥珰以为饰，后遂以貂珥比喻显贵。落花，杜牧《金谷园》："落花犹似坠楼人。"此句是说，达官贵族家里只看见被逼自杀的妇女尸体。

[7]"龙武"二句：龙武，唐禁兵之称号。开元间，析羽林军置左右龙武军，以左右万骑营隶属之。置大将军各一人，统军各一人，将军三人。宿卫，在宫中值宿，担任警卫。孤儿，《汉书·百官公卿表》："取从军死事之子孙养羽林，官教以五兵，号曰羽林孤儿。"委，放弃。虫沙，此以比喻战死的禁军。《艺文类聚》九十《抱朴子》："周穆王南征，一朝尽化，君子为猿为鹤，小人为虫为沙。"

◎ 评析

　　首联说伟大的北京城竟被侵略军占领，敌人横行无忌，北京人苦不堪言。次联说王侯旧宅都被敌军占领，他们划分统辖范围，各自为政。第三联说多少义不受辱的中国民间妇女以自杀相抵抗，贵族大官家里死的妇女也不少。末联说御林军中还有谁在守卫皇宫呢？他们全部牺牲了。

和友人吴山水仙王祠[1]

袁昶

巫史传芭进酒卮[2]，长筵吹彻玉参差[3]。
千年埋碧终难化[4]，八月怒涛空尔为[5]。
配以逋仙荐秋菊[6]，从骖水伯闪朱旗[7]。
江流不尽兴亡恨，抉眼苏台鹿上时。[8]

◎ 注释

[1] 吴山：在浙江杭州西湖东南，春秋时为吴南界，故名。又名胥山，以伍子胥而名。水仙王：水神名。宋代西湖旁有水仙王庙，其旁为林逋祠堂。作者以伍子胥为水仙王。

[2] 巫史：即巫祝，古代从事接通鬼神的迷信职业者。传芭：古代南方祭祀时的舞名。舞者执香草，相互传递。《楚辞·九歌·礼魂》："传芭代代舞。"卮：酒器，容量四升。

[3] 长筵：长长的酒席上。玉参差（cēn cī）：镶玉的排箫。

[4] "千年"句：此句是说，伍子胥是吴国的忠臣，而被吴王夫差赐死，他的血也像苌弘的一样变成碧（青绿色的玉石），千秋万载也不会磨灭。

[5] "八月"句：《吴越春秋》："吴王乃以子胥之尸，盛以鸱夷（革囊）之器，投之江海。子胥因扬波成涛激岸，随潮来往。"钱塘江潮以八月最大。空尔为，徒然如此。为，助词无义。

[6] "配以"句：苏轼《书林逋诗后》："不然配食水仙王，一盏寒泉荐秋菊。"

[7] "从骖"句：骖，同驾一车的三匹马，中间的叫服马，两侧的叫骖马。水伯，水神，《山海经·海外东经》："朝阳之谷，神曰天吴，是为水伯。"闪朱旗，杜甫《诸将，五首》之一："曾闪朱旗北斗殷（yān）。"此句是说，水仙王跟着水伯乘坐三匹马拉的车子，车上闪动着红色的旗帜。

[8] "江流"二句：兴亡恨，越国的强盛和吴国的灭亡，是伍子胥最大的恨事。抉眼，《史记·吴太伯世家》："（吴王夫差）赐子胥属镂之剑以死。将死，曰：'……抉吾眼置之吴东门，以观越之灭吴也。'"苏台鹿上，《史记·淮南王安传》："（伍）被怅然曰：'……臣闻子胥谏吴王，吴王不用，乃曰臣今见麋鹿游姑苏之台也。'"

◎ 评析

水仙王本古代水神，未详其姓名，作者认定为伍员（子胥），全诗由此立论。首联写祭祀水仙王的情形。次联说伍员的神灵含恨不消，化为钱塘江的怒涛。第三联说后人以北宋隐士林逋配享，观涛者仿佛看见伍员和水伯驾车在江上奔驰。末联说千百年以来，不管钱塘江的波涛怎样滚滚东流，也流不尽伍员亡国（吴）的遗恨。

寄榆园逸叟[1]（二首选一）

袁　昶

自从畏垒寄庚桑[2]，疵疠今忧民物妨[3]。

手版分应投劾去[4]，肘囊未制活人方。

（姑孰年谷尚穰，而乡间疾疫大作，余稻栖亩，乏人收获，心甚忧之）[5]

皛皛梦痕疑识路[6]，淜淜秋浸欲浮床[7]。

贻书曲折烦君意[8]，千里封题远寄将。

（兄手书至，洒落千言，备戒为政当以惠民恤商为急务，并钞示辟疫方）[9]

◎ 注释

[1] 榆园逸叟：不详。

[2] 畏垒寄庚桑：《庄子·庚桑楚》："有庚桑楚者，偏得老聃之道，以北居畏垒之山……居三年，畏垒大穰。"

[3] 疵疠：灾害疫病。《庄子·逍遥游》："其神凝，使物不疵疠而年谷熟。"民物：一切人与物。张载《西铭》："民，吾同胞；物，吾与也。"以上两句是说，自从我到姑孰（古城名，今安徽当涂县地）任职以来，年成倒好，现在却忧虑瘟疫伤害了很多人和物。

[4] 手版：即笏，古代官吏上朝或谒见上司时所执，备记事用。分（fèn）：料想，甘愿。应（yīng）：应该。投劾：呈递引罪自责的辞呈。

[5] 囊：药囊。活人方：救活人的药方。穰（ráng）：丰收。余稻栖亩：富饶的稻谷长在田里。

[6] "皛皛"句：皛（xiǎo）皛，明洁貌。梦痕疑识路，沈约《别范安成》："梦中不识路，

何以慰相思？"此略变其意，谓梦中痕迹清晰，我怀疑自己是认识到你家的路途的。

[7] 湋（wéi）湋：污水积聚貌。秋浸：秋季涨的大水。浮床：形容水大，苏轼诗："溪涨欲浮床。"

[8] 贻书：寄信来。

[9] 封题：封，把信封好；题，在信封上写明收信人姓名与地址。寄将："将"是助词无义，寄将即寄。洒落：大方坦率。惠民恤商：惠民，爱民；恤商，关心商人。

◎ 评析

　　首联说自我任职当涂以来，年成很好，只是现在瘟疫流行，深为可虑。次联说作为一个地方官，不能为民除疫，本应引咎辞职。第三联说经常想念逸叟，可谓梦寐不忘，而面对秋季大水灾，更想得到您的指教。末联说感谢您不远千里寄信来，详尽地告诉我怎样爱护百姓，真太让您费神了。

齐河大风，晚始得渡[1]

叶大庄

万斛危樯箭脱弦[2]，河声如鼓震遥天[3]。

临流谁劝君无渡[4]，薄醉休惊我欲眠[5]。

小屋雪深炊饼大[6]，孤村风劲酒旗偏。

解寒一夜红炉火，未到晨星又著鞭[7]。

◈ **叶大庄**
（1844—1898）
　　字临恭，号损轩，福建闽县（今属福州）人。生于清宣宗道光二十四年（1844），卒于德宗光绪二十四年（1898），年五十五。同治十二年（1873）举人，官邳州知州。有《写经斋初稿》与《续稿》。

◎ 注释

[1] 齐河：县名，今属山东济南。

[2]"万斛"句：斛（hú），古以十斗为一斛，"万斛"形容船之载重量大。危樯，高桅杆。箭脱弦，形容船行迅疾，如箭从弓弦上射出。此句是说，风大使大船顺风行驶如飞。

[3]"河声"句：谓狂风掀起河上巨浪，声如鼓响，远震天边。

[4]"临流"句：崔豹《古今注·音乐》："箜篌引，朝鲜津卒霍里子高妻丽玉所作也。子高晨起，刺船而櫂，有一白首狂夫，披发提壶，乱流而渡，其妻随呼止之，不及，遂堕河水死。于是援箜篌而鼓之，作《公无渡河》之歌，声其凄怆。曲终，自投河而死……"

[5]"薄醉"句：萧统《陶渊明传》："贵贱造之者，有酒辄设。渊明若先醉，便语客：'我醉欲眠，卿可去。'其真率如此。"

[6] 炊饼：即蒸饼（馒头），因宋仁宗名祯，"蒸"与"祯"音近，故呼蒸饼为炊饼。

[7] 著鞭：挥鞭策马。

◎ 评析

首联说河风极大，坐船过河太不安全。次联说既然不能渡河，白天干脆喝酒解闷，醉了便睡觉。第三联说旅店虽小，馒头却大，加上这河边小村上有酒店，不怕雪深，尽可安心等待风停。末联说整个一晚全靠煤球炉火暖烘烘的，还好，没到天亮，已经风平浪静，我可以渡过河去，骑马继续赶路。

偕朗溪、芦台访熙民叔侄村居[1]

郭曾炘

咫尺桃源得问津[2]，不知门外有风尘。

横流长恐栖无地[3]，空谷今才见似人[4]。

岸上牵舟疑可住[5]，篱根分井便为邻[6]。

芋羹豆饭茅柴酒[7]，草草杯盘一味真[8]。

🦋 郭曾炘
(1855—1928)

字春榆，福建侯官（今属福州）人。生于清文宗咸丰五年（1855），卒于民国十七年（1928），年七十四。光绪六年（1880）进士，官至礼部右侍郎。有《玄眎集》。

◎ 注释

[1] 朗溪：杨绪之号。芦台、熙民：不详。

[2] 咫（zhǐ）尺：八寸为咫。咫尺比喻距离很近。桃源问津：用陶渊明《桃花源记》，末云："后遂无问津者。"津，渡口。

[3] "横流"句：《晋书·王尼传》："尼早丧妇，止有一子。无居宅，惟畜露车，有牛一头，每行，辄使子御之，暮则共宿车上。常叹曰：'沧海横流，处处不安也。'"

[4] "空谷"句：《庄子·徐无鬼》："子不闻夫越之流人乎？去国数日，见其所知而喜；去国旬月，见所尝见于国中者喜；及期年也，见似人者而喜矣。"

[5] "岸上"句：《南史·张融传》："融为中书郎，曰：'臣陆处无屋，舟居无水。'武帝问其从兄绪，绪曰：'融未有居止，权牵小船岸上住。'帝大笑。"

[6] "篱根"句：李白《陈情赠友人》："卜居乃此地，共井为比邻。"

[7] 豆饭：以豆为饭。《战国策·韩策一》："民之所食，大抵豆饭藿羹。"茅柴酒：市沽的薄酒。

[8] 草草：匆促，苟简。一味真：虽无佳肴美酒，但有纯粹的真实情谊。

◎ 评析

　　此写村居之乐。首联说你们的村子就在附近，便于走访，一到村里，简直忘了世上的混乱。次联说生在这乱世，我总担心无处容身，现在到了你们这里，才算见到可以谈心里话的人。第三联说你们的住宅固然简陋，但邻居关系融洽就是好事。末联说你们招待客人的酒菜虽不高级，然而这种真纯的友谊却是最可贵的。

山　居[1]

陈宝琛

数竿竹外无多地，半属梅花半属兰。[2]
留客便盘圆石坐[3]，借书惯就绿阴摊[4]。
空阶驯雀寻常下[5]，小沼潜鱼自在宽[6]。
有酒不应成独饮，墙头还泥好烟峦。[7]

✤ 陈宝琛
（1848—1935）

字伯潜，号弢庵，又号橘隐，福建闽县（今属福州）人。生于清宣宗道光二十八年（1848），卒于民国二十四年（1935），年八十八。同治七年（1868）进士，官至太保，为溥仪之师傅。有《沧趣楼诗集》。

◎ 注释

[1] 山居：陈衍《石遗室诗话》："（公）所居螺江，有沧趣楼，梅竹深秀，公诗所云'留客便盘圆石坐，借书惯就绿阴摊'者也。面楼奇峰五，折叠若屏风，矗立千仞，视匡庐五老、香炉诸峰，殆有过之。"

[2] "数竿"二句：谓楼外空地，植竹以外，还种梅栽兰。竹、梅、兰，是作者人格的象征，而句中似以竹为主，可见作者欣赏自己的直节干霄。

[3] "留客"句：极写主宾的不拘礼节。

[4] "借书"句：谓借来好书，一贯坐在树荫下看。以上两句极写人的闲适。

[5] "空阶"句：杜甫诗："得食阶除鸟雀驯。"此句是说，阶前空寂，驯熟了的鸟雀随便飞下来啄食。

[6] 沼：水池。潜鱼：深藏水底的鱼。自在宽：鱼儿觉得小池宽广，可以自由游动。以上两句写物的闲适。天人合一，物我相忘。

[7] "有酒"二句：泥（nì），软求。烟峦，烟雾朦胧的山峦。以上写人与物的闲适，都是有生物。这两句竟写到无生物——烟峦，却把它人化了，让青山和我对饮。一个"泥"字使我们想起辛稼轩的词："我见青山多妩媚，料青山见我应如是。"

◎ 评析

　　作者是清室遗老，但不肯到伪满洲国去做官。此诗是人民国后所作。首联说沧趣楼下庭院只栽竹、梅、兰。次联说自己山居生活非常清闲自在。第三联说人与物相忘，鸟雀、游鱼也自在得很。末联说自己独酌，邀请楼前奇峰对饮。全诗在写山居闲适情趣中，含蓄地表示了自己的高洁品格。

寄怀左子兴领事 [1] 秉隆

黄遵宪

古人材艺今俱有，却是今人古不如。[2]
十载勋名辅英荡 [3]，一家安乐寄华胥 [4]。
头衔南岛蛮夷长 [5]，手笔西方象寄书 [6]。
闻说狂歌敲铁板，大声往往骇龙鱼。[7]

◎ 注释

[1] 左子兴：名秉隆，字子兴，为新加坡领事。薛福成《出使英法义比四国日记》称其在新加坡"为领事九年，精明干练，熟谙洋语"。领事：一国根据协议派驻他国某城市或某地区的代表。

[2] "古人"二句：我国封建社会人们习惯上贵古贱今，认为一切都是今不如昔。作者与左秉隆都是深受西方资产阶级先进思想影响的，所以才认识到古人不如今人。材艺，才能和技艺。

[3] 十载：左秉隆任新加坡领事九年，此言十载，乃取其成数。勋名：功绩与名望，指左在"辅英荡"（外交工作）方面的成就。辅英荡：荡，本作"荡"；英荡，刻有出使之事的竹箭。《周礼·地官·掌节》："凡邦国之使节：山国用虎节，土国用人节，泽国用龙节，皆金也，以英荡辅之。""以英荡辅之"，即用刻有出使之事的竹箭作为三节的辅助证明，证明三节的真实性。

[4] "一家"句：华胥，《列子·黄帝》："（黄帝）昼寝而梦，游于华胥氏之国……其国无帅长，自然而已；其民无嗜欲，自然而已；不知乐生，不知恶死，故无夭殇；不知亲己，不知疏物，故无爱憎；不知背逆，不知向顺，故无利害。"此句指左秉隆携家属居新加

坡，比生活在国内政坛上安乐。

[5]"头衔"句：头衔，唐代选曹补受，须存资历，闻奏之时，先具旧官名品于前，次书拟官于后，新旧相衔不断，故称官衔，亦曰头衔。见封演《封氏闻见记》五《官衔》。南岛，指新加坡。新加坡在东南亚马来半岛南端，包括新加坡岛和附近五十四个小岛。蛮夷长，《史记·南越传》：南越王赵佗自称帝，汉文帝使陆贾责之，佗"甚恐，为书谢，称曰：'蛮夷大长老夫臣佗'"。此句以玩笑口吻说，中国一向以天朝上国自居，把周围诸国都看成藩属小国，那么，你作为中国驻新的领事，地位和新加坡总督地位一样高，也可说做了"南岛蛮夷长"了。

[6]"手笔"句：《礼记·王制》："五方之民，言语不通，嗜欲不同。达其志，通其欲，东方曰寄，南方曰象，西方曰狄革是，北方曰译。"此句称赞左秉隆娴熟西方语文，能用英文写作。

[7]"闻说"二句：铁板，徐釚《词苑丛谈》三《品藻》一：苏轼尝问歌者曰："吾词比柳（永）词何如？"对曰："柳郎中词，只好十七八女孩儿执红牙拍板，唱'杨柳岸晓风残月'，学士词须关西大汉抱铜琵琶，执铁绰板，唱'大江东去'。"龙鱼，木华《海赋》："吐云霓，含龙鱼。"

◉ 评析

　　首联提出了进化论的观点：今胜于古。次联称赞左秉隆外交工作成就很大，并羡慕他全家居住新加坡。第三联以诙谐口吻称左氏为"蛮夷长"，又称赞他精通外文。末联仍以诙谐口吻说，听说您有时像关西大汉手执铁板唱苏轼的"大江东去"一词那样引吭高歌，把海底的龙鱼也惊动了，真是豪放得很呀！

谷雨后一日抵里[1]（四首选一）

沈曾植

急雨萧萧万树风，宦游还去别幽宫[2]。
余生怜戚人间世[3]，疾痛长号罪莘躬[4]。
忧色下堂兢自饬[5]，祸心誓墓愿难充[6]。
清明寒食年年在，永愧溪南被褫翁[7]。

❀沈曾植
(1851—1922)

字子培，号乙庵，晚号寐叟，浙江嘉兴人。生于清文宗成丰元年（1851），卒于民国十一年（1922），年七十二。光绪六年（1880）进士，授刑部主事。官至安徽布政使，护理安徽巡抚。入民国，以遗老居上海。有《海日楼诗》。

◎ **注释**

[1] 谷雨：谷雨在清明后半月，故此诗自责未能于清明节扫墓。

[2] 宦游：在外做官。幽宫：祖坟。

[3] 余生：晚年。怆戚：悲苦。人间世：本意为人类社会，因《庄子》有《人间世》篇，极写险恶的社会成了人吃人的陷阱，所以后人诗文中用到"人间世"这一词语，往往指充满罪恶的社会。

[4] "疾痛"句：《史记·屈原传》："夫天者，人之始也；父母者，人之本也。人穷则反本，故劳苦倦极，未尝不呼天也；疾痛惨怛，未尝不呼父母也。"长号（háo），柳宗元《贻许孟容书》："每遇寒食，则北向长号，以首顿地。"罪衅（xìn）躬，罪大恶极的本身。封建士大夫极重孝道，故以自己不能按时扫墓为大罪。

[5] "忧色"句：《礼记·祭义》："乐正子春下堂而伤其足，数月不出，犹有忧色。门弟子曰：'夫子之足瘳（chōu）矣，数月不出，犹有忧色，何也？'乐正子春曰：'善如尔之问也，善如尔之问也！吾闻诸曾子，曾子闻诸夫子曰："天之所生，地之所养，惟人为大。父母全而生之，子全而归之，可谓孝矣；不亏其体，不辱其身，可谓全矣。"故君子顷步而弗敢忘孝也。今予忘孝之道，予是以有忧色也。'"兢（jīng），戒慎。自饬，自己要求自己端正行为。

[6] 褊（biǎn）心：心地狭窄。誓墓：《晋书·王羲之传》：羲之与王述情好不协。羲之为会稽内史，述后检察会稽郡，辩其刑政，主者疲于简对，羲之深耻之，遂称病去郡，于父母墓前自誓不复出仕。愿难充：弃官归隐的意愿难以满足。

[7] "清明"二句：被褛（bó shì），即襄衣，一说指农夫所穿粗糙而结实的衣服。这两句是说，比起住在小溪南边的老农来，我永远感到惭愧，因为他年年的清明和寒食都能给父母上坟，而我却做不到。

◎ **评析**

首联说从前在风雨交加时，为了出外当官，我告别了祖坟。次联说，入仕途后，社会险恶，内心苦闷得很，特别为自己不能按时扫墓而悲痛万分。第三联说自己忘了孝道，经常自我谴责，但想不再出仕又做不到。末联说，和溪南老农相比，我真惭愧，因为他年年都能按时祭祖扫墓，我却没有做到。

叔节先生善余，前后共事学校八年矣。乃三年之中，三更巨变，叔节有田而不能耕，余无一椽之庇，况乃田耶？作此调叔节，并以自调[1]

林　纾

天下争传姚氏学[2]，八年聚首向长安[3]。
文名盛极身何补[4]？世难尝深胆共寒[5]。
永日恋田仍在客[6]，经时修史未成官[7]。
较量终胜闽南叟[8]，江上无家把钓竿。

林　纾

字琴南，号畏庐，福建闽县（今属福州）人。
（1852—1924）
生于清文宗咸丰二年（1852），卒于民国十三年（1924），年七十三。光绪八年（1882）举人，后专治古文，以桐城派自居。为京师大学堂教习。有《畏庐诗存》。

◎ 注释

[1] 叔节：姚永概，字叔节，安徽桐城人。光绪十四年（1888）解元。有《慎宜轩诗》。善余：和我要好。"前后"句：两人都在京师大学堂任教。更（gēng）：经历。巨变：大的动乱。一椽：一间屋。调：嘲笑。

[2] 姚氏学：指姚鼐为代表的桐城派古文。自乾隆时起，周书昌即说："天下之文章，其在

桐城乎！"（曾国藩《欧阳生文集序》）

[3] 聚首：同在一起生活。长安：此指代北京。

[4]"文名"句：姚永概以能古文擅名海内，徐世昌《晚晴簃诗汇》："叔节夙承家学，与其兄仲实及姊婿马通伯其昶交相镞砺，通诸经，治诗古文辞。晚偕游京师，一时碑版传志之文，非三人者莫属。"然文名虽极盛，何补于其一身之穷？

[5]"世难（nàn）"句：当时军阀混战，姚永概与作者备尝其苦，故每为之胆寒。

[6]"永日"句：永日，整天。恋田，恋念家乡田地，意欲归耕。仍在客，仍然旅居在外，还没还乡。按：《畏庐（文集）续集》有《送姚叔节归桐城序》云："近与叔节共事大学，须鬓伟然，年垂五十矣。……（余）晚交得通伯……匆匆亦遇乱归桐城。计可以论文者，独有一叔节；而叔节亦行且归。"

[7]"经时"句：此指姚在北京常为人作碑版传志之文。封建王朝的国史馆为人立传，全根据其人的家传或墓志铭，故此句如此说。未成官，指姚并非史官。

[8] 较量：对比。闽南叟：作者自指。

◎ 评析

　　此诗收于《畏庐诗存》卷上丁巳年。首联说全国学古文的人都争着向姚姬传先生为代表的桐城派学习，我和您在北京同事八年，就受到教益不浅。次联说您的文名极大，可您仍然困顿不堪。艰险时局给我们吃的苦头简直想起都胆战心惊。第三联说，您成天说想归隐故乡，却仍在北京谋生。长时间编写史书却没请您去国史馆任职。末联说，对比起来，您还是强过我，我可是能容我垂钓的一个家也没有呀！

生　日

朱铭盘

穷海春回未似春[1]，不成愁思细如尘[2]。
年过秦氏爰爰婿[3]，诗写湘灵渺渺人[4]。
鹊有东南求好树[5]，楼无西北接重闉[6]。
怀仁辅义何人事，却怪桐江只钓纶。[7]

◈ 朱铭盘
(1852—1893)

字曼君，江苏泰兴人。生于清文宗咸丰二年（1852），卒于德宗光绪十九年（1893），年四十二。光绪八年（1882）举人，曾从军朝鲜。《石遗室诗话》称其诗天骨开张，风格隽上。有《桂之华轩诗集》。

◎ 注释

[1] 穷海：荒僻滨海之区。此指其家乡泰兴。

[2] 愁思（sì）：愁苦的情思。

[3] "年过"（guō）句：汉乐府《陌上桑》："秦氏有好女，自名为罗敷。"又言其夫婿："十五府小史，二十朝大夫，三十侍中郎，四十专城居。为人洁白皙，鬑鬑颇有须。"鬑（lián）鬑，须稀疏貌。此句是说，我已经过了四十岁。

[4] "诗写"句：湘灵，湘水之神。屈原《远游》："使湘灵鼓瑟兮。"又《九歌·湘夫人》："帝子降兮北渚，目眇眇兮愁予。"此句是说，我的诗，含意和屈原的一样，都是通过美人香草来抒发政治上失意的愁思。

[5] "鹊有"句：此借用《孔雀东南飞》的"孔雀东南飞"与曹操《短歌行》的"月明星稀，乌鹊南飞，绕树三匝，何枝可依"。此句是说，我希望找到一条政治上的出路。

[6] "楼无"句：此用《古诗十九首》中《西北有高楼》的"西北有高楼"。重闉（chóng yīn），城曲重（chóng）门。此句是说，结果找不到一个理想的栖身之所。

[7] "怀仁"二句：《后汉书·严光传》：光复书司徒侯霸云："怀仁辅义天下悦，阿谀顺旨要（腰）领（颈）绝。"桐江，在今浙江桐庐北，合桐溪叫桐江，即钱塘江中游自严州至桐庐一段的别称。严光曾垂钓于此。钓纶，钓鱼的丝线。

◎ 评析

对自己的生日，作者发出了很多感想。开头两句造成的气氛是愁苦。愁苦的原因是已经年过四十，政治上仍然失意，不管怎样努力寻求出路，还是找不到一个理想的单位。最后他气愤地质问：朝廷中的达官贵人，你们没有为国家选拔贤才，反而责怪贤才之士一味隐居，不肯出山，这公平吗？

七月十四夜，结客十数辈泛东湖看月[1]

陈三立

千顷风湖放钓船，横肱跣足对如仙[2]。

荷香郁郁灯摇镜[3]，柳影层层月在天[4]。

自返故乡无此乐，不知今夕是何年？[5]

去人留恋来人笑（谓子培提学将行，爱苍布政初至）[8]，

各有西山插鬓边[7]。

陈三立
(1853—1937)
　　字伯严，号散原，江西义宁州（今修水）人。生于清文宗咸丰三年（1853），卒于民国二十六年（1937），年八十五。光绪十五年（1889）进士，官至吏部主事。光绪二十一年（1895），其父陈宝箴为湖南巡抚，创办新政，提倡新学，三立多所擘助。光绪二十四年（1898）戊戌政变后，陈氏父子均被革职，永不叙用。乃退居南昌西山靖庐，三立常往返南京寓庐与西山间。入民国，自居遗老。日帝侵占华北，胁诱其出山，拒不出仕而死。有《散原精舍诗》。

◎ 注释

[1] 结客：结交宾客。东湖：在江西南昌。《新唐书·地理志》五《洪州·南昌》："县南有东湖，元和三年，刺史韦丹开南塘斗门以节江水，开陂塘以溉田。"

[2] 横肱（gōng）：横着手臂。《礼记·曲礼》："并坐不横肱。"跣（xiǎn）足：光着足。

[3] 郁郁：形容香气浓。灯摇镜：岸上灯光倒映湖中，湖水荡漾，好像灯光在镜中摇晃。

[4] "柳影"句：谓月在天上，清光下照，使柳枝影子重重叠叠。

[5] "自返"二句：上句用苏轼《百步洪二首并引》中的话："王定国访余于彭城，一日，棹

小舟与颜长道携盼、英、卿三子，游泗水，北上圣女山，南下百步洪，吹笛饮酒，乘月而归。余时以事不得往，夜著羽衣，伫立于黄楼上，相视而笑，以为李太白死，世间无此乐三百余年矣。"下句用苏轼《水调歌头·丙辰中秋，欢饮达旦，大醉，作此篇，兼怀子由》的"不知天上宫阙，今夕是何年"，但两句都已稍变原意。

[6] 子培提学：子培，沈曾植之字。提学，明代官名，清改为提督学政，掌一省学校生徒考课黜陟之事。爱苍布政：爱苍，沈瑜庆之字。布政，官名，全称为布政使，专管一省的财赋和民政。

[7] 西山：在江西新建西，连属三百余里。

◎ 评析

    陈三立是同光体（宋诗派）的代表，此诗就表现了他的特殊风格：精练而能疏宕。三、四句写荷香浓郁，湖光闪烁，柳影重叠，月色满天，辞句精练。而五、六句用成语作对，浑成大方，有疏宕之美。一、二句也写得疏宕。陈诗还有些独创语，如"西山插鬓边"。总之，全诗写出了月夜游湖的欢乐。

遣　怀[1]

陈三立

龙钟老物一蘧篨[2]，拼与途人目笑渠[3]。

萦梦夸蛾徒自苦[4]，舞筵傀儡定谁如[5]？

戮民几置风波外[6]，息壤亲盟劫烬余[7]。

龌龊嵚崎无一可[8]，残年饱饭斫枰梧[9]。

◎ 注释

[1] 遣怀：内心有所感触，作诗加以排遣。

[2] 龙钟：老态。老物：骂人语，犹"老家伙"。《晋书·宣穆张皇后传》："帝尝卧疾，后往省病。帝曰：'老物可憎，何烦出也！'"蘧篨（qú chú）：有丑疾不能俯首之人。

[3] 拼与：豁出去给。目笑：目视之而笑，表示轻视。《史记·平原君传》："平原君竟与毛

遂偕，十九人相与目笑之而未发也。"渠：他。

[4] 夸蛾：传说中的大力神。《列子·汤问》："（愚公欲移山），帝感其诚，命夸蛾氏二子负二山，一厝朔东，一厝雍南。"

[5] 舞筵：陈师道《后山诗话》记杨大年《傀儡》诗："鲍老当筵笑郭郎，笑他舞袖太琅珰。若教鲍老当筵舞，转更琅珰舞袖长。"傀儡：木偶戏的木偶。

[6] 戮民：罪人。《庄子·大宗师》："孔子曰：'丘，天之戮民也。'"风波：比喻动荡不定。《庄子·天地》："我之谓风波之民。"成玄英疏："夫水性虽澄，逢风波起；我心不定，类彼波澜，故谓之风波之民也。"

[7] 息壤：地名，秦邑。战国秦武王三年（前308），使甘茂约魏以伐韩，茂恐王中悔，乃与王盟于息壤以为信。见《史记·甘茂传》。劫烬：劫火的余灰。

[8] 龊龊：局促，拘于小节。嵚崎：本指山岩高峻，亦以比喻人之杰出不群。

[9] 残年：余生。栟榈（bīng lú）：《文选》张衡《南都赋》："楈枒栟榈。"注："栟榈，棕也，皮可以为索。"

◎ 评析

　　这是自嘲诗。作者抱有维新思想，但与康、梁所用方法不同。清室被推翻后，军阀混战，列强侵凌，使他备感痛心。此诗牢骚之气极盛，自骂老物不识时务，一心仍抱改造中国之志，而独夫民贼都分别为列强效力。自己九死余生，不忘国事，当年同志，今已寥寥。自己百无聊赖，只能虚度年华而已。

伤邹沅帆[1]

陈三立

沅帆汝岂伴狂死[2]？腰腹槃槃此士无[3]。

增写图经萌国学[4]，自浇酒琖避尘污[5]。

小儿德祖宁为伍[6]，大侠朱家欲共呼[7]。

后世重编独行传[8]，应怜一往落江湖[9]。

◎ 注释

[1] 邹沅飒：邹代钧，字沅飒（同"帆"），湖南新化人。光绪间随使欧西，后充京师大学堂教员，官至学部参议。精地理之学，尝刻中外舆地全图，为近世舆图佳本。又有《西征纪程》，则其随使时之日记。

[2] 佯狂：装疯。《荀子·尧问》："然则孙卿怀将圣之心，蒙佯狂之色，视（同'示'）天下以愚。"

[3] 腰腹：《后汉书·东平王苍传》："帝手诏国中傅曰：'日者问东平王：处家何等最乐？王言为善最乐。其言甚大，副是腰腹矣。'"槃槃：大貌。《世说新语·赏誉》下："谚曰：扬州独步王文度。"注引南朝宋檀道鸾《续晋阳秋》："时人为一代盛誉者语曰：'大才槃槃谢家安……'"

[4] 图经：地理志一类书籍，文字外多附有地图。所以说增写国学，因我国早有此类书，如《通志·艺文略·地理类·图经》一门，列诸州图经有三十三部，一千七百余卷。

[5] 尘污：《晋书·王导传》："（庾）亮虽居外镇，而执朝廷之权，既据上流，拥强兵，趣向者多归之。导内不能平，常遇西风尘起，举扇自蔽，徐曰：'元规尘污人。'"元规，庾亮之字。

[6] 小儿德祖：《后汉书·祢衡传》："（衡）常称曰：'大儿孔文举，小儿杨德祖。余子碌碌，莫足数也。'"文举，孔融之字；德祖，杨修之字。

[7] 大侠朱家：《史记·游侠列传》："鲁朱家者，与高祖同时……用侠闻。所藏活豪士以百数，其庸人不可胜言。然终不伐其能，歆其德，诸所尝施，唯恐见之。振人不赡，先从贫贱始。家无余财，衣不完采，食不重味，乘不过牸牛。专趋人之急，甚己之私。既阴脱季布将军之厄，及布尊贵，终身不见也。自关以东，莫不延颈愿交焉。"

[8] 独行传：《后汉书》有《独行传》，列志节高尚、不随俗浮沉的人。

[9] 江湖：《南史·隐逸传》："徇江湖而永归。"

◎ 评析

　　邹代钧了解西方资产阶级政治，又擅长地理学，但在黑暗的中国，并无用武之地，于是形成狂傲、任侠的性格和作风。全诗用典雅的词语、拗折的句式，给读者塑造出独行传里人物的形象。末句"一往落江湖"回应首句"佯狂死"，不仅写出了邹代钧的潦倒失意，也表现了作者对怀才不遇者的痛心。

大桥墓下[1]

范当世

草草征夫往月归[2]，今来墓下一沾衣[3]。
百年土穴何须共[4]，三载秋坟且女违[5]。
树木有生还自长[6]，草根无泪不能肥[7]。
泱泱河水东城暮[8]，伫与何人守落晖[9]？

◎ 注释

[1] 大桥：《范伯子诗集》三《大桥遗照诗并序》："此所谓大桥，乃吾所居通州城郭之东偏十五里许，有所谓新地者，有水桥一区，类如斯图，而亡妻实产于是，其父母因以桥名之。"可见大桥既为地名，又为其妻吴氏之名。

[2] 草草：忧貌。《诗·小雅·巷伯》："劳人草草。"征夫：从役之人。《诗·小雅·何草不黄》："哀我征夫，独为匪民。"

[3] 沾衣：流泪沾湿上衣襟袖。

[4] 百年：指一生，人寿少有过百岁的，所以把百年作为死的委婉说法。土穴共：《诗·王风·大车》："死则同穴。"言夫妻死后同葬一个墓穴。

[5] 秋坟：李贺《秋来》诗有"秋坟鬼唱鲍家诗"之句。且：尚。女：汝。违：离。

[6] 树木：指妻子坟边所种的树。

[7] "草根"句：谓因为三年没来上坟，没有流泪，草也枯黄了。

[8] 泱泱：水深广貌。

[9] 伫（zhù）：久立。

◎ 评析

这是作者怀念亡妻的一首诗。首联写上月归家，今来扫墓。次联自责：说什么百年偕老，死则同穴，你死了三年，我才到你坟上来。第三联语极沉痛：坟边的树倒还长大了，可是坟上的草却又黄又瘦，这是因为我没有用泪水来浇灌啊！末联借河水东流以喻时间逝去之速，写自己虽极恋恋不舍，而日落西山，不能不归去。

写 怀

严 复

都来半世客幽燕[1]，老眼今看海变田[2]。

失水蛟龙聊复尔[3]，偷仓雀鼠故依然[4]。

岂能徐邈随通介[5]，浪说王尊乍佞贤[6]。

阅尽白衣转苍狗[7]，冰轮还作旧时圆[8]。

严 复

(1853—1921)

初名宗光，字又陵；后改名复，字几道；晚年号瘉壄老人。福建侯官（今闽侯）人。生于清文宗咸丰三年（1853），卒于民国十年（1921），年六十九。十四岁考取沈葆桢所创设的船政学校，光绪二年（1876），二十三岁，被派赴英国海军学校，学习战术和炮台等专门学科。归国后，任北洋海军学堂教授。民国初，曾任京师大学堂校长。所译《天演论》等书，介绍西方学术思想，对我国思想启蒙影响极大。有《瘉壄堂诗集》。

◎ 注释

[1] 半世：半辈子。幽燕（yān）：幽为州名，古代十二州之一。燕为周代国名，在幽州。《尔雅·释地》："燕曰幽州。"即今河北北部及辽宁一带。作者从二十八岁起就在天津北洋水师学堂工作，前后有二十年。后来又到北京任译局总办，审定名词馆总纂。入民国后，曾任京师大学堂校长等职。所以说"半世客幽燕"。

[2] 海变田：沧海变成桑田，指辛亥革命推翻清政权。

[3] 失水蛟龙：《管子·形势》："蛟龙，水虫之神者也。乘于水，则神立；失于水，则神废。"此以比喻清废帝溥仪。聊复尔：姑且如此。《世说新语·任诞》：七月七日（古人以此日晒衣），阮咸以竿挂大布犊鼻裈于中庭，人或怪之，答曰："未能免俗，聊复尔耳。"

[4]"偷仓"句:《史记·李斯传》:"斯入仓,观仓中鼠,食积粟,居大庑之下,不见人犬之忧。"《梁书·张率传》:"在新安,遣家僮载米三千石还吴宅,既至,遂耗大半。率问其故,答曰:'雀鼠耗也。'率笑而言曰:'壮哉雀鼠!'竟不研问。"此以比喻贪官污吏,在民国和在清代一样贪赃枉法。

[5]徐邈随随介:《三国志·魏书·徐邈传》:"或问(卢)钦:'徐公当武帝之时,人以为通,自在凉州及还京师,人以为介,何也?'钦答曰:'往者毛孝先、崔季珪等用事,贵清素之士,于时皆变易车服以求名高,而徐公不改其常,故人以为通。比来天下奢靡,转相仿效,而徐公雅自若,不与俗同,故前日之通,乃今日之介也。是世人之无常,而徐公之有常也。'"

[6]王尊乍佞贤:《汉书·王尊传》:湖三老(官名)公乘(姓)兴(名)等上书讼尊治京兆功效日著,而御史大夫奏其佞巧,以致废黜。"一尊之身,三期之间,乍贤乍佞,岂不甚哉!"

[7]白衣转苍狗:杜甫《可叹》:"天上浮云如白衣,斯须改变如苍狗。"

[8]冰轮:明月。苏轼《宿九仙山》:"半夜老僧呼客起,云峰缺处涌冰轮。"

◎ 评析

此诗编于《瘐埜堂诗集》卷下,乃入民国后所作。首联说自己在京、津生活了半辈子,没想到老了倒看到改朝换代。次联说清朝的统治者是倒台了,民国的官还不是一样贪污、腐败?第三联说自己坚持原则,不怕人骂老顽固。末联说自己对时局变化阅历很多,始终要保持本身的清白,决不随波逐流。

游花嫩冈,谒华盛顿墓宅[1]

康有为

颇他玛水绿沄沄[2],花嫩冈前草树芬。

衣剑摩挲人圣杰[3],江山秀绝地萌文[4]。

卑宫尚想尧阶土[5],遗冢长埋禹穴云[6]。

不作帝王真圣德,万年民主记三坟。[7]

❖ 康有为
（1858—1927）

原名祖诒，字广厦，号长素，戊戌后，称更生，广东南海人。生于清文宗咸丰八年（1858），卒于民国十六年（1927），年七十。光绪二十一年（1895）进士，授工部主事。光绪十五年（1889），曾以诸生伏阙上书，请变法，被格。甲午之战后，又纠合各省举人数千，请拒签和约。光绪二十四年（1898），参加维新变法，政变后，亡命国外，组保皇党。入民国后，曾参加张勋复辟活动。有《康南海先生诗集》。

◎ 注释

[1] 花嫩冈：今译弗农山庄。华盛顿：乔治·华盛顿（1732—1799），美利坚合众国的奠基人，第一任总统（1789—1797）。大种植园主家庭出身。早年在英国殖民军中服役。第一和第二届大陆会议代表。1775年北美独立战争爆发，任十三州起义部队总司令，直至胜利。1787年主持费城会议，制定联邦宪法。1789年当选为总统。

[2] 颇他玛：今译波托马克，河名。美国首都华盛顿是此河的航运起点。沄沄：水流浩荡貌。

[3] "衣剑"句：谓在华盛顿的故居，陈列有他的衣服和宝剑等遗物，供人参观。摩挲：抚摸。人圣杰：从抚摸衣剑联想到华盛顿其人的英明伟大。

[4] "江山"句：秀，秀丽。《陈书·高祖纪》上："此地山川秀丽，当有王者兴。"秀绝，秀丽到了极点。地萌文，张怀瓘《文字论》："日月星辰，天之文也；五岳四渎，地之文也；城阙朝仪，人之文也。"萌，发生。此句是说，这秀丽无比的江山正是大地萌生的文采。联系上句，人杰正由于地灵。

[5] "卑宫"句：卑宫，住的屋子很低矮。《论语·泰伯》：孔子称赞夏禹："卑宫室而尽力乎沟洫。"尧阶土，帝尧节俭，以土为阶。《墨子·节用》中"啜于土形"句下，毕沅注："《后汉书》注引此云：'尧舜堂高三尺，三阶三等（级）……'"此句是说，从华盛顿故居的简陋，使我想到帝尧的土阶。

[6] "遗冢"句：冢（zhǒng），高大的坟。禹穴，在浙江绍兴的会稽山。《史记·太史公自序》："上会稽，探禹穴。"《集解》引张晏："禹巡狩至会稽而崩，因葬焉。上有孔穴，民间云禹入此穴。"云，云气，"云"字和禹穴无关，是作者为对上句"土"字而强凑的。此句是说，这遗留下来的高坟永远埋葬着像那样伟大的人物——华盛顿。

[7] "不作"二句：据余志森《华盛顿评传》说："从当时的国际环境看，18世纪的欧洲盛行着封建君主制度：腓特烈二世统治着德意志，俄罗斯帝国的叶卡捷林娜弑夫登基，法

国国王路易十五狂喊：'我死后，哪管它洪水滔天。'……更不用说东方世界的绝对君主专制制度了。"同时，在美国国内，"当时大陆军司令华盛顿在人民中间被誉为'救星'，视若神明……由于军队与联邦政府的矛盾日益激化……要求建立君主政体的呼声甚嚣尘上……费城竟然有人公开议论要华盛顿当国王……"1782年5月，刘易斯·尼古拉上校写信给华盛顿，要求他当国王。华盛顿于5月22日复信："我怀着突兀和惊奇的心情，专心阅读了你要我深思的意见。请相信，先生，在战争进程中发生的任何变故，都没有比你告诉我关于军队中存在的这种想法更使我感到痛苦了。对此，我极其憎恶并严加责斥……如果你对你的祖国、对你本人和你的子孙还关心的话，或者对我尊重的话，你应该把这些想法从心中排除净尽。从今以后，无论你自己还是其他任何人再也不要提出同样性质的意见。"华盛顿之所以拒当国王，主观因素是他"对荣誉的追求高于对权力和地位的迷恋；渴求自身道德的完善甚于玩弄政治权术的热情。他认为'一个自由民族的满意和喜欢'是'尘世间最伟大的酬报'"。其所以有这种主观因素，则"完全培植于美国社会的土壤之中。约翰·亚当斯在1785年说：'人类应该赞颂教育他的国家而不是敬慕华盛顿个人……我深以华盛顿的性格而自豪，因为我知道他仅仅是美国人性格的典范而已……在美国，他除了退休别无他图'"。这种分析是全面而深刻的，我们不能要求那时的康有为就有这样高的认识。他能歌颂"民主"，歌颂华盛顿的"不作帝王"，已经是难能可贵的了。三坟：传说中我国最古的书籍，最早见于《左传·昭公十二年》楚灵王对右尹子革说左史倚相："是能读《三坟》……"这两句是说，华盛顿不肯当皇帝，这是一种最崇高的品德，他为美国奠定了永远的民主制度，这一功绩将记载在美国开国的史册上，永远流传下去。

◎ 评析

　　作者是主张资产阶级民主的，所以盛赞美国国父华盛顿。先写故居风景，再写参观故居和墓地。又再赞美故居的俭朴，坟墓的峥嵘。最后大力歌颂华盛顿的首创民主制度，是人类历史上前所未有的。从这首诗可以看出，作者当时并不顽固。当然，就是后期的坚持保皇立场，他也认为是中国民智未开，必须先实行"虚君共和"。

自七月至十月，有感而作，四首[1]（选一）

文廷式

谁言国弱更佳兵[2]，其奈狂王愤已盈[3]。
铁骑晨冲丹凤阙[4]，金舆宵狩白羊城[5]。

何人能届横流溢^[6]，今日真怜大厦倾^[7]。

无分麻鞋迎道左^[8]，收京犹望李西平^[9]。

◎ 注释

[1] 自七月至十月：此指光绪二十六年（1900）7月，在端王载漪支持下，天津义和团与洋
    兵大战。8月，八国联军进犯北京，14日，北京失陷，慈禧太后挟光绪帝西走。10月，
    清廷向德、日、俄、英、美等发出国书，乞求"保全大局"。

[2] 佳兵：《老子》："夫佳兵者，不祥之器。"佳，精良的；兵，武器。后人相沿作为"好
    用兵"之意。

[3] 狂王：指端王载漪，他是极力主张和洋兵作战的。愤已盈：此作愤怒已经达到饱和点
    解。盈，充溢，积满。

[4] 铁骑：披甲之马，也指骑兵。此指八国联军。丹凤阙：唐代长安宫阙有丹凤门，此借
    指北京清宫的门。

[5] 金舆：太后与皇帝坐的车子。狩：本指打猎，此指慈禧太后的逃亡，古人讳言皇帝逃
    难，说成是去狩猎。白羊城：不详。

[6] 届：阻止。横流溢：用横流比喻动荡的局势。溢，比喻局势恶性发展。

[7] 大厦倾：以大厦比喻中国。倾，覆灭。王通《文中子·事君》："大厦将颠，非一木所
    支也。"

[8] 无分（fèn）：没有可能。麻鞋：用杜甫《述怀》"麻鞋见天子"。迎道左：《晋书·王导
    传》："（元帝）徙镇建康，吴人不附……会三月上巳，帝亲观禊，乘肩舆，具威仪，
    （王）敦、（王）导及诸名胜，皆骑从。吴人纪瞻、顾荣，皆江南之望，窃觇之，见其
    如此，咸惊惧，乃相率拜于道左。"

[9] "收京"句：《新唐书·李晟传》：晟字良器，洮州临潭（今甘肃临潭）人。德宗时，平
    朱泚之乱，收复京师，以功累官至司徒，封西平郡王。德宗尝曰："天生李晟，以为社
    稷生人，非为朕也。"

◎ 评析

　　此诗是作者感于庚子年八国联军攻陷北京之事而作。首联说端王载
漪擅启兵端。次联说联军入京，慈禧挟光绪帝西逃。第三联悲叹国家将
亡。第七句说自己早被贬斥，已无官守，不能投奔行在。末句说但愿能
有杰出人才力挽危局。此诗以载漪为祸首，并非为慈禧讳，而是含蓄地
指斥她。

过卢沟[1]

杨　锐

柳色关河早带霜[2]，危楼画角倚斜阳[3]。

天边候骑穹庐白[4]，云外行人袴褶黄[5]。

水过田园同雁鹜[6]，风来草木见牛羊[7]。

卢沟此处频回首，犹望西山气莽苍[8]。

◈ **杨　锐**　字叔峤，四川绵竹人。生于清文宗咸丰七年
（1857—1898）（1857），卒于德宗光绪二十四年（1898），年四十二。
光绪二年（1876）举人，官内阁中书。以陈宝箴荐，
加四品卿衔，充军机章京，参与新政。慈禧太后发
动政变，被杀，为"戊戌六君子"之一。有《说经
堂诗草》。

◎ 注释

[1]卢沟：一称卢沟桥。在北京西南郊，跨永定河（金代称卢沟河）上。始建于金大定二十
　　九年（1189），成于明昌三年（1192），清初重修。

[2]"柳色"句：作者过卢沟桥时在农历九月十七日，北方柳色自然带霜而枯黄了。此句结
　　构本为"关河柳色早带霜"，因平仄所限而改变。关河，泛指山河。

[3]"危楼"句：危楼，高楼。画角，古乐器名，形如竹筒，本细末大，以竹木或皮为之，
　　亦有用铜者，外加彩绘，故称画角。发音哀厉高亢，古时军中多用以警昏晓，振士气。
　　此借指军中号角。此句是说，在斜阳下，高楼上传来号角声。

[4]候骑（jì）：巡逻侦察的骑兵。《史记·匈奴传》："候骑至雍（之）甘泉。"穹（qióng）
　　庐：毡帐。《史记·匈奴传》："匈奴父子乃同穹庐而卧。"

[5]袴褶（kù xí）：服装名。上服褶（骑服）而下缚袴（套裤），其外不复用裳裳，故称袴
　　褶。便于骑乘，为军中之服，北方亦作行旅之服。

[6]"水过"句：此句说水伴同雁鹜（水鸭）一起经过广大田园，不过水在田园中流过，雁
　　鹜在天上飞过。

[7]"风来"句：此用东魏斛律金《敕勒歌》"风吹草低见牛羊"句。

[8]西山：在北京西郊，为太行山支脉，众山连接，总名西山。气莽苍：指西山山色迷茫。

◎ 评析

此诗为作者早期作品，其《说经堂诗草》编此诗于《闻倭灭流求》后，日本吞并琉球在光绪五年（1879），可知此诗作于五年后。又隔四题，为《九月十七日出都……》，后即此诗，是作者离开北京去山西太原时之作。全诗形象地写出了北方秋末的景色。末联表达自己留恋帝京，不忍远离的心情。

偕伯严云锦亭夜坐，有怀梁节庵去夏同游[1]

易顺鼎

去年六月雨汗挥[2]，君来款我山中扉[3]。

饭颗我如子美瘦[4]，肉山君似文潜肥[5]。

遽偕陈子寒裳返[6]，颇慑炎官张伞威[7]。

溪亭今日对陈子[8]，磅礴思君学解衣[9]。

✦ **易顺鼎**

（1858—1920）

字实甫，又字中实（仲硕），号眉伽，晚号哭庵，湖南龙阳（今汉寿）人。生于清文宗咸丰八年（1858），卒于民国九年（1920），年六十三。光绪元年（1875）举人。中日战起，走台湾，欲赞助刘永福军，见其不可为而归。官至广西右江道。入民国，放荡于歌场舞榭以终。生平诗将万首，一地为一集。

◎ 注释

[1] 伯严：陈三立之字。云锦亭：在庐山上。梁节庵：梁鼎芬之号。

[2] 雨汗挥：挥汗如雨。

[3] 君：您，指梁鼎芬。款：叩，敲。扉：门扇。

[4] “饭颗”句：饭颗山，传为长安山名。李白《戏赠杜甫》："饭颗山头逢杜甫，头戴笠子日卓午。借问别来太瘦生，总为从前作诗苦。"子美，杜甫之字。

[5] “肉山”句：黄庭坚《戏和文潜谢穆父松扇》："张侯哦诗松韵寒，六月火云蒸肉山。"文潜，张耒之字。言耒诗清寒如松风之韵，而体肥热如肉山之蒸。

[6] 陈子：指陈三立。褰（qiān）裳：用手提起下裳。《诗·郑风·褰裳》："子惠思我，褰裳涉溱。"

[7] “颇慑”句：颇慑，很怕。炎官，火神。韩愈《游青龙寺赠崔大补阙》："赫赫炎官张火伞。"

[8] 溪亭：指云锦亭。

[9] “磅礴”句：《庄子·田子方》："宋元君将画图，众史皆至……有一史后至者，儃儃然不趋，受揖不立，因之舍。公使人视之，则解衣般磅礴，裸。君曰：‘可矣，是真画者也。’"此句是说，想起您那样胖，这么热的天，在屋里一定是赤身裸体的，我也想学您的样啊。

◎ 评析

这首诗是写给梁鼎芬看的，陈三立是第三者。全诗充满诙谐的意味，主要是嘲笑梁的肥胖，第四句、第八句就是笑他胖子怕热。难得的是作者用七律来叙事，时间是"去年"和"今日"，人物是"君""我""陈子"，事件是游庐山，却写得一清二楚，情态活现，确是才子之笔。

平　望[1]

易顺鼎

笠泽扁舟第一程[2]，鲈乡亭下独含情[3]。
眺来平楚苍然色[4]，听到中吴白者声

（《宋书·乐志》有《白者歌》，即《白苎》也）^[5]。

莺脰湖光穿树湿^[6]，虹腰桥影贴波明^[7]。

舵楼大好移家在^[8]，酒美鱼香饱越羹。

◎ 注释

[1] 平望：镇名，在江苏吴江南，旧为控接嘉兴与湖州的要道。

[2] "笠泽"句：笠泽，水名，即松江（今吴淞江）。此句是说，由吴江乘船在松江上航行，第一站就是平望。

[3] 鲈乡亭：在吴江东长桥（地名）上。亭旁曾有春秋越国范蠡、晋代张翰、唐代陆龟蒙三人的画像，宋代苏轼有《戏书吴江三贤画像》诗，因名亭为三高，且为三人塑像。后南宋高宗绍兴年间林肇为令，作亭江上，因陈尧佐《题松陵》诗有"秋风斜日鲈鱼乡"之句，乃以"鲈乡"名亭。见《嘉庆一统志》七八《苏州府》二《古迹》。

[4] "眺来"句：平楚苍然。楚，丛木。登高远望，见树梢齐平，故曰平楚。苍然，青青的。谢朓《郡内登望》："寒城一以眺，平楚正苍然。"

[5] "听到"句：中吴，旧苏州府的别称。白苎，词调名，即白纻。古乐府有《白纻曲》，见《乐府诗集》五五。

[6] 莺脰湖：在吴江西南，形似莺脰（颈项），故名。

[7] 虹腰桥：拱桥。曾巩《西湖纳凉》："虹腰隐隐松桥出。"

[8] 舵楼：舵，同柁。杜甫《陪郑广文游何将军山林，十首》之二："翻疑柁楼底，晚饭越中行。"仇注："南方大船，尾有舵楼。"

◎ 评析

　　此诗写平望的景色。首联写船到平望，特别注意鲈乡亭。次联写见闻，紧扣地方特色，不可移咏别地。第三联写水乡景色。末联说愿以船为家，长年流连于此。作者为诗重对偶工切，此诗"平楚"对"中吴"，"苍然"对"白者"，"莺脰"对"虹腰"，都是极其精致的，而这正是中晚唐诗派的特色。

百花洲楼成，赠伯严[1]

沈瑜庆

鱼鳞万灶俯蘋洲[2]，突兀人间百尺楼[3]。

悬榻有心邽冠冕[4]，撰碑无愧巳山邱（谈筠叟事）[5]。

欲东栾伯终吾帅[6]，豪举平原岂壮游[7]？

赋罢青蝇退无闷[8]，料量诗卷载清秋[9]。

◈ **沈瑜庆**
（1858—1918）

字爱苍，号涛园，福建侯官（今闽侯）人。生于清文宗咸丰八年（1858），卒于民国七年（1918），年六十一。光绪十一年（1885）举人，官至贵州巡抚。有《涛园集》。

◎ 注释

[1] 百花洲：地名，在江西南昌东，东湖北。伯严：陈三立之字。

[2] 鱼鳞：形容屋瓦。万灶：万户民居。蘋洲：指百花洲。

[3] 突兀：高貌。百尺楼：高楼，此指新落成的百花洲楼。

[4] "悬榻"句：悬榻，《后汉书·徐稚传》："（陈）蕃在郡不接宾客，惟稚来，特设一榻，去则县（同"悬"）之。"冠冕，《三国志·蜀书·庞统传》："（司马徽）称统当为南州士之冠冕。"冠、冕都戴在头上，比喻受人拥戴或出人头地。此句是说，我本像陈蕃一样想礼贤下士，但是，谁是南昌的特别的贤士呢？

[5] "撰碑"句：撰碑无愧，《后汉书·郭太（同"泰"）传》：郭泰，字林宗，品望为海内人士所慕。及卒，蔡邕为作碑铭，曰："吾为碑铭多矣，皆有惭德，惟郭有道铭无愧色耳！"山邱（同"丘"），坟墓。筠叟，指郭嵩焘，筠仙为其字。叟，敬称。此句是说，像郭泰那样海内人望的贤人郭嵩焘，已经死亡了。

[6] "欲东"句：《左传·襄公十四年》："夏，诸侯之大夫从晋侯伐秦……荀偃令曰：'鸡鸣而驾，塞井夷灶，唯余马首是瞻。'栾黡曰：'晋国之命，未是有也。余马首欲东。'乃归。下军从之。左史谓魏庄子曰：'不待中行伯乎？'庄子曰：'夫子命从帅，栾伯，吾帅也，吾将从之……'"

[7] "豪举"句：《史记·魏公子传》：信陵君批评平原君："平原君之游，徒豪举耳，不求士

也。"豪举，豪放的举动。壮游，怀抱壮志而远游，杜甫有《壮游诗》。

[8]"赋罢"句：《左传·襄公十四年》：诸侯会于向，晋卿范宣子不许戎子驹支与会。"对曰：'……不与于会，亦无瞢焉。'赋《青蝇》而退。"无闷，没有烦恼苦闷。此处"闷"同"瞢"。

[9]料量：料理。

◉ 评析

　　此诗编于《涛园诗集》卷三《南州集》中。据《沈敬裕公年谱》：光绪十年（1884），二十七岁，赴陈文忠江西学使任所。二月，抵南昌，襄校试卷。诗即作于此时。作者熟习《左传》，诗中常用传中事，此诗"栾伯欲东""青蝇无闷"即其一例。全诗首联说百花洲上建成高楼。次联悼念郭嵩焘不能来游。第三联指变法无成。末联说陈三立退出政局。

丁酉四月初七日，厦口东望台、澎，泣而有赋（乙未四月初八日订和约，准两年后改隶日本）[1]

林鹤年

海上燕云涕泪多[2]，擎天无力奈天何[3]？
仓皇赤壁谁诸葛[4]？还我珠崖望伏波[5]。
祖逖临江空击楫[6]，鲁阳挥日竟沉戈[7]。
鲲身鹿耳屠龙会[8]，匹马中原志未磨[9]。

林鹤年
（1847—1901）　　字氅云，一字铁林，福建安溪人。生于清宣宗道光二十七年（1847），卒于德宗光绪二十七年（1901），年五十五。光绪八年（1882）举人，官工部郎中，保道员，加按察使衔。有《福雅堂诗钞》。

⊙ 注释

[1] 丁酉：光绪二十三年（1897）。厦口：厦门的海口，属福建，与台、澎对望。台、澎：台湾、澎湖列岛。乙未：光绪二十一年（1895）。和约：中日媾和条约（《马关条约》）。改隶：将对台湾的统辖权由中国改属日本。

[2] 海上燕云：五代石敬瑭以燕（yān）云十六州赂契丹，借其力以建立后晋王朝。十六州约当今河北、山西两省北部地。作者把清政府割让海上的台、澎，比之为石敬瑭割让燕云十六州。这种痛斥表现了他的义愤与无畏。

[3] 擎（qíng）天：古代神话传说谓昆仑山有八柱擎天。见《楚辞·天问》"八柱何当"宋洪兴祖《补注》。此句的"天"指清政府。

[4] "仓皇"句：魏、蜀、吴三国鏖战赤壁，主要得力于诸葛亮，才能以弱胜强。此句叹息面对强寇（日本）的侵凌，有谁是今天的诸葛亮呢？

[5] "还我"句：珠崖，郡名。《汉书·武帝纪》："定越地以为南海、苍梧、郁林、合浦、交趾、九真、日南、珠崖、儋耳郡。"注："郡在大海中崖岸之边，出真珠，故曰珠崖。"又《贾捐之传》："'愿遂弃珠崖，专用恤关东为忧。'（汉元帝）从之，珠崖由是罢。"伏波，指后汉光武时伏波将军马援。援尝征交趾，平之，立铜柱以表功。此句以珠崖（崖，同"厓"）比台湾，希望有马援那样的英雄去收复它。

[6] "祖逖"句：《晋书·祖逖传》：时晋室大乱，逖率部曲百余家渡江，中流击楫而誓曰："祖逖不能清中原而复济者，有如大江！"此以祖逖自比，叹息事业无成。

[7] "鲁阳"句：《淮南子·览冥训》："鲁阳公与韩构难，战酣，日暮，援戈而挥之，日为之反三舍。"此以鲁阳比台湾抗日武装。

[8] "鲲身"句：清代高拱乾等修《台湾府志》卷二《台湾县山》："逶迤而北，为七鲲身、六鲲身、五鲲身、四鲲身、三鲲身、二鲲身、一鲲身，皆凤山县所辖山也，而实为郡治外屏……西至海有……曰鹿耳门（小注：在台湾港口，形如鹿耳）。"屠龙，杀死日寇。会，即将。此句是说，以鲲身、鹿耳这样的大好形势，以台湾人民的爱国，以后不久必定会把入侵的日寇全部消灭。

[9] "匹马"句：此句是说，至于我自己，即使只剩下我一个人，单枪匹马，驰骋中原，而收复台湾的意志，是决不会消沉的。

⊙ 评析

　　徐世昌《晚晴簃诗话》：作者"中年渡台，与林时甫京卿同御海氛，毁家纾难"。潘飞声《在山泉诗话》："台湾事变，观察（指作者）客唐帅（指唐景崧）幕中，运筹帷幄，横槊赋诗，激厉士气。"原来光绪二十一年（1895）中日订立《马关条约》，台湾被割让与日本，激起了台湾人民壮烈的武装抗日斗争。作者站在人民这边，亲自参加战斗。最后失败，被迫内渡。在两年后，写作此诗，表现了极大的悲愤。

京口阻雨[1]

林寿图

苍然寒色暮烟横，跕跕飞鸢与水平[2]。

三日塔铃呼断渡[3]，一江帆叶贴依城[4]。

远钟自出南朝寺[5]，晓角如鏖北府兵[6]。

破费千钱京口酒[7]，醉看高浪驾长鲸。

林寿图 字颖叔，号欧斋，福建闽县（今属福州）人。

（1823？—1899？） 生于清宣宗道光三年（1823），卒于德宗光绪二十五年（1899），年七十七。道光二十五年（1845）进士。由京兆尹外放，累至陕西布政使，署巡抚。有《黄鹄山人诗钞》。

◎ 注释

[1] 京口：城名。《资治通鉴》卷六六汉建安十五年（210）十二月："（刘备）乃自诣京口见孙权。"注："《尔雅》：绝高曰京。其城因山为垒，缘江为境，因谓之京口。"为古代长江下游的军事重镇，地在今江苏镇江。

[2] 跕跕飞鸢：《后汉书·马援传》："下潦上雾，毒气重蒸，仰视飞鸢跕跕堕水中。"鸢（yuān），老鹰。跕（tiē）跕，坠落貌。

[3] "三日"句：苏轼《大风留金山两日》："塔上一铃独自语：'明日颠风当断渡。'"

[4] "一江"句：谓因为避风，满江的帆船都像一片片树叶，紧贴着城墙停泊。

[5] "远钟"句：遥远的晚钟声自然是由建自南朝时的寺庙里传出来的。

[6] "晓角"句：清早的号角声这样高亢、急切，仿佛当年东晋与苻秦淝水之战正在激烈地进行。北府，东晋建都建康（今江苏南京），军府在广陵（今江苏扬州），位于建康北，

故称北府。北府兵，指东晋谢玄镇广陵时，招募徐、兖二州骁勇所组成的部队。《晋书·刘牢之传》："谢玄北镇广陵，时苻坚方盛，玄多募劲勇，牢之与东海何谦……等以骁勇应选。玄以牢之为参军，领精锐为前锋，百战百胜，号为'北府兵'。"淝水之战，东晋即以此军为主力。

[7] 破费：花钱。苏轼《读开元天宝遗事诗》之三："破费八姨三百万。"京口酒：《晋书·郗超传》："愔在北府，（桓）温恒云：'京口酒可饮，兵可用。'深不欲愔居之。"

◎ 评析

　　作者坐船到镇江，为大风雨所阻，不能前行，因作此诗。首联写眼前所见，由暮烟之横与飞鸢堕水，可见风雨之大。次联写狂风断渡，所有船只都泊城边。第三联写钟声与晓角声，仍暗写风。末联写自己痛饮解闷，扶醉看江上巨浪滔天，如长鲸在翻腾。另外，"北府兵""京口酒"，切合地方。

西　苑[1]

李希圣

芙蓉别殿锁瀛台[2]，落叶鸣蝉尽日哀[3]。
宝帐尚留琼岛药[4]，金钉空照玉阶苔[5]。
神山已遣青鸾去[6]，瀚海仍闻白雁来[7]。
莫问禁垣芳草地[8]，箧中秋扇已成灰[9]。

李希圣　　字亦元，号卧公，湖南湘乡人。生于清穆宗同
（1864—1905）　治三年（1864），卒于德宗光绪三十一年（1905），年
　　　　　　　　四十二。光绪十八年（1892）进士，官刑部主事。
　　　　　　　　通籍后始学为诗，有作必七律，专宗李商隐。有
　　　　　　　　《雁影斋诗》。

[1] 西苑：即北京的三海（北海、中海、南海），以在紫禁城西，故名。清代为御苑，中有琼华岛、太液池、瀛台等胜景。

[2] "芙蓉"句：芙蓉，即芙蓉苑，唐长安宫内园名，此借指清宫的西苑。别殿，指瀛台，在西苑太液池（今中南海）中，三面临水，中有勤政、涵光、香扆三殿，康熙、乾隆两朝常作为夏日听政之所，戊戌政变后，慈禧太后幽禁光绪帝于此，所以说"锁"。

[3] "落叶"句：王嘉《拾遗记》："汉武帝思李夫人，因赋《落叶哀蝉》之曲。"此以比光绪帝整天思念珍妃。

[4] "宝帐"句：宝帐，华美的帐，此指光绪帝所用帐。琼岛药，北海内有琼华岛，亦称琼岛。当时慈禧故意散布谣言，说光绪帝病重，准备废立。此句是说，光绪帝的帐前还放着慈禧派御医开的药。

[5] "金釭"句：金釭（gāng，又读gōng），宫殿中的灯盏。玉阶，宫殿中的白色阶陛，用汉白玉石砌成。此句是说，光绪帝寝宫中的灯盏徒然映照着阶陛下的青苔，他无法走出去。

[6] 神山：即三神山。《史记·秦始皇本纪》："齐人徐市等上书，言海中有三神山，名曰蓬莱、方丈、瀛洲，仙人居之。"青鸾：神鸟。王嘉《拾遗记》十《蓬莱山》："有浮筠之干，叶青茎紫，子大如珠，有青鸾集其上。"

[7] 瀚海（亦作"翰海"）：北海，《史记·匈奴传》："骠骑（指霍去病）封于狼居胥山，禅姑衍，临翰海而还。"《集解》引如淳："翰海，北海名。"《正义》："翰海自一大海名，群鸟解羽伏乳于此，因名也。"白雁：宋代彭乘《续墨客挥犀》七《白雁至则霜降》："北方有白雁，似雁而小，色白，秋深则来，白雁至则霜降，河北人谓之霜信……"

[8] 禁垣：宫墙之内，指帝王居处。

[9] "箧中"句：秋扇，《文选·班婕妤·怨歌行》："新裂齐纨素，皎洁如霜雪。裁为合欢扇，团团似明月。出入君怀袖，动摇微风发。常恐秋节至，凉风夺炎热。弃捐箧笥中，恩情中道绝。"此句以秋扇成灰比喻珍妃早在光绪二十六年（1900）八国联军攻陷北京，慈禧挟光绪帝西逃时，被慈禧派人推坠宫井中，到光绪帝逝世时已经八年了。

⊙ 评析

　　此诗主要悼念光绪帝，首句说他被慈禧太后囚禁在瀛台。次句说他天天悼念珍妃。三、四句说他被慈禧宣布为病重，实则毫无行动自由。第五句写他幻想和冤死的珍妃能重逢。第六句说他只能在秋天听到白雁的哀唳而已。七、八句说往事不堪回首，在这堂皇的宫廷内，珍妃已冤死八年了。

金陵听说法，三首[1]（选一）

谭嗣同

而为上首普观察[2]，承佛威神说偈言[3]。
一任法田卖人子[4]，独从性海救灵魂[5]。
纲伦惨以喀私德[6]，法会盛于巴力门[7]。
大地山河今领取，庵摩罗果掌中论。[8]

◈ **谭嗣同**
（1612—1693）

字复生，号壮飞，湖南浏阳人。生于清穆宗同治四年（1865），卒于德宗光绪二十四年（1898），年三十四。甲午战争后，发愤提倡新学，为湖南维新运动的中坚。官江苏知府。以徐致靖荐，加四品卿衔，充军机章京，与杨锐、林旭、刘光第同参与新政。变法失败，拒绝赴日本避难，甘愿为变法流血牺牲，为"戊戌六君子"之一，也是维新派中最激进者。有《莽苍苍斋诗》。

◎ 注释

[1] 金陵听说法：光绪二十二年（1896），作者以父命，就官为候补知府，由北京经天津、上海至南京，等待依次补缺。在南京住了一年，"闭户养心读书，冥探孔佛之精奥"。（梁启超《谭嗣同传》）由于他"欲以心度一切苦恼众生，以心挽劫者，不惟发愿救本国，并彼极强盛之西国，与夫含生之类，一切皆度之"。而一般人并不理解他，他感到极大苦闷。"幸有流寓杨文会者，佛学西学，海内有名，时相往还，差足自慰。"（《上欧阳瓣蕅师书》第二十二）此诗即听说杨氏讲说佛理后所作。

[2] 而：通"汝"，你，指杨文会。上首：佛家语，称一座大众中的主位，后来称首座为上首。普观察：普，遍；观察，佛教术语，与观想、观念同，即观察思念真理及佛体。

[3] 威神：佛教术语，《无量寿经——胜鬘宝窟中本》："外使物畏，目之为威；内难测度，称之曰神。"偈（jì）言：佛经中的颂词。以上两句赞美杨文会对广大听众宣扬佛法。

[4] 法田：佛教术语，指心。卖人子：《新约·路加福音》二十二章，祭司长想杀害耶稣，

魔鬼撒旦钻入耶稣门徒犹大心中，使他去和祭司长商量如何把耶稣交给他们。在逾越节的筵席上，耶稣对门徒说："……人子固然要照着所预定的去世，但卖人子的人有祸了。"

[5] 性海：真如（永恒常在的实体、实性）的理性，深广如海。《五灯会元》："祖曰：'山河大地，皆由建立；三昧六通，由兹发现。'"性海与法田同指人心。灵魂：宗教中认为有一种非物质存在，它寓居人体中而又主宰人的一切思想和行动。以上两句是赞美杨文会传道的毅力，尽管世上的恶人不断地干坏事，杨文会却单独要从复杂多变的人心中拯救他们的灵魂，使他们成为善人。

[6] 纲伦：纲，三纲，即君臣、父子、夫妇三种人际关系。前者对后者起主导作用，故称三纲。伦，五伦，即父子有亲，君臣有义，夫妇有别，长幼有序，朋友有信。喀私德：英文 caste 的译音，指印度的种姓制度。

[7] 法会：佛教指说法及举行供佛及布施等宗教仪式的集会。巴力门：英文 parliament 的译音，指西方议会。以上两句说，世上最悲惨的是印度的种姓制度，因此，要拯救人的灵魂，必须先消灭这种制度。而消灭这种制度的最正确的方法，就是西方的议会民主制度，必须用后者取代前者，才能做到人人平等、自由、博爱。

[8] "大地"二句：庵摩罗，果名。《楞严经》："阿那律见阎浮提（即佛经所谓南赡部洲），如视掌中庵摩罗果。"此二句与孔子所说："'知其说者之于天下也，其如示诸斯乎！'指其掌。"意思相同，也是说，实行了议会民主制度，整个世界容易治理，就像看手心里的庵摩罗果一样。

◉ 评析

　　这首诗一直没有得到应有的评价，其实它是一首旧诗中的"新"诗。在它之前，从屈原、杜甫、陆游到龚自珍，都把治国平天下的力量寄托在圣君贤相身上。只有谭嗣同才在此诗中第一次提出：阶级压迫是残酷的，必须彻底消灭；消灭的方法是实行议会民主，让人民真正掌握自己的命运。这是中国诗人第一次认识到人民的民主权利是神圣不可侵犯的，这和"齐家治国平天下，自有周公孔圣人"的论调相比，有本质上的差异。至于全诗杂用佛典与圣经，表现了谭嗣同气势磅礴的艺术特色，是维新志士对新异形象的一种努力追求。

上任父[1]

赵 熙

无名死近不材身[2]，一发余生赐老民[3]。
寡识送将祢处士[4]，反骚留得楚灵均[5]。
眼中南海应无恙[6]，膝下平阳计适人[7]。
地狱故应求我佛，出墙红杏一番春[8]。

赵 熙
(1867—1948)
字尧生，号香宋，四川荣县人。生于清穆宗同治六年（1867），卒于民国三十七年（1948），年八十二。光绪十八年（1892）进士，授编修，转江西道监察御史，以敢言著称。为诗兼学唐宋，梁启超向他学诗，称诗弟子。有《香宋诗前集》。

◎ 注释

[1] 任父：亦作"任甫"，梁启超的号。

[2] 无名死：犹言枉死，死得没有名目。不材身：作者自指此身无用。

[3] 一发余生：犹言一线余生。老民：亦自指。

[4] "寡识"句：《后汉书·祢衡传》：衡有才辨而气尚刚傲，曹操怒其狂，送之刘表。未几，表又以其侮慢不能容，以江夏太守黄祖性急，乃送衡与之。祖初善待之，后在船会宾客，衡出言不逊，祖不能耐，卒杀之。处士，不出仕的士人。黄祖称祢衡为"处士"。寡识，指刘表缺少见识。刘表与同郡张隐等号为"八顾"（顾，能以本人的德行影响别人），其实虚有其名。

[5] "反骚"句：《汉书·扬雄传》："（雄）乃作书，往往摭《离骚》文而反之，自岷山投诸江流以吊屈原，名曰《反离骚》。"楚灵均，指屈原，灵均，屈原之字。

[6] 南海：指康有为，康是广东南海人，是梁启超的老师，并且同为维新变法运动的领导人。

[7] 平阳：唐代诗人李白的女儿之名。李白《寄东鲁二稚子》："娇女字平阳，折花倚桃边。"此以代指梁启超的女儿。计：猜想。适人：出嫁。

[8] "出墙"句：宋人叶绍翁《游园不值》有"春色满园关不住，一枝红杏出墙来"。

◎ 评析

　　首联说自己从前任御史时，刚直敢言，几致杀身之祸。次联指责顽固派杀害了"戊戌六君子"，幸而康、梁师弟逃脱了魔掌。第三联通过梁启超问候康有为，同时探问梁的女儿是否出嫁了。末联希望黑暗的中国能通过另一次维新运动，获得新生，成为富强的国家，能够自立于世界强国之林。

讯伯严[1]（二首选一）

杨增荦

一楼自据为天地[2]，楼外车声逐日过[3]。

夜听海潮知梦短[4]，口衔石阙阅人多[5]。

思乡剩有青山在[6]，对酒其如白发何[7]？

想得闭门无可遣[8]，灯前展剑咏荆轲[9]。

杨增荦
（1860—1933）　　字昀谷，号松阳山人，江西新建人。生于清文宗咸丰十年（1860），卒于民国二十二年（1933），年七十四。光绪二十四年（1898）进士。先后为刑部主事，热河理刑司员，四川候补知府，广东署法院参事。民国初为国史馆协修，交通部推事。卒于津沽。有《杨昀谷先生遗诗》。

◎ 注释

[1] 讯：问候。伯严：陈三立之字。

[2] "一楼"句：此句意如后来鲁迅的"躲进小楼成一统，管他春夏与冬秋"。表现了陈三立对民国初年军阀混战的憎恨。

[3]"楼外"句：此句含意近似陶渊明的"结庐在人境，而无车马喧"。逐日，一天接一天。

[4]"夜听"句：听（tīng），读仄声。此句是说，每夜独听海潮之喧嚣，知道你因此睡不着。

[5]"口衔"句：《乐府》："石阙生口中，衔碑不得语。"衔碑谐音"含悲"。此句是说，由于你看到坏人当道的事太多了，所以悲痛得无话可说。

[6]"思乡"句：陈三立是江西义宁州（今修水）人，但戊戌政变后，他和父亲陈宝箴同遭贬斥，就在新建的西山建了一座"崝（峥）庐"，在那里隐居。宝箴就死在那里。此句是说，陈三立思念家乡，可是那里只剩了一座西山，父亲已经长逝了。

[7]"对酒"句：曹操《短歌行》："对酒当歌，人生几何？譬如朝露，去日苦多。"此句化用其意。陈三立早年助父在湖南推行新政，希望按郭嵩焘的设计，依靠张之洞在中枢的支持，调和新旧两党，逐步变法图强。他和康、梁的目的相同，而方法各异。戊戌政变后，他感到消沉，因而说："凭阑一片风云气，来作神州袖手人。"入民国后，国事日非，更感悲观，所以这句说，你本想以酒消愁，可一想到年华已老，事无可为，更发愁了。

[8]闭门：此用陈师道事，黄庭坚说"闭门觅句陈无己"，此句用以切陈三立之姓。无可遣：说陈三立壮心无法可以排遣。

[9]"灯前"句：展剑，审视所佩宝剑，而像陶渊明那样写出《咏荆轲》的诗来。这是说陈三立表面上是隐居，实质上则和陶渊明一样并非平淡，而是充满爱国心。

◎ 评析

　　这是探问陈三立近况的诗。首联说陈不愿和俗人交往。次联说陈看到民国国事日非，夜不成眠，而又无法表达自己的悲痛。第三联说陈恋念亡父，亦即怀念过去在湖南推行的新政，而现在垂垂已老，不可能再有所作为。末联说陈虽远离政治，但并不甘以诗人终老，还是充满爱国热情的。

奉怀南海先生星加坡，兼请东渡^[1]（二首选一）

梁启超

共有千秋万古情^[2]，为谁岁岁客边城^[3]？
谗言苦妒齐三士^[4]，世务宁劳鲁两生^[5]。
汉月依违连海气^[6]，蛮花悱恻吐冬荣^[7]。

相逢莫话中原事，恐负当年约耦耕。[8]

✣ 梁启超
(1873—1929)

字卓如，号任公，自号饮冰室主人，广东新会人。生于清穆宗同治十二年（1873），卒于民国十八年（1929），年五十七。十七岁中举人，会试不第，从康有为受业，尽弃旧学，随康氏倡维新变法之说；又与谭嗣同创《湘报》，鼓吹革新事业。戊戌政变，"六君子"被杀，启超逃日本，创《新民丛报》，影响国内思想界很大。又遍游欧美考察其政治社会状况。后，袁世凯为总统，曾任司法总长。袁氏称帝，启超反对最力，潜至云南，助其弟子蔡锷讨袁。曾任段祺瑞内阁的财政总长。段阁倒，启超又出洋，重游英、法各国。返国，专事著述与讲学，曾任清华研究院导师。存诗不多，编在《饮冰室全集》中。

◎ **注释**

[1] 南海先生：指康有为。康有为是广东南海人。星加坡：今译新加坡，在东南亚马来半岛南端。东渡：到日本来。戊戌政变后，九月，康有为曾逃到日本，次年二月离日，几经流转，十二月赴新加坡侨居。以后曾周游世界。此诗作于宣统三年（1911）清王朝被推翻的前几个月，作者邀请康氏来日本。

[2] "共有"句：千秋万古，千年万年，形容岁月长久。此句是说，我们师生两人共同具有建立伟大功业的愿望，使名声永为后人歆慕。

[3] "为谁"句：为了谁，我们年年旅居在国外呢？边城，边境的城市，此以中国为中心，而把新加坡和日本都看作边城。

[4] "谗言"句：《晏子春秋·内篇·谏下第二》：公孙接、田开疆、古冶子事景公，以勇力搏虎闻。晏子过而趋，三子者不起。晏子入见公，言三子"上无君臣之义，下无长率之伦，内不以禁暴，外不可威敌，此危国之器也，不若去之"。公恐其难制，晏子因请公馈之二桃，使各计功而食。三子各述其功，古冶子功最大，未得桃，因自杀，二子亦愧而自杀。《乐府诗集》诸葛亮《梁甫吟》："……一朝被谗言，二桃杀三士，谁能为此

谋？相国齐晏子。"此句以晏子谗言比旧党对维新人士的迫害。

[5]"世务"句：世务，当代重大事件。宁，难道。劳，麻烦。鲁两生，《史记·叔孙通传》：汉初，叔孙通为高祖定朝仪，征鲁诸生三十余人，惟两生不行，曰："今天下初定，死者未葬，伤者未起，又欲起礼乐。礼乐所由起，积德百年而后可兴也。吾不忍为公所为。公所为不合古，吾不行。公往矣，无污我！"作者面对孙中山领导的民主革命即将成功的局面，慨叹国家大事已经没有保皇党插手的可能了。

[6]"汉月"句：汉月，祖国的明月。依违，反复，迟疑不决。《楚辞》刘向《九叹·离世》："余思旧邦，心依违兮。"注："言我思念故国，心中依违，不能远去。"连海气，中日只隔一衣带水。此句是说，中日虽隔海而海气相连，相距很近，我每每望月而思念祖国，不忍远去。

[7]"蛮花"句：蛮花，指新加坡的花卉。悱恻，忧思抑郁。吐，开放。冬荣，冬天鲜花盛开。此句是说，新加坡气候温暖，冬季也繁花似锦，但是您操心国事，看见鲜花，反而忧郁。

[8]"相逢"二句：谓您来日本后，我们用不着再谈中国的政治问题了，因为怕它会妨碍我们归田隐退的约言。耦耕，两人并耕。《论语·微子》："长沮、桀溺耦而耕。"

◎ 评析

　　首联说，您和我师生两人本来要为祖国做一番大事业，是什么人使我们远离中国？次联说，从前的顽固派迫害了许多维新志士，现在的革命党人更不允许我们过问国事。第三联说，我在日本向往祖国，您在新加坡也有同样心情。末联说，您移居日本后，我们不必再谈中国的政治问题了，还是共同做避世的隐士吧。

闭　门

黄　节

闭门聊就熨炉温[1]，朝报看余一一燔[2]。

不雪冬旸知有沴[3]，未灯楼望及初昏[4]。

意摧百感将横决[5]，天压重寒似乱原[6]。

愁把老妻函卒读，破家谁为讼贫冤？[7]

黄 节
（1873—1935）

初名晦闻，后改名节，字玉昆，号纯熙，别号甘竹滩洗石人，广东顺德人。生于清穆宗同治十二年（1873），卒于民国二十四年（1935），年六十三。1909年（宣统元年），三十七岁时，参加了孙中山领导的同盟会，次年参加进步文学团体南社，是旧民主主义革命者。其诗清壮而幽俊。有《蒹葭楼诗》。

◎ 注释

[1] 聊就：姑且接近。熨（yùn）炉：冷天取暖的炉盆。

[2] 朝（cháo）报：本指朝廷的公报，刊载诏令、奏章及官吏任免等事。此指袁世凯任总统时北京发行的报纸。看余：看后。一一燔（fán）：一张一张地烧毁。

[3] "不雪"句：谓北京地处北温带，本来冬天必定下雪，而现在整个冬天不下雪，形成反常现象。旸（yáng），晴。厉，灾疫，通"疠"。

[4] 未灯：还没有点灯。楼望：登楼远望。及：趁。初：刚到。昏：傍晚时候。

[5] "意摧"句：意，内心。摧，折磨。百感，无穷的愤怒。横决，情感像河水充溢而决口泛滥。此句是说，我的内心为无穷的愤怒所折磨，情感简直无法控制。

[6] "天压"句：谓阴沉的天把严寒压向人间，好像在制造苦难。

[7] "愁把"二句：谓忧愁地拿老伴寄来的信读完，为了革命，把家产都变卖光了，现在这样贫困，有谁替我洗雪冤屈？

◎ 评析

此诗作于1915年，以杨度为首的"六君子"正组织筹安会，发表宣言，鼓吹帝制。作者写信给刘师培（筹安会组织者之一）加以驳斥，刘氏再一次发表宣言，仍然坚持君主立宪的主张。作者又加驳斥，于是引起袁党仇视，受到他们的秘密监视。诗就是在这样的背景下写出来的。了解了这点，就知道为什么要"闭门"，为什么要"聊就熨炉温"，门外的政治空气太冷了！而"熨炉"和"燔""朝报"关合得多么自然。至于"朝报"要"一一燔"，这表现了作者对帝制的仇恨有多么深。"不雪"和"未灯"两句完全通过景物描写来象征当时的政治气氛：自然气候的反常必然导致灾疫，政治气候不一样吗？"及初昏"而"楼望"，希望寻找一点光明，然而"未灯"，整个世界都沉浸在无边黑暗中。于是作者袒露出自己的痛苦心声："意摧百感将横决！"并且直率指出，这"重寒"的制造者是"天"（袁世凯及其狐群狗党），"天"是"乱原"——一切灾难的根源。作为七律的对偶句，"将横决"对"似乱原"是不工整的。然而正是这一种不工整，更深刻地表现出作者的愤激，在这种最大愤激中，当然是语不择词的。末尾两句，是在这种反动政治高压下，回想从前为进行革命的文字宣传而毁家，而负债，现在，债务人上门逼债，老妻来信诉苦，自己却正在被反动派秘密监视，只能闭门不出。两相对比，宇宙之大，谁来替我诉说这种烦冤？这就难怪他不忍卒读老妻函，而又不得不卒读了。一个"愁"字，包含了多少辛酸。

外舅《哀余皇》诗题后[1]

林　旭

七日动心惊帝醉[2]，百年被发卜人为[3]。
静观始验过庭语[4]，尽瘁空追筹笔时[5]。
易佃菑畲看灭裂[6]，经行蓝荜付颓摧[7]。
分明家国千行泪，词赋江关漫道悲。[8]

❖ 林 旭
(1875—1898)

字暾谷，福建侯官（今属福州）人。生于清德宗光绪元年（1875），卒于德宗光绪二十四年（1898），年二十五。光绪二十四年（1898），与谭嗣同等同授四品章京衔，在军机上行走，积极推行新政。戊戌政变发生，被慈禧杀害，为"六君子"之一。有《晚翠轩诗集》。

◎ 注释

[1] 外舅：岳父。作者是沈瑜庆的女婿。哀余皇：余皇，船名，亦作"艅艎"。《左传·昭公十七年》："楚师继之，大败吴师，获其乘舟余皇。"此以楚比日本，吴比清王朝的中国，余皇比北洋舰队。甲午黄海海战中，中日舰队互有伤亡。因北洋大臣李鸿章下令避免作战，次年初，北洋舰队在威海卫被围，二月全部覆没。哀余皇就是哀北洋舰队的覆没。

[2] "七日"句：《文选》张衡《西京赋》："昔者大帝说（悦）秦穆公而觐之，飨以钧天广乐。帝有醉焉……"注引《史记·扁鹊传》：赵简子疾，五日不知人。扁鹊视之，曰："昔秦穆公尝如此，七日而寤。……今主君之病与之同，不出三日必间（痊愈），间必有言也。"居二日半，简子寤，语诸大夫曰："我之帝所甚乐，与百神游于钧天，广乐九奏万舞，不类三代之乐，其声动心。……"此句是说，日本以蕞尔小国，居然击毁了我国的北洋舰队，侵占了我国的台湾，这不是天帝喝醉了酒才这样安排吗？

[3] "百年"句：《左传·僖公二十二年》："初，平王之东迁也，（周大夫）辛有适伊川，见被（披）发而祭于野者，曰：'不及百年，此其戎乎！其礼先亡矣。'"此句是说，像中国这样办海军，将来一定会亡国。

[4] "静观"句：过庭，《论语·季氏》："孔子尝独立，鲤趋而过庭。"过庭语，指沈葆桢弥留时叫沈瑜庆代写的遗疏。此句是说，冷静观察后来事态的变化，沈葆桢当年对沈瑜庆说的话完全变成事实了。

[5] "尽瘁"句：用诸葛亮《出师表》的"鞠躬尽瘁，死而后已"，赞美沈葆桢的忠君爱国，竭尽心力。筹笔，也是用诸葛亮策划军国大事来赞美沈葆桢的忠诚谋国。四川广元北有筹笔驿，相传诸葛亮出师运筹于此。此句是说，沈瑜庆写《哀余皇》诗及前言，追想父亲临终上疏，要求太后和皇帝努力办好海军，将来收复台湾等失地，那么，目前台湾等地虽被日本侵占，"州来在吴，犹在楚也"。谁想后来完全不是这么回事，竟挪用海军经费去建造颐和园，供太后一人享乐。想到这些，沈瑜庆感到不但父亲的遗愿成空，就是自己写《哀余皇》来怀念父亲的"尽瘁"和"筹笔"也是枉然的。

[6] "易佃"句：佃（diàn），租种土地的农民。菑畬（zī yú）：开荒，耕耘。灭裂：破坏，

317

违背。此句是说，换一个佃户，破坏了原先的耕作方法。这是比喻北洋以海军经费作救济山西天灾之用，以及后来挪用海军经费建颐和园，都是违背、破坏了沈葆桢建设一支强劲海军的计划。

[7]"经行"句：经，经过。行，道路。蓝蒌，即筚路蓝缕。筚路，用荆竹编的车，亦称柴车；蓝缕，敝衣。《左传·宣公十二年》："筚路蓝缕，以启山林。"后以比喻艰苦创业。颓摧，毁弃。此句是说，沈葆桢艰苦开创的建设海军的工作，后来几经破坏，最后北洋舰队竟全部毁弃了。

[8]"分明"二句：词赋江关，杜甫《咏怀古迹五首》之一："庾信平生最萧瑟，暮年诗赋动江关。"这两句是说，沈瑜庆作的《哀余皇》诗，鲜明地表现了对亡父对中国的极大悲愤，读这首诗的人千万不要把它和庾信的暮年诗赋相比，因为庾信的诗赋所抒发的只是江关（江陵）之思，身世之痛，"惟以悲哀为主"，而《哀余皇》则充满了对国家命运的关切，完全与个人私情无关。

◎ 评析

　　《哀余皇》，沈瑜庆所作。我们先看《哀余皇》前言："光绪乙亥，日本构衅台湾番社。先子（指沈瑜庆的父亲沈葆桢）奉诏视师，勒兵相持数月。日人情见势绌，愿缴营垒军械，作价四十万元就款（议和）。言路腾谤，以为纵敌，先子不为动。师旋，遵旨复陈练兵、筹饷、制械、储材、游学、持久六事，请饬各省合筹，每年四百万金，分解南北洋，计日治海军，期以十年成三大枝。彼时游学者亦艺成而归，制船驾船不患无人矣。又恐缓不及事，请四百万尽解北洋，先成一军，再谋南洋。盖处心积虑，并日兼程，犹恐失之。嗣北洋徇言官之请，挪海军款济晋赈。先予以为大憾，奏请前款仍分解南北，力疾遣学生出洋，监造镇远、定远二铁舰。而先子病遂不起。易箦前夕，命瑜庆就榻前，口授遗疏。先是日本夷琉球为冲绳，庶子王先谦疏请伐日本，廷旨饬议，未及复奏。至是遂言：'天下事多坏于因循，但纠因循之弊至于卤莽，则其祸更烈于因循。日本自台湾归后，君臣上下，早作夜思，其意安在？不可谓非劲敌；而我之船械军实，无改于前。冒昧一试，后悔方长。愿皇上以生安之质，躬困勉之学，所谓州来在吴，犹在楚也。'疏入，廷旨促办海军，合肥（指李鸿章）亦悟。北洋海军，权舆于此。而出使大臣李凤苞请废船政，谓制船不如买船，而己私其居间之利。后希中旨者又挪海军款办颐和园工程，甲申一挫，甲午再挫，统帅不能军，闽子弟从之，死亡殆尽。无更番之代，犄角之势，专一之权，以至于一蹶不可复振。淮、楚贵人居恒轩眉扼腕曰：'闽将不可用，海军难办。'噫！真闽将之不可用耶？抑用闽将者之非其人耶？累累国殇，犹有鬼神，此焉可诬？而今日之淮楚陆军何如乎？是可哀矣！吴公子光曰：'丧先王之乘舟，岂惟光之罪，众亦有焉。'长歌当哭，遂以《哀余皇》名篇。"

然后再看《哀余皇》诗："城濮之兆报在郊，会稽已作姑苏地。或思或纵势则悬，后事之师宜可记。昔年东渡主伐谋，严部高垒穷措置。情见势绌不战屈，转以持重腾清议。铁船横海不敢忘，明耻教战陈六事。军储四百饷南北，并力无功感尽瘁。宋人告急譬鞭长，白面书生臣请试。欲矫因循病卤莽，易箦谏书今在笥。蓄艾遗言动九重，因以为功宜可嗣。谁知一举罢珠崖，东败造舟无噍类。行人之利致连樯，将作大匠成虚位。子弟河山尽国殇，帅也不材以师弃。即今淮楚尚冰炭，公卿有党终儿戏。水犀谁与张吾军？余皇未还晨不寐，州来在吴犹在楚，寝苦勿忘告军吏。"

此诗首联说，甲午海战之败表面看是天意，实际是办理海军不得其人。次联说，后来形势的发展，完全验证了我岳祖的话，可怜岳祖、岳父一片忧国苦心都成空想。第三联说，北洋大臣李鸿章的措施完全破坏了我岳祖的计划，使他老人家艰苦经营的事业完全失败。末联说，我岳父的《哀余皇》诗不是单纯的一首诗，而是悼念其亡父与祖国的泪水，读者不要把我岳父这种悲哀和庾信的等同，要知道庾信的悲哀只是他个人的，与国家无关，我岳父的可不是这样。

五言绝句

采石矶[1]

吴伟业

石壁千寻险[2]，江流一矢争。
曾闻飞将上，落日吊开平。[3]

◎ 注释

[1] 采石矶：在安徽当涂西北，牛渚山北突入江中之矶，为长江最狭之处，历代为南北战争必争之地。

[2] 寻：古长度单位，八尺为一寻。

[3] "曾闻"二句：《明史·常遇春传》："太祖引兵薄牛渚矶，元兵陈矶上，其下巨舟相次，距岸且三丈余，莫能登。遇春飞舸至，太祖麾之前，遇春应声奋戈直前，敌接其戈，乘势跃而上，大叫跳荡，元兵披靡，诸将乘之，遂拔采石，进取太平。"遇春殁后，追封开平王。

◎ 评析

　　此诗是作者过采石矶吊常遇春之作。先写采石矶十分险峻，壁立千仞，极难攀登。次言长江流势极速，简直可以和一支射出的箭争速度。通过这两句的铺垫，就显示出当年常遇春的勇敢超群。言外之意是，弘光南明政权如果有这样的勇将，还会为清兵所灭吗？

楼　观[1]

顾炎武

颇得玄元意[2]，西来欲化胡[3]。
青牛秋草没[4]，日暮独踟蹰[5]。

◎ 注释

[1] 楼观：李吉甫《元和郡县图志》："盩厔（zhōu zhì）县楼观，在县东三十七里，本周康

王大夫尹喜宅也。"尹喜即关尹子，名喜。盩厔，县名，今作周至，属陕西。

[2]"颇得"句：玄元，老子的尊号。唐高宗乾封元年自泰山还，过真源县，诣老君庙，追号太上玄元皇帝。《嘉庆一统志》："老子庙在盩厔县楼观南。"《史记·老子列传》："老子见周之衰，乃遂去（洛阳）。至关，关令尹（官名）喜（人名）曰：'子将隐矣，强为我著书。'"《吕氏春秋·不二》："关尹贵清。"高诱注："师老子。"此句是说，关令尹喜很能继承老子清净无为的哲学思想。

[3]"西来"句：罗泌《路史》："孔子没十九岁而老聃入秦，西历流沙，化胡成佛。"流沙，沙漠。胡，指古代西域各民族。《列仙传》："关令尹喜与老子俱游流沙，化胡。"此句表面说，关令尹喜随老子出函谷关到西域去以道家思想教化胡人，实际意思是作者离开家乡江苏昆山而移居陕西，用意在宣传民族大义，组织反清复明的政治与军事力量。

[4]"青牛"句：《列仙传》："老子西游，关令尹喜望见有紫气浮关，而老子果乘青牛而过也。"没，遮掩。此句是说，老子骑的青牛走在秋草丛生的路上，很难移动脚步。实际是指自己前进道路上阻力重重。

[5]日暮：庾信《哀江南赋·序》："日暮途远，人间何世！"踟蹰：徘徊不前。

◉ 评析

　　此由楼观为关令尹喜旧宅，联想到他随老子出函谷关去教化胡人的故事，暗喻自己也像老子见周之衰而出关一样，离开昆山而居陕西，目的在于反清复明。但这时已是康熙二年（1663），作者已五十一岁，深感前途渺茫。

泰州绝句[1]

杜　濬

穷海三秋尽[2]，扁舟百里行[3]。
夕阳无近色，偏照远帆明。[4]

杜濬

(1611—1687)

字于皇，号茶村，湖北黄冈人。生于明神宗万历三十九年（1611），卒于清圣祖康熙二十六年（1687），年七十七。明亡，避地金陵，穷饥自甘，卒后，无以为葬。诗文豪健。有《变雅堂集》。

◎ 注释

[1] 泰州：州名，属江苏扬州府。

[2] 穷海：泰州地滨黄海，很为荒僻，故称穷海。三秋尽：秋季结束。

[3] 扁（piān）舟：小船。

[4] "夕阳" 二句：无近色，近处日光偏暗。这两句是说，太阳快落山了，坐在船上，觉得日光较暗了，可是一望远处，那船帆上的日光却特别明亮。

◎ 评析

泰州在江北，又是荒僻滨海地区，在秋末冬初之际，没有什么橙黄橘绿的好景吸引诗人的目光。开头两句以对偶形式说明舟行百里，一片荒凉。但是诗人终于从落日之光中发现了美：近处低处偏暗，远处高处却仍然明亮。

余澹心寄金陵咏怀古迹诗，却寄 [1]（二首选一）

王士禛

千古秦淮水，东流绕旧京。[2]
江南戎马后 [3]，愁杀庾兰成 [4]。

王士禛 (1634—1711)

字贻上，号阮亭，自号渔洋山人，山东新城人。生于明思宗崇祯七年（1634），卒于清圣祖康熙五十年（1711），年七十八。顺治十五年（1658）进士。次年，授扬州府推官，后内升礼部主事。历充经筵讲官，国史副总裁。官至刑部尚书，卒，谥文简。为神韵派之代表，又与朱彝尊并称"朱王"。有《带经堂诗集》。

◎ 注释

[1] 余澹心：名怀，字澹心，福建莆田人，侨居江宁，为明遗民。却寄：回寄以诗。

[2] "千古"二句：秦淮水：有二源，东源出句容华山，南流；南源出溧水东庐山，北流。二源会合于方山，西经金陵（今南京）城中，北入长江。旧京：指南京，因明太祖开国后建都于此，明成祖篡位后，始迁都于北京。

[3] "江南"句：指顺治二年（1645）清军摧毁了弘光南明政权。戎马，本指军马，借指战争。

[4] 庾兰成：名信，字子山，小字兰成。南朝梁时官至右卫将军，封武康县侯。梁元帝使聘于北朝周，被留不遣，官至骠骑将军，开府仪同三司。信在周虽位望通显，常有乡关之思，乃作《哀江南赋》以致其意。此处以比余怀。愁杀：夸张之词，犹云"愁死了"。

◎ 评析

余怀是明遗民，作金陵怀古诗，并非无病呻吟，乃为悼念明之开国及弘光政权之覆灭。作者心知此意，故答诗直接挑明。一、二句用拟人手法写秦淮水长绕旧京，暗喻遗民终身为故国呜咽流涕。三、四句更强调指出弘光政权的覆灭最使余怀悲哀。

青　山[1]

王士禛

晨雨过青山，漠漠寒烟织[2]。
不见秣陵城[3]，坐爱秋江色[4]。

◎ 注释

[1]青山：《扬州府志》："青山在江都县西二十五里。"
[2]"漠漠"句：李白《菩萨蛮》："平林漠漠烟如织。"
[3]秣陵城：即今南京城。
[4]坐爱：因为喜爱。

◎ 评析

　　作者在《香祖笔记》中说："唐人五言绝句，往往入禅，有得意忘言之妙。……予少时在扬州亦有数作，如（诗略）皆一时伫兴之言，知味外味者，当自得之。"这种神韵派诗论显得玄虚，其实这首小诗还是可用语言分析的。遥望扬州西郊的青山，刚刚被清晨的阵雨冲洗过，一片烟雾朦胧的样子。南京在扬州之西，连郊区的青山都云遮雾罩，自然更看不见南京城。然其所以看不见，是因为我喜爱秋天长江的烟水迷蒙的景色，根本没注意南京城的存在。这是作者接触这些山水风景时所产生的片刻感受（所谓"伫兴"），他把这种感受形象化，让读者也获得这份美的享受（"味外味"）。

山　行

施闰章

野寺分晴树[1]，山亭过晚霞。
春深无客到，一路落松花。[2]

[1] 野寺：荒僻的佛寺。

[2] "春深"二句：《广群芳谱》七十附《松花》引《居山杂志》："松至二三月花，以杖叩其枝，则纷纷坠落。"此句是说，并没有人来，自己也不曾以杖击松枝，松花却落了一路，可见是春深了。

◎ 评析

　　这首小诗写自己在山上漫步时所见。开头用对偶句写出山行过程：首先看到树林中有一个小庙，这小庙把浸在阳光中的树林分为两行。再往前走，遇到一个亭子，抬头望去，晚霞正从亭边掠过。作者感到无边的幽静，他想，除了自己的脚迹，这一路上只铺满了一层松花。也正是从一路的松花才意识到春天快过去了。

将游大梁[1]

洪　昇

匹马嘶荒野，群山拥乱云。

迢迢二千里，去哭信陵君[2]。

洪　昇
（1645—1704）

字昉思，号稗畦，浙江钱塘（今杭州）人。生于清世祖顺治二年（1645），卒于圣祖康熙四十三年（1704），年六十。国子生。游北京时，先受业于王士禛，又得诗法于施闰章。后见赵执信诗，遂相友善。因所作《长生殿》传奇于国丧中演出，被斥革。六十岁时，道经吴兴浔溪，醉后失足坠水死。有《稗畦集》。

◎ 注释

[1] 大梁：今河南开封。

[2] 信陵君：名无忌，战国魏安厘王异母弟。封信陵君，有食客三千。《史记》本传说："公子为人仁而下士，士无贤不肖皆谦而礼交之，不敢以其富贵骄士。"

◎ 评析

　　康熙十年（1671），作者二十七岁，是年秋，往游开封，途中作此诗。时方失爱于父母，情怀怫郁。开头两句为对偶句，表面纯粹写景，实则借景抒情。匹马，孤单可想；荒野，凄楚可知；著一"嘶"字，是马嘶，也是人啼。群山，路径崎岖；乱云，象征内心愁云叠涌；拥，乱云积聚群山上，像心头被痛苦紧紧缠绕，无法摆脱。下面两句点题：其所以要跋涉二千里的长途，是因为要去开封到信陵君的墓前痛哭一场。根据《史记·魏公子列传》，信陵君是真正礼贤下士的，作者不辞长途跋涉之苦而去哭他，显然是因为当世没有信陵君这样的人。也许有读者问，作者是失爱于父母才悲伤的，这与信陵君何关？要知道，封建道德是讳言亲恶的，作者无法直写，只有托之于哭信陵君了。

湖楼题壁[1]

厉　鹗

木落山寒处[2]，盈盈记踏春[3]。
朱阑今已朽，何况倚阑人！[4]

◎ 注释

[1] 湖楼：西湖的酒楼。

[2] 木落：树叶掉落。杜甫《登高》："无边落木萧萧下。"

[3] 盈盈：指少女或少妇的美好风姿。踏春：春日郊游。孟郊《济源寒食》："一日踏春一百回。"

[4]"朱阑"二句：苏轼《法惠寺横翠阁》："雕阑能得几时好，不独凭阑人易老。"

◎ 评析

　　这是一首怀念已经亡故的情人的诗。第一句写当前：树叶尽落，孤山也被严寒包裹着。第二句写就在这个地方，记得那个情人当年曾在西湖的春光中，轻盈地在湖边踏青（春日郊游），倩影亭亭，多么可爱。三、四两句一转：这湖楼的红色阑干已经换上新的，当年的已经腐朽了。木犹如此，何况当年凭阑远眺的情人呢！

检先孺人遗箧，得载己亥康熙五十八年雪夜诗[1]

钱　载

识字识忠孝[2]，疗贫难复难[3]。
儿时余橐叶[4]，泪落忍重看[5]！

◎ 注释

[1] 先孺人：已去世的母亲。孺人，古代贵族和官吏之母或妻的最低的封号。箧（qiè）：小箱子。己亥：康熙五十八年（1719）。作者生于康熙四十七年（1708），己亥年虚岁十二岁。

[2]"识字"句：《玉海》："（宋真宗）天禧中，仁宗在东宫，以'忠孝'字赐张士逊。"陆龟蒙《酬袭美》诗："其间忠孝字，万古光不灭。"

[3] 疗贫：救穷。

[4] 橐（tuó）：盛物的小袋子。叶：书册中的一页，指《夜雪》诗稿纸。

[5] 重（chóng）：再。

◎ 评析

　　这是怀念亡母的诗。作者从亡母遗留下来的一口小箱子里，发现了自己十一二岁时写的一首《雪夜》诗，从而感叹：读书识字，主要在懂得忠君孝亲的大道理，至于考取功名，求得富贵，那是难而又难的，读书人不能颠倒主次，把求功名富贵作为读书的目的。这些是母亲在我年幼时经常教诲我的。现在从母亲箱子的小口袋里翻到《雪夜》诗的手稿，想起亡母的教诲，不禁流泪，还能忍心再看它吗?

所　见

袁　枚

牧童骑黄牛，歌声振林樾[1]。
意欲捕鸣蝉，忽然闭口立。

◎ 注释

[1] 樾（yuè）：树荫。

◎ 评析

　　性灵派的诗求趣味，此诗像电影一个定格镜头，把牧童一刹那间的神态摄下来了。牧童骑在牛背上，本来是唱着山歌的，声音清亮，似乎把路边的树叶都撼动了。可是他忽然闭了嘴，溜下牛背悄悄地站着，原来他想抓那只正叫着的蝉儿。

鸡

袁　枚

养鸡纵鸡食，鸡肥乃烹之。
主人计自佳，不可使鸡知。

◎ 评析

性灵派诗人往往从一些日常小事上悟出哲理，此诗即其一例。过去有人认为此诗是写地主剥削农民，其实不然，首先，袁枚本身就是庄园地主，随园范围内的佃户常年向他交纳田租，他并不认为这是不合理的事。其次，地主剥削农民，何曾“纵鸡食”，难道农民是地主养活的？农民又何曾“肥”过？连孟子也承认，农民是“乐岁终身苦，凶年不免于死亡”。(《孟子·梁惠王上》) 所以，此诗实是“兔死狗烹”“鸟尽弓藏”的意思。越王勾践杀文种，汉高祖、明太祖诛戮功臣，都是先“纵鸡食”，啖之以富贵；等到天下大定，政权巩固了，“乃烹之”。问题是鸡自然不能知主人之计，而人则瞒不了，范蠡、张良、曾国藩都是知“主人计”的。

读曲歌[1]（二首选一）

钱大昕

朝忆复暮忆，怜欢还念欢[2]。
夜雨没牛迹，蹄痕无日干。

钱大昕（1728—1804）

字晓徵，号辛楣，又号竹汀，江苏嘉定（今属上海）人。生于清世宗雍正六年（1728），卒于仁宗嘉庆九年（1804），年七十七。乾隆十九年（1754）进士，改庶吉士，散馆授编修。历充乡会试考官，提督广东学政。丁忧归，不复出，主讲钟山、娄东、紫阳书院。有《潜研堂诗集》。

◎ 注释

[1] 读曲歌：乐府清商曲吴声歌曲。

[2] 怜欢：怜，爱；欢，古代男女相爱，女称男子为欢。《乐府诗集》四四《子夜歌》："欢愁侬亦惨，郎笑侬便喜。"

◎ 评析

　　此仿作乐府诗，类似《子夜歌》，是女子口气。主要写一个少女对情人的思念：日日夜夜总是回忆着两人相会时的美好生活，既热爱对方，又想念对方。这两句比较抽象，三、四两句打一个比方：昨夜雨落个不停，以致昨天牛走过的脚印完全被雨水淹了，雨还在下，这脚印里的积水简直没有干涸的日子。这比喻主要用谐音的方法，把"蹄痕"谐"啼痕"。

悯　旱

洪亮吉

镇日帷车坐[1]，偏愁云气晴。
客行殊望雨，敢说为苍生？[2]

◎ 注释

[1] 镇日：整天。帷车：车子顶上和四面都用帷幔蒙着，以挡住阳光。

[2] "客行"二句：《书·说命上》："若岁大旱，用汝作霖雨。"苍生，百姓。

◎ 评析

　　题为《悯旱》，自然是怜悯遭到旱灾的农民，作者却纯从一己角度描写自己盼望下大雨的心情，末句特为点明，不敢说望雨是为了广大人民（主要是农民）。这是讽刺那班空喊"霖雨苍生"的官僚。

新凉曲

黄景仁

闻道边城苦，霏霏八月霜^[1]。
怜君铁衣冷^[2]，不敢爱新凉。

◎ 注释

[1] 霏霏：纷飞貌。
[2] 铁衣：古代战士所穿的缀有铁片的战衣。

◎ 评析

　　这也是仿古乐府之作，也是以女子口吻写的，表现了一个少女对从军边塞的丈夫的缠绵情思。她从丈夫戍守边城后，就很关心那边的一切，因而已经打听到"胡天八月即飞雪"（岑参《白雪歌送武判官归京》）的气候。现在江南经过一个炎热的夏天，到了农历八月，正是"已凉天气未寒时"（韩偓《已凉》），舒服得很。但是一想到丈夫在西北防守边塞，身穿铁衣，手执戈矛，浓霜飞雪，朔风刺骨，怎么受得了？因而她想，还是让夏天永远停留，免得丈夫受冻吧，至于我自己，受点热算什么呢！作者是个多情的浪漫诗人，将闺中少妇的微妙心理，曲折传达出来。

途中书见（二首）

宗稷辰

其　一

湖庄多放鸭^[1]，拍拍烟波里^[2]。
薄暮一竿招^[3]，归来抱凫子^[4]。

[1] 湖庄：滨湖水村。

[2] 拍拍：击水声。

[3] 薄暮：薄，迫近；暮，晚上。

[4] 凫（fú）子：凫，本指野鸭，此凫子指小鸭。范成大《上元纪吴中节物俳谐体三十二韵》："凫子描丹笔。"自注："红画鸭子相馈遗。"

◎ 评析

　　靠湖的村庄，家家户户都养鸭子，天亮不久，鸭子从栅子里出来了，在烟雾未收的湖面拍着翅膀欢快地游着，激起层层波浪。等到傍晚时候，鸭倌把长长的竹竿一招，嘴里发出归队的呼哨，那一群鸭子就飞快上岸，自行排成长队，摇摇摆摆地互相叫唤着回到栅子里，晚上抱着小鸭睡。

其　二

水国无薪木[1]，厨寒妇子饥[2]。

可怜大堤上，偷拾败芦归[3]。

◎ 注释

[1] 水国：江河纵横之地，多指江南地区。薪木：做燃料的木材。

[2] 妇子：妇女和孩子。《诗·豳风·七月》："同我妇子，馌彼南亩。"

[3] 败：腐烂的，干枯的。

◎ 评析

　　滨湖地区没有树木，烧柴是个极大的困难问题。这里写的就是作者坐船经过大堤时所看到的：一个或几个贫家妇女偷偷地拾取一些朽坏了的芦苇，回家去烧饭吃。为什么要"偷拾"呢？因为芦苇长在堤上，可以加固堤基，所以禁止采取。而这些贫妇无法可想，只有冒险偷拾了。她们也知道植物加固堤基的道理，所以只拾"败芦"。

暮雨谣三叠[1]

龚自珍

其 一

暮雨怜幽草[2]，曾亲撷翠人[3]。
林塘三百步[4]，车去竟无尘。

◎ 注释

[1] 谣：一种诗歌体裁。三叠：古歌曲反复咏唱某句，称三叠。此《暮雨谣》三叠则指共有三首。

[2] 幽草：阴暗的小草。

[3] 撷翠人：即踏青的少女。撷（xié），采摘；翠，青绿色。

[4] 步：长度名，周代以八尺为步。

◎ 评析

　　这三首小诗都是爱情诗，写的对象是一个人。这一首写见面的一刹那：那位大家闺秀坐车来，以春游为名，和诗人在林塘边闲步。天色晚了，又下雨，于是她上车走了，只剩下多情的诗人在这里踯躅徘徊。他羡慕塘边的野草，有幸受到莲步的践踏，自己却无法在肌肤上亲近那位踏青的玉人。他又为那位玉人高兴：由于落雨，车轮滚动，没扬起一丝灰尘，沾污玉人的呼吸和衣服。诗人对这位情人用情何其深挚、缠绵啊！

其　二

雨气侵罗袜[1]，泥痕黦画裳[2]。
春阴太萧瑟，归费夕炉香。

【注解】

[1] 罗袜：丝绸缝制的袜子。

[2] 黦（yuè）：沾污。

◎ 评析

这是想象她因为正在散步时，阵雨忽来，鞋子湿了，湿气可能浸到袜子上，而雨水中的泥点可能沾污了她华丽的下衣。诗人觉得这春天天气太阴沉，她回家以后一定要用烘笼烘很久。

其　三

想见明灯下，帘衣一桁单[1]。
相思无十里，同此凤城寒。[2]

◎ 注释

[1] 帘衣：即帘。桁（hàng）：衣架。

[2] “相思”二句：黄仲则有“隔一重衾各自寒”之句，这两句似受其影响。凤城，帝京，此指北京。

◎ 评析

诗人继续想象：在明亮的灯光下，她凝眸注视着门帘和衣架，只感到形单影只，而诗人也正是这样。两人住处相隔不到十里，却共同感到北京城的浓重的寒气。

读李义山诗集 [1]

曾国藩

渺绵出声响 [2]，奥缓生光莹。
太息涪翁去 [3]，无人会此情。

◎ 注释

[1] 李义山：晚唐诗人李商隐，字义山。

[2] 渺绵：遥远，久远。

[3] 太息：出声长叹。涪翁：宋诗人黄庭坚的别号。

◎ 评析

　　曾国藩诗学黄庭坚，《石遗室诗话》曾指出这一点，并引其《题彭旭诗集后》的"自仆宗涪公，时流颇忻向"以为证。而黄庭坚"早年亦从事于玉溪生"（《辨疑》），"独用昆体工夫而造老杜浑成之境"（《朱少章诗话》）。明白这一诗学渊源，就懂得这首诗了。开头两句赞美李商隐的诗从委婉的音节中表达出悠远的境界，深奥而纡徐的意蕴寄寓在绮丽的词藻中。令人叹息的是黄庭坚久已离开人世，没有人理解李诗的深情。

当古谣十三章 [1]（选二）

姚 燮

其 一

燔炰一丈筵 [2]，膏血百口命。
清歌遏夜云 [3]，流鸿绕云听 [4]。

◎ 注释

[1] 当（dàng）古谣：代替古代的民谣。

[2] 燔（fán）：炙肉。炰：烤肉。一丈筵：《孟子·尽心下》："食前方丈。"看馔摆满了一丈见方的桌面。

[3] 清歌：清亮动听的歌声。遏夜云：《列子·汤问》："（秦青）抚节悲歌，声振林木，响遏行云。"

[4] 流鸿：犹飞鸿。鸿，大雁。听（tìng）：押韵，读仄声。

◎ 评析

这是讽刺清朝政府官吏和当地土豪的诗。这班家伙摆一次筵席，又是烧猪，又是烤羊，花费的是上百个劳动者的膏和血。筵席前还有歌女，她们的歌声简直阻住了夜空的流云，使得大雁在云间盘旋聆听。

其　二

灼灼双鼠目[1]，无事常含嗔[2]。
宁骑山中虎[3]，莫犯马上人[4]。

◎ 注释

[1] 灼灼：鲜明貌。鼠目：眼凹睛圆。

[2] 含嗔：含怒。

[3] 宁：情愿。

[4] 犯：撞到。

◎ 评析

一、二句活生生地画出了一个恶棍、无赖的形象：一双老鼠似的小眼睛射出凶光，好端端地分明没事他也板起一副脸孔。三、四句写被欺凌者直接叫喊：我情愿骑在山里老虎背上，也不愿碰到这个骑在马上的人！

三坡曲（二首）

郑　珍

其　一

少年从何来^[1]，飘飘上三坡？
一上一回老，红颜能几何^[2]？

◎ 注释

[1] 少（shào）年：青年男子。

[2] 红颜：喻指少年。

◎ 评析

　　三坡在何处，《嘉庆一统志》查未获。《巢经巢诗集》卷六系此题于"綦江""九盘""酒店垭"之后，应为重庆南川和贵州北部之间的险坡。它主要的特点是山路极其曲折。所以这一首用夸张的手法写：年轻人你从哪里来的？看你爬这三坡倒是轻飘飘的满不在乎。但是走完一趟你就知道是十分费力的，爬一趟就老一截，看你这青春年华经得几回爬！

其　二

欲识三坡路，看侬纺若何^[1]？
转转复转转，日斜绵尚多^[2]。

◎ 注释

[1] 侬：我。古代吴人自称。

[2] 绵：本指丝绵，此指棉条。

◉ 评析

　　这首通过比喻写出三坡道路的盘旋曲折。用一个纺纱妇的口气说：你要了解三坡的路为什么总走不完的原因吗？看看我纺纱，怎么样？你看，我的纺车儿转呀转呀转个不停，可转到太阳快落山了，我手里的棉条还很多。

神洲滩谣二首（选一）

莫友芝

浪是横石高，滩是神洲浅。

雪释水冒洲[1]，放溜一眨眼[2]。

◉ 注释

[1]冒：覆盖。

[2]放溜：使船顺流自行。范成大《崇德庙》："滩平放溜日千里。"

◉ 评析

　　神洲滩和横右都查不到在哪里，但作为民谣的仿作，是值得欣赏的。横石在江心，激起的浪头特别高（下一首《横石》有具体描写）。在这一带沙滩中，要数神洲滩最浅。但是一到春天，冰雪消融了，江水完全覆盖住神洲滩时，船只顺水行驶之快，简直是一眨眼就是好几里。

横　石

莫友芝

横石铲不开，生憎梗江路[1]。

白浪盖船来，汹汹上天去[2]。

[1] 生憎：讨厌，憎恨。生，极。

[2] 汹（xiōng）汹：水腾涌貌。

◎ 评析

　　江心横着巨大石块，怎么铲也铲不掉它，过往船只，谁都非常恼恨它阻塞了水路。特别是它激起雪白浪涛高高地向船上压下来，其势汹汹，简直要把船抛到天上去。

溪　上

沈谨学

春烟两岸平，流水一竿冷。
夕阳隔溪来，零乱桃花影。

◎ 评析

　　这是写景诗，先用对偶句写出春天的小溪两岸笼罩在一片淡淡的烟雾中，诗人坐在溪边，一竿垂钓，感到傍晚的溪水很冷了。这时，他从缓缓流动的水面上发现一些零乱的桃花影子，抬头一望，原来夕阳的光从小溪对岸射过来，把水中花影烘托得特别鲜亮。

春　雨

张祖继

春雨如贤才，年来见愈少。
跋扈惟春风，力吹白日小。

张祖继

字羡民，又字瓠肥，晚号老㻃，南皮人。为张之洞族孙，而年长于之洞。品高洁，性孤傲。李慈铭赠以诗，有云："文章贫后健，天地布衣宽。"有《㻃民诗钞》。

◎ 评析

此诗充满豪气，旧诗中不多见。比喻也很新颖。春天本多雨，那几年却少，诗人就从自然现象联想到政治现象：晚清正当末世，贤才日少，又把春风大作比作权臣当道，白日小比作皇权逐渐缩小。

涧石[1]（二首）

杨文莹

其　一

天生涧底石，头角何巇然[2]。
久久与水斗，不转亦已圆。

杨文莹
（1838—1908）

字雪渔，浙江钱塘（今杭州）人。生于清宣宗道光十八年（1838），卒于德宗光绪三十四年（1908），年七十一。光绪三年（1877）进士，授编修。官至贵州学使。有《幸草亭诗钞》。

◎ 注释

[1] 涧：两山之间的流水。

[2] 头角：本指人头顶左右之突出处，此以借指原生状态的石块。巇（yí）然：角锐利貌。

◎ 评析

　　这是两首深含哲理的咏物诗，看是咏涧石，实是咏人，亦即赞美"外圆内方"的处世原则。这一首是说，山涧里的石头，它们的原生状态本来是有棱有角，非常锐利的。但是由于长期和涧水相斗，即使不跟着水旋转，也已经慢慢地把棱角磨圆了。

其　二

石资水磨磋[1]，锋敛无外炫[2]。

水东石向西，虽圆誓不转。

◎ 注释

[1] 资：依靠。磨磋（cuō）：石块加工叫磨，象牙加工叫磋。

[2] 锋敛：锋芒收敛，即韬晦之意。无外炫：不在外表上炫耀自己的长处。

◎ 评析

　　一个人对世事阅历多了，青年时期那股锐气也就慢慢消沉，不会再目空一切、锋芒毕露了。但是尽管世风日下，自己还是坚持原则，决不随波逐流，同流合污。

为人题画兰（三首）

秦树声

其　一

裛露不掩骨[1]，临风忽断肠。

王者久不作，知君为谁香？[2]

秦树声
（1861—1926）

字宥横，一字晦鸣，号乖庵，河南固始人，生于清文宗咸丰十一年（1861），卒于民国十五年（1926），年六十六。光绪年间进士，授工部主事，历官广东提学使。伉直孤行，目空今古。诗存稿少。

◎ 注释

[1] 裛（yì）：沾湿。

[2]"王者"二句：《琴操》："《猗兰操》者，孔子所作也。孔子聘诸侯，莫能仕。自卫返鲁，隐谷之中，见香兰独茂，喟然叹曰：'夫兰当为王者香，今乃独茂，与众草为伍！'乃止车援琴鼓之，自伤不逢时，托辞于香兰云。"

◎ 评析

这是题画诗，从广义上说，也是咏物诗。凡咏物诗必有寄托，寄托越深远者则越高妙，这三首就是寄托深远的。这一首就很大胆，它说，兰草虽被露水沾湿，却不能使它丧失骨气，可是面对春风的吹拂，我却突然伤心了，因为圣明的帝王很久没有出现了，请问兰花你为谁散发出那派清香呢？

其 二

有人亦自芳，岂必恋空谷[1]？
弃置乃偶然，天命期无辱。

◎ 注释

[1] 空谷：参见前一首注释 [2]。

　　中国传统说法总是艳称空谷兰，似乎只有在空谷中，兰花才会发出幽香。其实这是一种误解，难道在有人的地方它就不香吗？要知道，它被抛弃在空谷中，纯粹是偶然的。不管生在哪里，总希望不要委屈自己的本性。

其　三

寒花有晚节[1]，犹伤天地秋[2]。
虽各一时秀[3]，论心耻与俦[4]。

◎ 注释

[1] 寒花：菊花。晚节：菊花枯萎枝头，花瓣不会凋落，因以人的保持晚年节操相比。

[2] "犹伤"句：谓还为天地之间秋容惨淡而伤心。

[3] "虽各"句：《隋遗录》：隋炀帝梦中见陈后主，后主问他，张丽华（后主爱妃）与萧妃（炀帝后）相比何如？炀帝说："春兰秋菊，各一时之秀也。"

[4] 俦（chóu）：同辈，伴侣。

◎ 评析

　　菊花是能保持晚节的，但它还为秋天不像春天那样繁花似锦而悲伤。说起来，春兰秋菊各擅一时之秀，而从内心来说，兰花是羞与菊花为伍的。

　　这一首初看不易理解，因为兰、菊在我国传统文化观念中，都是高尚、坚贞等品格的象征，怎能说兰羞与菊为俦呢？原来诗人是根据宋朝韩琦《在北门九日燕诸曹》一诗"莫羞老圃秋容淡，要看寒花晚节香"这两句来说的。

　　总之，从这三首诗看，作者确实"伉直孤行，目空千古"。

阻雨谣

孔宪彝

不雨悯农夫[1]，既雨愁客子。

不惜行路难，为汝老农喜[2]。

◆**孔宪彝**
(1808—1856以后)
字叙仲，号绣山，山东曲阜人。生于清仁宗嘉庆十三年（1808），卒于清咸丰六年（1856）以后。道光十七年（1837）举人，官内阁侍读。有《对岳楼诗录》。

◎ 注释

[1]悯：哀怜。

[2]汝：你们（复指）。

◎ 评析

　　中国士大夫深受儒家思想影响，常抱杜甫"广厦万间"的理想，只要"天下寒士俱欢颜"，则"吾庐独破受冻死亦足"。此诗亦具此理想。天不下雨，农夫急坏了，值得同情。但是大雨不止，无法上路，却又愁坏了出门人。作者正是这种出门人，他甘愿不在乎旅途的辛苦，却为农民们庆贺这场好雨救活了庄稼。

东溪诗（并序二首）（出宜昌东郭二里而近，有溪曰绿萝。林木茂密，水清见底，枕溪而居者数十家。余尝有卜居之志，因仿右丞辋川诗体以见意云。）[1]

樊增祥

其　一

玉雪五岁儿[2]，娇索梁间燕。
为买纸鸢来，更与绩麻线。

◎ 注释

[1] 宜昌：县名，今属湖北。东郭：外城叫郭，此犹言东郊。卜居：择地定居。右丞：盛唐
诗人王维，官至尚书右丞，世称"王右丞"。辋川：水名，在陕西蓝田南，有王维别业，
山峦掩映，风景优美，王维画辋川图，题咏甚多，皆五言小诗。云：句尾助词，无义。

[2] 玉雪：形容小儿肌肤洁白。韩愈《殿中少监马君墓志》："姆抱幼子立侧，眉眼如画，
发漆黑，肌肉玉雪可念，殿中君也。"

◎ 评析

　　此诗写的是东溪农家的一个生活片段。一个五岁的男孩，长得又白
又胖。他向爹娘撒娇，说要厅堂梁上筑窠的燕子玩。爹娘便给他买了一
只风筝来，还帮他搓一根长长的细麻绳，让他去放风筝玩。

其　二

举网得双鱼，贯腮行自语：
本借溪水活，更就溪水煮。

◎ 评析

　　这是另一个生活片段。一个农民向溪中撒一网下去，收起网来，竟

抓到了两条鱼。他折一根嫩柳条穿着鱼鳃,提起来一边走一边自言自语:你们本来依靠这溪水才能活,现在我可要拿这溪水来煮你们。按:这种哲学意味的话,农民是不会说的,只是诗人的一种领悟,而且是脱胎于曹植的"煮豆燃豆萁"。

七言绝句

题沈朗倩石崖秋柳小景[1]

钱谦益

刻露晹岩山骨愁[2]，两株风柳曳残秋。

分明一段荒寒景，今日钟山古石头[3]。

◎ 注释

[1] 沈朗倩：名颢，字朗倩，号石天，江苏吴县人。诸生，豪放好奇，工书画诗文，有《枕瓢》《焚砚》等集。

[2] 晹（chán）岩：险峻的山岩。山骨：山中岩石。

[3] 钟山：又名紫金山，在今江苏南京东。石头：城名。战国楚威王灭越，置金陵邑。汉建安十六年（211），孙权徙治秣陵，改名石头。吴时为土坞，晋义熙中始加砖累石。至唐武德九年（626）城废。故址在今南京石头山后。

◎ 评析

　　这是一首题画诗。田同之《西圃诗说》："钱牧翁《题石崖秋柳小景》云云，大抵寓意弘光南渡事，次句直是画出马、阮，妙不容说。渔洋公和句情景无限，神韵悠然，自堪并垂不朽。然别以诗派，则牧翁宋调，渔洋唐响矣。"扬雄说"故言，心声也"（《法言·问神》）。钱谦益本明臣，崇祯朝和弘光朝都担任过大官，其后变节仕清，而又和南明政权以及海上郑成功等反清力量暗中联系，在这样的处境中，内心的矛盾和苦闷真是难以自解，因而他写这首七绝，满纸荒寒景，一片刻骨愁。第一句写石崖，秋天草木凋零，石崖山骨完全暴露，诗人用"刻露晹岩山骨愁"七字加以形容，译白就是：这幅画深刻地揭示出险峻的山岩那赤裸裸的山骨无尽的愁苦。山骨有什么愁苦呢？显然这是说"钟山龙蟠，石城虎踞，此帝王之宅"，诸葛亮对孙权说的这几句话，现在完全失效了。此句的"山骨"就是指钟山之骨。第二句写秋柳，画面上有两株柳树，在九月（残秋）西风的吹拂下，柳叶凋零，柳枝凄凉地摇曳。

第三句总结上两句。第四句用意深刻：今日钟山王气全消，可是两百年前，太祖高皇帝（朱元璋）不正是在这石头城创立大明帝国的吗？

与儿子（吾儿雍，不惟世间真正读书种子，亦是世间本色学道人也）[1]

金人瑞

与汝为亲妙在疏，如形随影只于书。
今朝疏到无疏地，无著天亲果晏如[2]。

金人瑞
（1608—1661）

一名喟，字若采，号圣叹。本姓张，名采。江苏长洲（今苏州）人。生于明神宗万历三十六年（1608），卒于清世祖顺治十八年（1661），年五十四。明诸生。入清后，不求仕进。顺治十八年（1661），世祖崩，遗诏至苏，巡抚以下皆哭临府治，诸生从而讦吴县令不法事。巡抚朱国治袒令，系诸生五人。明日，诸生群哭于孔庙，复逮系至十三人，俱劾大不敬，金人瑞亦在其中。适郑成功、张煌言率师攻南京，乃附会叛逆罪坐斩，家产籍没入官，妻子均戍边。金人瑞是有影响的文学批评家，批点的《水浒传》《西厢记》盛行于世。有《沉吟楼诗选》。

◎ 注释

[1] 本色学道：具有领悟佛法的天资。
[2] 无著：人名，晋南北朝时印度高僧，佛教大乘瑜伽教系的首创者，与天亲为兄弟。天亲：相传在释迦牟尼死后九百年，生于印度阿逾陀国。初习小乘，后随无著改习大乘。果：竟然，终于。晏如：晏，安乐；如，然。晏如，犹"晏然"。

这是作者临刑前的绝命诗。他对儿子说，古人云："父子有亲。"我和你是父子关系，本应该格外亲近。但是妙得很，你和我一向疏远，但为什么我反而说妙呢？因为你跟我疏远的原因是时时和书本形影不离。现在我要和你永别了，这么一来，真是疏远得不能再疏远了。你也是学佛有得的，让我们就像无著和天亲两兄弟那样永生佛国，皆大欢喜吧。

闵友谈水东之胜[1]

杜濬

鱼爱深池鸟爱丛，君谈句句合幽踪。
凭将骨与青山誓，老号诗人杜水东。

◎ 注释

[1] 闵友：姓闵的一位朋友。

◎ 评析

作者听到朋友谈到水东那地方非常幽雅，十分向往。作为遗民诗人，他正希望逃避世俗的侵扰，所以说，鱼爱深池，是为了避开渔人的网和钩；鸟爱丛生的树木，也是为了不让人逮捕。而你（指闵友）谈的，句句都符合隐居的条件。我坚决拿这几根老骨头向青山发誓：一定要移居水东，让人们加我一个雅致的外号——"杜水东"。

舟中见猎犬，有感而作（二首选一）

宋 琬

秋水芦花一片明，难同鹰隼共功名[1]。

樯边饭饱垂头睡[2]，也似英雄髀肉生[3]。

◎ 注释

[1] 隼（sǔn）：即鹘，凶猛善飞，和鹰一样同为猛禽。

[2] 樯（qiáng）：桅杆。

[3] "也似"句：曹操曾对刘备说："今天下英雄，惟使君与操耳。"（《三国志·蜀书·先主传》）所以此句"英雄"指刘备。髀（bì）肉生，同书《先主传》"（刘）表疑其心，阴御之"注引《九州春秋》："（刘备）尝于表坐起至厕，见髀里肉生，慨然流涕。还坐，表怪问备，备曰：'吾常身不离鞍，髀肉皆消。今不复骑，髀里肉生。日月若驰，老将至矣，而功业不建，是以悲耳！'"

◎ 评析

这首诗在风趣中含有无限的辛酸：世间最可悲的是英雄无用武之地。这就是这首诗的主题。第一句写河边，秋水澄清，芦花雪白，一片明晃晃的白色。这是从猎犬的眼中看到的。它再仰望天上，鹰隼盘旋自由，更加不胜感叹：从来鹰犬同为猎人的捕猎手段，而现在自己困在船上，无所作为！愤懑之余，只有靠着桅杆，让主人喂饱饭后，垂头睡觉。这种心情不正像刘备慨叹自己髀肉复生吗？这是写猎犬，也是写人，而且主要是写人，包括作者自己。

上巳将过金陵（二首选一）

龚鼎孳

倚槛春风玉树飘[1]，空江铁锁野烟销[2]。

兴怀无限兰亭感[3]，流水青山送六朝[4]。

龚鼎孳

（1615—1673）

字孝升，号芝麓，安徽合肥人。生于明神宗万历四十三年（1615），卒于清圣祖康熙十二年（1673），年五十九。明崇祯七年（1634）进士，授兵科给事中。李自成入京师，任直指使。入清，授吏科给事中；康熙间，官至礼部尚书。卒，谥端毅。与钱谦益、吴伟业齐名，称"江左三大家"。有《定山堂集》。

◎ 注释

[1] 倚槛春风：李白《清平调》之一："春风拂槛露华浓。"玉树：即《玉树后庭花》，乐府吴声歌曲。陈后主嗜声乐，于清乐中造《玉树后庭花》等曲，与幸臣等制其歌词。歌词绮艳，男女唱和，其音甚哀，时人以为亡国之音。

[2] "空江"句：《晋书·王濬传》：太康元年（正月），王濬统兵伐吴。"吴人于（长）江险碛要害之处，并以铁锁横截之，又作铁锥长丈余，暗置江中，以逆距船。……濬乃作大筏数十，亦方百余步，缚草为人，披甲持杖，令善水者以筏先行，筏遇铁锥，锥辄著筏去。又作火炬，长十余丈，大数十围，灌以麻油，在船前，遇锁，然炬烧之，须臾，融液断绝，于是船无所碍。"遂灭吴。

[3] 兴怀：发生感慨。王羲之《兰亭集序》两言"兴怀"："向之所欣，俯仰之间，已为陈迹，犹不能不以之兴怀。""虽世殊事异，所以兴怀，其致一也。"

[4] "流水"句：前人如王士禛等极其欣赏此句，以为才子语。其意思仍是："人世几回伤往事，山形依旧枕寒流"（刘禹锡《西塞山怀古》），不过写得更精练更有情致。

◎ 评析

　　这是作者由广东北上将途经金陵而作，主要是抒发兴亡之感。首先，靠着阑杆，春风吹来，似乎把当年陈后主的《玉树后庭花》歌声也带过来了。接着，眼望长江，恍惚看见当年王濬伐吴时所烧断的铁锁，而凝眸细看，一片艳阳，野烟也被阳光照耀得无影无踪，更别说铁锁的遗迹了。作者面对历史沉思，不禁想到王羲之在《兰亭集序》里说的"虽世殊事异，所以兴怀，其致一也"。六个王朝都匆匆地过去了，只有流不尽的长江水和巍峨的紫金山，它们亲眼看到过六朝的兴亡。作者又一次陷入沉思: 这流水和青山, 还将送走多少个王朝呢?"玉树"是亡,"铁锁"是兴。

绝　句

吴嘉纪

白头灶户低草房[1]，六月煎盐烈火旁。
走出门前炎日里，偷闲一刻是乘凉。

◎ 注释

[1] 灶户: 经官府准许设灶煮盐、户籍属盐场的人家。

◎ 评析

　　乘凉只能是在树荫下，而此诗作者说，和"六月煎盐烈火旁"相比，站到"低草房"的"门前炎日里"偷一下闲，这就是"乘凉"了。可见作者对这种生活有一定体验（据说作者年轻时从事过煮盐劳动）。开头的"白头"两字，意思是说，这种痛苦生活，灶户们是熬过了一辈子的。

答　人

申涵光

日日秋阴命笋舆[1]，故人天上落双鱼[2]。
荷花未老村醪熟[3]，为道无闲作报书。

◎ 注释

[1] 笋 (sùn) 舆: 竹轿。

[2]"故人"句：故人，老朋友。天上，比喻朝廷。双鱼，指书信。《文选·古乐府》之一：
　　"客从远方来，遗我双鲤鱼。呼儿烹鲤鱼，中有尺素书。"后人因以双鲤或双鱼指书信。

[3]醪（láo）：浊酒。

◎ 评析

　　作者是明遗民，义不仕清，此诗就表现了这种节操。老朋友从朝廷
寄信来，自然是劝他出来做官。他却傲然回答：趁着这段秋天阴凉，我
天天坐竹轿出去玩。没想到老朋友会从天上给我寄信来。可是现在荷花
还没凋谢，乡下人自家酿的米酒又刚刚成熟，我要喝酒观赏荷花，只好
托这首诗给您说明：我实在没空闲写回信。

东归道中（三首选一）

汪　琬

鹎鵊声中雨似丝[1]，昏昏乡思苦难支[2]。
楝花风起归舟急[3]，要趁黄鱼上箸时[4]。

汪　琬
（1624—1690）

字苕文，号钝翁，晚号尧峰，江苏长洲（今属
苏州）人。生于明熹宗天启四年（1624），卒于清
圣祖康熙二十九年（1690），年六十七。顺治十二年
（1655）进士，授户部主事。屡迁刑部郎中，因奏销
案降北城兵马司指挥。再迁户部主事，被疾假归。
康熙十八年（1679），召试博学鸿词科一等，授翰林
院编修，纂修《明史》，又因病乞归，遂不出。有
《尧峰文钞》。

[1] 鵊鵊（bēi jiá）：鸟名，似鸠，身黑尾长而有冠。春分始见，凌晨先鸡而鸣，其声"加格加格"，农家以为下田之候，俗称催明鸟。

[2] 乡思（sì）：怀念家乡的心情。

[3] 楝（liàn）花风：最后的花信风。古代认为应花期而来的风有二十四番花信风，简称花信风。由小寒到谷雨共八个节气，一百二十，每五日为一候，计二十四候，每候应一种花信。小寒节三信，梅花、山茶、水仙；大寒节三信，瑞香、兰花、山矾；立春节三信，迎春、樱桃、望春；雨水节三信，菜花、杏花、李花；惊蛰节三信，桃花、棠棣、蔷薇；春分节三信，海棠、梨花、木兰；清明节三信，桐花、麦花、柳花；谷雨节三信，牡丹、酴醾、楝花。

[4] 黄鱼：即石首鱼，头盖骨内有骨二枚，大如豆，色白坚如石，故名。是海产鱼。

◎ 评析

　　作者诗学南宋范成大和陆游山水田园之作，此诗就体现了这一特色：天还没全亮，催明鸟已经在"加格加格"地叫，这时天上正下着毛毛雨。沉重的思乡之情简直片刻都难以忍受，于是在最后一番花信风中让还乡的船加速前行，要赶在可以吃到黄花鱼的时候回到家乡。读这首诗，我们很容易联想到晋朝张翰的莼鲈之思。

春暮杂忆，和彭羡门韵[1]

陈维崧

渚鸟汀花各自愁，清江一别两经秋[2]。
东皇枉费无边绿[3]，搓得溪头似鸭头。

◎ 注释

[1] 彭羡门：彭孙遹，字骏孙，自号羡门生，浙江海盐人。顺治十六年（1659）进士，官中书舍人。康熙十八年（1679），应博学鸿词试，擢第一，授翰林院编修。历官吏部侍郎，兼翰林院学士。有《松桂堂全集》。

[2] 两经秋：两个年头。

[3] 东皇：司春之神。杜甫《幽人》："暮把东皇衣。"注："东皇，乃东方青帝也。"

◉ 评析

    这是在农历三月时对清江的回忆。最使诗人难忘的是碧绿的溪水。开头一句是先写结果：小洲上的水鸟，水边的鲜花，分别都在发愁。第二句才写出它们发愁的原因：因为我和清江一分别就是两年了，这么长的时间没看见我，所以它们愁得很。三、四两句说，但是我现在仍然不可能去清江，只能想象着那碧绿的溪水——它那绿呀，真也亏得东方青帝这位司春之神，他毫不吝啬地花费了那么多的绿色颜料，简直把清江那儿的溪头水揉搓得跟鸭子头一样绿透了。

为钱给事_{晋锡}题王给事_{原祁}富春大岭图^[1]（二首）

朱彝尊

其 一

记得山城水阁添^[2]，画眉声里昼垂帘^[3]。
还凭同省王郎笔^[4]，暖翠浮岚五尺缣^[5]。

◉ 注释

[1] 钱给事：钱晋锡，字再亭，为礼科都给事中。王给事：王原祁，字茂京，号麓台，康熙九年（1670）进士，官礼科都给事中。工画山水，浅绛尤称独绝。富春：山名，在浙江桐庐西，一名严陵山。史记严光（子陵）曾耕钓于此，其钓处称严陵濑，上有子陵钓台。

[2] 山城：指桐庐县城。水阁：建筑在水边或水上的楼阁。添：指山城而加添了水阁。

[3] 画眉：鸟名，体长四五寸，背黄褐色，腹淡黄色，以眼圈有白纹一线如眉，故名。

[4] 同省：同一官署任职。省，官署名。王郎：指王原祁。郎，少年的通称。原祁画由其祖父敏亲授，官给事中时年尚少，故作者称之为王郎。

[5] 暖翠浮岚：春晴的山色。缣（jiān）：双丝织的微带黄色的细绢。

这是一首题画诗，画的是富春山的大岭。山在浙江桐庐西。此诗写钱晋锡曾在这山城小住过，靠着水阁，放下窗帘，听着画眉鸟的娇啼。此时靠着同官署的王君那支高妙的画笔，在五尺宽的白绢上重现了他当年欣赏过的春晴山色。

其　二

富春江上雨溟蒙[1]，两岸花开踯躅红[2]。
仿佛旧游如画里，一帆曾转钓坛东[3]。

◉ 注释

[1] 溟蒙：模糊不清。

[2] 踯躅（zhí zhú）红：踯躅，花名，即杜鹃花，又名映山红。陆游《东园小饮》："密叶深深踯躅红。"

[3] 钓坛：即钓台，汉严光（子陵）垂钓处，故址在富春山，下瞰富春渚，有东西二台，各高数百丈。

◉ 评析

此诗作者写自己从前曾坐船游富春江，那时细雨溟蒙，只见两岸开满了映山红。现在看到这幅画，好像自己又回到了那次旅游中，记得那时自己的船还转到当年严子陵钓台的东面，特地瞻仰一番。

送陈其年归宜兴（二首）

王士祯

其 一

与君五载扬州梦[1]，细马吟春皂荚桥[2]。
岁晚幽州复相送[3]，九门风雪压盘雕[4]。

◎ 注释

[1] 扬州梦：杜牧《遣怀》："十年一觉扬州梦，赢得青楼薄幸名。"作者在扬州任职时，常
与陈维崧出入倡家。

[2] 细马：良马。《旧唐书·职官志》三《太仆寺》："凡马有左右监，以别其粗良。……
细马称左，粗马称右。"皂（zào）荚桥：胡三省《通鉴》注："皂荚桥当在新亭之北。"
按：新亭在今江宁南，城不在扬州，作者实用韩翃诗"细马春过皂角桥"，故说明中解
为二十四桥。

[3] 幽州：《尔雅·释地》："燕曰幽州。"即今河北北部及辽宁一带，此指北京。

[4] 九门：指北京外城九门，即正阳、崇文、宣武、安定、德胜、东直、西直、朝阳、阜
成。盘雕：飞翔的雕。雕是善飞猛禽，风雪能压得它飞不起来，可见风雪之大。

◎ 评析

此诗写在北京送陈维崧回故乡宜兴的情景。先写两人从前在扬州相
识五年，每到春天，就骑着马到二十四桥边去寻找诗料。而现在却是残
年凋景的腊月在北京送陈回故乡去，整个北京城都被北风大雪包裹了，
风雪力度之猛简直压得大雕都张不开翅膀来。一、二句写相聚扬州时，
春光明媚，互相唱和，多么愉快；而现在分别时，却是风雪残年，多么
凄苦。但字面上并不写出"愉快""凄苦"，只让读者通过诗的形象，自
然体会出言外之意，这就是神韵诗。

其 二

送客销魂枫树林[1]，买田阳羡旧同心[2]。

花枝照眼虾笼嘴[3]，未得从君弄渚禽[4]。

◎ 注释

[1] 销魂：江淹《别赋》："黯然销魂者，唯别而已矣。"枫树林：枫叶至秋而色变红，故诗中常以枫树林形容秋色。

[2] "买田"句：宜兴古名阳羡。《东坡别传》："公尝买田阳羡，欲于此间种橘，构一亭名'楚颂'。后卒宜兴，有东坡书院。"

[3] 虾笼嘴：宜兴水名，西汲的港口。

[4] 渚禽：水鸟。渚，小洲。

◎ 评析

"玉露凋伤枫树林"（杜甫《秋兴八首》之一的第一句），枫树林本是形容秋色的，这次送别在腊月，可见此首用"枫树林"不是实写，只是借秋景以写愁情而已，可能含有杜甫《梦李白二首》之一的"魂来枫林青"意思在内。"枫林青"是江南景物，陈维崧回宜兴（在江苏），所以用这三字。第二句表示自己愿和陈维崧晚年同在宜兴生活。三、四句一转：可惜我一官缚身，行动不能自由，眼看春天就要来临，那时虾笼嘴的花枝鲜亮，我却不可能跟随你一块儿去和水边的鸟儿玩。

雨中度故关[1]

王士禛

危栈飞流万仞山[2]，戍楼遥指暮云间[3]。

西风忽送潇潇雨[4]，满路槐花出故关[5]。

◎ 注释

[1] 故关：《新唐书·地理志》："（河北）获鹿县有故井陉关，一名土门关。"

[2] 栈：栈道，在险绝处傍山架木修成的路。飞流：指瀑布。仞：长度名，古代八尺为一仞。

[3] 戍楼：边防守军的瞭望楼。

[4] 潇潇：雨暴疾貌。

[5] 槐花：槐树夏季开花，七月则槐花黄。

◎ 评析

　　作者七月间路过古代井陉关，望见高峻的太行山余脉，高高的栈道，直下的瀑布，极其壮观。驻军的瞭望楼，远远望去，好像耸立在傍晚的浓云边。最有趣的是西风突然吹送过来一阵急雨，把黄了的槐花吹落满地，我就这么坐着轿子踏着一路槐花走出了古老的井陉关。

泊长沙西门，追念旧游有感

汤右曾

玉砾金沙俨画图，水清了了见樗蒲[1]。

湖南宾客今憔悴，暮雨湘西听鹧鸪[2]。

汤右曾
（1656—1722）

　　字西厓，浙江仁和（今属杭州）人。生于清世祖顺治十三年（1656），卒于圣祖康熙六十一年（1722），年六十七。康熙二十七年（1688）进士，由编修累官吏部侍郎，兼掌院学士。诗才大而能恢张，与朱彝尊并为浙派领袖。有《怀清堂集》。

◎ 注释

[1] 樗蒲（chū pú）：宋代蜀地织绫。

[2] "暮雨"句：郑谷《鹧鸪》有云："雨昏青草湖边过，花落黄陵庙里啼。游子乍闻征袖
湿……相呼相应湘江阔。"正写洞庭湖与湘江的羁旅之苦。鹧鸪啼声谐音为"行不得也
哥哥"，也是表示离别之悲。

◎ 评析

　　此诗编于《怀清堂集》卷七，作于康熙三十四年（1695）任学政
时。作者在长沙居住过，现在坐的船停靠在西门外，看见湘江里的小石
子白得像玉石，沙子黄得像金沙，俨然像一张美丽的图画。由于江水清
澈，清清楚楚地看见水底就像铺了一块大大的四川产的织绫。可叹的是
自己这湖南的老客人现在容颜憔悴，远非当年的翩翩风度了。作者这次
行程，是由湘西的溆溪、辰阳，然后经益阳、湘阴而到长沙的，所以末
句用唐人郑谷《鹧鸪》诗的典故，寄托羁旅的哀愁。

昭阳湖行，书所见[1]

赵执信

屋角参差漏晚晖[2]，黄头闲缉绿蓑衣[3]。
倦来枕石无人唤，鹅鸭如云解自归[4]。

◎ 注释

[1] 昭阳湖：大小二湖相连，北属山东滕县，南属江苏沛县，二县之水皆汇于此，东入
运河。

[2] 参差（cēn cī）：不齐貌。晚晖：夕阳。

[3] 黄头：即黄头郎，指船夫，古代船夫戴黄帽。缉：修补。

[4] 如云：《诗·郑风·出其东门》："有女如云。"此处如云，形容鹅鸭既多又肥美，像一
大片白云。

◎ 评析

　　作者在昭阳湖边闲行，看见这么一幅农村风情画：夕阳的余光从屋角参差不齐地射过来，一个船夫正在悠闲地修补绿色的旧蓑衣。他做累了，躺在石头上睡着了，也没人叫他，好在他放的一大群鹅鸭都认识路，知道自己回去。

过许州

沈德潜

到处陂塘决决流[1]，垂杨百里罨平畴[2]。
行人便觉须眉绿，一路蝉声过许州[3]。

◎ 注释

[1] 陂（bēi）塘：蓄水的池塘。决决：水流貌。

[2] 罨（yǎn）：覆盖。平畴（chóu）：平坦的田地。

[3] 许州：清为直隶州，即今河南许昌。

◎ 评析

　　作者经过河南许昌，最欣赏那百里垂杨。因此，全诗以百里垂杨为中心，第一句写垂杨之多和水利有关；次句写到处有陂塘，不但杨树长得好，平畴的麦子也茂盛；第三句最奇妙而有风趣，把垂杨的浓绿写活了，竟映照得旅客的胡须和眉毛也变绿了；第四句仍然围绕百里垂杨写，正因为一路都是垂杨，才能一路听到杨树上的蝉叫。作者写这首诗，反映了夏天经过许昌时的愉快。

西湖杂诗（选一）

黄　任

珍重游人入画图，亭台绣错与茵铺[1]。
宋家万里中原土，博得钱塘十顷湖[2]。

黄　任
（1683—1768）　　字莘田，福建永福（今永泰）人。生于清圣祖康熙二十二年（1683），卒于高宗乾隆三十三年（1768），年八十六。康熙四十一年（1702）举人。官广东四会知县。有砚癖，自号十砚老人。绝句学晚唐。有《香草斋集》。

◎ 注释

[1] 茵：坐褥。
[2] 博得：取得。

◎ 评析

　　前两句极写西湖之美。游人在这美丽湖山之中，特别珍惜这一机会，生怕错过了良辰美景。试看，处处有凉亭，有平台，整个景物像锦绣交错，绿草像坐褥铺陈。这样极力形容西湖之美，是为了写下两句：南宋小朝廷甘心抛弃淮河以北的锦绣河山，只是为了获得这十顷西湖啊！

归舟杂诗（自绥江至南雄道中行）[1]（二十六首选一）

黄　任

闲人不放去投闲，日日寻闲是强颜[2]。

今日野夫闲得否？一帆双眼万千山。

◎ 注释

[1] 绥江：县名，今属云南。南雄：县名，今属广东。

[2] 强（qiǎng）颜：勉强表示欢欣。

◎ 评析

　　我本来不是做官的材料，只愿做一个闲散的人，可是朝廷不放我，让我置身于闲散生活之中，尽管我做着官，天天忙里偷闲去寻求闲散生活，那也只是厚着脸皮强为欢笑而已。今天总算做了一品老百姓，可以充分闲散了，可是闲得来吗，瞧，坐在这船上，我只一双眼睛，成千上万千姿百态的山纷纷扑来，我哪里看得过来呀？

瘦　马

金　农

古战场边数箭瘢[1]，西风老马忆桑干[2]。

而今衰草斜阳里，只作牛羊一例看。

◎ 注释

[1] 数（shǔ）：计算。瘢：创口留下的疤痕。

[2] 桑干：水名，源出山西马邑桑干山，东入河北及北京郊外，下流入大清河（今永定河）。古代北方少数民族常与汉族会战于此。

表面是咏物，其实是为老将鸣不平。在这古老的战场旁边计算一下自己身上被箭射伤的瘢痕，面对西风，不禁回忆起当年驰骋在桑干河上和敌人搏斗的雄姿。现在却踯躅在衰草中，斜阳下，被人们看作一般的牛羊！用西风、衰草、斜阳来衬托衰老的瘦马，使情景更为交融。

春　寒

厉　鹗

漫脱春衣浣酒红[1]，江南三月最多风。

梨花雪后荼䕷雪[2]，人在重帘浅梦中[3]。

◎ 注释

[1] 浣（huàn）：洗涤。

[2]"梨花"句：梨花、荼䕷（tú mí），花都是白的，所以用"雪"形容。梨花在清明时节开，荼䕷则如苏轼所说："荼䕷不争春，寂寞开最晚。"

[3] 重（chóng）帘：夹层的门帘。

◎ 评析

此诗很细腻地写出了自己对江南春寒的感受。他叮嘱自己不要因为衣服上沾了酒痕就随便脱下去洗掉它，当心南方三月经常会起风的，一起风，春寒料峭，最易感冒。你看雪白的梨花开过后又是荼䕷盛开，为了保重身体，我把厚厚的门帘放下来挡住风寒，自己躺在床上，似睡非睡。

西湖春雨，四首（选一）

厉 鹗

遥峰隐见黛眉攒[1]，怪底春来无此寒[2]。
朋比熏炉风味浅[3]，有人楼上倚阑干。

◎ 注释

[1] 黛眉攒：黛，青黑色的颜料。黛眉，用黛画的眉，特指美女之眉。攒（cuán），聚集。

[2] 怪底：怪道。

[3] 朋比：依附勾结。熏炉：用来熏香或取暖的炉子。陆龟蒙《春寒赋》："朋比熏炉。"风味：情趣。

◎ 评析

　　诗人在上一首《春寒》诗中是怕冷的，可在这一首中，为了欣赏春雨中远山的朦胧美，他又不怕冷了。他说：那边遥远的山峰，隐隐约约地露出一线青黑色的轮廓，就像美人蹙起的眉痕一样。怪不得打从春天来了以后还没这么冷过，原来是春雨绵绵的缘故。但是，老是在房里偎着火炉，那山水的情趣就领略得少了，难怪楼上有人凭着阑干在那儿尽情欣赏春雨中的远山呢！

沂州道中，忆故园梅信[1]

杭世骏

买得梅花手自栽，清严标格共徘徊[2]。
荒城古驿人千里[3]，一段生香拗不来[4]。

◎ 注释

[1] 沂（yí）州：今山东临沂。梅信：梅树开花的消息。

[2]标格：风度。徘徊：往返回旋貌。

[3]荒城古驿：沂州城内荒凉，旅馆也很古老。驿，驿馆，类似现在的招待所。

[4]生香：新鲜的香气。拗（ǎo）：折断。

◉ 评析

　　作者旅行在山东临沂的道路上，想起老家的梅树这时该开花了，于是写下这首诗。他说，买了梅树树苗来，我亲手把它栽好。后来长大了，开了花，我常常徘徊在它下面，觉得它的风度清高、庄严，毫不媚俗，和我的处世原则很相像。现在，我已离家千里，置身于荒城古驿之中，寂寞得很，可惜家园梅花那股清香不能折下拿来让我领略、欣赏。

春日杂诗（二首）

袁　枚

其　一

千枝红雨万重烟[1]，画出诗人得意天。
山上春云如我懒，日高犹宿翠微巅[2]。

◉ 注释

[1]红雨：李贺《将进酒》："桃花乱落如红雨。"

[2]翠微：轻淡青葱的山色。

◉ 评析

　　春天，诗人在他的随园里，望着上千株桃花，花瓣纷纷落下，像落一阵红色的雨；放眼四望，到处烟雾重重，这多么富有诗意，是诗人最好寻觅诗料的日子。特别值得夸耀的，是这大好的阳春烟景，完全由自己这闲人享受，日高三丈了，还可以睡在小仓山房。诗人一边这样骄傲地想着，一边向天上望去，这一下他不禁失笑了：吾道不孤，说我懒，小仓山上的春云也和我一样，太阳很高了，它还躺在山顶没动弹呢！

其　二

水竹三分屋二分[1]，满墙薜荔古苔纹[2]。
全家鸡犬分明在[3]，世上遥看但绿云[4]。

◎ 注释

[1]"水竹"句：宋代周密《癸辛杂志》续集："薛野鹤曰：'人家住屋，须是三分水，三分竹，一分屋才好。'此说甚奇。"

[2]薜荔：香草，缘着树长。苔：苔藓。

[3]全家鸡犬：王充《论衡·道虚》："淮南王学道……王遂得道，举家升天，畜产皆仙，犬吠于天上，鸡鸣于云中。"

[4]但：只是。

◎ 评析

　　诗人说：我不同意薛野鹤的说法，我以为人家住屋，要有三分水，三分竹，二分屋，这样的环境才清幽。同时，屋墙上还要爬满绿色薜荔，现出古色斑斓的绿藓纹。我这随园，我这小仓山房就是这样一个人间仙境。我全家包括鸡犬在内并没得道升天，可是世上一般的俗人远远望着随园，什么也看不见，只看见一片绿色的云——水是绿的，竹子是绿的，屋子也是绿的。

西湖葛岭有嘲[1]

王鸣盛

忙里能闲号半闲，相公胸次本来宽[2]。
襄樊失守成何事，不抵秋虫胜负看。[3]

王鸣盛
(1722—1797)　字凤喈，号礼堂，又号西庄，晚号西沚，江苏嘉定（今属上海）人。生于清圣祖康熙六十一年（1722），卒于仁宗嘉庆二年（1797），年七十六。乾隆十九年（1754）进士，授编修。官至内阁学士兼礼部侍郎。诗、古文、经学、史学均有名。有《耕养斋集》《西沚居士集》。

◎ 注释

[1]葛岭：山名，在杭州西湖北。

[2]相公：指宰相（宋无宰相之称，平章军国事即宰相）。胸次：胸襟，胸间。

[3]"襄樊"二句：《宋史·贾似道传》："时襄阳围已急，似道日坐葛岭……尝与群妾踞地斗蟋蟀，所狎客入，戏之曰：'此军国重事邪？'"秋虫，指蟋蟀。

◎ 评析

　　这是一首嘲笑南宋奸臣贾似道的诗。贾似道在南宋理宗时，官至左丞相，兼枢密使；度宗时，同平章军国事，封魏国公。这样集军政大权于一身的人，本应该为国事操劳，哪里谈得上一个"闲"字。但是他居然在杭州（当时叫临安，是首都）北边的葛岭建造了一座半闲堂。作者嘲笑他这位宰相胸怀实在太宽阔了，军国大事居然只够他一半忙，他还有一半时间是闲的。襄阳和樊城被元兵攻占了算什么了不起的事，还比不上他在半闲堂和姬妾们看斗蟋蟀更要紧。

即 事

钱大昕

一宵供顿酒如池[1]，破费贫家万户赀[2]。
莫怪茂宏频障扇，污人尘自庾元规。[3]

◎ 注释

[1] 供顿：设宴请客。酒如池：《史记·殷纪》：“（帝纣）以酒为池，县（悬）肉为林，使男女倮（裸）相逐其间，为长夜之饮。”

[2] 破费：花钱。赀：钱财。

[3]“莫怪”二句：《世说新语·轻诋》：“庾公（亮）权重，足倾王公（导）。庾在石头，王在冶城。坐大风扬尘，王以扇拂尘，曰：‘元规尘污人！’”茂宏，王导之字。元规，庾亮之字。

◎ 评析

　　此诗讽刺豪门贵族酒筵极度奢侈，仅仅一个晚上的设宴请客，单是酒就消耗了惊人的数量。这一夜的酒席，就花费了上万户贫民的财产。作者说，不要对晋代王导屡次用扇遮面感到奇怪，弄脏人的灰尘原是从庾亮那儿来的。这两句的意思是说，这种奢侈腐败的风气，是任何一个正直的人都不能忍受的。

虎 邱[1]

吴锡麒

虎气消沉鹤市荒[2]，东风容易客回肠[3]。
贞娘墓上年年柳[4]，画了春愁画夕阳[5]。

◎ 注释

[1] 虎邱：山名，在江苏苏州西北阊门外，相传春秋时吴王阖闾葬于此，三日有虎踞其上，故名。泉石幽胜，上有塔，登眺则全城在目，为苏州之名胜。

[2] "虎气"句：虎气见上。鹤市，《吴越春秋》："吴王（阖闾）有女滕玉。因谋伐楚，与夫人及女食蒸鱼，王前尝半而与女，女怒曰：'王食鱼辱我，不忍久生！'乃自杀。阖闾痛之，葬于郭西阊门外，乃舞白鹤于吴市中，令万民观之。"

[3] 回肠：即回肠荡气，言肠为之转，气为之舒，比喻事物感人之深。

[4] 贞娘墓：贞娘，唐代吴地妓女，时人比之苏小小。唐人陆广微《吴地记》："虎丘山……咸和二年，舍山宅为东西二寺，立祠于山。寺侧有贞娘墓，吴国之佳丽也。行客才子多题诗墓上。"贞，一作"真"。

[5] 画了春愁：暗用王昌龄《闺怨》："闺中少妇不知愁，春日凝妆上翠楼。忽见陌头杨柳色，悔教夫婿觅封侯。"画夕阳：暗用辛弃疾《摸鱼儿》的"休去倚危楼，斜阳正在，烟柳断肠处"。

◎ 评析

　　这首诗最妙的地方是最后两句，立意新颖，题目是虎邱，虎气、鹤市、贞娘墓，都是有关虎邱的典故，凡是吟咏虎邱的，这类典故都极易用到，而作者也用这些烂熟的典故，却能生发出新意来。这首诗的意思是：吴王阖闾墓上的虎气早就消失了，为葬滕玉而舞白鹤的吴市也早已荒凉了。在春风中游览虎邱时，游人最容易为了这两点而回肠荡气，不胜感慨。现在只有贞娘墓上的柳枝，年年在东风中飘荡，它像一支画笔，先画出少女少妇们的春愁，又画出夕阳下的凄苦心情。

绝　句

郭　麐

沉香火冷梦初残[1]，便是登楼莫倚阑。
帘外东风双燕子，分明相对说春寒。

[1]沉香：香木，木材和树脂可供细工用材及薰香料。

◎ 评析

　　此诗作于乾隆五十六年（1791），作者二十五岁。少年人喜作绮语，但此绝句极为蕴藉。人们仿佛听到一位江南的闺中少妇，多情地叮嘱她的丈夫：熏炉里的火灭了，我们又刚刚睡醒，你这么匆匆地上楼去干什么？不要靠着阑干远望。你没听到吗？窗帘外那一对燕子，尽管东风吹着，可它们叽叽喳喳，分明是在说，这春天的早晨怪冷哟！

滁　阳[1]

彭兆荪

陂塘花鸭水粼粼[2]，苦竹丛芦绝点尘[3]。
一抹琅琊山色好[4]，始知身是过江人。

◎ 注释

[1]滁阳：即滁县，今属安徽。

[2]陂塘：蓄水的池塘。粼粼：水清澈貌。

[3]苦竹：竹的一种，杆矮小，节长于其他竹，四月中生笋，味苦不中食。

[4]一抹：像涂抹形状。琅琊山：在安徽滁县。欧阳修《醉翁亭记》："望之蔚然而深秀者，琅琊也。"蔚然深秀就是琅琊山色。

◎ 评析

　　作者经过安徽合肥东北的滁阳城故址，很喜爱那里的景物。花鸭在塘里漫游，荡得波光粼粼。塘边的苦竹和芦苇也十分干净，一点灰尘也没沾染。尤其是看到西南方琅琊山那一抹美好的山色，他才意识到自己已经置身江南了。

樾亭弟至京夜话[1]（四首选二）

钱仪吉

其 一

瞿塘江峡桂林山[2]，已惯操心道路艰。

北上焉知苦霖潦[3]，店门争掩楚兵还。

◈ **钱仪吉**

（1783—1850）

字蔼人，号衎石，又号新梧（一作心壶），浙江嘉兴人。生于清高宗乾隆四十八年（1783），卒于宣宗道光三十年（1850），年六十八。嘉庆十三年（1808）进士，改翰林院庶吉士。散馆，授户部主事。屡迁至工科给事中，罢归。主讲粤东学海堂及河南大梁书院，凡数十年。有《飔山楼初集》。

◎ 注释

[1] 樾亭：不详。

[2] 瞿塘江峡：瞿塘峡，在重庆奉节东，为长江三峡之首。两崖峻峭对峙，中贯一江，滟滪堆正当其口，于江心突兀而出。地当全蜀江路之门户，历代为军事上攻守必争之地。桂林山：广西桂林群山绵延，道路险仄。

[3] 焉（yān）知：哪里知道。霖：长久下雨。潦：大水貌。

◎ 评析

作者这个弟弟宦游在外，经历过四川的瞿塘峡和广西桂林的群山，可说一向操心道路的艰难已经成为习惯了。哪里知道这次到北京来，一路都因长期下雨，到处大水，已经弄得苦恼不堪，加上湖北的军队回防地，军纪很坏，家家店门争先恐后地关上，弄得他想找家旅店都很困难。

其 二

忧来各瘦讵关贫[1]，相慰相扶勉卧薪[2]。
况是奇荒今目击[3]，临觞不御话流民[4]。

◎ 注释

[1] 讵：岂。

[2] 卧薪：相传越王勾践为报吴仇，卧薪尝胆。但《史记·勾践世家》等书只说尝胆，未说卧薪，不知后人何时造此。

[3] 奇荒：特大的灾荒。目击：目光触及，熟视。

[4] 临：面对。觞：盛有酒的杯。御：进用。

◎ 评析

　　由于烦忧不断袭来，我和你都瘦了，但这种烦忧不是由于个人贫困，而是由于忧国忧民。因此，我们互相安慰，互相支持，彼此以越王勾践的卧薪尝胆互相勉励。何况空前的灾荒现在亲眼看到了，我们谈到灾区人民流离失所，面对酒杯，也不忍心把酒喝下去。

吴桥暮雨[1]

姚　莹

江燕飞飞暮雨时，吴娘打桨惜春迟[2]。
可怜无数长桥柳[3]，都为东风踠地垂[4]。

◎ 注释

[1] 吴桥：在江苏无锡西，跨运河之上，与黄埠墩遥遥相对，风景绝佳。

[2] 吴娘：江苏女子。

[3] 可怜：可爱。

[4] 踠（wǎn）：弯曲。

作者坐船经过吴桥，时已黄昏，又兼落雨，于是感而赋此：在这黄昏细雨时候，江上的燕子仍然在空中飞翔。无锡本地的少妇一边摇桨，一边叹息春天快要过完了。沿着长长的吴桥，两边尽是数不清的柳枝，柔媚的风姿多么可爱；这些长长的柳枝由于东风太大，都被吹得弯弯地垂在地上。

偶　成

梅曾亮

抚军原自知彭泽[1]，掌武何曾困乐天[2]？
富贵岂能知己助[3]，声名不借要人传[4]。

◉ 注释

[1] "抚军"句：萧统《陶渊明传》："（渊明）躬耕自资，遂抱羸疾。江州刺史檀道济往候之，偃卧瘠馁有日矣。道济谓曰：'贤者处世，天下无道则隐，有道则至。今子生文明之世，奈何自苦如此？'对曰：'潜也何况望贤，志不及也。'道济馈以粱肉，麾而去之。"檀道济为江州刺史时，拜征南大将军，故称抚军。作者认为檀道济劝陶渊明出仕，并非不了解陶的品格，只是认为当时是"文明之世"，应该出仕。檀自己的政治经历和成就完全可以证明。

[2] 掌武：唐人称太尉为掌武。白居易《与元稹书》："闻《宿紫阁村》诗，则握军要者切齿矣。"

[3] "富贵"句：罗大经《鹤林玉露》载苏轼为试官，欲使好友李廌（字方叔）中试，先示以题，为章惇二子窃去，李终不得中。可为此句例证。

[4] "声名"句：《眉山集》：苏轼见黄庭坚诗文于孙觉座上，耸然异之，以为非今世之人。孙言："此人，人知之者少，子可为称扬之。"苏笑曰："此人如精金美玉，不即人而人即之，将逃名而不可得，何以我称扬为？"可为此句例证。

◉ 评析

我们都喜欢耿介的人，作者此诗就写出了正直读书人的耿介性格。

他说：檀道济本来是了解陶渊明的，"握军要者切齿"（《旧唐书·白居易传·与元稹书》）又何尝能迫害白居易？要取得富贵，全靠自己拼搏，难道能靠好朋友帮忙？希望名传后世同样也要靠自己立德立功立言，而不是借重达官贵人的照应。

己亥杂诗[1]（选二）

龚自珍

其 一

少年哀乐过于人[2]，歌泣无端字字真[3]。
既壮周旋杂痴黠[4]，童心来复梦中身。

◎ 注释

[1] 己亥杂诗：道光十九年（1839）为己亥年，作者辞官由北京南归，一路上写了很多诗，事后整理，凡三百十五首，因名之为《己亥杂诗》。

[2] 少年：古代所谓"少年"，等于现在的"青年"。

[3] 无端：无缘无故。

[4] 壮：古以三十岁为壮。周旋：应酬。杂痴黠：《晋书·顾恺之传》："恺之在桓温府，常云：'恺之体中痴黠各半，合而论之，正得平耳。'"

◎ 评析

　　作者是个天才诗人，而诗人的心是最真诚的、纯洁的。此诗说他年轻时，涉世未深，而感情丰富过于常人，所以发为诗歌，无论是欢愉的，还是悲苦的，都有一个共同特点：真挚。等到壮年出仕，在官场中和同僚们应酬，就逐渐沾染上虚伪、狡猾的习气，那种真挚的童心只有在睡梦中才会恢复。

其 二

倘容我老半锄边，不要公卿寄俸钱[1]。
一事避君君匿笑[2]：刘郎才气亦求田[3]。
（俭岁有鬻田六亩者，予愿得之，友人来问此事）

◎ 注释

[1] 公卿：古代朝廷有三公九卿，都是高级官吏。寄俸钱：韩愈《寄卢仝》诗："俸钱供给公私余，时致薄少助祭祀。"俸钱，官吏所得的俸金，即现在的工资。

[3] 匿笑：掩口暗笑。

[3] "刘郎"句：《三国志·魏志·张邈传附陈登》："（刘）备曰：'君（指许汜）有国士之名，今天下大乱，帝主失所，望君忧国忘家，有救世之意；而君求田问舍，言无可采，是元龙（陈登之字）所讳也。'"刘郎，指刘备。才气，才能气概。此句是说，刘备本批评许汜求田问舍，现在刘备自己也和许汜一样胸无大志。

◎ 评析

　　由于年成不好，有人家要出卖六亩田，作者想买，有朋友来问这件事，作者这样回答他：如果允许我当个农民安度晚年，那我就不要在朝廷任职的亲友寄钱来接济我了。这个主意我原是瞒着你，没想让你发觉了，你一定会偷偷地嘲笑我："你自命是刘玄德式的英雄，怎么，现在也求田问舍吗？"

云 里

吴振械

云里嶙峋见翠微[1]，山山都受白云围。
上坡卅里穿云出，更有白云头上飞。

◎ 注释

[1] 嶙峋：林立峻峭或重叠高耸貌。翠微：轻淡青葱的山色。

◎ 评析

　　这是作者写自己的亲身感受。有一次走山路，从白云中看见峻峭的青山，仔细观察，原来四围的山都被白云包围着。等到爬了三十里的山坡，才发现自己竟穿过白云出来了，原来白云都飘浮在自己脚底下。然而向上仰望，却又有白云在头上飞，这真是置身云里了。

题壹斋师饯书图 [1]（二首选一）

祁寯藻

长铗归来尚有车 [2]，短灯檠在即吾庐 [3]。
不知疏傅黄金外 [4]，可载兰台几卷书 [5]？

◎ 注释

[1] 壹斋师：黄钺，字左君，号壹斋，安徽当涂人。乾隆进士，嘉庆时官至礼部尚书。工书善画。予告归。年九十余，目失明，自号盲左。卒，谥勤敏。有《西斋集》。作者功名出其门下，故称之为师。

[2] "长铗"句：《战国策·齐》四：冯谖（xuān）客孟尝君，倚柱弹其剑，歌曰："长铗归来乎，出无车！"长铗，长剑。

[3] "短灯"句：韩愈有《短灯檠歌》，写一位太学儒生在短灯檠前看书到晓，而富贵以后，就"长檠高张照珠翠"，而把短檠抛在墙角了。黄公就不是这样。

[4] "不知"句：见《汉书·疏广传》。

[5] 兰台：汉代宫廷藏书处。

◎ 评析

　　这是题画诗，画的是饯书（以酒食为书卷饯行，实即作画的黄钺告老还乡时表示除了藏书以外，一无所有）图，所以此诗说，黄公这次还乡，不像冯谖叹息："长铗归来乎，出无车！"他倒是有车可以装书回去。他也不像冯谖说的"无以为家"，而是家乡有房屋住。他的要求很简单，只要摆得下一张书桌，桌上能放一个短灯檠便于看书，这就是最好的住宅了。接着作者想到汉代的疏广，他官至太子太傅，告老还乡时，汉武帝赐以黄金二十斤，太子赠五十斤。不知他除带回这些黄金外，是否也像我这位老师黄公一样，用车装了几本皇家图书馆的书回去？

立夏后一日，长椿寺牡丹初开，漫题[1]

祁寯藻

纵无风雨晓犹寒，尚有芦棚护曲阑。

培植一年开十日，人间富贵作花看[2]。

◎ 注释

[1] 立夏：节候名。长椿寺：光绪《顺天府志》的《寺观一》："长椿寺，明万历二十年敕建，在（北京）土地庙斜街。"

[2] "人间"句：牡丹号富贵花，周敦颐《爱莲说》："牡丹，花之富贵者也。"

◎ 评析

　　立夏后一天，北京天气还冷，因此长椿寺的和尚还搭着芦席棚，给曲阑边的牡丹防寒。作者感慨说，辛辛苦苦培植一年，开的花不过十天就凋谢了。难怪人们称牡丹为富贵花，世上的富贵本来就是短促的啊！

不　见

黄爵滋

不见乡园又十年，白云红树意茫然。

南华峰外斜阳路^[1]，谁看黄牛抱犊眠？

◎ 注释

[1] 南华峰：《嘉庆一统志》抚州府《山川》："东华山"（下注：在宜黄东六十里，与西华、南华、云华、云盖诸山为县之望山）。作者家乡在宜黄南华峰下。

◎ 评析

　　这是忆念故乡的诗。作者没有看见故乡的风貌已经十年，那白云，那红树，在脑子里的印象已经模糊不清了。他特别记得，十年前在故乡时，总喜欢傍晚在南华峰外的小路上散步，每次散步，都看到一头黄色的母牛抱着牛犊子躺在那边草地上。现在，同样的傍晚，同样的小路，是什么人在那里静静地欣赏着黄牛抱犊眠那幅故乡风情画呢？

高邮州署，秋日偶题^[1]（三首）

魏　源

其　一

天无风雨不成秋，只当清明上巳游^[2]。
楚树吴云二千里，满天黄叶独登楼。

◎ 注释

[1] 高邮：原为县，明洪武元年改为州，属扬州府。清因之。今属江苏。

[2] 清明上巳：皆节候名。清明，在阳历四月的五日或六日；上巳，在农历三月初三。古人在这两个时节或扫墓，或踏青。

◎ 评析

　　作者有经世之志，而仕途蹭蹬，道光二十四年（1844）成进士后，起初代理东台、兴化县官，不多久，补了高邮知州。这种州县末秩，作者是不屑为的，因此，胸中老是郁闷。这几首诗便反映了这种心情。这一首说，高邮这地方也怪，既不刮风，也不下雨，哪里像个秋天！反正闷得很，就当作是清明、上巳作一次春游吧，一个人登上高楼。放眼四望，西边是湖北，云树苍茫，距离江苏有两千里远。在这广阔的天空，只见到处是黄叶飞舞。想想看，我此时的心情该是多么空荡荡的。

其 二

传舍官如住寺僧[1]，半年暂主此荒城。
湖边无处看山色[2]，但爱千家带雨耕[3]。

◎ 注释

[1] 传（zhuàn）舍：古代供来往行人休息住宿的处所。

[2] 湖：高邮湖，在高邮西北。

[3] 但：只。

◎ 评析

做知州这类官，官署等于招待所或宾馆，州官就等于旅客。这种旅客和游方和尚一样，只在庙里待一段短时间。我这个知州也只是暂时在这荒僻地方主持半年工作。这里是滨海地区，没有高山峻岭，只有一个高邮湖。我在这高楼上倒是喜欢观看遍地农民在雨里耕地。

其 三

衙斋少地得天宽，亭畔疏花丑石安。
官既支离民又病[1]，待成新竹斫鱼竿。

◎ 注释

[1] 支离：形体不全，衰弱。

◎ 评析

高邮知州衙门不大，内室更小，室外空地只有一个巴掌大，站在空地上仰望，天倒是很宽阔。就在这小小空地上，居然建了一座亭子，稀疏的花朵、丑陋的石头，也安置得使人看得顺眼。反正我这个父母官缺德少才，老百姓也七歪八倒，这份差事实在没什么意思，等到这竹子长高了，干脆斫下一枝做钓竿，钓鱼去。

逆 风

何绍基

寒雨连江又逆风[1]，舟人怪我屡开篷。
老夫不为青山色，何事欹斜白浪中[2]？

◎ 注释

[1] 寒雨连江：王昌龄《芙蓉楼送辛渐》："寒雨连江夜入吴。"

[2] 欹（qī）斜：倾侧。

◎ 评析

冬天坐船，江面冷雨连续不断，加上又不顺风，照说我该安坐舱中，避免风雨的侵袭，可我却多次移开船篷探头船外，惹得船夫惊讶不已。他们哪里知道，我这老头子要不是为了贪看江上青山的景色，为什么甘心在这雪白浪花中尽情颠簸？此诗写出了诗人的豪情。

补竹（选二）

何绍基

其　一

略删阶藓扫庭莎[1]，三径欣增好友过[2]。
直节虚心潇洒韵[3]，不曾嫌少岂嫌多[4]。

◎ 注释

[1] 删：删除。莎（suō）：莎草。

[2] 三径：西汉末，王莽专权，兖州刺史蒋诩告病辞官，隐居乡里，辟三径于院中，唯与求仲、羊仲来往。见晋人赵岐《三辅决录·逃名》。好友：指竹。过（guō）：读平声。

[3] 直节：指竹的枝和干相交接的部位很端直。虚心：竹的枝干中间都是空的。潇洒韵：清高脱俗的风度。

[4] 曾（céng）：曾经。

◎ 评析

　　竹（还有兰、菊、梅、松等）是中国传统文人人格的物化对象，所以作者在庭院里原有的竹丛中，再补栽一部分。把阶前的苔藓铲掉一些，把院子里的草根也挖去一些，为的是补栽一批竹子。在院子里的小路上又增加了几位好朋友来往，我多么高兴。这些好朋友，节操正直，为人虚心，风度潇洒，我从来不嫌他们少，难道现在还嫌他们多吗？把竹写成好朋友，非常风趣。

其　二

老成犹见典型存[1]，后起英才尽不群。
比耦莫訾新间旧[2]，同心努力上青云[3]。

[1]"老成"句:《诗·大雅·荡》:"虽无老成人,尚有典刑。"老成,年高有德。典刑(同"型"),旧法,常规。

[2]比耦:互相配合。《左传·昭公十六年》:"庸次比耦,以艾杀此地。"訾(zǐ):责怪。作者误读此字为平声。新间(jiàn)旧:新进的人离间原有的人。《左传·隐公三年》:"且夫贱妨贵,少陵长,远间亲,新间旧,小加大,淫破义,所谓六逆也。"

[3]"上青"句:此双关语,从竹子说,长成了,直节凌云;从官吏说,彼此提携,共同高升。

◎ 评析

　　这完全从原有的竹子和新栽的竹子相互间的关系来说,而且这种关系是写成人际关系。作者认为,原有的竹子就像老前辈,可以作学习的榜样;新栽的竹子则像后起之秀,个个不平凡。新旧双方应该融洽相处,不要新的离间旧的。双方同心同德,共同努力,就可以一道步步高升,青云直上了。此诗是劝新进的官吏该和老一辈的团结一致,大家才有远大的前途。

忆长安旧游(二首选一)

鲁一同

酒楼高敞傍仙寰[1],虎观龙亭指顾间[2]。
谁识青袍一年少[3],满斟金爵看西山[4]。

◎ 注释

[1]仙寰:神仙居住的广大区域,此指紫禁城内的皇宫。

[2]虎观:即白虎观,在洛阳,东汉宫观名,章帝建初四年(79),大会群儒于此,讲议五经同异。此借指国子监。龙亭:即五龙亭,在北海内。指顾:手指目视。

[3]青袍:青色之袍。唐制官八九品服青,故言青袍指官职卑微。

[4]斟:倒酒于杯内。金爵:一种三脚的饮酒器,此指酒杯。西山:在北京西郊。

⊙ 评析

这里的"长安"是指北京。他重到北京时，回忆旧游，印象特别深的是一次单独在一家酒楼上独斟自饮的情况。这家酒楼高大轩敞，靠近紫禁城。坐在楼上，白虎观和五龙亭之类建筑物就在眼前。北京城茫茫人海，有谁注意到我这官职卑微的青年人，正端起满满的一杯酒，凝望着莽莽畿西的西山？

读史（二首）

朱次琦

其 一

廿载深裁车服费[1]，百金终缺露台工[2]。
君王自惜中人产[3]，独有铜山赐邓通[4]。

朱次琦
（1807—1881）

字子襄，号稚圭，广东南海人。生于清仁宗嘉庆十二年（1807），卒于德宗光绪七年（1881），年七十五。道光二十七年（1847）进士。咸丰二年（1852），知山西襄陵县事。旋归，隐居九江乡，以讲学为务，学者称九江先生。康有为即其弟子。有《大雅堂诗集》。

⊙ 注释

[1]"廿载"句：文帝在位二十三年，此言廿载，取其成数。《史记》本纪："孝文帝从代来，即位二十三年，宫室苑囿狗马服御无所增益，有不便，辄弛以利民。"裁，减省。

[2]"百金"句：本纪："尝欲作露台，召匠计之，直百金。上曰：'百金中民十家之产，吾奉先帝宫室，常恐羞之，何以台为！'"

[3]中人：即中民，中等家产的民户。唐人讳唐太宗李世民之讳，以"民"作"人"，后代文人受其影响，也把"民"写成"人"。

[4]"独有"句：《史记·佞幸列传》："邓通，蜀郡南安人也，以濯（棹）船为黄头郎（着黄帽的青年船工）。孝文帝梦欲上天，不能，有一黄头郎从后推之上天，顾见其衣裻（衣背缝）带后穿。觉而之渐台，以梦中阴目求推者郎，即见邓通，其衣后穿，梦中所见也。召问其名姓，姓邓氏，名通，文帝说（悦）焉（因'邓'音同'登'），尊幸之日异。通亦愿（朴实）谨，不好外交，虽赐洗沐（休假），不欲出。于是文帝赏赐通巨万以十数，官至上大夫。文帝时时如邓通家游戏。然邓通无他能，不能有所荐士，独自谨其身以媚上而已。上使善相者相通，曰：'当贫饿死。'文帝曰：'能富通者在我也，何谓贫乎？'于是赐邓通蜀严道（四川荥经）铜山，得自铸钱，'邓氏钱'布天下。"

◎ 评析

　　史书上历来称颂汉文帝的节俭，《史记·孝文本纪》历数其"即位二十三年"，种种俭德，"以示敦朴，为天下先"。但是《佞幸列传》却记载文帝喜爱邓通，"尊幸之日异"，至赐以铜山，使自铸钱。作者抓住这一矛盾行为加以讽刺，意在说明君王不能宠信佞臣。

其　二

长门宫怨久烦纡[1]，祸起泉鸠惨重诛[2]。
闻道至尊慕黄帝，不妨脱屣视妻孥[3]。

◎ 注释

[1]"长门"句：《文选》司马相如《长门赋·序》："孝武皇帝陈皇后时得幸，颇妒。别在长门宫，愁闷悲思。"烦纡，烦闷杂乱。

[2]"祸起"句：《汉书·戾太子据传》：刘据为卫皇后所生。武帝末，卫皇后宠衰，江充用事。充与太子及卫氏有隙，会巫蛊事起，充因使胡巫（胡人为巫者）掘太子宫，得桐木人。太子惧，用其少傅石德言，收捕充斩之，自率宾客与丞相刘屈牦等战。兵败，太子逃至胡县，藏匿泉鸠里。为人发觉，吏围捕太子，太子自经死。史称巫蛊之祸，因此而诛死者甚众。泉鸠里，在今陕西灵宝（旧阌乡县境）境内。

[3]"闻道"二句：《史记·孝武本纪》：方士齐人公孙卿言于武帝曰：黄帝采首山铜，铸鼎于荆山下。鼎成，有龙下迎，黄帝骑之上天。"于是天子曰：'嗟乎！吾诚得如黄帝，吾

视去妻子如脱蹝耳！'" 蹝（xǐ），同"屣"，无跟的小鞋。妻孥（nú），妻与子的合称。

◎ 评析

　　此诗是讽刺汉武帝的。第一句说他把陈皇后贬居长门宫，使她长期烦闷忧苦。第二句说他相信江充的诬告，逼得太子刘据逃到泉鸠里自杀。三、四句说他羡慕黄帝白日升天，难怪把抛弃陈皇后和太子刘据看成脱掉鞋子一样简单。最后两句极其冷隽。

咄咄吟[1]（一百二十四首选二）

贝青乔

其　一

头敌苍黄奋一呼[2]，飞丸创重血模糊[3]。
怜伊到死雄心在[4]，卧问鲸鲲歼尽无[5]。

◎ 注释

[1] 咄咄吟：这是作者在鸦片战争期间所写的大型纪事组诗。道光二十一年（1841）十月，英国侵略军攻占浙东宁波、镇海等地。扬威将军奕经奉命东征，作者投效幕府，亲睹军中种种现象，有感于中，写成一百二十四首七绝诗。题为"咄咄"，乃用殷浩故事。《晋书·殷浩传》："浩虽被黜放，口无怨言，……但终日书空，作'咄咄怪事'四字而已。"所以《咄咄吟》就是怪事吟。但此处所选二首并非怪事，而为英雄的赞歌。

[2] 头敌：指谢宝树带头冲向敌人。苍黄：急遽貌。奋一呼：奋起大喊冲锋杀敌。

[3] 创（chuāng）：伤口。

[4] 伊：他。

[5] 鲸鲲：皆海中大鱼，以比凶恶之人，此指英国侵略军。无：疑问助词，犹"么"。

◎ 评析

　　这是《咄咄吟》中第四十首，诗后自注：清兵在宁波城外招宝山下与英国侵略军鏖战，相持很久。"乡勇头目谢宝树奋怒先进，误中炮子，仆入深涧中，为其同伴抢归。铅子深入腹中，谋出之而无术，呻吟一昼夜而死。临绝时，大声问其同伴曰：'宁波得胜仗否？夷船为我烧尽否？我则已矣，诸君何不去杀敌耶？'仆（作者自称）适闻之，不禁泪下。"

其　二

击碎重溟万斛舻[1]，炮云卷血洒平芜[2]。
谁将战迹征新诔[3]，一幅吴淞殉节图[4]。

◎ 注释

[1] 重（chóng）溟：海。斛（hú）：容量单位，古以十斗为一斛，南宋末改为五斗一斛。舻（lú）：船。

[2] 平芜：杂草繁茂的原野。

[3] 诔（lěi）：悼辞。

[4] 吴淞：江名，是太湖最大的支流，自湖东北流，经吴江、吴县、昆山、青浦、松江、上海、嘉定，汇合黄浦江入海。江口叫吴淞口。

◎ 评析

这是《呫呫吟》中第八十一首。作者在诗后自注："初，牛鉴、陈化成共守吴淞口，分驻东西炮台，以为掎角之势。及英夷来犯，化成在东炮台用大炮击碎其船二，几获大胜，而鉴已偕总兵王志元等带兵先走，西炮台虚无一人，故英夷遂闯入吴巷桥内。化成腹背受敌，乃血战而死。武进士刘国标抢其尸潜瘗海滩，嘉定知县徐廷璜募人求得，负归殡之。士民伤化成之惨死也，绘像索当事题咏。化成遗像，江浙两省几于家置一幀（同'帧'，一幅叫一幀）。"

秋夜独坐

周寿昌

横胸五岳耸嵯峨[1]，自剔残灯倚醉歌。
阶下寒蛩楼上雁[2]，十年消受此声多[3]。

◎ 注释

[1] "横胸"句：《黄庭经》："五岳之云气彭亨。"注："五藏（脏）之气为五岳之云。"李白《鹦鹉洲》："五岳起方寸，隐然讵可平？"嵯峨，山高峻貌。

[2] 寒蛩（qióng）：蟋蟀。

[3] 消受：禁受，忍受。

◎ 评析

　　中国封建社会的士人，往往胸怀大志，而当他在政治上失意时，必然牢骚满腹。作者此诗应作于中进士前。第一句说，自己胸中充满不平之气。第二句说，因此，剔起快熄灭的灯芯，趁着酒兴，引吭高歌，发泄这不平之气。第三、四句写到秋夜独坐，无人相伴，只有阶下的蟋蟀叫和楼头的雁叫，这两种声音安慰我的寂寞，而这种清苦的生活我已度过十年了。

岁除日戏作二诗[1]

江　湜

其　一

庭角无梅座不春[2]，门扇虽合岂遮贫[3]？
晚来雪屦鸣深巷，半是吾家索债人。

◎ 注释

[1] 岁除：旧俗于腊岁前一日击鼓驱疫，谓之逐傩、逐除。故后以年终之日为岁除。

[2] 座：坐位。

[3] 扉：门扉。

◎ 评析

此二诗作于辛亥[咸丰元年（1851）]。旧历年三十晚，穷人叫作年关，一切债务都得在这时还清。江湜政治上是"奇穷"的，家境又贫困，所以一到除夕，他就提心吊胆。说是说过年了，院子角落里连株梅树也没有，这客厅里也就没有春天的气息。两扇大门虽然关上了，难道就能遮掩住我这穷鬼的可怜相吗？我坐在屋里，不断侧耳静听，晚上这深巷越是寂静，就越显得那木屐踏雪的声音特别响，我知道，这都是来讨债的，其中一半就是专找我家逼债的。

其　二

有人来算屋租钱：小住三间月二千。

使屋如船撑得动，避喧应到太湖边[1]。

◎ 注释

[1] 太湖：周围三万六千顷，在江苏吴县西南，跨江苏、浙江两省。湖中小山很多，东西二洞庭最著。

◎ 评析

除夕日不但平时积欠的油盐柴米钱要交清，房租也一样催缴。房东派人来算房租：三间房每月租金两千缗钱。诗人不禁忽发奇想：假使这屋子像船一样能撑得动那就好了，我要把它撑到太湖边去，既可欣赏风景，又能避开逼房租人的吵闹。

舟中二绝（选一）

江湜

我向西行风向东，心随风去到家中。
凭风莫撼庭前树[1]，恐被家人知阻风。

◎ 注释

[1] 凭：依靠，倚赖。

◎ 评析

　　此诗作于壬子[咸丰二年（1852）]。明白如话，而写家人关切之情十分深挚动人。家里人知道自己行船的方向，因而如果发觉撼动树叶的是东风，一定会为自己担心。这是家人对游子的关切。而祈望东风不要吹到家乡去，免得家人担忧，这又是游子对家人的关切。江诗浅近而有至味，所以为佳。

平原道中[1]

郭嵩焘

山榆叶响乱鸦翻[2]，古市微寒昼掩关[3]。
寂寞无人言相士[4]，满天风雨入平原。

◎ 注释

[1] 平原：即武城县，今属山东。战国时为赵邑，平原君赵胜封东武城，即此。

[2] 山榆：榆树，皮褐色，叶椭圆形，花淡紫色。叶、果可食。

[3] 掩关：闭门。

[4] 言相（xiàng）士：《史记·平原君列传》：平原君因其门客毛遂之力得与楚王定合纵，既归赵，曰："胜不敢复相士。胜相士多者千人，寡者百数，自以为不失天下之士，今

396

乃于毛先生而失之也。毛先生一至楚，而使赵重于九鼎大吕。毛先生以三寸之舌，强于百万之师。胜不敢复相士。"

◎ 评析

　　这是作者早年所作。走在快进入平原的路上，想起战国时的平原君，叹息当世再没有那样看重贤才的执政者。一、二两句写自然景象和城市状况，都是第三句"寂寞"的具体描绘，然后转到现在再没有平原君那样"相士"的执政者了，于是第四句写自己在满天风雨下凄苦地进入了平原城。

吴淞江归棹[1]

沈谨学

淞波一片冷秋光，帆影低斜挂夕阳。
遥指水云村缺里，接天红叶是枫庄[2]。

◎ 注释

[1] 棹（zhào）：划水行船。
[2] 枫庄：作者的家乡。

◎ 评析

　　作者从枫庄坐船到吴淞江，然后返航回到枫庄。这时吴淞江的水呈现一片秋天的明澈，船帆上低低地挂着夕阳的光影。诗人很高兴地远远指着水天相接那个缺口对船夫说，红叶像火烧着天边的那地方就是枫庄啊！

无题[1]（二首）

张裕钊

其　一

引商刻羽谁为听[2]，出户看春信所经[3]。
伯乐无人牙旷死[4]，独余柳眼向人青[5]。

◈ 张裕钊
（1823—1894）

字濂卿，湖北武昌人。生于清宣宗道光三年（1823），卒于德宗光绪二十年（1894），年七十二。咸丰元年（1851）恩科举人，官内阁中书。主讲武昌经心书院。有《濂亭文钞》。

◎ **注释**

[1] 无题：不好明显表白要说的意思，只好用这两字作题目，始创于晚唐诗人李商隐。

[2] 引商刻羽：商生羽、羽生角是合乎乐律的正声。引商刻羽，指掌握严正的乐律。《文选》宋玉《对楚王问》："引商刻羽，杂以流徵（zhǐ），国中属而和者不过数人而已；是其曲弥高，其和弥寡。"为，助词，无义。

[3] 户：单扇门。信：随意。所经：经过的地方。

[4] "伯乐"句：伯乐，春秋秦穆公时人，以善相马著称。见《庄子·马蹄》，《释文》："伯乐姓孙，名阳，善驭马。"牙，伯牙，春秋时人，以精于琴艺著名。《吕氏春秋·本味》：伯牙善鼓琴，只有知友钟子期完全理解琴意，子期死后，伯牙终身不再鼓琴。旷，师旷，春秋晋乐师，字子野，生而目盲，善辨声乐。见《左传·襄公十四年》。

[5] 柳眼：初生柳叶，细长如人睡眼初展。向人青：《晋书·阮籍传》：籍不拘礼法，能为青白眼。见俗士以白眼对之；嵇康携酒挟琴来访，籍大悦，乃对以青眼。

◎ **评析**

　　按照严正的乐律来演奏古乐，有谁来听？我只好走出门外去欣赏大好春光，由着脚步走到哪儿算哪儿。现在世界上再也没有伯乐这种善于相马的人了，俞伯牙和师旷那样知音的人也死了，只余下了春风中的柳眼还向我表示赏识呢。封建社会中怀才不遇的读书人往往会发这种牢骚。

其　二

农家夏日最奔忙，偶趁清风追晚凉。
夜月柳阴人未寝，村翁荒渺说隋唐[1]。

◎ 注释

[1] 荒渺：荒唐渺茫。

◎ 评析

　　夏季农民白天最忙，有时晚上也要劳动，因此，这里说的晚上乘凉只是"偶"尔几次。在月光下，柳荫中，清风徐来，大家借这机会正在听村子里略识文字的老头子讲《隋唐演义》了。

甲申三月十三日出都，小住津门，四月三十日还京，绝句五十首[1]（选二）

李慈铭

其　一

梦里山阴一亩园[2]，老来赁庑傍修门[3]。
须知白柄长镵夕[4]，生计都无一事存[5]。

◎ 注释

[1] 津门：天津为北京门户，故称津门。

[2] 山阴：旧县名，清代与会稽县并为浙江绍兴府治所。

[3] 赁庑：赁，租住。庑，堂下周围的走廊，廊屋。《后汉书·梁鸿传》："居庑下，为人赁
春。"修门：《楚辞·招魂》："魂兮归来，入修门些。"注："修门，郢城门也。"后以指
帝都城门。

[4] 白柄长镵：杜甫《乾元中，寓居同谷县，作歌七首》之二："长镵长镵白木柄，我生托
子以为命。"镵（chán），铁制掘土器。

[5] 生计：谋生之计。

◎ 评析

　　光绪十年（1884，甲申）三月十三日，作者因事出京，在天津住了
一个半月才回京。此为组诗中第八首，写自己五十六岁了，尽管夜夜做
梦回到故乡绍兴，而实际上因为在户部江南司供职，只能在靠近城门的
地方租房子住。要知道自己正和逃难在同谷的杜甫一样，除了白木柄的
长镵以外，谋生之计一点都没有。

其 二

野岸星沉系缆迟[1]，林中犬吠有茅茨[2]。
客心怅触孤舟梦[3]，四十年前夜泊诗。
（余十六岁时，冬夜侍本生王父自樊浦归，舟遇风泊石渎，赋
诗有云："云里钟鸣知野刹，林中犬吠有茅茨"；又云："灯
从矮屋远穿树，船与断冰争过桥"，皆为当时传诵，其稿久不
存矣。）[4]

◎ 注释

[1] 系缆：把系船的绳索绑在岸边木桩或石桩上。

[2] 茅茨：茅棚，茅屋。

[3] 怅（chéng）触：感触。

◎ 评析

　　此为组诗第二十六首。由于半路上深夜停船在一个荒凉的岸边，却听见前面树林里有狗叫，仔细看去，才知道那里有守夜人住的茅棚。作者作为旅客，被这夜景触发了另一次乘船的往事，记起了四十年前也是深夜停船时写的诗句，所描写的那景象竟和现在眼前的完全相同。从自注中所引诗句，可见诗人少年时诗才已很不凡。不但写景如画，而且句式也不落常格。

将之江右视筱珊侄

翁同龢

海程行过复江程，无限苍凉北望情[1]。
传语蛟龙莫作剧[2]，老夫惯听怒涛声[3]。

◎ 注释

[1]苍凉：寒凉。

[2]蛟龙：即蛟。作剧：开玩笑，恣意戏弄。

[3]涛：大浪。

◎ 评析

　　戊戌政变前夕，作者因赞助光绪帝维新变法，被慈禧太后罢黜里居。政变后，他去江西看望他的侄子，有感而作此诗：从前被罢黜时，我由北京返家乡（江苏常熟），曾坐过一段海船；现在从常熟到江西去，又坐长江里的船。不管是哪一次旅程，我坐在船上，总是向北京方向望着，惦念着光绪帝的安危，内心感到无限凄凉。但是，我对自己的安危却是置之度外的。告诉蛟龙，你不要吓唬我，我这老头子是听惯了猛烈的大浪声音的。

齐河道中雪行，偶作[1]（二首选一）

王闿运

六月炎州火作山[2]，冬来河朔雪盈鞍[3]。

冰天热海闲经过，未觉人间万事难。

◎ 注释

[1] 齐河：县名，清代属山东济南府。

[2] 炎州：南海诸州郡。火作山：《神异经》："南荒外有火山焉，长四十里，广四五里，其中皆生木，昼夜火然（燃），虽暴风雨不灭。"

[3] 河朔：泛指黄河以北的地方。

◎ 评析

　　作者在山东济南府齐河大雪中赶路，想起平生经历，真像晋公子重耳那样"险阻艰难，备尝之矣"，因而雄心勃勃地说：我曾经生活在南海州郡，那里六月时候，人就像坐在火山上一样烘烤；而现在这冬天，北方黄河流域却大雪纷飞，扑满我的马鞍。我可以自豪地说，冰天和火海我都轻松地经历过，再不觉得世界上还有什么难事了。

金陵杂诗（十六首选一）

张之洞

景宗何如霍去病[1]，庆之无愧张子房[2]。

谁道江东诗绮靡[3]，如闻敕勒见牛羊[4]。

[1]"景宗"句:《南史·曹景宗传》:景宗破魏师凯旋。梁武帝于华光殿宴饮联句,令沈约赋韵。景宗亦求赋诗,时韵已尽,惟余"竞""病"二字,景宗操笔成诗曰:"去时儿女悲,归来笳鼓竞。借问行路人:何如霍去病?"帝深叹赏,朝贤惊嗟竟日。

[2]"庆之"句:《南史·沈庆之传》:孝武帝尝欢饮,普令群臣赋诗。庆之手不知书,帝逼令作。庆之乃口授颜师笔记,诗曰:"微生遇多幸,得逢时运昌。朽老筋力尽,徒步还南冈。辞荣此圣世,何愧张子房?"帝甚悦,众坐并称其辞意之美。

[3]江东:自汉至隋、唐称自安徽芜湖以下的长江下游南岸地区为江东。江东之名始于汉初,秦末项羽自称与江东子弟八千人渡江而西,指吴中而言。三国吴全部地区称江东。吴与东晋、宋、齐、梁、陈六朝皆都金陵(今南京)。诗绮靡:陆机《文赋》:"诗缘情而绮靡。"绮靡指诗文从内容到形式皆华丽、浮艳。

[4]"如闻"句:《乐府诗集》八十六:"《乐府广题》曰:北齐神武攻周玉壁,士卒死者十四五,神武恚愤疾发。周王下令曰:'高欢鼠子,亲犯玉壁,剑弩一发,元凶自毙。'神武闻之,勉坐以安士众,悉引诸贵,使斛律金唱《敕勒》,神武自和之。其歌本鲜卑语,易为齐言,故其句长短不齐。歌曰:'敕勒川,阴山下。天似穹庐,笼盖四野。天苍苍,野茫茫,风吹草低见牛羊。'"

◉ 评析

　　这是这组杂诗中第十三首。作者认为,谁说南朝的诗尽是华丽、浮艳的,像南朝梁的曹景宗,他的"何如霍去病"这首诗,南朝宋的沈庆之,他的"无愧张子房"这首诗,读起来不就像听到"风吹草低见牛羊"的北朝《敕勒歌》吗?

书陆放翁《南园记》后（二首）[1]

张　洵

其　一

晚节寒香不可寻[2],太师未肯老山林[3]。
营成鄡坞身安在[4],孤负中郎谲谏心[5]。

❖ 张　洵

（？—1861）

字肖眉，号苏泉，浙江钱塘（今杭州）人。生年不详，卒于清咸丰十一年。咸丰二年（1852）进士，授编修。咸丰十一年（1861），太平军攻入杭州，与妻及子同赴井死，赐谥文节。有《张文节集》。

◎ 注释

[1] 陆放翁：南宋诗人陆游，号放翁。《南园记》:《宋史·陆游传》："晚年再出，为韩侂胄撰《南园》《阅古泉》记，见讥清议。"但元人戴表元、高明，明人张元忭，清人朱霈、袁枚、赵翼等皆谓《南园记》惟勉侂胄以继其曾祖韩琦之功业，且讽其早退，并无希荣附势之意。

[2] "晚节"句：宋人龚昱《乐庵语录》三："韩魏公（琦）尝言初节易保晚节难，《在北门九日燕诸曹》诗有曰：'莫羞老圃秋容淡，要看寒花晚节香。'"不可寻，言从韩侂胄晚年寻找不到其曾祖所要求的晚节。

[3] "太师"句：韩侂胄北征时，以太师平章军国事，封平原郡王，序班丞相上，总三省印。老山林，指侂胄不愿终老山林，而欲立功名以固其禄位。

[4] 郿坞：地名，在陕西眉县北。东汉初平中，董卓筑坞于郿，高厚七丈，高与长安城等，号曰万岁坞，积谷为三十年储。见《后汉书·董卓传》。

[5] "孤负"句：孤负，今作"辜负"。中郎，蔡邕，字伯喈，陈留圉人。董卓专政时，征召之，称疾不应，迫之始至。三日之间，周历三台，复拜左中郎将。谲谏，委婉讽谏。按：蔡邕并无谲谏董卓事，此句实指韩侂胄辜负了陆游劝他早退的心意。

◎ 评析

　　陆游为韩侂胄作《南园记》，《宋史》本传称其见讥清议，其实这是一桩冤案，袁枚等人早就替他洗雪了。张洵这首诗把韩侂胄比成董卓，把陆游比为蔡邕，认为《南园记》是"谲谏"之作。其实陆游力主北伐，和韩侂胄正是同调，无所谓谲谏。张洵拘于旧说，此诗第一句说，韩侂胄已经丧失了他的曾祖韩琦那种崇高品格。第二句说，韩侂胄不甘心老死山林，坐享清福。第三句说，他的南园等于董卓的郿坞，南园建成了，他这人却在哪里呢？北伐兵败，头颅被斩，函送金邦。第四句说，他这样的下场，完全辜负了陆游一片委婉讽谏的心思。

其　二

归去山阴谢俗喧[1]，懒持文字颂平原。

诗人遗憾俱难补，惆怅南园又沈园[2]。

◎ 注释

[1] 山阴：今属浙江绍兴。陆游为山阴人。

[2] 沈园：记陆游与前妻唐琬相遇于沈园之事，最早见于宋人陈鹄的《耆旧续闻》卷十："余弱冠客会稽，游许氏园，见壁间有陆放翁题词……笔势飘逸，书于沈氏园，辛未三月题。放翁先室内琴瑟甚和，然不当母夫人意，因出之。夫妇之情，实不忍离。后适南班士名某，家有园馆之胜。务观一日至园中，去妇闻之，遣遗黄封酒果馔，通殷勤。公感其情，为赋此词。其妇见而和之，有'世情薄，人情恶'之句，惜不得其全阕。未几，怏怏而卒。闻者闻之怆然。此园后更许氏。淳熙间，其壁犹存，好事者以竹木来护之。今不复有矣。"

◎ 评析

　　此诗前两句是假设之辞：如果陆游能回到故乡去谢绝一般世俗应酬，懒得用文字去赞美那位平原郡王，那不是什么事也没有了吗？三、四句一转：看来陆游两件遗憾的事都难以弥补，晚年为作《南园记》感到懊恼，早年更为沈园的重逢唐琬而十分伤感。最后两句未经人道。

阿　房[1]

丁尧臣

百里骊山一炬焦[2]，劫灰何处认前朝[3]？

诗书焚后今犹在，到底阿房不耐烧。

◈ **丁尧臣**　字又香，浙江会稽（今属绍兴）人。有《蕉雨
（生卒年不详）　山房诗钞》。

[1] 阿房（ē páng）：秦宫殿名，故址在今陕西长安西。《史记·秦始皇本纪》："乃营作朝宫渭南上林苑中。先作前殿阿房，东西五百步，南北五十丈，上可以坐万人，下可以建五丈旗。"《索隐》："此以其形名宫也，言其宫四阿旁广也，故云下可建五丈之旗也。阿房，后为宫名。"《三辅皇图》一《宫》："阿房宫，亦曰阿城。惠文王造宫未成而亡。始皇广其宫规，恢三百余里。离宫别馆，弥山跨谷，辇道相属，阁道通骊山八百余里。"

[2] 骊山：山名，在今陕西临潼东南。《阿房宫赋》："骊山北构而西折，直走咸阳。"一炬焦：《阿房宫赋》："楚人一炬，可怜焦土。"《史记·项羽本纪》：项羽"烧秦宫室，火三月不灭"。

[3] 劫灰：劫火的余灰。认前朝：用杜牧《赤壁》的"自将磨洗认前朝"。

◎ 评析

　　咏秦始皇焚书是一个老题材，历代诗人各出心裁，都成妙解，作者这一首同样耐人深思。历代统治者为了巩固自己的统治，总是要统一思想，愚民政策不断花样翻新，但没有不是以失败而告终的。就像杜牧说的："后人哀之而不鉴之，亦使后人而复哀后人也。"后出的统治者其实也"鉴之"，不过是变换其愚民手法，而决不可能不愚民。

听　竹

樊增祥

松清竹俗强区分[1]，次律寻声未识真[2]。

太尉岂能知许事[3]，听秋别是一流人[4]。

（房琯云："竹声最清，及听松声，始知竹俗。"）

◎ 注释

[1] 强（qiǎng）区分：勉强分别高低。

[2] 次律：房琯之字。房琯，唐肃宗时为吏部尚书，同平章事。寻声未识真：研究声音的清浊，却没有真正的辨别能力。

[3] 太尉：指房琯。许事：这样的事。

[4]听秋：欣赏秋声。李商隐诗："西园碧树今谁主？与近高窗卧听秋。"一流人：一类人。

◉ 评析

这是借房琯说松声清竹声俗的话，说达官贵人对这种雅事是没有真正的欣赏能力的，只有具有诗人气质的雅人才有这种深远的意趣，房琯之流不过附庸风雅，强作解人，恰为识者所笑。

奉和《金陵杂诗》十六首（选一）

樊增祥

秦淮画舫暖围春[1]，时有渔郎来问津[2]。
闲坐河房思误字[3]，钧衡谁是钓鱼人[4]？
（曾忠襄镇金陵，幕僚陈某招权纳贿，多在钓鱼巷伎馆。或改"三省钧衡"扁为"三省钓鱼"。）[5]

◉ 注释

[1]"秦淮"句：湘军攻克江宁后，江宁几成一座死城。曾国藩为了点缀升平，命令地方官迅速恢复秦淮的妓院，于是画舫笙歌，表面上又使江宁（南京）繁荣起来了。

[2]"时有"句：用陶渊明《桃花源记》的故事，比喻嫖客到秦淮河妓院玩弄妓女。此句是说，时常有人以嫖妓为名找幕僚陈某行贿。

[3]"闲坐"句：河房，秦淮河两岸的房舍。明人吴应箕《留都见闻录》下《河房·序》："南京河房，夹秦淮河而居。绿窗朱户，两岸交辉，而倚槛窥帘者，亦自有掩映。夏月淮水盈漫，画船箫鼓之游，至于达夜，实天下之丽观也。"思误字，《北齐书·邢邵传》："尝谓日思误书，亦是一适。"此句是说，我空闲时来到秦淮河的妓院，想起"钧衡"被说成"钓鱼"这两个错字。

[4]"钧衡"句：钧衡，钧和衡都是用来量物的，因借为评量人才之义。此句是说，曾国荃对下属表面说量才录用，实际则是量财录用，就像钓鱼的人一样。说"谁是钓鱼人"，意谓表面是陈某在那里受贿，实际是谁呢？

[5]招权：倚仗权贵之势。钓鱼巷：南京地名，妓院麇集于此。"钧衡"改为"钓鱼"，"钧"字与"钓"字形似，"衡"字中有"鱼"字。改者意谓两江总督衙门其实设在钓

鱼巷的妓院中。

◎ 评析

　　这是和张之洞的《金陵杂诗》的。此诗讽刺曾国荃的贪污行为。曾国荃打垮了太平军后，被封为一等威毅伯，官至两江总督，太子太保。卒谥忠襄。其贪婪也是出名的，除了攻破江宁城，将天王府的财宝全部运回湘乡故籍外，在两江任上还公然卖官鬻爵，幕僚陈某不过是这位总督大人的经纪人而已。

八月六日过灞桥，口占[1]

樊增祥

柳色黄于陌上尘[2]，秋来长是翠眉颦[3]。
一弯月更黄于柳，愁杀桥南系马人。

◎ 注释

[1] 灞桥：在长安东，亦作霸桥。《三辅黄图》六《桥》："霸桥在长安东，跨水作桥。汉人送客至此桥，折柳赠别。"隋时更以石为之。唐人以送别于此，亦谓之销魂桥。

[2] 陌：道路。

[3] 翠眉颦：翠眉，用黛螺画的眉，此以比喻秋天的柳叶；颦，皱眉。

◎ 评析

　　谭嗣同十分赞赏此诗，称为"所见新乐府，斯为第一"，因为它"意思幽深节奏谐"。(《谭嗣同全集》卷四《论艺绝句六篇》之四)但谭并不知为樊所作，因而对此诗内涵不可能确切了解。此诗实系自伤沉沦下僚。作此诗前数月，樊曾作《春兴八首》，其四云："玉堂曾记赋春寒，凤阁鸳林接羽翰。人谓子瞻宜学士，众知唐介称言官。文章朝贵悬金购，封事深宫动色看。堕翼青冥今几载，袍靴沦落古长安。"本来应该点翰林或当御史，却只在西安府下做一名渭南知县，现在过了几年，正当八月，刚刚卸了咸宁的差事，进省城西安去。傍晚过灞桥，看见柳叶枯黄，自然想起自己长年奔走，逢迎往来长官，不和这柳树困于陌上风尘一样吗？自己人到中年，仍然沉沦下僚，忧心如捣，就像这柳树"秋来长是翠眉颦"。至于新月一弯被陌上飞扬的黄尘所笼罩，竟致月色比柳色更憔悴，真"愁杀"了自己这风尘下吏了。

海行杂感（五首选二）

黄遵宪

其 一

青李黄甘烂漫堆[1]，蒲萄浓绿泼新醅[2]。
怪他一白清如许[3]，水亦轮回变化来[4]。
（食果皆购自欧、美二洲，储锡罐封固，出之若新摘者。水皆用蒸气，一经变化，无复海盐矣。）

◎ 注释

[1]"青李"句：谓青色的李子、黄色的柑子，堆在盘子里亮晶晶的。烂漫，焕发。
[2]"蒲萄"句：谓浓绿的葡萄，那颜色活像重新酿造还没过滤的酒。
[3]"怪他"句：谓海水碧绿，经过蒸馏，变成白色淡水。如许，如此。
[4]轮回：佛家认为众生辗转生死于六道中，如车轮旋转，故称轮回。此以喻海水用蒸馏法脱盐。

◎ 评析

　　这是反映新事物的，举了两个例子，一是水果罐头，一是用蒸馏法制取脱盐水。作者对西方科技倾慕之忱，完全流露在字里行间。

其 二

星星世界遍诸天^[1]，不计三千与大千^[2]。
倘亦乘槎中有客^[3]，回头望我地球圆。

◎ 注释

[1] 诸天：佛经说三界（欲界、色界、无色界）共有三十二天，总称诸天。

[2] 三千与大千：佛经言以须弥山为中心，以铁围山为外郭，是一小世界。一千个小世界合起来是小千世界；一千个小千世界合起来是中千世界；一千个中千世界合起来是大千世界。

[3] 乘槎：槎，木筏。传说天河通海，有个住在海边的人，常见每年八月海上有木筏来，他就登筏，直达天河，见牛郎织女。见《博物志》三。后人以乘槎为登天。

◎ 评析

　　地球是宇宙无数星球中一个渺小的星体，现在人造卫星的发射，已证实了作者的预言。

示儿，二绝（选一）

杨文莹

鸡虫得失太纷拿^[1]，推倒垣墙便一家^[2]。
试语汝曹无上法^[3]：梁亭夜灌楚亭瓜^[4]。

◎ 注释

[1]"鸡虫"句：杜甫《缚鸡行》："小奴缚鸡向市卖，鸡被缚急相喧争。家中厌鸡食虫蚁，不知鸡卖还遭烹。虫鸡于人何厚薄，吾叱奴人解其缚。鸡虫得失无了时，注目寒江倚山阁。"后以喻细微之得失。纷拿（ná），牵持杂乱。

[2] 垣（yuán）墙：院墙。

[3] 语（yù）：告诉。汝曹：你们。无上法：最好的办法。

[4]"梁亭"句：出贾谊《新书·退让》，详见七律部分樊增祥《闻都门消息》的注［4］"新

亭"句。

◎ 评析

　　这是教导儿子们和邻人友好相处的诗。世上很多人家，为了一点鸡毛蒜皮的小事，和邻居争吵以至斗殴，甚至因此涉讼。作者教导儿子们：邻居之间，一些小矛盾是牵扯不清的，大家要心胸开阔想开来。试想，把中间一道墙推倒了，不就是一家人吗？我现在告诉你们一个最好的睦邻之道，那就是学习梁亭的边防军夜晚偷偷地去帮相邻的楚亭边防军浇灌瓜地。

读《史记·世家》，感齐姜及赵衰妻事，得两绝句

陈　豪

其　一

深闺侠气谢缠绵[1]，醉遣功高十九年[2]。
遍赏从亡忘故剑[3]，岂徒惭恨介山田？[4]

✿ **陈　豪**　字蓝洲，号迈庵，晚号止庵，浙江仁和（今属苏州）人。同治九年（1870）优贡，官汉川知县。有《冬暄草堂诗文集》。

◎ 注释

[1] 深闺：封建时代富贵人家女子住的内室。侠气：仗义的气概。谢：拒绝。缠绵：情意深厚。

[2] 醉遣：《左传·僖公二十三年》："姜与子犯谋，醉而遣之。"十九年：《左传·僖公二十八年》；楚成王曰："晋侯在外，十九年矣，而果得晋国。"

[3]"遍赏"句：赏从亡，《左传·僖公二十四年》："晋侯赏从亡者。"故剑：汉宣帝少时，

娶许广汉女平君。及即位，平君为婕妤。时公卿议更立霍光女为皇后，宣帝乃下诏求"微时故剑"，大臣知帝意，乃议立许婕妤为皇后。见《汉书·外戚传·孝宣许皇后传》。后因称旧妻为故剑。

[4]"岂徒"句：《史记·晋世家》："（文公）赏从亡者及功臣，大者封邑，小者尊爵。……（介子）推亦不言禄，禄亦不及。（与母偕隐。文公悟）使人召之，则亡。遂求所在，闻其入绵上山中，于是文公环绵上山中而封之，以为介推田，号曰介山，曰'以记吾过，且旌善人。'"

◉ 评析

　　此论齐姜，见《史记·晋世家》：晋公子重耳流亡至齐，齐桓公以宗女妻之，有马二十乘，重耳安之。留齐五年，无去心。从亡者于桑下谋行，齐女侍者在桑上闻之，以告齐女。齐女杀侍者，劝重耳速行。重耳曰："人生安乐，孰知其他！必死于此，不能去。"齐女曰："子一国公子，穷而来此，数士者以子为命，子不疾反国，报劳臣，而怀女德，窃为子羞之。且不求，何时得功？"乃与从亡之赵衰、咎犯谋，醉重耳，载以行。《史记》记此，乃据《左传·僖公二十三年》文。重耳返国后，迎回秦穆公所妻之女嬴氏，及狄之季隗，独不及齐姜。作者即据此立论。此诗赞美齐姜处于深闺，却有侠气，不纠缠于儿女私情，毅然灌醉重耳，把他送走，使他以后能振作起来，终于返国为君，成为五霸之一。这份功劳，比起从亡十九年的群臣来，是最高的。但是重耳成为晋侯后，普遍赏赐从亡诸人，却忘记了齐妻。这样看来，难道他应该感到惭愧和悔恨的仅仅是一个介之推吗？

其　二

迎将翟女恨来迟[1]，异腹同根不损慈[2]。
念旧知兴双绝调[3]，黄金合铸赵家姬[4]。

[1] 迎将：将，助词，无义，迎将即迎。

[2] 不损慈：不妨碍对儿子们的慈爱。意谓以赵盾为嫡子，是从赵氏未来的兴旺来考虑，因而并非如对己生三子不慈。

[3] 绝调：以音乐为比，乐律叫调，绝调是唱得最好听的曲调。

[4] "黄金"句：《吴越春秋》卷六《勾践伐吴外传第十》：越已灭吴，范蠡潜入五湖，"越王乃使良工铸金象范蠡之形，置之坐侧，朝夕论政"。

◎ 评析

　　此论赵衰（cuī）妻。见《史记·赵世家》："重耳以骊姬之乱亡奔翟（狄），赵衰从。翟伐廧（qiáng）咎（gāo）如，得二女，翟以其少女妻重耳，长女（叔隗）妻赵衰而生盾。初，重耳在晋时，赵衰妻亦生赵同、赵括、赵婴齐……赵衰既反晋，晋之妻固要（yāo）迎翟妻，而以其子盾为适（嫡）嗣，晋妻三子皆下事之。"《左传·僖公二十四年》亦记此事："文公妻赵衰（文公以己女嫁赵衰），生原同、屏括、楼婴。赵姬请逆（迎）盾与其母，子余（赵衰之字）辞。姬曰：'得宠而忘旧，何以使人？必逆之！'固请，许之。（叔隗与盾）来，（赵姬）以盾为才，固请于（文）公，以（盾）为嫡子，而使其三子下之；以叔隗为内子（嫡妻），而己下之。"此诗赞美赵姬坚决要求赵衰迎回翟女叔隗，还嫌接回得太晚了。对于叔隗的一个儿子和自己生的三个儿子，虽说异母，却是同父，她一视同仁，不但不歧视赵盾，反而特别爱护。像她这样劝丈夫不要抛弃旧妻，又知道赵盾将使赵氏兴旺而立他为嫡子，这真是两件出类拔萃、无与伦比的事，应该给这位赵夫人塑造一座铜像，让人们永远瞻仰。

丁巳八月十三日过菜市，吊晚翠（三首选二）

王存原

其　一

碧化烟销二十年[1]，等闲鸡犬尽升仙[2]。

回天独坐成今昔[3]，屈指甘陵让汝贤[4]。

✧ **王存原**　　生平不详。

◎ 注释

[1] 碧化：用周代苌弘的故事。《庄子·外物》："苌弘死于蜀，藏其血，三年化而为碧。"后常以指忠臣志士为正义而流的血。烟销：比喻事物消失，不见踪迹。《初学记》十四晋代傅玄《四言诗》："忽然长逝，烟消火灭。"

[2] 等闲：平常。鸡犬尽升仙：用刘安的故事，王充《论衡·道虚》："淮南王学道，招会天下有道之人……王遂得道，举家升天，畜产皆仙，犬吠于天上，鸡鸣于云中。"后以喻一人得官，亲友亦随之得势。但此处则为讽刺顽固派等至民国七年（1918）皆已先后随慈禧死去。

[3] "回天"句：《后汉书·单超传》："其后四侯（武原侯徐璜，东武阳侯具瑗，上蔡侯左悺，汝阳侯唐衡，皆宦官，以诛外戚梁冀功，同日封侯）转横，天下为之语曰：'左回天，具独坐，徐卧虎，唐两堕。'"回天，谓左悺能改变皇帝的意图。独坐，谓具瑗骄贵无偶。

[4] 甘陵：《后汉书·党锢传·序》："初，桓帝为蠡吾侯，受学于甘陵周福。及即帝位，擢福为尚书。时同郡河南尹房植有名当朝……二家宾客，互相讥揣，遂各树朋徒，渐成尤隙，于是甘陵有南北部。党人之议，自此始矣。"此句以甘陵南北部分别比喻后党（顽固派）与帝党（维新派），认为林旭在维新派中最杰出。

◎ 评析

　　此三首诗作于民国七年（1918），距戊戌政变已二十年，八月十三日是"六君子"遇害的日子。作者经过宣武门外的菜市口（当时的刑场），悼念林旭（六君子之一）而作此诗。此首说，林旭枉死已经二十年了，当时出卖您的袁世凯以及杀害您的顽固派早都死光了。他们过去那样气焰熏天，现在看来又在哪里？真使人不胜今昔之感。算起来在戊戌变法运动中您是最杰出的。

其　二

燕啄龙归事已陈[1]，本初仲颖亦成尘[2]。

千秋抉眼东门客[3]，输与焦头烂额人[4]。

◎ 注释

[1] 燕啄：《汉书·外戚·孝成赵皇后传》："先是有童谣曰：'燕燕，尾涎涎，张公子，时相见。木门仓琅根，燕飞来，啄皇孙，皇孙死，燕啄矢。'"本指赵飞燕姊妹阴谋毒害皇孙事，后因以此作后妃杀害皇子的典故。此句指慈禧迫害光绪帝。龙归：指光绪帝崩逝。

[2] "本初"句：本初，东汉末袁绍之字，此以指袁世凯。仲颖，东汉末董卓之字，此以指荣禄。谭嗣同劝袁世凯派兵包围颐和园，逼慈禧交出政权，并杀掉驻天津的北洋大臣荣禄。袁世凯反而向荣禄告密，荣禄连夜进京报告慈禧，立即发动政变。

[3] "千秋"句：《史记·吴太伯世家》：吴王夫差"赐子胥属镂之剑以死。将死，曰：'树吾墓上以梓，令可为器。抉吾眼置之吴东门，以观越之灭吴也。'"

[4] 焦头烂额：《淮南子·说山训》："淳于髡之告失火者此其类。"高诱注："淳于髡，齐人也。告其邻：突将失火，使曲突徙薪。邻人不从，后竟失火。言者不为功，救火者焦头烂额为上客。"

◎ 评析

　　慈禧迫害光绪帝也好，光绪帝崩逝也好，这些都已成历史了。袁世凯和荣禄也已经成了灰尘了。林旭就像伍员那样预见到清朝的必将被推翻，可他反而被忽视，远远比不上那些企图复辟的人受到人们的注意。

戊戌八月纪变，八首（选一）

康有为

澧兰沅芷思公子[1]，桂酒琼茅祭国殇[2]。
绝世英灵魂魄毅[3]，鬼雄请帝在帝旁[4]。

（哀谭复生京卿）

◎ 注释

[1] "澧兰"句：《楚辞·九歌·湘夫人》："沅有芷兮醴有兰，思公子兮未敢言。"沅，沅水，即沅江。上游为清水江，自西向东，至湖南黔阳下始称沅水。芷，香草名。醴，通"澧"，澧水，源出湖南桑植西北，东南流至大庸，改东北流，至安乡南注洞庭湖。兰，兰草。以此二水之香草异于众草，比喻公子之异于常人。

[2] 桂酒：即桂花所制之酒。《九歌·东皇太一》："奠桂酒兮椒浆。"琼茅：即蘦茅，《离骚》："索蘦茅以筵篿兮。"蘦茅，灵草，即占卜吉凶之草。国殇：《楚辞》篇名，内容是祭楚之死于国事者。谭嗣同是湖南人，又是为国事而牺牲的，所以用"国殇"十分切合。

[3] 绝世：冠绝当代，并世无双。英灵：英魂，对死者的美称。魂魄毅：《九歌·国殇》："身既死兮神以灵，子魂魄兮为鬼雄。"毅，坚强。

[4] 鬼雄：百鬼之雄杰。请帝：《左传·成公十年》："晋侯梦大厉（恶鬼），被（披）发及地，搏膺（捶胸）而踊（跳跃），曰：'杀余孙，不义，余得请于帝矣！（我已诉于上帝，上帝允许我报仇了）'"在帝旁：谭的英魂向顽固派报仇之后，永远安坐在上帝的旁边，同受万民的祭祀。苏轼《潮州韩文公庙碑》："飘然乘风来帝旁。"

◎ 评析

　　作者戊戌政变后逃亡到日本，作此八首。现选哀悼谭嗣同的一首。谭为湖北巡抚谭继洵之子，为"四公子"之一，又是湖南人，所以第一句用《九歌·湘夫人》思念湘君的话，表示自己对谭的思念。第二句也用《九歌·东皇太一》《离骚》的话，和《国殇》篇名表示自己祭祀为国牺牲的烈士。第三句赞美谭的崇高品质和英雄气概，在六君子中，谭是思想最先进，行动最英勇的。第四句是想象也是希望谭在天之灵向天帝诉冤并且复仇，给慈禧、荣禄与袁世凯之流以最严厉的诛殛。

自襄樊至西安，道中绝句[1]

易顺鼎

其 一

龙性从来不可驯[2]，男儿何恨在风尘[3]？
虬髯客与鸢肩客[4]，都是当年逆旅人。

◎ 注释

[1] 襄樊：襄，襄阳；樊，樊城，与襄阳隔水相望，都属湖北。西安：陕西省治。

[2] "龙性"句：颜延之《五君咏·嵇康》："龙性谁能驯？"

[3] 风尘：谓行旅艰辛。

[4] "虬髯"句：《太平广记》卷一九三《虬髯客传》：隋末，西京人张仲坚，行三，髯赤而卷曲，号虬髯客，有才略。于旅舍遇李靖、红拂，与红拂认为兄妹。因李靖得见秦王李世民，谓为"真天子"，难与争天下，遂离去，尽以其家所有赠李靖，临行，曰："此后十余年，东南数千里外有异事，是吾得意之秋。"贞观中，传言有人携海船千艘入扶余国，杀其主，自立为王，疑即虬髯客也。鸢（yuán）肩客，《旧唐书·马周传》："遂感激西游长安。宿于新丰逆旅，主人唯供诸商贩而不顾待周，遂命酒一斗八升，悠然独酌，主人深异之。""中书侍郎岑文本谓所亲曰：'……然鸢肩火色，腾上必速，恐不能久耳。'"（常）何言：'家客马周具草也。'"

◎ 评析

作者是古代所谓狂生，胸中充满豪气，加上才气纵横，一些常见的典故，他善于绾合，赋予新意。此诗先说自己的性格倔强不能由人驯服，因而欢喜海阔天空，纵情漫游。一般人总是株守家园，所谓"在家千日好，出外一时难"。作者认为，男子汉大丈夫能有机会行万里路，难道还会厌恶旅途的艰苦吗？试看，后来成为扶余国主的张仲坚，以及终于官至中书令的马周，都曾经是常住旅店的人啊！

其 二

郁勃胸中万古愁[1]，短衣来看茂陵秋[2]。
蓝田射猎青门饮[3]，访故将军与故侯[4]。

◎ 注释

[1] 郁勃：盛貌。万古愁：《万古愁》，归庄所制散曲，见孙静庵著《明遗民录》卷三十六。

[2] 短衣：杜甫《曲江三章章五句》之三："短衣匹马随李广，看射猛虎终残年。"茂陵秋：茂陵，汉武帝葬地。武帝有《秋风辞》，见《文选》。

[3] 蓝田射猎：《史记·李将军列传》：李广获罪，贬为庶人，"屏野居蓝田南山中射猎"。青门：汉长安城东南门，故秦东陵侯召平种瓜于此。

[4] 故将军：《史记·李将军列传》："尝夜从一骑出，从人田间饮。还至霸陵亭，霸陵尉醉，呵止广。广骑曰：'故李将军。'尉曰：'今将军尚不得夜行，何乃故也！'止广宿亭下。"故侯：《史记·萧相国世家》："召平者，故秦东陵侯。秦破，为布衣，贫，种瓜于长安城东，瓜美，故世俗谓之'东陵瓜'，从召平以为名也。"

◎ 评析

　　作者自觉像明遗民归庄一样，胸中郁结着万古愁，为了抒发这份深沉的感情，他要像杜甫那样"短衣匹马"去到古长安经受茂陵的秋风。到蓝田南山中射猎，到青门去喝酒，到这两个地方去寻找李广那样的"故将军"和召平那样的"故侯"，他们和我一样都是失意的人，一定可以通过射猎和痛饮，驱散心头的积闷。

其 三

卅年双脚九州尘[1]，底事西行不到秦[2]？
说着长安先色喜[3]，前身应是汉唐人[4]。

◎ 注释

[1] 九州：古代中国分为九州。

[2] 底事：何以。西行不到秦：韩愈《石鼓歌》："孔子西行不到秦。"

[3] "说着"句：桓谭《新论·琴道》："人闻长安乐，则出门西向而笑。"此句用其意。

[4] "前身"句：谓西汉与唐两朝皆建都于长安，自己这样向往长安，前身一定是汉、唐时在长安生活过。

◎ 评析

　　三十年来这一双脚把中国都走遍了，为什么没到过陕西？现在谈到长安我就喜动颜色，看来我前身应该是汉、唐时代的人，在长安长期生活过，对它特有感情。

论清诗流派　望学术殿堂
——刘世南先生访谈录

郭丹（福建师范大学文学院）

刘世南先生（1923—2021），古典文学学者，古籍整理专家，也是突出的自学成才者。1923 年 10 月出生于江西吉安，长期任教于中学。"文革"后任教于江西师范大学文学院。代表作有《清诗流派史》（1995 年台北文津出版公司出版繁体竖排本、2004 年人民文学出版社出版简体横排本）、《在学术殿堂外》（2003 年中国文史出版社出版）、《清文选》（与刘松来教授合作，2006 年人民文学出版社出版）、《大螺居诗存》（2004 年天马出版有限公司出版），曾担任江西《豫章丛书》整理编委会的首席学术顾问。

郭丹：刘先生，您的正式学历只是高一肄业，经过多年刻苦自学，终于成为古典文学名家、古籍整理专家，请问，您能走上这条自学成才之路，是偶然还是必然？

刘世南：我是一个普通的古典文学教学研究者，也参与古籍整理工作，但不能说已经成名成家。在《在学术殿堂外》书中，我已说过，在钱锺书、钱仲联诸前辈前，可借用《左传》一句话"克于先大夫无能为役"，我算什么学者呢？

我生于1923年（癸亥）农历九月初六，父亲名兰芳（"芳"是族谱上的排行）字佩，又字纫秋，取自《离骚》"纫秋兰以为佩"。由此小事，可以看出父亲的文化品质和耿介性格。我三岁发蒙，即由父亲教我认字，认了一千多字后，开始读当时新出的国文课本和修身课本，都是用浅近文言编写的。读了好几本后，才开始读古书，第一本是《小学集注》。父亲二十岁进学（俗称秀才），本已考取去日本留学的官费生，但迫于家庭阻力，没有成行。由于受当时康、梁维新思想影响，我家书房里有很多时务书，如《天演论》《群学肄言》等严译名著，以及《瀛寰志略》《日本国志》以及《新民丛报》等。父亲少年时曾师从一位王家"四师老"，此翁专讲理学。父亲受到上述两种思想的影响，所以对我的教育，就与当时一般私塾不同，他不教我读《三字经》《百家姓》《千字文》《幼学琼林》等，而是教我读新的国文课本和修身课本，然后又教我读《小学集注》。此书为南宋朱熹所编，明人陈选作注，收入《四库全书》。我对程朱理学有所了解，即由此书。清人段玉裁、崔述，今人周一良、程千帆幼时都读过。千帆先生下世后，弟子文中曾提到其师很留意门下弟子的书法，说："非欲字好，即此是学。"我一看就知道此语来自《小学集注》，乃明道先生（程颢）之言（见卷六《敬身篇》），足见千帆先生幼时亦读过此书。

　　父亲教我读古书，教法也和一般塾师不同。他每次点读新书，必定详细讲解，而且时常提问，要我回答，还鼓励我提问。他常说的一句话是："不怕胡说，只怕无说。"因为你胡说，尽管错了，你总动了脑子；无说，那是没用脑子想问题，所以无话可说。他又喜欢说"思之思之，鬼神通之"，可见他总是强调动脑子想问题。

　　正是在家庭熏陶之下，我不但好学，而且好问，日渐养成凡事问个为什么的习惯。记得高小修身课本上有这么一课：王艮师事王守仁，讲良知之学。一日，有盗至，公亦与之讲良知。盗曰："吾辈良知安在？"公使群盗悉去衣，唯一裤，盗相顾不去。公曰："汝等不去，是有耻也。此心本有，谓之良知。"我当时就问父亲："乡下两三岁的孩子，热天都是一丝不挂，并不害羞，是无耻吗？是没有良知吗？"父亲只是笑，没有解释。这个问题，我后来看了一些社会学的书，知道道德观念其实是后天的，而且随着社会生产力的发展而变化，并非人的本能，孟子和王艮等理学家的观点是唯心的。

读《小学集注》时，有如下一则故事："武王伐纣，伯夷、叔齐叩马而谏，左右欲兵之。太公曰：'此义人也。'扶而去之。武王已平殷乱，天下宗周。伯夷、叔齐耻之，义不食周粟，隐于首阳山，采薇而食之，遂饿而死。"我问父亲："首阳山也是周朝的土地，薇也是周朝的，不食周粟，怎么食周薇呢？"父亲愕然无以回答。后来，我进吉安石阳小学读高小，在图书馆看到鲁迅的《故事新编》，其中有一篇《采薇》，说小丙君和他的婢女指责伯夷、叔齐："'普天之下，莫非王土'，你们在吃的薇，难道不是我们圣上的吗？"我吃了一惊：原来这一看法非我独有！长大以后，看《南史·明僧绍传》："齐建元元年冬，征为正员郎，称疾不就。其后，帝（齐高帝萧道成）与崔祖思书，令僧绍与（其弟）庆符俱归。帝又曰：'不食周粟而食周薇，古犹发议，在今宁得息谈邪？聊以为笑。'"这才知道鲁迅所写实有根据。但"古犹发议"最初见于何书呢？后来读《昭明文选》中刘孝标的《辩命论》："夷、叔毙淑媛之言。"李善注："《古史考》曰：伯夷、叔齐者，殷之末世孤竹君之二子也。隐于首阳山，采薇而食之。野有妇人谓之曰：'子义不食周粟，此亦周之草木也。'于是饿死。"这才知道"古犹发议"即指此，而且鲁迅就是根据《古史考》这类古小说来写的。

我写这两段往事，并非自诩早慧（当时我大概六七岁），而是说明一个教育原理：即使是启蒙幼儿，也应着重智力的开发，绝对不应提倡死记硬背。

我之所以能够养成好学深思的习惯，实由父亲教导有方。如果说我能在古典文学研究方面取得一点成绩，也和这点分不开。至于古籍整理，那更是因为跟随父亲读了十二年古书，基础打得比较扎实，才具备了做好这个工作的前提。

好学深思，根底扎实，持之以恒，乐此不疲，可以说是自学成才的必要条件，也显示出其必然性的一面。

我以一个高一肄业生，能从事古典文学研究和古籍整理，并取得一些成绩，这又和我晚年（56岁起）能执教大学有关。大学教师负有教学与科研双重任务，时间、资料都比较充分，信息也灵通。如果根底较好，又好学深思，自然如鱼得水，游刃有余。

执教大学，对于我又有偶然性的一面。没有汪木兰、周劭馨、刘开汶、徐万明、唐满先（他们都是江西师院中文系毕业的，我在高中教书时教过他们）的推荐，没有江西师院中文系几位老先生的支持，没有校系领导的认同，我一个没有读过大学的人，怎能登上大学的讲坛？

郭丹：您是什么时候想到走自学成才之路的？

刘世南：1941年，我读完高中一年级后，由于家贫，只能到税务局当税务生，干了三年缮写公文的工作。但我并不消极，因为我看过一本英文杂志，有英汉对照的钱穆自传。他没有上过大学，当小学老师，业余苦学，写出《先秦诸子系年》等学术著作，终于被北大聘为教授。这给我极大鼓励，我想，我读了十二年的古书，基础也许不比他差，关键就在于能否刻苦，而且持之以恒。他能这样，我为什么不能这样？

父亲有一本《汉学师承记》，我读初中时就经常翻，汪中的事迹令我非常感动。他七岁就死了父亲，家贫不能上私塾，由母亲教他读"四书"。稍微大了点，到书店里当学徒，他遍读群经诸子，过目成诵，终于成为大学者。我平生最佩服他，直到现在，他的形象还常常在激励我。

郭丹：您的家庭与您的自学成才有什么关系？

刘世南：我认为家庭对我自学成才最大的好处是，父亲买了好多书，"前四史"、《昭明文选》、"十三经"，还有许多诗文集，这已经很难得，尤其可贵的是，大部头的"九通"居然也买了，这在一般读书人家都是少有的。我二十一岁写的《庄子哲学发微》就是利用《通志》的《艺文略》中有关《庄子》的资料，加上当时对马列主义的认识，用古文写成的。此文曾蒙马一浮先生誉为"独具只眼，诚不易及"，亦蒙杨树达先生称为"发前人之所未发"。没有《艺文略》的资料，我是不可能写出那篇文章的。

我在读小学三年级以前，一直在家跟随父亲涵泳在这一书海中。从小学三年级到六年级毕业，这三年中，白天上学，晚上仍然读古书。以后我工作了，就买了从《晋书》到《明史》的"二十史"，武英殿本，从上海廉价买的。还买了清代朴学家们的著作，如《读书杂志》《经义述闻》《经传释词》，以及王筠、朱骏声、桂馥《说文》方面的著作。这都是受家庭的影响。

至于十二年中所读古书，除《小学集注》，读了"四书"（《大学》《中庸》《论语》《孟子》）、《诗经》《书经》《左传》《纲鉴总论》（这是一部中国通史，夹叙夹议，自盘古开天地到明朝，历朝大事都记载了。读了它，我通晓了封建史家笔底的几千年的国史大纲）。

有了这个基础，我后来亲自把"十三经"中没背诵的圈读一遍，每天四页，结果，《易》35天，《仪礼》4天，《周礼》50天，《礼记》107天，《公羊》47天，《穀梁》35天，《孝经》只28分钟，《尔雅》24天。当然，要真正通，不但得看汉至唐人的《十三经注疏》，还得看《皇清经解》正、续编。在《在学术殿堂外》一书中我说过，搞人文社会科学研究的，你在论文和专著中，要引用经典的本文，你必须熟悉它，否则会出错。研究中国文学和校点古籍，更要熟悉经、史、子、集四部中最根本的书，为此我还开列了一些必读书目。

郭丹：您的《在学术殿堂外》一书出版后，在学术界产生了相当大的反响，已经有了好几篇书评发表。读您的这本书，的确感到先生对学术有一种不计功利的献身精神。请问您是基于怎样的考虑，写这样一本看似与学术无关其实完全是讨论学术研究最根本的一些问题的书？

刘世南：《在学术殿堂外》出版后，是有不少学人表示赞赏和认可，也有几篇书评发表，我感到非常快慰。

有人问，书名为什么叫"在学术殿堂外"？这有两层含义：其一，孔子曾说子路"由也升堂矣，未入于室也"，和钱锺书等学人比，我未曾升堂，只能站在堂外；其二，和制造文化垃圾者以及"嘴尖皮厚腹中空"的名流比，我羞与为伍。他们在殿堂内，我自甘站到殿堂外。

现在我回答你的提问。我为什么要写这本书，就因为看到这些年来，"上以利禄劝学术"，使得学人急功近利，学风日益浮躁，从而文化泡沫和垃圾层出不穷，长此下去，简直要断送学术研究的前途。所以，我要大声疾呼："勿以学术徇利禄！"

但是，我也自知人微言轻，螳臂挡不住物欲的狂潮，曾作《自嘲》

一首:"市场文化正嚣尘, 流水高山孰识真? 辛苦神州吉诃德, 风车作战枉劳神。"

郭丹: 大家都认为, 目前学术界存在着浮躁心理, 影响着学术研究的正常进行和健康发展。对此, 您有什么看法?

刘世南: 学术研究是一种严肃的工作, 它须有一个伟大的目标。以人文科学而论, 从事研究的人必须认识到, 自己是在继承传统的基础上, 大力弘扬民族文化, 并不断创新, 从而与世界文化接轨。

我平生最喜欢诸葛亮《诫子书》中这几句话:"夫才须学也, 学须静也。非学无以广才, 非静无以成学。""静", 不仅指读书环境幽静, 更主要的是内心的宁静, 即不受名利干扰。一切学术腐败行为都源自其人的心态浮躁, 急功近利。他从事科研, 只为一己名利。我并不矫情, 唱"忘怀得失"的高调, 但我从来切记孔子这句话:"声闻过情, 君子耻之。"有其实然后有其名, 这种名使人心安理得, 名并非坏事, 否则孔子为什么说"君子疾没世而名不称焉"? 至于个人出名, 那有什么, 一个学人能否留名后世, 全看他的著作。陶渊明和杜甫, 生前并不很出名。陶被钟嵘《诗品》置之中品, 杜甫则被"群儿谤伤"。他们出大名, 是在北宋以后。白居易《与元九书》:"如近岁韦苏州(韦应物)歌行, 才丽之外, 颇近兴讽, 其五言诗, 又高雅闲淡, 自成一家之体, 今之秉笔者, 谁能及之? 然当苏州在时, 人亦未甚爱重, 必待身后, 然后人贵之。"世事往往如此。你看《汉书·扬雄传》末尾, 桓谭已说明这个道理:"凡人贱近而贵远, 亲见扬子云禄位容貌不能动人, 故轻其书。"我已八十进二, 来日无几, 浮名于我何有哉? 我平日的座右铭是"High thinking, plain life"(高深的思想, 朴素的生活), 我写《清诗流派史》, 是为了探索清代士大夫的民主意识的成因; 而写《在学术殿堂外》

则是反映现代或当代知识分子对民主和法治的追求。

郭丹：您非常强调治学重在打基础，现在电脑这样发达，还要下苦功夫去背诵古书吗？

刘世南：我休息时，喜欢看中央十一台（中央电视台戏曲频道）的戏曲片，也爱看运动员比赛的节目，兴趣不在看表演，而是看他们在教练指导下勤学苦练，所谓"台上一分钟，台下十年功"。刘翔他们夺得金牌都是从汗水甚至血水中泡出来的，搞人文科学，尤其搞古典文学、文献学的，怎么可以不读元典？我在《在学术殿堂外》中列举了一些知名学者的千虑一失，正是用以说明他们所以出错，全因某些方面的根底尚欠深厚。至于第七章以一位青年学人为例，则在说明凡从事人文学科研究的，你既要引经据典，就必须正确理解并熟悉元典。2004年2月12日《南方周末》观点版《国内经济学者要重视经济学文献》一文，引了杨小凯先生的话："现在国内大多数人没读够文献，只是从很少几个杂志上引用文章，不要说拿诺贝尔奖，就是拿到国际上交稿子，人家都会很看不起。中国现在99%的经济学文章拿到外国来发表，都会因为对文献不熟被杀掉。当然有些东西国内看不到，但也有的是根本不去读。中国人总是别人的东西还没看完，自己就要创新。"他说的是经济学，可古典文学、文献学不也是这样吗？

你说电脑可以代替背诵，不，学问根底差，电脑也帮不了你的忙。侯外庐《中国早期启蒙思想史》引汪中的原文，犯下几个错误（见《在学术殿堂外》第16页），就因为不知出处，不知道去查《荀子引得》和《十三经索引》。同样，电脑也帮不了他。余英时还没电脑吗？可他就是没查到"弦箭"的出处（见《在学术殿堂外》第29页）。

我在《在学术殿堂外》中，对打好基础这点，特别强调，因为我一生治学的深刻体会就是这个，我们不总是说要"推陈出新"吗？你不继承传统文化中的元典，就谈不上批判地接受，更谈不上在它的基础上去发展，去创新。这个道理是前人从事研究工作的经验总结。我从三岁识字，五岁读书，直到现在，仍然日坐书城。我严格要求自己：一定要"日知其所亡（无）"。我发现，熟，才能贯通。古人读书，讲究"通"。称赞某人"淹贯""该通"。"淹""该"指读书广博，"贯""通"则指读通了。汪中曾大言：当时扬州只有三个半通人。什么叫"通"？书读得多，不算通。要像汪中的《释三九》、王氏父（念孙）子（引之）的《读书杂志》《经义述闻》，那才叫"通"。读书不通的是只见树，不见林。但如根本不读书，特别是打基础的书，那你还研究什么？当然，只打基础，却不博览，所得结论一定片面，也是不行的。

再强调一句，根底一定要打扎实，只有这样，才不会出大错。什么叫大错？有一位学者在论析欧阳修的《读李翱文》时，对"又怪神尧以一旅取天下"的"神尧"，解为唐尧，即尧舜之尧。不知"神尧"是唐高祖李渊的谥号，《新》《旧唐书》和《资治通鉴》都记载明显。你偶尔未注意，情有可原；但是，《史记·五帝本纪》写得很清楚：帝喾生挚及放勋，帝喾崩，挚立，不善，弟放勋立，是为帝尧。他并非以武力夺取帝位的，怎么会"以一旅取天下"？尧舜禅让，汤武征诛，旧社会发了蒙的儿童也知道。我们研究古典文学的学者，不应该出这种大错。

郭丹：您的《清诗流派史》在台北和大陆出版后，得到了很高的评价，被称为20世纪清诗研究的"经典性成果"之一。您为什么要用十五年时间来写这部书？它的意义何在？

刘世南：写这部书用了十五年时间，既有客观原因，也有主观原因。

客观原因是，这十五年是从1979年算起，到我彻底退休的1992年，一共十三年。这段时间，我有教学任务，还要参加其他社会活动，后两年全退了，才能全力以赴去完成，时间自然要长。另外，清诗资料特多，当时钱仲联先生主编的《清诗纪事》未出，全靠自己去爬梳整理，研究分析，非常需要时间。

主观原因是，我坚持不以学术徇利禄，一门心思只考虑如何把它写好，根本不把它和评职称、评奖、特殊津贴之类挂钩，自然不会去赶任务，从而粗制滥造，剽窃因袭。

关于这部书的意义，我认为动笔之先，我考虑了两个问题：（一）我为什么要写这部断代文体史？（二）读者为什么要读它？

对（一）的答案是，清代二百六十八年，诗人九千五百余人，诗集约七千种，这是客观存在，我们必须总结这笔文化遗产，从而认识昨天。从我的著作动机来说，我特别想探索这一离我们最近的时代，看当时士大夫的灵魂，怎样在封建专制的高压下，痛苦，呻吟，挣扎，或转为麻木，或走向清醒，又是怎样从西方获得民权、自由、平等诸观念，从而产生民主意识，把目光从圣君贤相身上转移到大的平民百姓身上来。

对（二）的答案是，读者所以要学习文学史，除了吸取进步的思想养料外，还需要学习那些作者的创作经验，领会他们的纷繁的风格，从而提高自己的审美能力与创作技巧。

郭丹：您是怎样撰写《清诗流派史》的？

刘世南：首先，要确定著什么书。我是按照顾炎武的原则："前所未有，后不可无。"根据这个原则，我想到应该写一部清诗史（那时朱则杰教授的《清诗史》还没有出版）。其次，当我尽力搜求清人诗集，细加研究时，我发现，清诗和前此诸朝诗不同，流派特别多（这是因为它拥有了自先秦至明朝的十分丰富的诗歌遗产）。于是我决定编写一部清诗流派史。

方法是，分流派做卡片。各派的代表人物，他们的身世、生活、师友、诗学渊源、社会思潮的影响、时代审美观的影响、本人的思想特色、其诗歌的艺术特色、思想和艺术前后期有没有变化、和其他流派的关系。要做好这些卡片，很不容易，不但要熟悉他本人的一切，还要了解他人（包括同时人和后代人）对其诗作的评论。

那时候，"重写文学史"的讨论十分热烈，一致反对旧的写法，认为那只是作家作品汇编。我经过琢磨，广泛搜阅中外种种文学史，只要找得到的，无不细读，终于认识到：（一）必须按照研究对象（在我是清诗本身）的特点来叙述和评论；（二）文学史主要是要反映文学发展规律，即从已然（作家、作品）探索出其所以然（为什么这时代会出现这派作家，创作出这类作品）。

以后，我就是按这些原则来编写的。

郭丹：您认为目前清诗研究的状况如何？还有哪些工作应做？

刘世南：清诗研究状况，有资格谈的是浙江大学国际文化学院的朱则杰教授。他最早写出了《清诗史》开创之作，厥功至伟。同时，他又立下宏愿，要编纂《全清诗》，因而结识了海内外许多清诗研究专家。最近，他又竞标接了国家课题《清史》内《文学志·诗词篇》这个项目，正文约二十万字，资料长编及考异约六万字。这使他更具有开阔的视野。其次是徐州师大的张仲谋教授，他那篇《二十世纪清诗研究的历史回顾》，不但综述了百年来的清诗研究情况，而且提出了今后研究的课题。所以，朱、张二人是介绍清诗研究状况的最佳人选。

我概括仲谋先生所提出的今后清诗研究的课题共有八点：（一）清诗内涵的近代性；（二）作品研究；（三）诗歌特色；（四）清诗的逻辑发展；（五）学风与诗风的关系；（六）士人心态与诗学变迁；（七）地域文化与诗歌流派；（八）大家名家诗歌研究。这些课题我完全赞成。

至于我本人，主要在考虑如何用新观念、新方法来研究清诗。像早年郑振铎、闻一多两先生用文化人类学方法研究古典文学一样，我想把西方所有新方法都拿来试一试，像叶嘉莹那样。因此，我不断地在钻研西方现当代批评理论家的"自选集"，如"知识分子图书馆"的十八册。

另外，我最大的希望是国内外一切清诗研究者，都能成为益友，信息互通有无，观点互相切磋。"功成在子何殊我"（放翁句），"君有奇才我不贫"（板桥句），大家以学术为天下之公器，破除门户之见。

郭丹：您和刘松来教授合作的《清文选》即将在人民文学出版社出版，请问，清代的散文有什么特点？

刘世南：《清史稿·文苑传论》说："清代学术，超汉越宋，论者至欲特立'清学'之名，而文、学并重，亦足于汉、唐、宋、明以外，别树一宗。"所谓"文、学并重"，正如清诗的特点是"学人之诗"与"诗人之诗"的统一，清人的文，也是"文"与"学"的统一。但不同时代、不同作者，又有畸轻畸重的不同，如朴学家、理学家之文偏于"学"，较质实；文人之文偏于"文"，较绮丽。约而言之，其特点有四：（一）文化积淀深厚，学术化倾向明显；（二）风格多样，而流派单一；（三）有些文章理性有余，灵性不足；（四）注重经世致用，轻视审美情趣。这四点的形成，和清代学风密切相关。清初学风强调博学多识、经世致用，这是对明人空疏不学、游谈无根这一颓风的反拨。后因文网日密，转为脱离现实的考据训诂。自道、咸后，国门被迫打开，欧风东渐，逐渐输入了较封建社会更先进的世界观、价值观，和自成体系的哲理政教，尤其是新的美学方法论。这些都必然深刻影响到文人的创见。

从形式看，清文的雅与俗是非常明显的，但基本上是由古雅而逐渐变为通俗。所以"五四"时期的"白话文运动"决非无源之水，而是其来有自的。

清文又是集大成的。桐城派的姚鼐提出其古文创作原则：考证、义理、词章三者统一。这就是集大成：考证，是对汉学的继承；义理，是对宋学的继承；词章，是对《文选》派和唐宋派古文的继承。清文就在这基础上，根据社会的现实需要和时代的审美要求，大力发展，形成自己的特色。

郭丹：您的旧诗也写得很好，吕叔湘先生称您"古风当行出色"，程千帆先生也说您的七古"苍劲斩截，似翁石洲"，庞石帚先生称您的诗"颇为清奇，是不肯走庸熟蹊径的"，朱东润先生也称您所作"深入宋人堂奥，锤字炼句，迥不犹人"。现在，您的《大螺居诗存》也出版了，获得更多学人的称赞。请问，您是如何学习写作旧体诗的？词章之学与学术研究有矛盾吗？

刘世南：词章之学和学术研究不但没有矛盾，而且相辅相成，相得益彰。从近代的李详（审言）、林纾（琴南）、王国维、章炳麟（太炎）、黄侃，到现代的胡适、鲁迅、朱自清、俞平伯、闻一多，谁不是学者而兼诗人？所以，钱仲联、程千帆两先生谈治学，都强调古典文学研究者应该会创作，这样，分析古人作品时，才不会隔靴搔痒、拾人牙慧。我在《在学术殿堂外》第六章《怎样培养中国古典文学的研究人才》中，提出了七点措施，其第六点就是"要学会写古文、骈文、旧诗和词"。其中谈到，几十年的旧诗写作，对我分析评断清诗各派的特色，有不可估量的作用。

至于如何学习写作诗词，说来好笑，我父亲只教我读古书、写古文，从不教我读诗、写诗。可我从小就喜欢诗，于是我只有自己摸索。家里有《昭明文选》和《古唐诗合解》，还有很多诗集，我就不断地读，《文选》的诗我全部背诵了（直到前几年我还在夏天黎明时的立交桥灯光下温习这些诗），唐诗也读了不少。年轻时爱读龚自珍的诗，也爱南社人学龚的诗，尤其是苏曼殊的七绝。慢慢地自己也学着涂抹几句。我懂平仄根本不是从音韵学原理学到的，而是古人的近体诗读多了，渐渐辨清哪个字是平声，哪个字是仄声，哪个字可平可仄。四声本是口耳相传之学，我却目治而得。这也有个好处，就是读得多，词汇、句式、典故，越来越熟悉了，越来越会运用了，归根结底，还是要读得多。我在给我的学生杜华平教授的一封信中说："吾少嗜定公（龚自珍）诗，雄奇而未免粗犷，后救之以放翁（陆游）之清疏，频伽（郭麐，有《灵芬馆诗集》）之圆利，又恐其流为随园弟子之轻佻，乃折入西江派以至散原（陈三立），其终乃同于南皮张之洞标举之'唐肌宋骨'。"这是就我平生学诗的大概而言，实际上我所涉猎的很多，历朝总集、别集大都翻阅过，不过非性之所近者，则略加披览而已。

最近，周劭馨、汪木兰两位贤弟硬要为我出版诗集。我一向重视自己的学术研究，而忽视自己的诗、古文，所以不同意。但他们的盛情难却，最后只好妥协，自己选了若干首，请杜华平贤弟审订。书名"大螺居诗存"，只124首，因为很多旧作都在"文革"中被毁了，这些都是从新时期以来所写者挑出来的。要说怎么写，只能提出我对自己的要求：词必典雅，句必劲峭，章必完备，音必圆润。总之，要做到"唐肌宋骨"。当然，这是很高的境界，就我来说，也只是向往而已。

郭丹：谢谢您接受我的采访。

（原刊《文艺研究》2005 年第 6 期）